Helga R. Müller

Herz der lila Distel

Roman

Bibliografische Information der Deutschen Nationalbibliothek:
Die Deutsche Nationalbibliothek verzeichnet diese Publikation in der
Deutschen Nationalbibliografie; detaillierte bibliografische Daten sind im
Internet über dnb.dnb.de abrufbar.

1. Auflage
© 2019 Helga.R.Müller – alle Rechte vorbehalten.
Covergestaltung: Patricia Schmidt
Titelbild Distel: www.pixabay.de
Satz, Herstellung und Verlag: BoD – Books on Demand, Norderstedt
ISBN 978-3-7494-9370-8

Kapitel 1

Dem ungeduldigen Hupkonzert ihrer Freundin Rebecca zum Trotz hält die Schwarzgekleidete ihre Tochter weiter im Arm. Zärtlich streicht ihr Daumen über die feuchte Wange.

»Ich verstehe Papas Tod ebenso wenig wie du mein Schatz«, flüstert sie ihr ins Ohr.

»Katharina Jasmin Wendlinger, lass Marina endlich los,« drängt die nervlich Angespannte am Treppenabsatz. Unmittelbar danach erinnert die Hupe erneut an den dringenden Aufbruch. Sie küsst ihr Kind auf die Stirn und schiebt sie von sich, um zu verhindern, dass der Wartenden der Geduldsfaden reißt.

»Ich ruf dich morgen Abend an,« ruft sie ihrer Tochter nach, wohlwissend, dass die beiden ihre Flugzeuge verpassen, wenn sie jetzt nicht loslässt. Sowie das Mädchen den untersten Treppenabsatz erreicht, wird sie auf den Beifahrersitz gedrängt. Dann hetzt auch die Fahrerin um den Mietwagen herum und knallt die Tür zu. Der Motor heult auf und Jasmin sieht dem Wagen hinterher, bis er in die Hauptstraße abbiegt.

Nun fühlt sie sich endgültig alleingelassen. Jasmin zieht die Tür hinter sich ins Schloss und schon umfängt sie Totenstille. Sie stößt einen tiefen Seufzer aus. Ihre Hände beginnen zu zittern und sie greift nach dem Türpfosten, um Halt zu finden, denn die Kraft, die sie bisher aufrecht hielt, schwindet. Im Nachhinein ist es ihr ein Rätsel, wie sie die Trauerfeierlichkeiten, ohne zusammenzubrechen überstehen konnte. Entkräftet rutscht sie auf den Fußboden hinab, faltet sich wie ein Embryo zusammen und lässt ihren Tränen endlich freien Lauf. Minutenlang liegt sie wie versteinert auf dem Parkett, bis sie sich tränenüberströmt aufrafft. Beim Aufstehen muss sie sich abstützen, dann streift sie den Witwenschleier ab. Sie stiert auf den Hut, als verkünde er eine unsichtbare Gefahr. Jasmin wirft ihn auf den Garderobenschrank, bevor sie ihre Pumps in den Schuhschrank stellt. Auf Seidenstrümpfen schleicht sie steifbeinig durch die Jugendstilvilla, die sie vor Jahrzehnten mit ihrem Ehemann bezog. Vor einem geöffneten Fenster saugt sie die frische Luft ein, ohne den Duft der Blütenpracht wahrzunehmen.

»Warum bist du dieses Risiko eingegangen, Achim?«, murmelt sie auf dem Weg ins Obergeschoss. «Du lässt, ohne mit mir darüber zu reden, eine Herzuntersuchung vornehmen und gehst trotzdem nur Tage später Tauchen. Das ist doch absurd.« Apathisch wechselt sie ihr Kostüm gegen ein Hauskleid und schlüpft in ihre Kuscheljacke. Sie setzt den Weg ins Erdgeschoss fort, um sich Tee aufzubrühen. Als eine kühle Brise die Gardinen bläht, schließt sie die Fenster und nimmt die Teekanne mit in den Wintergarten. Kaum hat sie die Kanne abgestellt, sackt sie im Polstersessel vor dem Kamin zusammen. Die ungeklärten Fragen beschäftigen ihre Gedanken, die wie in einer Dauerschleife vor ihr ablaufen und auf die er ihr niemals mehr eine Antwort geben wird.

Zwei dumpfe Schläge reißen Jasmin aus einem erschöpften Sekundenschlaf. Obwohl völlig übernächtigt, schaut sie nicht auf die antike Uhr. Ihr genügen das Klappern des Briefkastens und die eiligen Schritte der Zeitungsfrau, um zu wissen, es ist kurz nach vier Uhr. Schwerfällig richtet sie sich auf und sieht in den Garten hinaus. Die Dunkelheit weicht bereits dem Morgengrau. Gleich wird das frühmorgendliche Vogelkonzert ertönen, nur wird das Gezwitscher nie mehr wie zuvor klingen. Mit verspannten Muskeln geht sie die beiden Stufen in den Wohnraum hinauf und taumelt an wertvollen Antiquitäten vorbei. Jasmin zieht die Tageszeitung aus dem Briefkasten. Erst auf dem Rückweg in den Wintergarten beachtet sie ihre Umgebung. In der Kirschbaumvitrine sieht sie die Weingläser einer Glasmanufaktur, die sie vor ihrer Hochzeit mit Achim aussuchte. Die Pendeluhr, das Erbstück seines Großvaters, ebenso der Flügel, auf dem er gelegentlich spielte. Ihr Blick fällt auf die Teetasse neben dem Sessel, in dem sie die Nachtstunden zubrachte. Daneben beleuchtet eine Messinglampe das Mosaiktischchen, das ihr Ehemann von einer Exkursion mitbrachte. Aus der Teekanne auf dem Stövchen duftet es nach Orange und Ingwer. Sie gießt ein weiteres Mal heißen Tee in ihre Tasse. Die Wievielte das ist, das zählt sie nicht mit. In der vergangenen Nacht heftete sie ihr Augenmerk meist in die Finsternis.

Jetzt setzt sie sich erneut in den Sessel, da lächelt Achim ihr vom Bild mit dem Trauerband entgegen. Gebannt visiert sie das Foto an, bis sie trotz aller Freundlichkeit glaubt, dass dieser intensive Blick sie in den Abgrund zieht. Erschüttert schließt sie die Lider, bis sie nach einer Weile hörbar ausatmet, die Augen öffnet und in den Zeitungsseiten zu blättern beginnt. Auf der vorletzten Seite angekommen fixiert sie ihr eigenes verschwommenes Gesicht, verhüllt vom Tüll des Trauerschleiers. Aufgenommen von einem Reporter am Tag zuvor. Bei Rebecca und Marina untergehakt, versammelten sich hinter ihnen weitere Angehörige, Freunde, Kollegen der Universität und Studenten aus mehreren Jahrgängen. War das erst gestern? Die unausgesprochenen Worte klingen gespenstisch in ihr nach und sie sieht den Moment vor sich, wie Achims Eichensarg in das Erdloch gesenkt wird. Es fällt ihr schwer, sich an die bittere Realität des Alleinseins zu gewöhnen. Mit übermüdeten Augen liest sie den Bildtext.

Professor Dr. Achim Wendlinger, Kapazität des kunsthistorischen Institutes in Bonn verunglückte vor der griechischen Insel Lesbos. Ein Infarkt riss den bekannten Altertumsforscher bei einem Tauchgang in der Ägäis mitten aus dem Leben. Die Beisetzung sprengte das Fassungsvermögen der Kapelle auf dem Poppelsdorfer Friedhof. Er hinterlässt bei seiner Familie, aber auch bei Kollegen und Studenten eine kaum schließbare Lücke.

Wochen sind seit der Beerdigung vergangen. Inzwischen erschrickt Jasmin immer öfters an einem wiederkehrenden Albtraum, in dem eine Würgeschlange auf sie zu kriecht, ihr die Kehle zudrückt und mit gespaltener Zunge faucht.
»Schuldig. Es ist deine Schuld, deine Schuld.« Meist gerät sie bei ihrem Anblick in Panik, weil es ihr nie gelingt, sich zu bewegen. Sie ist verdammt dazu zuzusehen, wie die Schlangenhaut ihren Hals immer enger umschlingt. Sie drückt ihr die Atemluft ab, bis sie nur noch röchelt. Dann erst löst sich die Lähmung, ebenso plötzlich, wie sie gekommen ist. Jasmin sitzt danach schweißgebadet im Bett, bis sie bemerkt, dass es ihre eigenen Finger sind, die ihr die Luft abdrücken. Nach solchen Attacken ist sie stets hellwach und es gelingt ihr nur selten, erneut einzuschlafen. In diesen Nächten wandert sie durchs Haus, bis sie ihr Dachstübchen betritt, dessen Behaglichkeit sie wie ein schützender Kokon umgibt. Hier fallen die Panikattacken meist von ihr ab und sie findet oft wieder zur Ruhe. Die Witwe leidet von Tag zu Tag mehr an ihrer Gewissensqual, weil sie glaubt, dass ihr Mann das Leben ohne wahre Liebe, einfach nicht länger aushalten konnte. Jasmin suhlt sich in ihrer Einsamkeit, dabei nimmt sie durchaus zur Kenntnis, dass es an ihr liegt, den unheilvollen Zustand zu beenden. Verlässt sie das Haus, sitzt sie vorzugsweise stundenlang auf einer Bank neben Achims Grab. Sein sinnloser Tod beschäftigt ihre Gedanken und macht sie gemütskrank. Lediglich die abwechselnden Besuche von ihrer Tochter Marina und der Schulfreundin Rebecca zaubern lichte Momente in ihre graue Welt. In ihrer Gegenwart weichen die Beklemmungen, zumindest für die Zeit ihrer Anwesenheit.

»Du leidest unter einer Trauerdepression«, stellte ihre Freundin erst vor Kurzem fest.

Anfang Oktober, es sind inzwischen fünf Monate vergangen, peitschen Sturmböen sintflutartige Regenschauer durch die Straßen von Bonn. Das ist wahrlich kein Tag, um das Haus freiwillig zu verlassen. Dennoch ist das Café in der Nähe des Friedhofs brechend voll, weil das tobende Unwetter neben ihr auch zahlreiche andere Menschen überrascht hat. Die Kellnerin ist ohne eine zusätzliche Hilfe mit dem ungewohnten Ansturm heillos überfordert. Bei Jasmin verursacht das dichte Gedränge Herzrasen. Doch die prasselnden Niederschläge verhindern ihr Entkommen. Kaum entdeckt sie eine erste winzige Aufhellung, begleicht sie die Rechnung, noch unsicher, ob das Nachlassen des Regens für einen Spurt nach Hause ausreicht. Obwohl sich hinter dem Gebäude weitere Gewitterwolken auftürmen, jagt sie entschlossen durch die unvermeidbaren Pfützen. Sie hält ihren Regenschirm vors Gesicht, bis ein Windstoß ihr das Gestänge aus der Hand reißt und der Schirm in den Ästen eines Baumes landet. Eine Böe fegt ihr die Kapuze vom Kopf. Blitze zerschneiden den Wolkenhimmel, gefolgt von krachenden Donnerschlägen, bis sie außer Atem ihr Zuhause erreicht. Noch im Laufschritt zieht sie den Schlüssel aus der Jackentasche und dreht ihn mit klammen Fingern im Schloss. Hinter ihr schlägt der Sturm die Tür mit einem Knall zu. Aufatmend schaut sie zu, wie Rinnsale aus ihrer Kleidung auf den Boden tropfen. Im Gästebad zerrt sie das klatschnasse Halstuch herab und wickelt einen Handtuchturban um ihre triefenden Haare. Da klingelt das Telefon. Sie zieht eine Wasserspur bis ins Wohnzimmer und meldet sich.

»Na endlich. Wo steckst du bei diesem Mistwetter? Das ist mein sechster Anruf.«

»Grüß dich Rebecca. Wieso regst du dich so auf. Atme erst einmal durch. Mich überraschte ein Unwetter. Ich saß in einem Café fest. Was gibt es so Dringendes?«

»Hör zu, ich muss gleich zurück ins Meeting. Vor einer Stunde buchte ich unsere Urlaubsreise. Zwei Wochen Sonnenschein und Meer. Wir fliegen nach …«

»Stopp. Du weißt, wie gleichgültig mir das Reiseziel ist. Ich bliebe sowieso am Allerliebsten da, wo ich bin«, unterbricht Jasmin ihren Redefluss.

»Schluss mit dem Quatsch. Mein Chef bewilligte die Urlaubstage und du kommst mit. Basta. Bis Freitag bleiben dir vier Tage, um dich an den Gedanken zu gewöhnen.«

»Freitag«, stöhnt Jasmin entsetzt.

»Du, bei mir ist die Hölle los. Bis Donnerstag.« Und schon tutet es an ihrem Ohr. Typisch Rebecca, immerzu hektisch. Auch sie legt den Hörer auf die Gabel zurück. Jetzt ist es geschehen, der Urlaub ist gebucht. Noch nie ließ sich ihre Freundin von einem gefassten Vorhaben abhalten. Mallorca erwähnte die Verrückte vor ein paar Tagen, oder waren es die Kanaren? Bisher schenkte sie keinem der zur Sprache gebrachten Reiseziele Beachtung. Solange ihre Freundin die Türkei außen vor lässt, ist sowieso jedes Ziel nebensächlich. Kaum denkt sie an das Land am Mittelmeer, durchflutet Jasmin ein sonderbares Gefühl, dass sich ebenso rasch wieder verflüchtigt. Sie löscht Rebeccas Anrufe vom Anrufbeantworter, bis nur noch eine Verbindung ohne übertragene Nummer übrig bleibt. Bei der knackt es allerdings nur in der Leitung, da der Teilnehmer keine Nachricht hinterließ. Sie drückt ein letztes Mal die Löschtaste. Dann geht sie ins Bad zurück und entledigt sich der nassen Kleidungsstücke. In einen Bademantel gehüllt, beseitigt sie die Wasserspuren. Fröstelnd geht sie ins Obergeschoss, duscht minutenlang und genießt das heiße Wasser, das auf ihre Haut prasselt. Beim Kämmen betrachtet sie ihr feuchtes Haar im Spiegel, das wie eine dunkle Kastanie glänzt, die frisch aus der Schale geplatzt ist. Sie trödelt ein wenig herum, bis sie in warme Sachen schlüpft und ihr Refugium unter dem Dach betritt. Sie versucht, im Ohrensessel ihrer Großmutter Ruhe zu finden, da die Reise sie beunruhigt. Nach einem Weilchen schiebt sie ihre Bedenken zur Seite.

Postwendend tauchen andere Gedanken auf und sie erinnert sich, wie oft ihr Ehemann ihr in den Empfangsräumen im Erdgeschoss 'meine Aphrodite' ins Ohr geflüstert hatte, wenn sie Gäste im Haus bewirteten. Sein Glück erschien ihr, vor allem nach der Geburt ihrer Tochter stets vollkommen. Sie versuchte, ihm zurückzugeben, was immer ihr Herz zuließ. Im abgelaufenen Jahr jedoch verschwanden die von Liebe erfüllten Augenblicke zusehends, kaum dass sich die Tür hinter ihren Besuchern schloss. Ihre Beziehung wandelte sich, trotzdem verlangte keiner von ihnen die Freiheit.

Jasmin schiebt die Erkenntnis beiseite, weil sie zum wiederholten Mal darüber nachdenkt, dass das dreistöckige Gebäude viel zu weitläufig für sie ist und ihre Einsamkeit unnötig verstärkt. Wann endlich bringt sie die notwendige Energie auf, um Veränderungen einzuleiten? Seufzend steht sie aus dem Lehnstuhl auf. Das Trommeln der Regentropfen hat aufgehört, das Unwetter ist weitergezogen. Sie öffnet die Dachluke einen Spalt, regenfeuchte Luft strömt herein.

Ungewollt wird sie von Bildern traktiert, welche die Nachricht von Achims Tod aufleben lassen. An jenem Tag vor fünf Monaten dufteten die Blumen im Garten und es roch nach nasser Erde im warmen Mairegen. Professor Tobias Steuer, ein Kollege ihres Ehemannes, mit dem sie beide eng befreundet waren, klingelte. Kreideweiß im Gesicht trat er ein und schloss die Tür hinter sich. Er nahm sie in den Arm, um das Unglück in Worte zu fassen.

»Es tut mir so leid liebste Katharina, dir das sagen zu müssen. Achim verunglückte heute bei einem Tauchgang. Er tauchte vor der Insel Lesbos, wo die Bootsbesatzung ihn Minuten später bewusstlos ins Boot zog. Sie konnten ihn nicht mehr retten.«

Geschockt sah sie den gemeinsamen Freund an. Als Tobias sich verabschiedete, umarmte er sie ein weiteres Mal und zog ein Kuvert aus der Jackentasche. Er reichte ihr einen Umschlag, auf dem die Adresse einer Klinik in Athen stand.

»Dieser Brief traf heute in Achims Büro ein. Ich dachte, ich bringe ihn gleich mit. Welch ein Verlust für dich, ja für uns alle. Sag Bescheid, wenn ich dir bei irgendwelchen Formalitäten helfen soll.« Am selben Abend flog ihre Freundin Rebecca zu ihr, um ihr bei den notwendigen Formalien der Überführung beizustehen. Den Anruf in Rom bei Marina, den konnte ihr allerdings niemand abnehmen. Ihre Tochter hielt anfangs fassungslos den Atem an, dann schrie sie ihren Schmerz verzweifelt in den Hörer, bis Jasmin nur noch ihr haltloses Schluchzen hörte. Das Mutterherz blutete, weil sie ihr Kind in diesem schrecklichen Augenblick nicht in den Arm schließen durfte. Den Arztbrief öffnete sie in der Nacht vor der Beerdigung. Sein Inhalt stieß sie in ein tiefes Loch. Auch heute noch findet sie es unbegreiflich, dass Achim nie über die gesundheitlichen Probleme mit ihr sprach. Dass er den verhängnisvollen Tauchgang trotz der Herzuntersuchung riskierte, es blieb ein Rätsel. Gab es dafür nur die eine schreckliche Erklärung? Um sich abzulenken konzentriert Jasmin sich auf die Urlaubsreise in die Sonne, die Rebecca für sie beide buchte. Um Lebensfreude zu tanken, wie sie es nannte.

Auf der Stelle kehrt sie zu ihrem Verdacht zurück, am Freitod des Ehemannes schuld zu sein. Warum nur fand sie nie den Mut, ihre Freundin zu fragen? Längst wollte sie mit ihr darüber reden und auch über ihre Verfehlung aus der Vergangenheit. Schließlich galt das Schweigeversprechen, das Achim vor der Eheschließung von ihr verlangte, seit seinem Tod nicht mehr.

Kurz vor Mitternacht greift sie entschlossen zum Telefonhörer und wählt Rebeccas Nummer. Allerdings verlässt sie der Mut, bevor noch das zweite Freizeichen ertönt.

Kapitel 2

Rebecca landet pünktlich und ein Taxi bringt sie am Freitagnachmittag zu Jasmin. Wie zu erwarten mischt die Großstädterin das geruhsame Leben ihrer Freundin auf. Sie packt mit ihr zusammen den Urlaubskoffer, dann schleppt sie die Widerstrebende in die Stadt. Beim Einkaufsbummel stockt sie die Sommergarderobe ihrer langjährigen Schulfreundin auf. Das anschließende Abendessen will Jasmin ausschlagen, doch Rebecca besteht darauf. Sie bringt vor Aufregung nur wenige Bissen hinunter und obwohl etliche Gläser Wein für eine gewisse Bettschwere sorgen, findet sie in der Nacht kaum Ruhe. Gerädert und wortkarg hängt sie am Frühstückstisch. Es fällt ihr zunehmend schwerer, Rebeccas munterer Plauderei zu folgen. Schließlich lässt sie sich zu einem Spaziergang überreden, doch in ihrem Kopf summt es wie beim Hummelflug. Die ersehnte Mittagsruhe wird um kurz nach 12.00 Uhr vom Hupen des bestellten Taxis übergangslos beendet.

Hinter Jasmins Stirn dröhnt es, sodass sie am Kölner Flughafen ihrer Begleiterin wie blind hinterher taumelt. Völlig willenlos überlässt sie ihr die Führung und ist froh, mit den anderen Passagieren endlich ins Flugzeug geschoben zu werden. Hier fällt sie hilflos auf den Fensterplatz in der Reihe dreizehn. Ihre Augen brennen vom fehlenden Schlaf und das Licht blendet, denn ihr Kater macht ihr zu schaffen, bis sie ihr Halstuch vors Gesicht zieht. Wortlos klebt sie in den nächsten Stunden auf ihrem Platz. Rebecca redet mit Engelszungen auf sie ein, um sie wenigstens zum Trinken eines Mineralwassers zu animieren. Weiteren Versuchen, ihre niedergeschlagene Stimmung aufzulockern, entgeht Jasmin mit der Vortäuschung, dass sie schläft. Bis die Ansage des Kapitäns sie mit einem Schlag aus ihrer bis dahin gezeigten Lethargie reißt.

»*Hoşgeldiniz* liebe Feriengäste. Wir befinden uns bereits im Landeanflug und erreichen in Kürze Antalya. Die Crew wünscht Ihnen einen erholsamen Urlaub bei derzeit heiteren 26 Grad. Wir hoffen, Sie bald auf einem weiteren Flug mit unserer Airline begrüßen zu dürfen.« Jasmin Desinteresse am Reiseziel löst sich schlagartig in Luft auf. Aufgebracht zerrt sie an Rebeccas Ärmel und krächzt.

»Rebecca, der Kapitän begrüßte uns eben mit einem türkischen Willkommensgruß. Sag bitte, dass ich mich verhört habe. Sag mir, dass ich an Wahnvorstellungen leide, und lass um Gottes willen nicht Antalya das Ziel sein. Verfluchter Brummschädel.« Die Urlaubsbegleiterin sieht überrascht von ihrer Illustrierten auf, in der sie bisher in Ermangelung einer Gesprächspartnerin gelesen hat.

»Keine Halluzinationen, meine Liebe, weil unser Zielflughafen Antalya heißt. Und mein Kopf ist übrigens völlig in Ordnung.« Rebeccas Ungerührtheit löst einen Gefühlsausbruch in Jasmin aus, den sie kaum zu kontrollieren vermag. Panik übernimmt das Ruder und sie begreift entsetzt, dass sie der Situation ausgeliefert ist.

»Wieso fliegen wir plötzlich nach Antalya? Ich will nicht dort hin! Auf keinen Fall wollte ich in die Türkei.« Ihre Stimme überschlägt sich, sodass die in der Nähe sitzenden Passagiere aufhorchen.

»Warum Rebecca? Warum denn ausgerechnet hierher«, flüstert sie entsetzt. Sie verstummt, weil ein Blick in Rebeccas Gesicht ihr Angstgefühl bestätigt. Eine Rückkehr, unmöglich. Gefangen auf dem Sitz des Flugzeugs ringt sie um Luft. Ohne jeden Übergang erscheint vor ihren Augen die Schlange aus ihren Albträumen und ihr Gesichtsausdruck ist zu einer boshaft grinsenden Fratze verzerrt.

»Rebecca!«, mit einem Ratsch zerreißt Jasmin die aufsteigende Panikattacke. »Unsere Reise sollte auf die Kanaren gehen, nach

Tunesien, von mir aus auf die Kapverdischen Inseln oder auch nach Timbuktu. Überallhin, aber doch nicht ausgerechnet in die Türkei.« Die Worte fallen ihr schwer, denn noch immer sieht sie die Schlangenfratze vor sich. Sie krallt ihre Fingernägel in den Arm ihrer Begleiterin. Ihr Magen hebt sich wie bei einer Achterbahnfahrt und ihr ist speiübel. Verständnislos löst Rebecca den schmerzhaften Klammergriff ihrer Finger und drückt besänftigend ihre Hand.

»Was soll die Aufregung. Du wolltest nicht in die Ägäis. Lesbos gehörte zu deinen Tabuzielen, warum auch immer? Unser Reiseziel liegt an der türkischen Riviera. Wir sind hunderte von Kilometern weit weg von den 'Da-will-ich-nicht-hin-Zielen'. Die Hotels sind fast alle im 5-Sterne-Bereich. Luxus pur also und selbst der Oktober beschert ausgiebige Sonnenstunden. Sonnenschein wird deine Schwermütigkeit bald vertreiben. Wirf sie doch am besten gleich über Bord, das Meer da unten ist tief genug.« Der Versuch, ihre Urlaubspartnerin aufzumuntern, scheitert. Stattdessen kämpft Jasmin inzwischen einen stummen Kampf mit sich selbst. Ihr wird bewusst, dass sie allein sich in dieses Dilemma hinein manövrierte. Jetzt kann die Katastrophe nicht mehr rückgängig gemacht werden. Ihre ahnungslose Begleiterin buchte ein für sie unerträgliches Ziel, ohne Kenntnis davon zu haben, was das für sie bedeutet.

Hätte sie Rebecca bloß in der Gewitternacht ihr Geheimnis anvertraut. Sie aber legte den Hörer feige auf, anstatt mit ihr zu reden. Dafür kroch sie hinter die Verkleidung der Dachschräge und zerrte aus der hintersten Ecke den von Spinnweben behangenen Karton hervor. Zwei Jahrzehnte zuvor füllte sie diesen mit quälenden Erinnerungen, bevor sie ihn den Krabbeltieren überließ. Die Schätze ihrer Jugend auf dem Schoss, verbrachte sie die Nachtstunden im Dachzimmer. Behutsam hob sie den verstaubten Deckel an, um die Erinnerungsstücke zu betrachten. Zärtlich fuhr sie mit ihrem Zeigefinger über die Verzierung, die ein silbernes Herzamulett schmückte. Sie legte es sich in die offene Handfläche und schloss die Finger. Irritiert öffnete sie die Faust, weil das Schmuckstück eine seltsame Aura ausstrahlte. Aus dem Gleichgewicht gebracht legte sie das Amulett beiseite und tastete nach dem vergilbten Liebesbrief in der Schachtel. Mit einem tiefen Seufzer zog sie ihn an ihre Brust. Die andere Hand ergriff das Bild des Liebsten, welches sie an einem glücklichen Morgen hoch über dem Meer von ihm zeichnete. Ein einziger Blick in seine silbergrauen Augen schlug eine Schneise in ihr Herz. Auch jetzt schmerzte sie der Anblick, denn sie hatte ihn für immer verloren. Dennoch stellte sie es auf den Schreibtisch neben das Schmuckstück und dämmte das Licht der Leselampe. Als sie den Brief öffnete, den Kenan ihr in der Nacht vor dem Abschied schrieb, fiel eine getrocknete Distelblüte auf den Boden. Wehmütig hob sie die Trockenblume auf und betrachtete die ausgebleichten lilafarbenen Blütenstände zwischen spitzigen Dornen. Die Distel stand von Anfang an für das Wunder ihrer Liebe, doch ebenso umfasste sie bereits den Schmerz, der folgen sollte. Sie drapierte sie zur Zeichnung und las.

Benim aşkım, meine Liebste,
Heute Abend versank die Sonne glutrot im Meer. Ihr letztes Licht und der schwarze Mantel der Nacht verbinden dein Herz mit meinem Herzen. Niemand darf uns trennen. Untrennbar schlagen die Herzen im Gleichklang, liegen die Hürden auch noch so hoch. Ich verspreche dir, Mittel und Wege zu finden, die uns vereinen. Vertraue den Sternen am Himmelszelt, wenn du an mir zweifelst! Morgen gehst Du fort, bitte weine nicht. Du willst, dass ich zurückbleibe, um die Ehre meiner Familie zu achten. Mein Glück und alle Hoffnung aber liegen einzig und allein auf deiner Rückkehr. Kismet, die Schicksalsgöttin gönnte unserer Liebe nur wenige Stunden des Glücks und so durchschreiten wir morgen gemeinsam das Tor einer schmerzhaften Trennung. Die verbun-

dene Herzen tragen schwer an der Trauer des Abschieds. Vertrau uns. Unvergessen bleiben die Momente, die du träumend neben mir lagst. So will ich dich immer in meinen Gedanken behalten. Die lila Disteln, aşkım, hielt ich für Unkraut. Erst du öffnetest mir den Blick für das Sinnbild unseres Bundes. Ihre Blütenstände halten die Erinnerung wach, denn sie sind das widerkehrende Zeichen für deine Rückkehr. Bewahre diese kleine Blüte bei dir. Ich liebe Dich. Seni çok seviyorum, benim aşkım.
   Senin Kenan.

Tränen rannen über ihr Gesicht, weil die melancholischen Worte des Liebsten ihr Herz wie in den hoffnungsvollen Tagen berührten. Mühelos folgte sie nach all den Jahren Kenans türkischer Heimatsprache. Da es sein einziger Brief war, hütete sie ihn bis heute mit den anderen Erinnerungen wie einen Schatz. Nur ihre mütterliche Freundin Leyla auf *Lesbos* kannte den Inhalt des Liebesbriefes. Sie unterstützte sie bei der Übersetzung, als ihr Wörterbuch zum selbstständigen Lesen nicht ausreichte. Kenans hoffnungstragende Gefühle vereinten sich mit ihren und sie schenkte damals der Beteuerung Glauben. Monate später trug die Ehre der Familie den Sieg über die Liebe davon. Kenans *babaanne* mochte sie, doch die Großmutter war die einzige Bewohnerin des Bergdorfes, die ihr mit Respekt begegnete. Sie schritt ein, bevor sie ihr Leben in den Bergen oberhalb von Karaağaç wegwerfen konnte. Ohne Kenan noch einmal wiederzusehen, kehrte sie nach Deutschland zurück. Ihr Herz aber, das blieb für immer bei ihm. Jasmins Mundwinkel zitterten im verhaltenen Schmerz, da vibrierte das Herzmedaillon, das Abschiedsgeschenk von Kenans Großmutter auf dem Tisch. Sie umschloss es ein weiteres Mal mit der Faust und wieder erwärmte es sich in ihrer Hand, drängte wie eine Mahnung, die auf ihre Entscheidung wartete. Im Landeanflug auf Antalya erinnert sie sich an ihre Spekulationen in den irrealen Nachtstunden. Hätte sie ihre realitätsbetonte Freundin in jener Nacht angerufen und mit ihr die grotesken Ansichten geteilt, wäre diese über ihre Gefühlsduselei definitiv in Gelächter ausgebrochen. Vermutlich hätte sie den nächstbesten Flug gebucht, um den vermeintlichen Unsinn aufzuklären. Unwissentlich setzte sie dennoch Jasmins größte Befürchtung in die Tat um. Jetzt fragt sie sich, ob ihr eigener ruheloser Geist das Unfassbare in Gang brachte oder ob das Medaillon magische Kräfte besitzt. Gleich wie sie es dreht und wendet, das Schicksal fordert eine abschließende Entscheidung.

Sie spürt Rebeccas verständnislosen Blick und weil Geduld nicht zu ihren Stärken gehört, ist ihr langmütiges Schweigen erstaunlich. Jasmin räuspert sich, um den Frosch im Hals loszuwerden.

»Weshalb hast du ausgerechnet einen Urlaub in der Türkei gebucht? Darüber hattest du nie gesprochen.« Rebecca sieht erleichtert aus, weil sie endlich spricht. Auf der Stelle taucht die Zielbewusste an der Oberfläche auf.

»Warum denn nicht? Beantwortest du mir zuerst meine Frage?« Jasmin zuckt ratlos die Schultern, weil sie nicht weiß, wie sie es erklären soll.

»Wie viele Vorschläge habe ich dir gemacht? Kein Ziel schien dir recht zu sein und selbst heute Mittag auf dem Flughafen fragtest du kein einziges Mal nach dem Reiseziel. Jetzt musst du es nehmen, wie es ist.« Jasmin öffnet den Mund, da wird sie sofort aufgehalten.

»Ich versprach dir erholsame Urlaubstage. Millionen Touristen können kaum irren. Morgen faulenzen wir im Liegestuhl und du vergisst endlich deinen Kummer. Es ist höchste Zeit, wenn du mich fragst, dass du dein Leben in den Griff bekommst. So kann es jedenfalls nicht mehr mit dir weitergehen.« Rebeccas Stimme klingt energisch, trotzdem streichelt sie sanft ihre Hand. Jasmin holt Luft, doch der Versuch, etwas zu sagen, wird erneut abgewehrt.

»Ich wartete lange genug, bis du aus dem Schneckenhaus gekrochen bist. Jetzt gibt es kein zurück! Mach Schluss mit dem Trübsalblasen. Trauer gehört zum Alltag nach dem Tod eines geliebten Menschen. Du aber erstickst darin. Lass dir endlich helfen! Dazu musst du mir natürlich anvertrauen, was an Antalya so furchtbar ist.« In Jasmins Kehle kratzt es.

»Rebecca ...«. Erneut räuspert sie sich und spielt nervös mit ihrer Hand. »Meine beste Freundin kennt eben nur fast alles aus meinem Leben. Ich schleppe seit Jahrzehnten eine große Schuld mit mir herum.« Ihre Begleiterin reißt überrascht die Augen auf.

»Ich versprach Achim vor unserer Hochzeit es niemandem zu sagen. Jetzt, nach seinem Tod, möchte ich das Geheimnis aus der Vergangenheit gerne mit dir teilen.« Sie wählt ihre Worte behutsam, denn das Reden fällt ihr schwer. Rastlos irrt ihr Blick zur Sitznachbarin, dann zum Fenster mit dem Meer dahinter. »In der Nähe von Antalya erlebte ich die qualvollste Enttäuschung meines Lebens.« Mit einer Kopfbewegung deutet sie hinaus und ignoriert Rebeccas überraschten Blick. »Bald erfährst du mehr, jetzt sei bitte geduldig mit mir. Ich muss den Schock unseres Reisezieles erst selbst verarbeiten.« Rebecca zieht die Stirn kraus, dann poltert sie los.

»Herrschaftszeiten! Ich verstehe nicht, von was für einer Schuld und von welcher Enttäuschung du redest. Wir fliegen nach Antalya, in einen sonnigen Urlaub. Wenn du bisher ein Geheimnis gehütet hast, behalt es oder spuck es endlich aus.« Jasmin sieht sie bestürzt an.

»Im Boden dieses ...«. Wieder heftet sie den Blick aufs Bullauge. Ohne den Blick von den Bildern, die sich vor ihr ausbreiten zu lösen, redet sie fast tonlos weiter. »Dort unten stecken ... mein Gott, wie soll ich dir das erklären?«, unterbricht sie sich verzweifelt. »Vor Jahrzehnten pflanzte ich Wurzeln in die türkische Erde, die seither in der Tiefe festsitzen. Oft nahmen sie mir in der Vergangenheit die Luft zum Atmen«, stößt sie todunglücklich aus. Ihre Katzenaugen streifen die Urlaubsbegleiterin, welche die eigenartigen Andeutungen mit dem Hochziehen der Augenbrauen kommentiert. Jasmin redet rasch weiter, damit die normalerweise nie um Worte Verlegene keine Fragen stellt..

»Lass uns zuerst ankommen.« Sie hält Rebecca einen Finger an die Lippen. »Ausgerechnet die Türkei. Selbst Achim schaffte es in all den Jahren nie, mich zurückzubringen.« Sie drückt die Hände ihrer Reisebegleitung mit schweißnassen Handflächen und bittet sie ihr Zeit zu lassen. Schweigen breitet sich zwischen den Frauen aus. Jasmins Blick hängt an den Bildern vor dem Fenster, währenddessen der Pilot eine Schleife ins Bergland zieht, bevor er Kurs übers Meer einschlägt. Ihre Augen liegen auf der Hafenbefestigung, die den früheren Piratenhafen einrahmt. Sie stellt sich selbst die Frage, ob der Flug der tausend Tränen nun dem endgültigen Ziel entgegenfliegt. Eröffnet ihr das Schicksal eine zweite Chance? Erinnerungsfragmente klettern aus einem lange unter Verschluss gehaltenen Gefängnis und flüchten an die Oberfläche, sodass sie die Flashbacks kaum kontrollieren kann.

***

Vierundzwanzig Jahre zuvor. Das Datum des 25. Juni 1977 brannte sich wie ein schwarzer Fleck in ihre Erinnerung ein. An jenem Tag donnerte das Flugzeug mit ihr an Bord über dieselbe Startbahn hinweg, der sie heute entgegenfliegt. Tränenüberströmt sah sie beim Rückflug ins trostlos leer erscheinende Deutschland aus dem Fenster.

Aufregende Monate lagen hinter Jasmin, nachdem sie ihrem Vater die Zustimmung für das Studium am kunsthistorischen Institut in Bonn abringen konnte. Obwohl er sich durchaus damit brüstete, dass die Tochter studierte, hätte er es vorgezogen, auf Ihrer Hochzeit zu tanzen. Im Spätsommer des Jahres 1976 bot die Fakultät eine Exkursion auf die hellenische Insel Lesbos an. Um die Reisekosten zu decken, kellnerte sie und büffelte ungeachtet dessen wie wahnsinnig, um die hohe Messlatte für das Auswahlkriterium zu erreichen. Achim, damals ihr Professor, leitete die Studienfahrt und sie gehörte zu den Ausgewählten. Tage nach der Bekanntgabe fuhren sie mit dem Zug nach Athen. Es folgte ihre erste Schifffahrt über ein Meer. Im Team erforschten sie vor Ort die Ursachen um das Verschwinden der Amazonen. Sie freundete sich mit Leyla, der Witwe eines Altertumsforschers an und lernte bei ihr einen übersichtlichen türkischen Wortschatz kennen, den sie am Ende ihrer Studienreise erprobte. Die Studentengruppe fuhr mit der Fähre in die benachbarte Türkei, um das aus alter Zeit stammende Pergamon zu erkunden. Mit Marion, einer weiteren Studentin fertigte sie zahlreiche Detailzeichnungen an, die anderen trugen die Rechercheergebnisse zusammen. Bei der Debatte zu den abschließenden Reisetagen fiel die Entscheidung auf die antiken Stätten Aspendos und Troja. Die Gruppe teilte sich. Der griechische Helfer Stavros brach mit seinem Team zu Schliemanns Ausgrabungen nach Troja auf. Jasmin und Frank begleiteten den Studienleiter Professor Dr. Achim Wendlinger in den Süden. Bald ging ihr das Ständige überwacht werden auf den Geist. Nach ihrer Ankunft im Dorf Kumköy erbettelte sie sich die Erlaubnis, allein an den Strand zu gehen. Überglücklich entzog sie sich der Aufsicht ihrer Begleiter, die ihren neugewonnenen Drang um Selbstständigkeit einengten. Leicht fand sie den schmalen Pfad, den ihr die Gastgeberin in der Pension beschrieben hatte. Inmitten einiger Felsen über dem Sandstrand entdeckte sie eine außergewöhnliche Naturschönheit. Eine Distel mit lilafarbener Kugel zwischen nadellangen Dornen. Sie übertrug die Konturen in ihren Zeichenblock, setzte mit Buntstiften Akzente und verwischte mit dem Zeigefinger die Kanten des Kohlestiftes. Die fertige Zeichnung hielt ihrem kritischen Blick stand. Zufrieden schob sie die Zeichenutensilien in die Tasche, lehnte sich an einen aufgeheizten Felsbrocken und streckte ihr Gesicht der Sonne entgegen. Sie genoss die fliehende Hitze des Tages. Hinter verschlossenen Lidern verstärkte sich ihr Geruchssinn. Ein blumiger, teils modriger Geruch vermischte sich mit der salzhaltigen Brise. Permanente Wellengeräusche schaukelte das Meer in seinem sanften Rhythmus. Vor und zurück, eintönig gleich und doch einzigartig. Da kreischte eine Seemöwe und unmittelbar danach zerschnitt ein knatterndes Geräusch die Idylle.

Jasmin öffnete die Augen und sah hinab ins türkisblaue Element. Obwohl sie nichts sah, verstärkte sich das Knattern. Sie suchte die Silhouette am Wasserrand ab, bis sie im entfernten Schilfgürtel eine Bewegung wahrnahm. Im selben Moment schob sich der Bug eines Fischerbootes aus dem Dickicht. Der Steuermann lenkte den Kahn am Ufer entlang. Sie beobachtete, wie er den Gashebel lässig in der Hand hielt. Kaum entdeckte er sie, da drosselte er den Motor. Um den Kopf trug er ein Tuch mit rot-weißem Paisleymuster, das dem Fischer das Aussehen eines Piraten verlieh. Er stand auf, balancierte auf den wackligen Planken und winkte sie zu sich. Ein Lächeln umspielte seinen Mund, das sie elektrisierte. Eine sonderbare Hitzewallung ergriff sie, doch den türkischen Wortschwall, den er herüberrief, dem vermochte sie nicht zu folgen. Sie zuckte die Achseln, da untermauerte er die Kommunikation mit deutlichen Gesten. Er wollte sie mit hinausnehmen. Ihr Herzschlag begann zu trommeln. Nervös sprang sie auf, griff nach ihrer Tasche und hetzte die Anhöhe hinauf. Bei ihrer Flucht stieß sie mehrmals mit den Zehen schmerzhaft an scharfkantige Muschelsteine. Kaum stand sie mit pochendem Herzen auf der

Höhe, setzte das Knattern des Motors wieder ein. Sie wartete, drehte sich um und beobachtete, wie der aufregende Seeräuber das Schiff in den Abend dirigierte. Das späte Sonnenlicht legte sich inzwischen ein wenig auf die Wasserfläche. Ihre Augen erfassten das Schauspiel, doch in Wirklichkeit folgten sie dem Objekt, bis es am Horizont verschwand. Allmählich beruhigte sich ihr Herzschlag und sie beneidete den Piraten um seine Freiheit.

Obwohl sie in der Folgenacht kaum Schlaf fand, strotzte sie am Morgen vor Unternehmungsgeist. Frank indes lümmelte mieslaunig am Frühstückstisch.

»Was machen wir in diesem Kaff mit ein paar Wellblechhütten, solange Sie unterwegs sind?«, maulte er den Professor an, als der ihnen von einer Verabredung mit einem Kollegen in Antalya erzählte.

»Ergänzt die Tagebücher, bearbeitet eure Aufzeichnungen. Von mir aus legt euch auch ein paar Stunden in eine Hängematte oder ihr geht an den Strand.« Jasmin überredete ihren Kommilitonen schließlich zu einer katastrophalen Entdeckungstour durchs Dorf. Der Miesepeter benahm sich so unleidlich, dass sie ihren normalerweise umgänglichen Studienkollegen nach dem Mittagessen sich selbst überließ. Grimmig schulterte sie ihre Tasche und schlug den schmalen Weg ans Meer ein. Dabei entdeckte sie weitere aufgeblühte Distelkugeln und sie fand auch den Platz wieder, an dem sie der Fischer am Abend zuvor aufgeschreckt hatte. Die Fantasie gaukelte ihr sofort das markante Piratengesicht vor, das in der Nacht in ihrem Jungmädchenkopf herum spukte. Die Beine zum Schneidersitz angezogen, begann sie Luftschlösser zu bauen, mit dem Jungen in der Hauptrolle. In ihrem Bauch tanzten Schmetterlinge. Erst der laute Schrei eines Eichelhähers brachte ihre Traumwelt zum Einsturz.

Sie ergänzte die Aufzeichnungen in ihrem Tagebuch und vertraute ihm die Eindrücke der vergangenen Tage an. Antalyas steil abfallende, verwinkelte Gassen, die winzigen Läden in der Größe einer Abstellkammer. Jasmin dachte an Franks Geschenk und an sein peinliches Erröten nach ihrem Dankeschönkuss. Das Tagebuchschreiben ersetzte ihr die Freundin, der sie sonst alles anvertraute und sie schrieb unermüdlich. Stahlblau wölbte sich der Himmel über ihr und nur vereinzelte Schleierwolken unterbrachen das klare Blau. Wellenschläge schaukelten an den Strand, unterbrochen vom kreischenden dschää-dschää-Ruf eines Eichelhähers oder dem Schrei einer Seemöwe. Einige Zeit später legte sie den Stift beiseite und klappte das Buch zu. Ihr Blick wanderte zu den Wellenausläufern, die den Sand leckten, und im ewig gleichen Rhythmus die Sandkörner schliffen. Die Abendsonne tanzte bereits auf der Wasseroberfläche, da fiel ein dunkler Schatten über sie. Sie erschrak und ihr Herzschlag setzte für eine Sekunde aus, denn neben ihr stand der Fischerjunge. Ein Junge? Eher ein Mann, der sie mit eindrucksvollen Silberaugen ansah. Diese Augenfarbe verlieh dem sonnengebräunten Gesicht einen außergewöhnlichen Glanz, doch es war seine Nähe, die sie atemlos machte. Bevor sie reagieren konnte, griff er nach ihrer Hirtentasche und streckte ihr die Rechte entgegen. Selbstbewusst umschloss er ihre Finger, ihr aber schoss das Blut schneller durch die Adern. Widerstandslos ging sie mit ihm, denn das vertraut wirkende Lächeln verdrängte ihre instinktive Verunsicherung vor dem Fremden.

»*Ben Kenan*«, stellte er sich vor und legte die Handfläche auf seine Brust. Insgeheim schickte sie Leyla einen Dank für den türkischen Wortschatz, auf den sie nun mutig zurückgriff. Lächelnd antwortete sie.

»*Benim* Jasmin.«

»Yasemin«, wiederholte er und verlieh ihrem Namen den weichen Klang seiner Heimat. »*çok güzel*, sehr schön.« In einem engen Bachbett hinter dem Schilfgürtel lag das Fischerboot. Er hielt sie fest, bis sie im Heck stand. Die Bohlen unter ihr schwankten und so setzte sie sich rasch auf die schmale Sitzbank. Beim Lachen entblößte der Fremde strahlendweiße Zähne. Er streckte Jasmin ihre Tasche entgegen, die sie neben aufgestapelte Netze zu ihren Füßen legte. Kenan löste die Verankerungstaue, dann sprang er ins Boot. Sie musste sich mit beiden Händen an die Bank klammern, um das Gleichgewicht zu halten. Er lachte, startete den lärmenden Motor und lenkte das Fischerboot den Flusslauf entlang. Ihr Herzschlag folgte dem Takt des Dieselmotors. Auf was lässt du dich da ein? Flüchtig mahnte sie ihr Gewissen, die Mahnung jedoch erlosch beim Blick in Kenans Augen. Der Traum vom Vortag erfüllte sich. Fasziniert sah sie ins Licht der Abendsonne. Der Fischer erledigte die Alltagsarbeit, doch zwischendurch warf er ihr einen Seitenblick zu. Kribbelnde Ameisenlegionen jagten dann über ihre Haut. Sie musterte ihn. Muskulöse Arme in ausgebleichten Hemdsärmeln warfen Netze ins Wasser, zuvor befestigte er geschnürte Styroporteile an den oberen Netzseilen. Er forderte Jasmin auf, ihm zu helfen. Wenn ihre Hände sich beim Versenken der Fangnetze berührten, knisterte es zwischen ihnen. Zeitgleich streute die Sonne in einem aufbäumenden, allerletzten Akt rubinrote Farbakzente auf die Wasseroberfläche. Das Boot schwankte, als der Fischer den Anker lichtete. Dann setzte er sich neben sie und legte einen Arm um ihre Schultern.

**

Jasmin erschrickt, weil in diesem Moment die Reifen des Flugzeugs auf der Landebahn aufsetzen. Nach einem kurzen Ruck schiebt der Pilot den Hebel für den Umkehrschub vorwärts. Die Turbinen brüllen, die Landeklappen stemmen sich gegen den Fahrtwind und die Räder jagen über die Piste. Dann verlangsamt sich die Fahrt und sie rollen zur angewiesenen Position am Terminal.

Kapitel 3

Jasmins Zusammenzucken beim Aufsetzen des Flugzeugs kann Rebecca nicht nachvollziehen. Sie beobachtet ihre Sitznachbarin, die das einsetzende Gedränge auf den Gängen kalt lässt. Zudem reagiert sie weder auf das Öffnen der Gepäckfächer, noch auf die allgemeine Unruhe des Aussteigens, das die Passagiere an den Tag legen. Sie bleibt einfach auf ihrem Sitz kleben, eingesponnen in eine nur ihr zugängliche Welt. Nach einigen Minuten sieht die Chefstewardess auffordernd zu ihnen, doch Jasmin macht keinerlei Anstalten aufzustehen. Rebecca reißt der Geduldsfaden. Sie zerrt das Handgepäck aus der Klappe, dann schüttelt sie ihre Reisebegleiterin.

»Komm endlich. Es ist höchste Zeit auszusteigen. Die Crew will Feierabend.« Erstaunt starrt die Freundin auf die leeren Stuhlreihen.

»Sei bloß froh, dass dein Kopf nicht lose auf dem Hals sitzt. Den ließest du heute garantiert liegen.« Hinter dem spöttischen Lästern verbirgt sie ihre Verärgerung. Energisch bugsiert sie Jasmin zum Ausgang, bis diese bei der Passkontrolle aufmerksam jeden einzelnen Zollbeamten mustert. Rebecca fragt sich irritiert, nach was sie Ausschau hält. Der Zöllner schaut finster drein, als er den Einreisevermerk in ihre Pässe stempelt. Unbeeindruckt sieht er an ihrem Lächeln vorbei. Achselzuckend packt sie die Ausweispapiere in die Tasche und schiebt Frau 'Neben-der-Kappe' zum Kofferrondell. Zwei einsame Gepäckstücke kreisen übers ansonsten leere Band. Sie fischt die Koffer herunter und drückt ihrer Begleiterin ungeduldig den hochgezogenen Griff zwischen die Finger. Dann drängt sie Jasmin zum längst wartenden Transferbus. Sie ignoriert das kritische Taxieren der anderen Gäste und lotst die Freundin zu den letzten freien Plätzen. Besorgt wirft sie einen

Blick in ihr kreidebleiches Gesicht. Geistesabwesend starrt sie vor sich hin und nur in ihren jadegrünen Augen leuchtet eine winzige Spur Lebendigkeit. Was verdammt beschäftigt sie? Diese Frage stellt sie sich heute nicht zum ersten Mal. Ihr uniformierter Busbegleiter begrüßt die Spätankömmlinge herzlich.

»Mein Name ist Mehmet. Ich bin ihr Reisebegleiter. Jetzt sind wir vollzählig. Ich heiße sie willkommen. *Hoşgeldiniz.*« Der Omnibus verlässt das Flughafengelände und der Chauffeur steuert in südlicher Richtung durch die Metropole an der türkischen Riviera.

»Du liebe Zeit. Wo ist das Meer geblieben, wo die freien Strände?« Rebecca zieht ihre Augenbrauen hoch, doch Jasmin deutet nur entsetzt auf die massive Bebauung.

»Während meiner Studienreise hielten Frank, Achim und ich uns einige Tage hier in der Nähe auf«, rutscht es ihr heraus.

»Ich mag diese Riesenklötze nicht!«, schimpft sie, dann verstummt sie erneut. Rebecca schnaubt genervt, denn die rätselhaften Ausbrüche sind äußerst lästig. Sie betrachtet das bunte Treiben vor den Fensterscheiben. In den frühen Abendstunden zeichnet die Stadt das quecksilbrige Bild einer modernen Großstadt. Einheimische, die an Bushaltestellen warten. Querstraßen werden von Beeten mit mehrfarbigem Oleander umrandet und die Randsteine sind beängstigend hoch. Am erstaunlichsten jedoch findet sie den dauerhupenden Feierabendverkehr und wundert sich, wie ein Autofahrer trotz des Gewimmels erahnt, wer anfährt oder wer stehen bleibt. Der Reisebus zwängt sich durch die unterhaltsame Hektik, bis die Fahrspuren sich verengen und der Verkehr beschaulicher dahinplätschert. Ihr Reiseleiter plappert wie am Fließband und zaubert Geschichten aus dem Berufsfundus hervor. Er erzählt von Bräuchen, von der Kultur des Landes und natürlich von Orten, die einen Tagesausflug wert sind.

»In Myra können Sie Ihrem heiligen Nikolaus einen Besuch abstatten«, schmunzelt er und sieht in erstaunte Gesichter. »Sie verstehen mich richtig, ihr christlicher Schutzheiliger stammt aus der Türkei.« Da huscht das Ortsschild Belek an ihnen vorbei. Im selben Augenblick schreckt Jasmin aus ihrer weltabgekehrten Haltung auf. Wie verrückt schüttelt sie ihre Begleiterin.

»Wohin bringst du mich? Rebecca, wohin um Gottes willen bringt uns dieser Bus?«

»Jetzt reicht es aber. Du sprichst in Rätseln, dann schweigst du, bis du das nächste Mal wie von einer Tarantel gestochen aufspringst. Es langt mir, hörst du. Aber bitteschön, das *Bahçede*-Resort liegt am Rand von Kumköy und wenn es dich beruhigt, es ist ein kleines Familienhotel. Lass mir die Freude auf Liegestuhl, Strand und Wellness. Für meinen Urlaub fehlt mir allerdings eine Urlaubsfreundin, mit der ich auch etwas anfangen kann«. Jasmin starrt sie an.

»Kumköy?« Rebecca nickt, da knickt die Sitznachbarin in sich zusammen und murmelt heiser.

»Hilf mir, lieber Himmel, hilf mir doch.«

»Ich bin zwar nicht der Himmel, aber helfen will ich dir trotzdem. Ich verstehe dich nur nicht. Erst flippst du bei Antalya aus, jetzt scheint es bei Kumköy der Fall zu sein. Rede endlich mit mir. Vernünftig, wenn das geht,« murrt sie. Erneut bleibt Jasmin ihr eine Antwort schuldig. Da wendet sich Rebecca wieder dem Reiseleiter zu, der eine Geschichte vom Baumwollanbau erzählt. Zwischendurch sieht sie zu ihrer Reisebegleitung, die zusammengekrümmt in ihrem Sitz kauert.

»Magenschmerzen«, lautet ihre einsilbige Auskunft auf wiederholtes Nachbohren. Die Besorgnis nimmt mit jedem Kilometer zu. Sie greift nach ihrer schweißnassen Hand. Auch ihr aschfahles Gesicht ist von einem feuchten Film überzogen. Einen Reim auf ihren desolaten Zustand kann sie sich nicht machen und hofft, dass keine ernsthafte Erkrankung vorliegt. Endlich biegt der Reisebus zum Hotel ab. Auf ihren Arm gestützt, wankt Jasmin aus dem Bus und ein Träger bringt ihre Gepäckstücke ins Foyer. Sie schiebt die angeschlagene Freundin kurzerhand in einen weinroten Klubsessel, geht zur Rezeption und legt die Pässe für den Check-in auf den Tresen. Sie bittet um den Besuch eines Arztes, dann folgen sie dem Kofferboy in den zweiten Stock. Die Vorhänge sind noch zugezogen, um die Hitze des Nachmittages fernzuhalten. Sie schiebt die Stoffbahnen beiseite und hebelt die Balkontür auf, um frische Luft hereinzulassen.

»Der Blick verschlägt dir die Sprache«. Jasmin reagiert nicht, denn sie liegt zusammengerollt auf dem Bett. Unter sich vergräbt sie die Bougainvillea-Blüten, welche zuvor in Herzform gedrehte Handtücher auf dem Doppelbett schmückten. Da klopft es energisch an der Tür.

»Dr. Levent Özkol. *Iyi akşamlar.* Guten Abend«, entbietet der Arzt den Abendgruß und reicht ihr die Hand. Sie zeigt auf ihre Reisebegleiterin, die den Fragen des Arztes nur mit dumpfem Stöhnen antwortet.

»Sie ist extrem durcheinander. Seit Kurzem klagt sie über Magenschmerzen und jetzt über Krämpfe,« erklärt Rebecca und setzt ergänzend hinzu: »Ich vermute, auch wenn es eigenartig klingt, dass ein Zusammenhang mit dem Tod ihres Ehemanns besteht. Er verunglückte vor einigen Monaten. Doktor Özkol, ich mache mir Vorwürfe, weil ich sie zu dieser Reise drängte. Sie steht immer noch unter Schock.« Zumindest glaubte ich das bisher, berichtigt sie sich still.

»Sie leidet an Schwermütigkeit. Ich dachte, dass ein paar Tage in der Sonne ihr nicht schaden könnten. Außerdem belastet sie eine alte Leidensgeschichte, aus der sie allerdings ein Geheimnis macht«, beschreibt sie ihrem faszinierenden Gegenüber die kümmerlichen Erkenntnisse. Der Arzt sieht sie aus tiefschwarzen Augen an, dann lächelt er.

»Keine unnötigen Sorgen, Madam.« Oft verursachen verschiedene Faktoren gleichzeitig einen Zusammenbruch, wie er bei ihrer Reisebegleiterin vorliegt. Ich verabreiche ihr ein leichtes Beruhigungsmittel, das vorrangig die Verkrampfungen auflöst. Sie wird bald tief schlafen.« Er entnimmt der Arzttasche eine Ampulle, reinigt Jasmins Armbeuge und setzt die Injektion. Das Timbre in seiner Stimme verfehlt die Wirkung auf Rebecca nicht. Er erhebt sich von der Bettkante und schließt die Arzttasche.
»Morgen früh sehe ich nach ihr. Gegen 9.00 Uhr, wenn es recht ist. Allen Umständen zum Trotz ist es mir ein Vergnügen, da ich dann auch Sie wiedersehe.« Galant fasst er ihre Hand, haucht einen Handkuss auf die Innenseite der Handfläche und verabschiedet sich mit einem leisen »*İyi akşamlar*«. Seine charmante Aufmerksamkeit bringt die meist routinierte Hotelmanagerin kurzfristig aus dem Gleichgewicht und so starrt sie hinter ihm her. Feuer lodert in ihren stahlblauen Augen und ihre Zungenspitze gleitet über das Lipgloss. Welch ein blendend aussehender Mann. In diesem Alter eindeutig verheiratet, diagnostiziert sie. Schade, analysiert sie weiter und öffnet Jasmins Koffer. Sie entnimmt daraus Nachtwäsche und den Waschbeutel, dann bugsiert sie die Apathische ins Bad. Sie hilft ihr beim Umziehen, drückt ihr die Zahnbürste in die Hand und bringt sie letztendlich wieder ins Bett. Mit einem leisen »Schlaf dich gesund!«, umarmt sie die Freundin und zieht ihr die leichte Sommerdecke zurecht. Sie aber packt beide Reisekoffer aus, bevor sie sich mit ihrer Urlaubslektüre unter dem Arm auf den Balkon setzt. Das Buch bleibt jedoch in ihrem Schoß liegen, ohne dass sie auch nur eine einzige Zeile liest. Stattdessen versucht sie, das Rätsel zu entwirren. Das gelingt ihr genauso wenig, wie die Ursache für das Chaos zu finden. Das Geheimnis, das ihre Freundin mit sich herum trägt, beschäftigt Rebecca in der Tat. Sie schaut ins Schlafzimmer, wo

ihre Gefährtin inzwischen völlig entspannt ruht. Erneut zupft sie ihr die Bettdecke zurecht, bevor sie auf den Balkon zurückgeht. Um den Neuanfang zu beginnen, muss diese Heimlichtuerei aufhören, überlegt sie. Allerdings darf sie die Schlafende nicht drängen, sondern muss abwarten, auch wenn ihr das schwerfällt. Ihre Grübelei führt sie bald zur einstigen Studienreise, denn inzwischen ist ihr in den Sinn gekommen, dass die Freundin vor ihrer Ehe an einer Exkursion teilnahm. Damals besuchten sie auch Antalya, wie Jasmin vorhin verlauten ließ. Ratlos zuckt sie die Schulter. Es erschließt sich trotzdem kein Grund für ihre panische Reaktion. Im Flugzeug faselte sie etwas von Wurzeln in der Erde. So ein Quatsch. Im Bus brachte sie dann der Urlaubsort durcheinander. Gemeinsam drückten sie die Schulbank und teilten im Laufe ihrer Freundschaft manche Heimlichkeit. Warum nicht diese? Plötzlich fällt es ihr wie Schuppen von den Augen. Natürlich! Jasmin verbrachte im Jahr nach der Exkursion ein Auslandsemester auf einer griechischen Insel. Es könnte durchaus möglich sein, dass sie damals noch einmal nach Kumköy fuhr. Aber warum? Es bleibt ein Rätsel, was zu Jasmins Aussetzern führte und weshalb Achim ihr vor der Ehe ein Schweigeversprechen abnahm. Ihre gemeinsamen Urlaubstage sollen den Schmerz ihrer Freundin unter der Spätsommersonne verblassen lassen. Zwischenzeitlich ist ihr allerdings klar, dass kaum mehr nur Achims Tod für den Zusammenbruch verantwortlich zeichnet. Hartnäckig versucht sie, aus den kargen Informationen Vernünftiges abzuleiten, bis sie ergebnislos aufgibt.

Jasmins Trauer um Achim konnte sie immer nachvollziehen. Denn ihr ist bisher niemand begegnet, der seine Ehefrau so auf Händen trug wie er. Seine Fürsorglichkeit durfte fehlen. Zu Beginn ihrer Ehe beneidete sie die Freundin um ihr Glück. Der einstige Herzensbrecher interessierte sich ausschließlich für die ihm Angetraute. Er stellte sie auf den Sockel seiner Bewunderung. Trotz ihrer Freundschaft mit Jasmin verdrehte der verheiratete Charmeur ihr anfangs regelmäßig den Kopf und es fiel ihr nicht leicht, die eigene Gefühlsduselei unter Verschluss zu halten. Wo kommen die seltsamen Reflexionen nur her, wundert sie sich. Im Moment führen ihre Grübeleien zu absurden Fantasien. Vermutlich treibt ihr Hunger diese skurrilen Blüten und so schleicht sie sich aus dem Zimmer, um den Versorgungsengpass mit Kalorien aufzufüllen. Im Speisesaal findet sie reichlichen Nachschub für einen ausgedehnten Gaumenkitzel. Beim Rückweg schlendert sie an der Bar in der Empfangshalle entlang und entscheidet sich für einen Absacker. Schwungvoll nimmt sie auf einem Barhocker Platz. Sie betrachtet ihr Gesicht zwischen einer Flaschenansammlung, die auf Glasregalen präsentiert wird. Der Barmann reicht ihr die Karte und ihre erste Idee gilt einem *Raki* zur Verdauung nach der üppigen Mahlzeit. Auf der Getränkekarte sticht ihr jedoch der Cocktail 'Sex-on-the-beach' ins Auge. Prompt unterliegt sie der Versuchung und ordert diesen bunten Alkohol-Saft-Shake. Der Barkeeper serviert das Getränk mit Glitzerkram, Orangenherzchen und Zuckerrand. Rebeccas Fantasie vermischt sich mit reizvollen Hintergedanken und einem Hauch Erotik. Sie nippt an ihrem Trinkhalm und schon sieht sie die dunklen Samtaugen des attraktiven Arztes vor sich. Sie umkreist ihn gedanklich, wie eine Katze die Milchschüssel. Welch ein verlockender Charismatiker. Ihre Zungenspitze leckt über ihre zuckerverwöhnte Unterlippe, während ihr der eigene verführerische Blick bei der Fantasievorstellung im Spiegelbild entgegen leuchtet.

Kapitel 4

Es klopft. Rebecca öffnet Dr. Levent Özkol am nächsten Morgen die Zimmertür. Er tritt ein und mustert sie, da schießt eine feine Röte in ihr Gesicht. Er sieht darüber hinweg und richtet den Blick stattdessen auf die Patientin, die seinen Morgengruß mit »*Günaydın*« erwidert.

Sie beantwortet die Frage nach ihrem Befinden und bedankt sich für seine Mühe am gestrigen Abend. Routiniert überprüft er, ob ihr angespanntes Zittern abgeklungen ist, ob sie normal reagiert. Noch wirkt sie beunruhigt. Keineswegs ist sie inzwischen auf einen sorglosen Urlaub eingestimmt. Er kennt diesen inneren Aufruhr aus eigener Erfahrung, denn nach dem Tod seiner Ehefrau dauerte es mehrere Monate, bis er ihr Fehlen nur annähernd verarbeitet hatte. In solchen Fällen galt es sich in Geduld zu üben, um den ungewohnten Rhythmus in einem neu strukturierten Leben zu akzeptieren. Er schüttelt die persönlichen Gedanken ab und misst ihren Blutdruck, der niedrig, aber unbedenklich ist. Da lächelt er sie und Rebecca fragend an.

»Willkommen in ihrem Urlaubsdomizil. Im Hotel benötigt mich momentan niemand und in der Praxis habe ich heute Ruhetag. Darf ich die Damen zum Frühstück begleiten?« Er lädt sie zwar gemeinsam ein, dennoch schaut er in erster Linie zu ihrer Urlaubsgefährtin, stellt Jasmin fest.

»Wenn Sie möchten, zeige ich Ihnen gerne ein wenig von der Umgebung.« Rebecca versinkt in der samtenen Schwärze seiner Augen, denn Dr. Özkols Aufmerksamkeit versetzt die sonst eher selbstsichere Geschäftsfrau in Euphorie. Ohne ihre Freundin zu fragen, stimmt sie mit einem Strahlen im Gesicht zu. Diese genießt ihre Beobachterrolle und analysiert das Turteln der beiden. Selbstbewusst hängt Rebecca sich an den Arm des

Arztes. Es ist ungeheuerlich, mit welch einer Selbstverständlichkeit sie ihn in ihr Netz zu ziehen versucht. Abgelenkt von ihrer eigenen Planlosigkeit, fesselt sie die aufgekratzte Begleiterin, wie auch die offenkundige Zuwendung des Mannes. Er ist hoch gewachsen und überragt die keineswegs kleine Frau an seiner Seite trotz ihrer hohen Absätze. Ihr perlendes Flirtlachen übertönt obendrein das Klicken ihrer Stöckelschuhe auf dem Marmorboden. Ihr Zielobjekt gibt im fliederfarbenen Hemd zur schlichten schwarzen Hose ein stattliches Erscheinungsbild ab. Jasmin schlendert hinter den beiden her und dabei entgeht ihr nicht, wie der scheinbar so Souveräne rückseitig unruhig mit Daumen und Zeigefinger hantiert. Mit einem Mal dreht er sich um und hält auch ihr auffordernd eine freie Armbeuge hin. Er begleitet sie zu einem Tisch im Außenbereich. Jasmin schnuppert die salzhaltige Luft, die sich mit einem Blütenbouquet vermengt. Neben mediterranen Palmen blühen Rosen in unterschiedlichsten Farbschattierungen. Ein Kellner serviert Kaffee für Rebecca und *çay*, türkischen Tee für Dr. Özkol und sie selbst. Obwohl die Auswahl am Büfett appetitlich aussieht, fällt ihre Entscheidung auf einen Sesamkringel, den man *simit* nennt. Sie bestreicht ihn mit Butter und Rosenmarmelade. Hunger verspürt sie nicht, doch zumindest ihr Magengrummeln will besänftigt werden. Sie nimmt ihr heißes Teeglas vorsichtig zwischen die Finger und lehnt sich zurück, um den Fokus erneut auf Beobachtung zu stellen. Inzwischen ist ihr klar, weshalb Frau 'Supermodell' in den frühen Morgenstunden bereits vor dem Kleiderschrank herum experimentierte. Jasmin schmunzelt, wie die stets Hungrige mit der Riesenauswahl kämpft und gleichzeitig kokett flirtet. Ihre eng anliegende Jeans betont jede Kurve an ihr. Das knallenge T-Shirt mit tiefem Ausschnitt wirkt hier unangebracht. Ich muss ihr erklären, dass sie in der Türkei nicht so aufreizend wie zu Hause herumspazieren darf. Dabei ist die Sprache ihrer erotischen Anbandelei überdeutlich. Noch bevor Jasmin in eigene Träume zurücksinkt, schallt Rebeccas glockenhelles Lachen herüber. Es lenkt ihre Konzentration erneut auf das Gespann, das endlich fündig geworden zu sein scheint. Dr. Özkol trägt Brot und Käse. Auf dem Teller der Freundin veranstalten diverse Leckereien ein turmhohes Farbenspiel. Ein Jungkellner folgt ihnen mit einem Obstteller. Aufmerksam füllt er Jasmins leeres Teeglas nach, bevor er ans Büfett zurückkehrt. Die beiden ermuntern sie zuzugreifen, doch sie wehrt ab. Selbst der Sesamkringel liegt kaum berührt vor ihr. Kurz lauscht sie den Plaudereien am Tisch, da steht sie unvermittelt auf. Sofort erhebt sich auch Dr. Özkol.

»Lasst euch bitte nicht stören. Ich möchte ans Meer. Ich muss allein mit mir ins Reine kommen.« Fragend zieht er die Augenbrauen hoch.

»Das Plaudertäschchen neben Ihnen konnte den Schnabel noch nie halten. Sie dürften inzwischen bestens informiert sein«, antwortet sie ihm mit einem Seitenblick auf Rebecca. »*Teşekkür ederim*, Dr. Levent *bey*, für ihr Verständnis wie auch für den erholsamen Schlaf heute Nacht,« dankt sie ihm noch einmal in der Landessprache, bevor sie sich ihrer Begleiterin zuwendet.

»Unternimm du mit dem Doktor den versprochenen Ausflug. Ich hole mir die Zimmerschlüsselkarte später an der Rezeption.« Sie winkt ihnen zu, wobei sie absichtlich die staunenden Mienen der beiden ignoriert und schlendert durch die gepflegte Grünanlage. Bald trifft sie auf den terrakottafarbenen Pflasterweg, der zum Strand führt. Am gestrigen Abend tat sich ein früherer Lebensabschnitt auf und ein Sog erfasste sie. Wie im Zeitraffer schleuderte sie durch Gegenwart und Vergangenheit, erschüttert in ihrer so gleichförmig gewordene Welt. Erst der Nadelstich von Dr. Levent Özkols Spritze zog sie in die Realität zurück, bevor das Medikament ihr einen traumlosen Schlaf bescherte. Gebannt betrachtet sie jetzt den

Küstenstreifen, bis ihr Atem stockt. Fragmente aus ihrem zurückgedrängten Leben lösen sich, steigen empor und sie saugt die Gefühlsregung wie ein trockener Schwamm auf. Es vermittelt ihr Vertrautes, ein tröstliches Wohlbehagen und die unmissverständliche Botschaft, zu Hause angekommen zu sein. Einige regungslose Momente bleibt sie stehen und streckt ihr Gesicht in die Sonne. Dann setzt sie einen Schritt vor den andern, langsam zuerst, bis sie das Tempo steigert und in Joggingtempo verfällt. Für den außenstehenden Betrachter ist sie eine Touristin, auf dem Weg zum Strandlauf, bekleidet mit einer sportlichen Siebenachtelhose zum T-Shirt. Um die Stirnfransen ihrer Kurzhaarfrisur zurückzuhalten, bindet sie sich, ohne anzuhalten, ihr Halstuch um den Kopf. Die Bandzipfel wippen im Morgenwind, bis sie den sandigen, von der Oktobersonne gewärmten Untergrund erreicht. Hier schlüpft sie aus den Turnschuhen und lässt kleine vorwitzige Wasserzungen an ihren Zehen lecken. Jetzt schiebt sie jeden Zweifel beiseite, denn sie ist ein für alle Mal zurückgekehrt. Ihr Herz stolpert, dann beginnt es zu rasen. Unwirkliche Bilder flirren vor ihren Augen, wie sich im morgendlichen Dunst die bekannte halbmondförmige Silhouette von Side abzeichnet. Energisch schüttelt sie den Kopf, bleibt stehen und betrachtet die aufgesetzten Schaumkronen, die auf den Wellenkämmen hüpfen. Die Schnürsenkel ihrer Schuhe hält sie in der Hand. Nachdenklich schlendert sie am Ufer entlang, schaut auf kilometerweite Liegestuhlreihen. Darüber ziehen sich bunte Tuchplanen zum Schutz vor den Sonnenstrahlen. Am Morgen sind nur wenige Gäste unterwegs. Ein Jogger in knappen Shorts setzt zum Sprint an, Kleinkinder planschen mit ihren Eltern im Meer, einzelne Senioren gehen spazieren und sonnenhungrige Mädchen in schmalen Stoffstreifen. Sie wünscht sich an die Stelle dieser unbeschwerten Touristen, weil sie selbst meilenweit davon entfernt ist.

Wie soll ein Urlaub hier funktionieren, in dem Land, in dem er mit seiner Familie lebt und in dem ihr Sehnsuchtshunger den Takt vorgibt. Ihre quälende Traurigkeit erinnert sie an die bitteren Träumereien, in denen sie eine Begegnung herbeisehnte. Sie fischt das Geschenk von Kenans Großmutter aus dem Ausschnitt. Am Morgen fand sie das herzförmige Medaillon in ihrem Waschbeutel. Unbewusst musste sie es eingepackt haben. Ihre Faust umschließt das Pfand der Liebe und wieder strahlt der Silberschmuck eine seltsame Wärme ab. Die alte Frau wird kaum noch leben, denn zu viel Zeit ist vergangen, beantwortet sie ihre im Innern aufflammende Frage. Dennoch nimmt *babaanne* vor ihren Augen Gestalt an. Ihr altersgezeichnetes Gesicht ist von einem dunklen Kopftuch mit elfenbeinfarbener Spitzenborte umhüllt. Wie damals sieht sie ihr bis auf den Grund der Seele. Ihr zahnloses Lächeln zeichnet das strenge Antlitz weich. Bereits bei ihrer ersten Begegnung schwang eine gewisse Seelenverwandtschaft zwischen ihnen, weil sie und nur sie, die Emotionen wahrnahm, die ihren Enkel mit der Ausländerin verband.

»Es ist Zeit, dass du kommst«, raunt sie, dann ist die Erscheinung fort. Selbst sie, die Mutter des Familienoberhauptes, durfte seinerzeit nicht verhindern, dass ihre Zukunft mit Kenan in einem Meer aus Tränen zerfloss, dass jede Hoffnung wie fallendes Spiegelglas zerschellen musste. Die Ehre der Familie steht über der Liebe, verkündete sie, als sie neben ihr am Abgrund auftauchte und sie vor dem endgültigen Schritt bewahrte. Der Vater von Kenan bestimmte die Braut für seinen Sohn und Jasmin bezahlte einen hohen Preis dafür. Ihre nie verheilten Wunden brechen nun auf und sie spürt die jahrelang betäubten Verletzungen. In der Vergangenheit verhinderte ihre verzweifelte Sehnsucht das unwiderrufliche Vergessen. Sie folgte ihr zeitlebens und versperrte jedes Bemühen, sich in den liebevollen Ehemann zu verlieben. Tränen skizzieren ein vergängliches Bildnis in den Sand. Niemals mehr wollte sie an die Orte dieses Schmerzes zurückkehren, doch sie ist sich nicht mehr sicher, ob das stimmt.

Mit den Augen folgt sie den Wellenkämmen, dann bleibt sie wie eine Schlafwandlerin mitten in einem Wasserloch stehen. Ihre Hand umklammert das Medaillon, bis vor ihr die Bilder eines veränderten Küstenstreifens entstehen. Wie eine Fata Morgana erscheint eine schmale Sandfläche vor ihr, dahinter liegt die noch unbebaute Natur. Silbergrünes Schilfblatt wuchert an der Böschung des Flussbettes. Zwischen etliche Felsbrocken schmiegt sich eine windgebeutelte Hütte und vor dem Anlegesteg schaukelt ein Fischerboot, an dem die Farbe abblättert. Elfenbeinfarbene Disteln strecken ihre ausgebleichten Blätter der Sonne entgegen. Zeitgleich spitzen filigrane lilafarbene Blüten aus den oberen bereits grünen Kugeln. Vor Jasmins Augen fliegen die Bilder im Zeitraffer vorbei und versetzen sie wie einst ins Staunen. Vor ihr breitet sich die Landschaft aus dem Herbst 1976 aus. Trockenes Gestrüpp markiert den ausgetretenen Weg zum Meer, überall Brachflächen, wertloses Land für die Landwirtschaft. Sie studiert das beschauliche Dorf Kumköy, das aus einzelnen, einstöckig gemauerten Häusern besteht. Eisenstreben ragen wie Speere in den wolkenlosen Spätsommerhimmel. Fässer lagern auf Betonböden, denn sie enthalten das sonnenbeheizte Duschwasser. Weinstöcke, gepflanzt in leere Ölbehälter, beschatten die Freiluftsitz- und Schlafgelegenheiten. Sie sieht zwei bescheidene Pensionen, einen Dorfladen, in dem man von der Zeitung bis zum türkischen Nationalgetränk *Raki* auf kleinstem Raum das Alltägliche einkaufen kann. Ein Markt mit frischem Obst und Gemüse. Im Teehaus ausschließlich Männer, die lautstark diskutieren, rauchen, Backgammon oder Karten spielen. Arbeiter beenden die letzten Feinarbeiten an der Moschee. Die Kupferdächer der Waschplätze vor dem öffentlichen Badehaus leuchten in der Sonne. Dahinter fruchtbares Grünland, Ackerland und Obstgärten. Mittendrin ein einzelnes Haus, eine Teestube mit Familiengarten. Viel bietet das kleine Dorf ihren Gästen nicht. Die Ortschaft fasziniert Jasmin durch das Ungewohnte, das Fremde und weil Kenan hier lebt.

»Kenan«, ruft sie ihn jetzt leise und öffnet die Augen, die sich an einer weiteren Luftspiegelung über dem Meer verfangen. Zuerst scheint alles verschwommen. Dann lichtet sich der undurchlässige Nebel und die Schwaden ziehen fort. Sie sieht den jungen Fischer im hoch aufgeschossenen Körper, wie damals in fadenscheinigen Beinkleidern. Das kantige Gesicht wird durch die Hauttönung hervorgehoben und eingerahmt von einer blauschwarzen Mähne. Er öffnet die Lippen.

»*Aşkim* ...«, ruft er. Verzerrt nur hört sie die Silben, weil ein Windstoß weitere Buchstaben davon treibt. Weich leuchten die Silberlichter in Kenans Iris und sie schlagen sie in Bann. Es ist ihr unmöglich, die Botschaft zu entziffern. Schmerzlich verfremden sich Kenans Lippen zu einem Strich. Die dichten Wimpern senken sich und verdecken den resignierten Blick. Stumm wartet er, doch aus dem Hintergrund wabbern bereits Nebelfetzen auf ihn zu, die ihn erneut zu verschlucken drohen. Die Versteinerung, mit der Jasmin seine unhörbare Nachricht zu entschlüsseln versucht, weicht von ihr. Sie streckt ihre Fingerspitzen, um ihn zu erreichen. Noch einmal spricht er, doch auch diese Worte fliegen tonlos davon. Undurchdringliche Schwaden stoßen den Geliebten in der Tiefe des Meeres zurück. Ihr Aufschrei prallt gegen die konturlos gewordene Wand. Da schlägt sie die Hände vors Gesicht und sinkt in der Pfütze aufs Knie.

Die Nässe beendet ihren bizarren Wachtraum, doch in ihrer Kehle brennt das Verlangen. Aus einem Radio am Strand erklingt ein Lied der schwedischen Gruppe ABBA. Tränen tropfen auf Sand, weil die nebulösen Bilder Jasmin gleichbleibend verunsichern, wie Glück in ihr aufsteigt. Sie ignoriert das nassgewordene Kleidungsstück und wirbelt herum. Die Finger fest um das Medaillon geschlossen, sieht sie Kenans Gesicht ein weiteres Mal vor sich. Mit leuchtenden Augen sucht er den Kontakt mit ihr. Es ist der gleiche faszinierende Blickkontakt, der sie auch in der Ferne fand. Oft, viel zu oft sah sie die wolfsgrauen Augen, hörte seine heisere Stimme, wenn sie vergeblich Schlaf herbeisehnte.

»*Gel aşkım*, komm meine Liebste.« Schon kurz nach ihrer Eheschließung tauchten die ersten Traumbilder auf, welche Zweifel an der Richtigkeit ihres Tuns in ihr säten. Zu spät allerdings, denn inzwischen war sie mit Achim vor den Traualtar getreten. Dessen ungeachtet schreckte sie von Zeit zu Zeit aus ihren Träumen auf, um sich die unvermeidbare Frage zu stellen. Hätte sie Kenans Rückkehr vom Nachbarort abwarten sollen, damit er die endgültige Entscheidung traf?

Ein roter Kinderball trifft Jasmin an den Beinen und sie zuckt erschrocken zusammen. Ein sonnenbrauner kleiner Junge in bunter Badehose rennt hinter dem Ball her, hält vor ihr an und neigt den Kopf. Er entschuldigt sich mit einem Schüchternen »*Affedersiniz.*«

»*Bir şey değil*, macht nichts«, antwortet sie ihm und schaut in seine verlegenen Knopfaugen. Sie lächelt das Kind an, doch dann winkt sie ihm schnell. Diese Augenfarbe. Nein, sie ist viel zu dunkel. Entschieden schlägt sie den Weg zum Hotel ein und hält Ausschau nach Hinweisen, die den Standort erschließen. Die massive Bebauung die Kumköy im Tourismus erlebte, veränderte die Umgebung. Aufgeschüttete Sandstrände ziehen Urlauber an, sodass die einst wertlosen Grundstücke eng mit Hotelkomplexen überbaut sind. Dessen ungeachtet wird sie das Gefühl nicht los, dass alles in der Nähe dieser Anlage begann. Ihr merkwürdiges Bauchgefühl, wie auch das Medaillon, das erneut Wärme abstrahlt, schüren ihre Vermutung. Sie speichert jedes Detail. Palmen, mediterrane Sträucher und Blüten, die dank künstlicher Bewässerung einen herben Duft versprühen. Die seitlich eingezäunte Zitronenplantage, gegenüber ein Volleyballnetz und Fußballtore auf dem Sportgelände. Am Ende des Pfades die gelben und orangefarbenen Bungalows neben dem zentralen Gebäude des Hotels. Lag die Fischerhütte hier in der Nähe überlegt sie, dann musste sie längst einem Hotelkomplex Platz machen. Ihr einziger Orientierungspunkt bleibt der Fluss, sofern er nicht kanalisiert wurde. Mit logischem Verstand lassen sich die sonderbaren Gefühle kaum rechtfertigen. Dennoch scheint alles zu passen. Inzwischen mutiert ihr Rumoren im Bauch zu einem Samba tanzenden Schmetterlingsschwarm. Energielos sinkt sie auf eine Bank und hält ihr Gesicht in die Meeresbrise. Da tauchen weitere Erinnerungen auf und führen sie in die Vergangenheit zurück.

***

Keine menschliche Stimme störte den verzauberten Moment, den nur das gleichmäßige Tuckern des Bootsmotors begleitete. Obwohl sie aus verschiedenen Kulturen stammten und ihnen nur ein winziger gemeinsamer Sprachschatz zur Verfügung stand, funktionierte die Verständigung. Wenn Worte nicht genügten, reichte ein Lächeln, ein Aufleuchten in den Augen, um die wortlose Sprachmelodie aller Verliebten in Gang zu setzen. Im nächtlichen Schatten kühlte die aufgeheizte Luft des Tages rasch ab und sie zog ihre Strickjacke aus der Tasche, bis Kenan die Arbeit beendet hatte. Dann legte er ihr den Arm über die Schulter und lenkte das Fischerboot zur Anlegestelle. Er streckte ihr die Hand entgegen, um ihr beim Aussteigen zu helfen.

»*Bekle!*« Mit einer Handbewegung bat er sie, zu warten. Dann verschwand er in der Hütte. Wenig später kam er mit Wassertropfen in den blauschwarzen Locken zurück. Er duftete nach Kernseife und an seinem Arm baumelte ein Korb. Die rissige Arbeitshand verschränkte sich mit ihren Fingern, so führte er sie im Mondlicht eine Anhöhe hinauf. Sanft setzte er sie dort auf einen sonnenwarmen Felsbrocken. Unter ihrem windgeschützten Platz lag die dunkle Silhouette des Meeres und das monotone Wellengeräusch versetzte sie in einen Traumzustand. Kenans Fingerspitzen strichen über ihre Arme, ehe er ihre Hand an die Lippen zog und zärtlich die Fingerkuppen küsste. Schauer rieselten durch ihren Körper, da zog er sie eng an sich und suchte ihren Mund. Der Boden begann zu schwanken. Tastend schob er seine Zungenspitze an ihre, umspielte sie, knabberte an ihr. Der Kuss raubte ihr den Atem. Niemals zuvor hatte sie die Berührung von zwei Zungen so unvergleichlich empfunden.

»*Seni seviyorum*, ich liebe dich«, flüsterte er ihr ins Ohr. Die fremde Liebeserklärung entführte sie in eine Märchenwelt wie aus 'Tausend und einer Nacht'. Eng aneinandergeschmiegt tauschten sie Zärtlichkeit aus und das Sternenzelt spannte über ihnen einen Bogen. Das Wellengeplätscher sang ein Liebeslied und die intensiven Aromen der Vollmondnacht verströmten den Zauber eines betörenden Parfüms. Dabei übertönte das Zirpen einiger Zikaden fehl am Platz erscheinende Geräusche. Atemlose Leidenschaft spann in diesem Moment ein Gespinst, das nie mehr wich. Noch kannten sie ihr Schicksal nicht und ebenso wenig sahen sie den Schmerz und die Tränen kommen, die sich unter dem Deckmantel des jungen Glückes verbargen. *Kismet*!

***

Plötzlich erwacht sie aus ihrem Traum und kehrt in die Gegenwart zurück. Sie denkt an Kenan und an ihren kleinen

Sohn, den sie vor langer Zeit in einem Zustand unsagbarer Verzweiflung bei seiner Großmutter zurückließ..
»Wo finde ich euch?« Seid wenigstens ihr glücklich geworden?»

Kapitel 5

Der Mann am Strand beobachtet die Fremde, wie sie seinem Enkelkind über den Kopf streicht und ihm den Ball in die Hände drückt. Sie winkt dem Kind und schlägt den Weg zum 'Bahçede-Resort' ein. Obwohl er das Gesicht der Unbekannten nicht erkennen kann, sieht er ihr hinterher. Ihr Haar wird von einem Tuch festgehalten, darunter aber blitzt es kastanienbraun hervor. Diese Farbe besitzt zwar keinerlei Ähnlichkeit mit Yasemins rotblonder Haarpracht, die in der Sonne stets wie durch den Hammer getriebenes Kupfer leuchtete. Ihre anmutigen Bewegungen hingegen gleichen denen in seiner Erinnerung durchaus. Fünfundzwanzig Mal sah er seit dem Fortgehen seiner Liebsten die Jahreszeiten ankommen und weggehen. Auch heute kämpft er, wie immer wenn der Sommer das Zepter an den Herbst übergibt, mit schwermütigen Gefühlen. In diesem Jahr setzt ihm die Unruhe mehr als sonst zu. Könnte die Fremde seine Yasemin sein? Er schüttelt den Kopf, weil er glaubt, schon überall Gespenster zu sehen. Inständig hofft er, dass Sohn und Schwiegertochter bald zurückkehren und ihn vom Hüten des Enkels erlösen. Vor zwei Tagen lag in der Hotelhalle eine deutsche Zeitschrift. Er wollte das Papier zusammenknüllen, da sprang ihm die Überschrift ins Auge.
Tödlicher Tauchunfall in der Ägäis. Professor Dr. Achim Wendlinger, bekannter Kunsthistoriker aus Bonn verunglückt vor Lesbos beim Tauchen.
Als er den kurzen Text las, beschleunigte sich sein Herzschlag und begann zu flattern. Obwohl die Illustrierte vom Mai des Jahres stammte, nährte die Notiz die nie aufgegebene Hoffnung auf Yasemins Rückkehr. Das Zeitungsbild bildete drei Frauen ab, doch die eine hinter dem Schleier war nur verschwommen zu sehen. Warum er glaubte, ausgerechnet in

ihr die Verlorene wiederzuerkennen, wusste er selbst nicht genau. Am gleichen Abend noch suchte er mithilfe moderner Technologien und vollständigen Namensdaten des Ehemannes nach der Telefonnummer in Deutschland. Er rief an, doch eine fröhliche Kinderstimme teilte ihm mit, dass niemand zu Hause sei. Er legte auf, ohne eine Nachricht auf dem Anrufbeantworter zu hinterlassen. Ein zweiter Versuch blieb ebenso erfolglos. Seit dem Fund der Zeitung fällt es ihm extrem schwer, sich zu konzentrieren und selbst der Tatendrang, mit dem er normalerweise den Hotelbetrieb am Laufen hält, ist geschwunden. Seine kleine Schwester schickte ihn deshalb mit dem Kind an den Strand.

»Dort richtest du wenigstens keinen Schaden an. Aber pass auf Tarık auf!«, legte sie ihm vor zwei Stunden ans Herz. Er baute mit dem Dreijährigen eine Sandburg, dann sammelten sie Muscheln, um das Bauwerk gemeinsam zu verzieren. Bald langweilte sich das Kind und vor einigen Minuten sprang es mit seinem Ball los. Er kickte ihn unkontrolliert herum, bis er ihn der Fremden an die Beine schoss. Strahlend kehrt er nun zu ihm zurück und fordert, mit dem Spielball in den Händen, lautstark die ungeteilte Aufmerksamkeit des Opas. Hartnäckig zupft er an Kenans Hosenbeinen.

»*Dede!*, Opa!« Er schiebt die Nachdenklichkeit zur Seite, um mit dem Kind zu spielen. Allerdings drängen die Erinnerungen ungefragt an die Oberfläche und *babaannes* Medaillon, das er unter dem T-Shirt trägt, strahlt heute eine sonderbare Wärme ab. Weitere Fragmente des Gedankenpuzzles fügen sich aneinander, kaum dass der Junge dem Ball wieder hinterherjagt.

Das Glück zerrann ihm zwischen den Fingern. Nur wenige unvergessene Momente blieben zurück, bevor einer Handvoll glückseliger Tage entbehrungsreiche Jahre folgten. Freunde hielten seine Zukunftspläne für unerreichbare Hirngespinste. Trotzdem konnte ihn keiner davon abhalten, das gesteckte Ziel zu verfolgen. Jeder noch so kleine Erfolg spornte ihn an, denn in sich trug er die Hoffnung auf Yasemins Rückkehr. Sie sollte Besseres vorfinden, als körperliche Mühsal in einem Bergdorf. Im aufstrebenden Tourismus versank er ihn in Arbeit und brachte so Lira um Lira auf die Bank. Nach kräftezehrenden Jahren erfüllte sich der erste Traum, weil der Ehemann seiner Cousine ihre Mitgift, ein landwirtschaftlich unbenutzbares Grundstück am Meer, an ihn verkaufte.

Stolz schaut er jetzt hinauf zum Familienhotel auf der Anhöhe. Anfangs baute er nur das Hauptgebäude, später folgten mehrere Bungalows, im letzten Jahr die Wellness- und Sportanlage. Unvermittelt beginnt Kenans Medaillon auf der Brust zu glühen. Sendet seine geliebte *babaanne* ihm Zeichen, spricht sie gar über das Schmuckstück zu ihm? Wird sich der Kreis endlich schließen und ihre Prophezeiung sich erfüllen? Zuversichtlich wirft er wie automatisch den Ball, dem Tarık hinterher saust. Nie vorher erwärmte sich Großmutters Schmuck so wie heute und nie zuvor schien er so überzeugt, dass die Zeit reif sein könne. Die Zerstreutheit erschwert es ihm zunehmend, auf das kindliche Spiel einzugehen. Kaum rennt das Kind hinter dem Ball her, schweifen seine Gedanken schon wieder ab. Obwohl die Verzweiflung um den unbarmherzigen Abschiedsschmerz von Yasemin weit in der Vergangenheit lag, spiegeln sich vor ihm die Szenarien, des Machtkampfes mit seinem Vater.

Ohnmächtig im Zorn versuchte er sich dem aufgezwungenen Heiratsversprechen, das er für ihn verhandelt hatte, zu widersetzen. Er selbst gab Yasemin ein Ehrenwort, das Vater nicht akzeptieren wollte. Hartnäckig lehnte er sich auf, wohlwissend, dass er damit die Ehre der Familie aufs Spiel setzte. Das Wort des Familienpatriarchen galt weit mehr als sein Eheversprechen und Kenan spielte mit hohem Einsatz. Trotzdem wäre er der Liebsten, ohne zu zögern, gefolgt. Aber ausgerechnet sie bat ihn, nicht überstürzt mit jahrhundertealten Traditionen zu brechen. Vater schickte Jasmin fort. Er focht einen erbitterten Machtkampf mit ihm aus. Gemeinsam forderten sie das Recht für sich ein, keiner gab nach. Anstatt jedoch Lösungen zu finden, versuchte er, in jugendlichem Leichtsinn Wände einzurennen. Die daraus folgenden Auseinandersetzungen gipfelten in jähzornigen Zusammenstößen.

Die Macht der Vergangenheit vor Augen wirft er den Ball für das Enkelkind ein ums andere Mal, dennoch zeigt ihm der Rückblick weitere starrsinnige Episoden.

Nur einen kurzen Moment dauerte die Verblüffung in einem heftigen Streit, bis der Ältere vor Zorn brüllte und sich mit dem Knüppel Gehorsam zu schaffen versuchte. Inmitten der Schläge schwankte Vater, die Stimme bebte und seine Pupillen verengten sich zu Schlitzen. Er rang nach Atem, bis er endlich den Stock sinken ließ.

»Die Ehre ist unser oberstes Gesetz und kein Sohn bricht mein Wort. Ich nehme das Versprechen nicht zurück, du aber wirst die Braut heiraten, der du versprochen bist.«

»*Hayır*. Nein.«, schrie Kenan ihm den trotzigen Widerspruch entgegen und bezahlte die Auflehnung mit Blut, das sowohl aus der Nase tropfte, als auch aus dem Mundwinkel. Empört hebelte er die Tür auf, um weiteren Schlägen zu entrinnen. Er hetzte den Hirtenpfad bergwärts zu Großmutter, die oft Tage im Gebirge verbrachte. In der einfachen Hirtenbehausung versorgte sie Kenans verkrustete Wunden und wiegte ihn zärtlich wie ein kleines Kind, dann riet sie ihm.

»Begreif endlich, dass dein Aufbegehren sinnlos ist. Dir bleibt keine andere Wahl, du musst dem Oberhaupt der Familie Gehorsam zollen. Glaub nicht, dass vor dir noch keiner auf die Liebe verzichten musste. Die Patriarchen bestimmen unseren Weg.«

Kenan gab nicht auf, doch er ging Vater aus dem Weg. Wochenlang sprachen sie nicht miteinander, sondern rieben sich stur aneinander. Seine eisigen Blicke forderten ihn bei jeder gemeinsamen Mahlzeit auf, die Widerspenstigkeit zu beenden. Gelegentlich drohte er am Machtkampf zu zerbrechen, doch die Liebe zu Yasemin gab ihm die Kraft zurück. Dem älteren Bruder Kemal wies der Patron die undankbare Rolle zu, dem Rebellen die schwersten Arbeiten auf dem Hof zu übertragen. Kenan ertrug die Schinderei im Holzschlag, indem er Vater trotz alledem ins Gesicht grinste. Empört beschnitt dieser weitere Freiheiten, forderte noch höhere Arbeitsleistungen und trieb seinen Sohn an die Grenze des Ertragbaren. Dennoch blieb er mit stolzgeschwellter Brust stehen, denn das Wissen um Yasemins Liebe stärkte ihn. Jede zusätzliche Strafmaßnahme vergalt er mit spöttisch verzogenen Mundwinkeln und triumphierte damit über Vaters stumme Empörung. Jede Strafe ertrug Kenan mit derselben unerbittlichen Ausdauer, wie stämmige Bergschwarzkiefern im Wintergewitter peitschenden Sturmböen standhalten. Am Ende eines regenreichen Winters verwandelte das Frühjahr die kleine Welt zwischen den Gipfeln des *Taurus* in grüne Oasen. Sehnsucht nach Yasemin hielt ihn weiter aufrecht und nachts schrieb er mit schmerzenden Fingern Nachrichten. Die Schreiben übergab er dem gewählten Boten, damit er die Post ins entfernte Kumluça trug. Er schrieb der Liebsten von ungebrochener Hoffnung und bat um ihre Geduld. Weil Antwortbriefe ausblieben, sorgte er sich um sie, doch er konnte nichts dagegen tun. Jahre später rief ihn Vater ans Krankenlager und bat, ihm aus einem Fach im Schlafzimmerschrank ein Päckchen zu reichen. Lange wog er es in den Händen.

»Der Inhalt gehört dir, mein Sohn. Verzeih mir, aber ich konnte damals nicht anders handeln. Wie sollte ich dulden, dass du meine Autorität untergräbst. Dein Mut aber imponierte mir. Du hast dich mit mir gemessen wie ein Mann. Heute spielen die alten Machtkämpfe keine Rolle mehr und ich möchte, bevor ich diese Welt verlasse, den Bund zwischen dir und der Fremden segnen. Wenn du sie findest, sprich zu ihr von meiner Dankbarkeit für ihr großzügiges Geschenk. Ich wünsche euch Glück. *Allah* hilf, dass sie bald kommt.« Erschöpft drückte er Kenan das Bündel Briefe in die Hand, dann schloss er müde die Augen. Nur wenige Tage danach trugen sie ihn zu Grabe. Im April 1977 aber beharrte der Ältere auf einem Treffen mit seiner Braut in Kizilburun. Widerwillig und nur Großmutters eindringlicher Bitte zuliebe beugte er sich, doch er fügte eine Forderung hinzu.

»Du zwingst mich, eine Braut zu besuchen, die ich nicht will.« Empört versuchte der Vater, ihm das Wort abzuschneiden. »Warte, denn ich tue dir den Gefallen. Allerdings bestehe ich auf einem Vier-Augen-Gespräch mit dem Mädchen.« Die Eltern tauschten hoffnungsvolle Blicke und erlaubten den Wortwechsel mit der Anweisung, im Blickfeld des Hauses zu bleiben. Sein erster kleiner Sieg. Das zukünftige Brautpaar blieb in Sichtweite der Hausfenster.

»Fatma, ich ... liebe eine Andere«, brach es aus ihm heraus.

»Du verdienst einen vorteilhaften Ehemann, denn mein Herz gehört einer deutschen Frau. Ich gab ihr mein Ehrenwort, bevor ich von den Verhandlungen unserer Väter erfuhr.«

Das Mädchen starrte ihn mit kugelrunden Knopfaugen an und zupfte verlegen an ihrem Kopftuch. Kenan klopfte auf seinen Brustkorb.

»Hier liegt ein toter Stein, wenn ich eine andere als meine Yasemin heiraten muss.« Fatma schluchzte auf. Tränen standen in ihren Augen und er versuchte sie zu trösten. In seiner Bitte um Verständnis zog er sie hilflos an sich. Diese liebevolle Geste fand bei den zusehenden Eltern, wie er später begriff, wohlwollende Zustimmung. Fatma aber hob ihre Hand, wischte sich die Tränenspuren von der Wange und flüsterte ihrem verdutzten Gegenüber zu.

»Mach dir keine Sorgen, Kenan. Ich weine Glückstränen. Tränen der Erleichterung. Mein Herz ist ebenso wenig frei, wie deines. Nur wegen dir durfte Erkan nicht um mich werben.« Verblüfft starrte er sie an und fluchte über die unnütz verstrichene Zeit. Sie einigten sich, einen gemeinsamen Weg zu finden. Vater, als vermeintlicher Sieger ihrer Auseinandersetzung, löste die Repressalien und gab ihm die Freiheit zurück. Kenan nutzte den Spielraum und fädelte beim nächsten Treffen im Nachbardorf mit Fatmas Angehimmelten eine Entscheidung ein. Er überließ Erkan die notwendigen Frühjahrsarbeiten, bei denen eigentlich er als künftiger Schwiegersohn helfen sollte. Kenan verfasste in schlaflosen Nächten sehnsuchtsvolle Briefe an Yasemin, behielt sie jedoch vorsichtshalber unter Verschluss, damit niemand das Komplott im letzten Moment aufdecken konnte. Ihn beflügelten die Gedanken, ihr selbst die glückliche Nachricht bald bringen zu können. Kurz vor dem Zuckerfest hielten sie den Zeitpunkt für gekommen. Die vierzigtägige Fastenzeit neigte sich dem Ende zu. Überall sah man Frauen mit Vorbereitungen für das traditionelle Familienfest beschäftigt. Im frühen Morgendunst schlug Kenan den mehrstündigen Weg nach Kizilburun ein, begleitet von seinem Hund. Unterwegs traf er wie verabredet auf Erkan. Am Ziel angekommen konnte er die Aufregung kaum noch kontrollieren. Fatmas Freund klopfte ihm auf die Schulter, bevor er zum Schwiegervater in spe in die Wohnstube trat.

»*Günaydın*, Sahıd *bey!*«, grüßte er ihn, doch die Aufforderung, Platz zu nehmen, lehnte er ab und setzte zur Erklärung an.

»*Sahıd bey*, hör zu. Aus deiner liebreizenden Tochter und mir wird nie ein Paar. Sie trifft keine Schuld.« Fatmas Vater fiel die Kinnlade herab, weil er ihn aufforderte, ihm das Versprechen zurückzugeben. Entsetzt schüttelte der Alte den Kopf. Sein Oberlippenbart zitterte empört, da richtete er sich auf und trat dem Ehrlosen entgegen. Kenan setzte entschlossen nach.

»Willst du Unglück über deine zauberhafte Tochter bringen?« Die Augen des klein gewachsenen Mannes blitzten entrüstet, wie er sich streckte und nervös mit dem Fuß wippte. Dann aber stützte er die Hände an die Hüfte und spuckte verächtlich vor Kenan aus. Eine Triade an Schimpfworten flog ihm entgegen, zornige Worte von Ehrlosigkeit und von Gewissensnöten. Scharfzüngig bestand Sahıd auf dem Wort und er schien keinesfalls bereit, ein Jota nachzugeben. Kaum gedämpft dröhnte die Auseinandersetzung nach draußen. Erkan, der diesen Moment abgepasst hatte, stieß die Tür krachend gegen die Wand, stürmte in die Stube und warf sich vor Fatmas Vater auf den Boden.

»Nicht Sahıd *bey*, warte!«, hielt er den Aufgebrachten zurück. Gespielt grollend wies er auf den Wortbrüchigen.

»Der empfindet doch keine Liebe für deinen Augenstern. Für mich aber bedeutet sie alles. Ein Leben ohne sie gleicht einer leeren Hülle.« Erkan trug mit dem Überraschten einen Augenkampf aus, bevor er Kenans Worte für sich interpretierte.

»Wünschst du dir das wahre Glück für die allerliebste Rosenblüte der Erde, dann gib ihm das Ehrenwort zurück. Ich schwöre dir einen ehrlichen Eid. Ich will für dich sorgen, für den Hof und für Fatma. Vertraue mir! Auch wenn keine Eltern mehr für mich sprechen können. *Allah* sei mit ihnen.« Erkans emotionaler Heiratsantrag wies dem gedemütigten Vater einen Ausweg, um die Schande aus dem Weg zu schaffen. Mit diesem Arrangement konnte er das Gesicht wahren.

»Verhilf uns allen zum Glück. Gibst du mir deine Tochter?«, flüsterte Erkan, der immer noch vor ihm kniet. Da griff er nach der Hand des Älteren, führte sie an die Lippen, küsste sie und hob sie zum Zeichen des Respekts an Brust und Stirn. Der Rangältere knurrte kurz, dann aber stimmte er zu, weil der Tausch auch für ihn eine zufriedenstellende Zukunftslösung ergab. Er rief Fatma herein, die mit strahlendem Lächeln und vollem Teetablett vor ihn trat. Um die Augen des Vaters zog Erstaunen.

»Teufelspack! Wieso fühle ich mich von euch übertölpelt?«, brummte er. Dann zwickte er liebevoll die Wange der Tochter und fügte die Hände des Paares ineinander. Sicherheitshalber legte er einen kurzfristigen Hochzeitstermin fest.

Erlöst von den Verpflichtungen wünschte Kenan der Familie Glück. Zuvor sprach er eine versöhnliche Einladung zu den Feierlichkeiten des Zuckerfestes aus. Der Alte nickte nachsichtig und besiegelte mit einem Handschlag den nachbarlichen Erhalt von Frieden und Eintracht. Die Sonne stand bereits hoch über dem Zenit, da näherte Kenan sich dem Heimatdorf. Es jubilierte in ihm und er schmetterte die Befreiung immer wieder gegen schroffe Felswände. Mit weitausholenden Schritten lief er dem Dorf entgegen, um Vater von seinem Sieg in Kenntnis zu setzen, weil inzwischen kein unehrenhafter Wortbruch mehr die nachbarschaftlichen Beziehungen belastete. Fröhlich pfeifend eilte er nach Karaaĝac. Unvergessene Glücksmomente füllten die Zeitspanne, da einer gemeinsamen Zukunft mit Yasemin nichts mehr im Wege stand.

»*Dede*! Opa!« Tarıks aufgebrachte Kinderstimme reißt ihn in die Gegenwart.

»Opa ist heute kein fröhlicher Spielkamerad. Du hast ja wohl recht, mein Schatz.« Er zaust dem Jungen die Haare, klopft Sand aus seiner Kleidung und sammelt die Spielsachen ein, die er sich unter den Arm klemmt.

»Komm! Tante Daphne wartet mit Kuchen auf dich«, verspricht er beim Verlassen des Strandes. Das Kind drängt zur versprochenen Süßigkeit, reißt sich vom Großvater los und rennt ihm voraus.

»Fang mich Opa«, kreischt er. Kenan holt den Ausreißer mit großen Schritten ein, wirbelt ihn durch die Luft und das Kind quittiert die Aufmerksamkeit quietschend.

Kapitel 6

Besorgt sucht Rebecca den Weg zum Badestrand ab, bis sie ihre Freundin entdeckt. Sie geht ihr entgegen.

»Wo bleibst du denn?«, ruft sie. Verstohlen wischt Jasmin eine letzte verräterische Träne weg.

»Ich? Ja wolltest du nicht mit dem Doktor ... ?«

»Längst zurück,« winkt sie ab. »Interessante Rundfahrt, doch warum soll ich dich am ersten Tag dir selbst überlassen. Der Doc geht mir kaum verloren. Stell dir vor, der behauptet ohne Rot zu werden, dass er solo sei. So ein Filou!«

Fröhlich hakt sie die Strandläuferin unter, dann wechselt sie rasch das Thema, weil Hitze in ihre Wangen steigt. Sie schaut auf die Uhr.

»In einer knappen Stunde beginnt unser Urlaubsvergnügen im *Hamam*. Auf dem Zimmer lag ein Prospekt: ‹Baden in Kleopatras Schaumbergen›. Klingt doch perfekt.«

»Du hast das bereits gebucht, so wie ich dich kenne.« In Jasmin kribbelt es unruhig. Um sich abzulenken, kontrolliert auch sie ihre Armbanduhr.

»So spät? Ich war ja ewig am Strand unterwegs.« Sie legt ihren Arm um Rebeccas Schulter. »Ich danke dir, für alles.«

»Wofür? Für meine Anwesenheit, Freundschaft oder dafür, dass ich dich in Ruhe lasse.«

»Nicht nur das. Du schleppst eine miesepetrige Freundin mit in deinen überfälligen Urlaub.« Sie macht eine kurze Pause. «Ich habe dort unten am Meer erkannt, dass ich mein Leben selbst in die Hand nehmen will. Dazu muss ich dir einiges anvertrauen.« Rebecca runzelt nur ihre Stirn, weil sie hofft, endlich Einzelheiten zu erfahren. Jasmin aber bittet sie um einen weiteren Aufschub und tippt an Rebeccas Nase.

»Deine Nasenspitze verrät, wie du vor Neugier platzt. Ich

verstehe dich und ja, es belastet mich eine alte Schuld, die mit der Türkei zusammenhängt. Ich will dir davon erzählen, aber lass mir Zeit zum Sortieren bis ich, soweit bin. Dann benötige ich meine weltallerbeste Zuhörerin.« Rebeccas Enttäuschung zeigt sich daran, wie sie die Augenbrauen hochzieht. Ihr Einwand wird abgewunken.

»Das von dir ausgesuchte Reiseziel ist das Beste, was mir passieren konnte. Ob ich ohne dich je den Mut aufgebracht hätte, hierher zu fliegen, weiß ich nicht.«

»Geheimniskrämerin!«, wirft Rebecca ihr an den Kopf. »Zuerst machst du es spannend und dann lässt du mich hängen, indem du um ein weiteres Rätsel aufbaust. Aber allmählich finde ich Gefallen daran, es verspricht interessant zu werden. Nur, überspann den Bogen nicht. Cappuccino?«, beendet sie die Anspannung, hakt ihre Begleitung unter und zieht Jasmin zur Poolbar. Kichernd fallen sie in Korbsessel. Minuten später stehen die Kaffeegetränke vor ihnen. Dann aber strecken sie in übereinkommendem Schweigen ihre Gesichter in die Sonne. Sofort drängen sich Bilder zur unterbrochenen Erinnerungsreise vor Jasmins Augen.

***

»Jasmin! Verdammt, wo steckst du? Jasmin!« Abwechselnd riefen zwei Männerstimmen nach ihr. Erschrocken sah sie Kenan an. Eine Stimme näherte sich und er fragte bestürzt.

»*Baban mı?* Dein Vater?« Sie schüttelte den Kopf. »Nein, mein Professor.« Eilig küsste sie ihn, griff nach ihrer Tasche und verabschiedete sich. Nach wenigen Schritten traf sie auf Frank.

»Hier bin ich«, rief sie. »Schau dir diesen leuchtenden Sternenhimmel an. Was für eine Nacht!«. Es gelang ihr nicht, ihn abzulenken. Er fasste nach ihren Händen und hielt sie fest wie in einem Schraubstock.

»Pass auf. Der Prof spuckt Feuer wie Siegfrieds Drache. Er ist außer sich, weil ich das kleine Mädchen unbeaufsichtigt ließ. Und ... «, er hob ihr Kinn mit dem Zeigefinger an, »spar dir die Mühe. Soll der Fremde da oben dich küssen. Immer noch besser, wie wenn es der Feuerdrache tut«, knurrte er und seine Augen folgten dem Weg zu den Steinen. Verdutzt sah sie ihn an. Doch in dem Moment gab Frank sie frei und schob sie, ohne ein weiteres Wort zu verlieren, Richtung Strand. Dort stand sie dem Professor im Mondlicht gegenüber.

»Bitte entschuldigen Sie Herr Professor«, rechtfertigte sie sich und blinzelt ihn an.« Ich wollte nicht so lange fortbleiben, aber ich vergaß ich die Zeit. Zuerst waren da diese irren Lichtspiele mit atemberaubenden Farben. Beispiellos kitschig und trotzdem real. Ich wollte das Schauspiel mit meinen Farbstiften festhalten, aber das war unmöglich. Dann verschwand mit einem Schlag das Licht, es wurde stockdunkel, bis kurz danach der Mond hinter mir aufstieg, zusammen mit abertausend Sternen. Sehen Sie den Großen Wagen, er steht einfach auf dem Kopf.« Wortreich schwärmte sie vom Naturschauspiel und streifte scheinbar reumütig die Hand des Professors. Sie warf ihm einen am eigenen Vater erprobten Seitenblick zu, der seine Wirkung auch an ihm nicht verfehlte. Sanft hielt er sie an der Schulter.

»Jasmin, du musst endlich begreifen, wie gefährlich es werden kann, wenn du in der Nacht ohne Schutz herumläufst«, grollte er, doch andererseits beruhigte es ihn, dass sie unbeschadet vor ihm stand. Zumindest interpretierte sie das erleichterte Aufatmen so, bis sie sich an Franks Eindruck eines Feuerdrachens erinnerte. Sie unterdrückte ein Auflachen, vollkommen damit beschäftigt, ihre Empfindungen für Kenan zu kontrollieren. Daher blieb ihr der liebevolle Seitenblick des Professors in diesem Augenblick verborgen. Jahre später, erzählte ihr ehemaliger Studienkollege, in einer weinseligen Laune, von der prickelnden Stimmung in jener Nacht. Er beschrieb seine Gefühle die er damals, hinter der Schutzmauer ihrer Freundschaft verschloss. Dabei sah er im türkischen Liebhaber keinen ernsthaften Konkurrenten, da der erwartungsgemäß bald der Vergangenheit angehörte. Gegen den zweiten Mitbuhler aber blieb ihm, wie die Zukunft bestätigte, nicht der Hauch einer Chance. Wie gerne hätte Jasmin ihm an diesem Abend mehr anvertraut, doch sie war an Achims Schweigeversprechen gebunden. Frank besuchte sie meist, wenn er sich in Deutschland aufhielt. Sie bat ihn bei ihrer Hochzeit mit dem Professor, neben Rebecca ihr Trauzeuge zu werden. Dass ausgerechnet er damit in ihrem Leben ein und aus ging, verdross den Bräutigam damals unendlich.

***

Rebeccas Händeklatschen beendet die Erinnerungen. Sie springen, nach dem Blick auf die Uhr, aus den Sesseln und rennen ausgelassen, immer mehr wie eine Stufe auf einmal nehmend, in den zweiten Stock des Haupthauses. Noch im Lauf zieht Rebecca die Schlüsselkarte und wirft sich dann atemlos auf den nächststehenden Stuhl. Jasmin folgt ihr ins Zimmer und öffnet, ebenfalls außer Atem, den Schrank. Sie bewirft die Freundin mit ihrem Bikini, dann schlüpfen sie in die Hotelbademäntel. Kichernd wie Teenies sind sie zum Wellnessbereich unterwegs. Hinter der Glastür umgibt sie dampfende Wärme und sie folgen am leeren Hallenbad vorbei den Hinweisschildern. Eine Mitarbeiterin an der Empfangstheke der Wellnessabteilung erklärt den Ablauf des türkischen Baderituals. Jasmin starrt sie an, denn etwas an ihr kommt ihr bekannt vor. Nur was? An den Umkleideräumen nimmt sie ihnen die Bademäntel ab und wickelt sie in karierte *Hamamtücher*, die sie straff um ihre Oberkörper zieht bis sie die Tuchenden in den Bikini-Oberteilen feststeckt. Zwei Masseure, in gleichfarbige Tücher gewickelt, erwarten sie vor dem Badetempel.

»Ihre Bademeister, Banu und Faruk«, stellt sie die beiden vor. Jasmin bleibt keine Zeit, weiter über die Frau nachzudenken, denn Sekunden später öffnet sich die geschnitzte Eichenholztür.

Im *Hamam* empfängt sie feuchter Dampf und das neben der Tür angebrachte Thermometer ist beschlagen. Ein orientalisches Fliesenmuster in dominantem blaugrün bedeckt den Fußboden wie auch das Marmorpodest. Kaum sitzen Jasmin und Rebecca, wie von den Masseuren angewiesen auf dem Podest, treffen Wasserladungen auf ihre Körper. Die Bademeister tauchen zwei Kupferschalen wieselflink unter rauschende Wasserhähne. Dann nehmen sie ihnen die Tücher ab, wringen sie aus und breiten sie auf dem Marmorblock aus. Bäuchlings entspannen sich die Urlauberinnen nebeneinander, die Köpfe auf den Armbeugen. Gleichmäßig fallen winzige Tropfen aus der Kuppel, das einzige Geräusch in einer merkwürdigen Stille. Nach einer Zeit der Ruhe kehren die Masseure zurück und bearbeiten ihre Hautpartien mit einem grobmaschigen Handschuh. Entsetzt beobachtet Rebecca, wie viele grauschmutzige Hautschuppen von ihr entfernt werden. Angewidert verzieht sie ihr Gesicht.

»Vergleiche das Körperpeeling im *Hamam* nicht mit einer westlichen Dusche. Sieh nur, wie unsauber wir sind,« flüstert Jasmin mit einem schelmischen Lächeln, die sich an Rebeccas Peinlichkeit weidet. Nach einem kurzen Kommando startet die dieselbe Prozedur auf der Vorderseite. Reflexartig zieht Rebecca ihren linken Fuß zurück, doch der Masseur hält ihn mit spitzbübischem Grinsen fest.

»Verdammt! Das kitzelt!«, quietscht sie, weil Faruk ausgesprochen langsam ihre Zehen massiert. Banu weist ihn mit dem Anheben ihrer schmalen Augenbrauen stumm zurecht. Konzentriert schiebt er jetzt den Handschuh an ihrer Wade entlang zum Schenkel hinauf, scheuert kreisförmig ihren Bauch, bevor er sich dem Schulterbereich widmet. Er löst Verspannungen, bearbeitet ihr Dekolleté und den Hals. Rebecca beobachtet seine Bewegungen, bis sie endlich entspannt ihre Lider schließt. Da hört Faruk unvermittelt auf. Erneut spucken die kupfernen Löwengesichter Wasser und die Wasserschalen in den Händen der Masseure schöpfen im Akkord um den peinlichen Schmutz von der geröteten Haut zu entfernen. Dann tunken die Bademeister Stoffbahnen in Eimer, kreisen die Tücher über den Köpfen, bis daraus ein Schaumkissen entsteht. Duftende Schaumwolkenberge streifen sie auf den Erholungsuchenden aus. Der altvertraute Geruch von Kernseife erinnert nun an Badesamstage in ihrer Kindheit. Gänzlich mit Schaumbergen bedeckt, beginnt die versprochene Schaummassage.

Jasmin schließt ihre Augen und überlässt sich dem sanften Kneten. Banu schiebt ihre Bikinihose geübt in die Ritze, um ihren Po zu massieren. An ihrer Wirbelsäule fährt sie mit den Fingerknochen neben den Wirbeln entlang und ertastet routiniert unter dem Schaum Verspannungen. Sie genießt diese Verwöhnkur, da stupst Rebecca sie an.

»Im Hausprospekt hieß es: Eine Seifenmassage reinigt Geist und Körper.«

»Ein Bad im *Hamam* ist etwas Besonderes«, murmelt Jasmin und zwinkert ihr zu. Da ist das Wonnegefühl auch schon wieder zu Ende. Aus den Löwenmäulern strömen Wassermassen und zahlreiche warme Wasserschalen spülen die Seife davon. Rebecca schließt ihre Lider, um den temporeich anfliegenden Wasserladungen standzuhalten, prustet, wenn Faruk dabei weder Haare noch ihr Gesicht verschont. Er wischt ihr die Tropfen aus den Augenwinkeln, reicht ihr die Hände, um ihr ein sicheres Aufstehen auf dem seifenglatten Boden zu ermöglichen. Erneutes Wasserspucken folgt, bis ihr Bademeister den

Fluss des warmen Wassers mit einem Handgriff beendet und eine erste eiskalte Ladung über ihr entleert. Das Eiswasser trifft sie vollkommen unvorbereitet.

»Bist du verrückt geworden!«, schimpft Rebecca wütend. Faruk aber lässt davon unbeeindruckt weitere kalte Wassergüsse folgen. Endlich hat die Prozedur ein Ende. Der Masseur nimmt das Karotuch vom Stein, wringt es aus, wickelt sie darin ein und stellt ihre Pantoletten zurecht. Jasmins Haut wird von Banu ebenfalls gekühlt. Im Vorraum erschauert sie wie ihre Freundin, bei der sich bereits Gänsehaut auf den Armen zeigt. Die Bademeister entfernen die Tücher und hüllen sie in handwarme Badetücher, tupfen sie trocken, bevor sie ihnen ein weiteres Handtuch wie einen Turban um die Haare wickeln und sie in den Ruheraum geleiten. Rebecca glaubt fast, sich in einem Harem aus tausendundeiner Nacht wiederzufinden. Mitten im Raum plätschert es in einen aus Holz geschnitzten Brunnen. Auf der Galerie durchbrechen Sonnenstrahlen filigrane Fenstergitter. In einer Reihe stehen mehrere kakaobraune Liegen mit dicken Polstern, in die sie einsinken. Faruk umwickelt ihre und Jasmins Füße mit zusätzlichen angewärmten Handtüchern, bis Banu ihnen Apfeltee bringt.

»Na, kleiner Schmutzfink?, stichelt Jasmin in der Nachschwitzphase mit hochroten Wangen.

»Wie oberpeinlich war das denn«, kichert Rebecca bereits wieder.

»Was erwartest du von einem türkischen Bad? Das lässt sich mit einer schnellen Dusche kaum vergleichen. Ein Bad im *Hamam* entspricht der hochzivilisierten Badekultur antiker Völker.«

»Da spricht die Fachfrau, hihi.«

»Ich studierte Kunstgeschichte, vergessen? Die Rituale in Badehäusern sind mehrere tausend Jahre alt. Römer und Griechen praktizierten sie und auch die Ägypter.« Ihre Hand zeigt auf das geschmackvolle Umfeld. »Der *Hamam* im Luxusstyle hier, der ist allerdings unverkennbar auf Hoteltouristen wie uns zugeschnitten.«

»Aha.« Auf Rebeccas Stirn steht eine steile Falte, doch sie wartet ab.

»Es ist Jahre her, dass ich ein traditionelles Badehaus besuchte. Damals badeten Frauen nur unter ihres Gleichen. Gemischte Bäder waren undenkbar. Die Reinigungszeremonien dauerten Stunden und dabei lagen die Badenden keineswegs faul auf dem Stein herum und ließen sich schrubben und massieren. Das Liegen auf dem warmen Marmor öffnete ausschließlich die Poren. Danach rieben sich Mütter und Töchter gegenseitig die Rückseite, wuschen der Sitznachbarin auf der Bank die Kopfhaare. Sie feilten und lackierten im Bad ihre Nägel oder sie entfernten unansehnliche Haare an Armen, Beinen oder im Gesicht. Dazu tauchten sie Leinentücher in Zuckerwasser und bedeckten damit die behaarten Hautpartien. Sie ließen die Tücher trocknen und wenn du einen Moment weggeschaut hast, riss eine Nachbarin es mit einem schmerzhaften Ruck weg. Glaub mir, danach brennt deine Haut wie Feuer.« Sie zwinkert ihrer Zuhörerin zu. »Der Zutritt zum Frauenbereich, ein absolutes Tabu für Männer. Kein Faruk hätte ungestraft an dir herum kneten dürfen«, lästert sie und grinst sie über den Rand des Teeglases an. Rebecca schluckt ihren Kommentar, der ihr auf der Zunge liegt hinunter. Jasmins Wissen, das stammt keineswegs aus einem Geschichte- oder Kunstunterricht. Zu ihrem Leidwesen bemerkt die Freundin, dass sie sich verrät. Leise klirrend stellt sie ihr das Glas auf das Tischchen neben der Ruhebank, lehnt sich entspannt zurück und schließt ihre Lider. In der wortlosen Übereinstimmung, die Freundinnen oft zu Eigen ist, hängen die beiden warm eingewickelt dem Genuss des Bades nach.

Die Rückkehr der Masseure reißt sie aus ihrer Nachdenklichkeit. Jasmin und Rebecca werden in Einzelkabinen geführt, abgetrennt nur durch ebenholzschwarze Samtvorhänge. Auf der Massagebank liegen farbgleiche Handtücher mit Reliefmustern am Rand, angelehnt an ägyptische Hieroglyphen. Der Raum ist in schummriges Licht getaucht. In der Luft liegt ein Hauch von Zitronenblüten. Im Hintergrund erklingt ein türkisches Liebeslied. Melancholisch erzählt die Sängerin von Schmerz und Leid. Die Masseurin wickelt Jasmin aus den Tüchern und bittet sie, sich auf den Rücken zu legen. Banu schiebt ihr ein gefaltetes Handtuch unter ihren Kopf und deckt sie zu. Nur ein Bein bleibt frei. Mit wiederholenden Bewegungen knetet sie die Zehen und drückt auf den Fußsohlen diverse Akupressurpunkte. Mit Öl an den Händen arbeitet sie sich zur Wade, massiert um die Kniekehle bis zum Schenkel. Zeitweise liegt die klein gewachsene Masseurin fast über ihr. Sie bearbeitet schmerzende Körperpartien, löst harte Verspannungen. Ihre Finger arbeiten langsam, jedoch gründlich. Dann deckt sie das Bein zu, um sich dem anderen zu widmen. Sie träufelt erneut Öl auf ihre Haut und wiederholt die Prozedur. Jasmins Gedankenkreisel steht zum ersten Mal seit Tagen still. Beim Kommando, sich umzudrehen, sieht sie erstaunt auf, weil die Minuten unbemerkt an ihr vorbei geglitten sind. Sie genießt dieses Gefühl, einfach loszulassen. Welch ein Unterschied zu ihrem bisherigen Leben, in dem sie sich wie eingesperrt in einem Gefängnis aus Pflichtgefühl und ewiger Rücksichtnahme fühlte. Spielregeln, die sie annahm, ohne sie jemals zu hinterfragen. Ihre eigenen Wünsche, ihre alten Ziele und Träume blieben auf der Strecke. Interessierte es jemanden, ob sie ihr Glück fand? Achim hatte sie von Anfang an geliebt und dennoch hatte er sie einfach nur besitzen wollen, um ihr seinen Stempel aufzudrücken. Sie selbst verstand längst nicht mehr, warum sie ihn heiratete. Von Beginn an war ihr klar, dass sie Achims Liebe nie würde erwidern können. Letztendlich zerstörte sie mit ihrem Ja-Wort ihrer beider Zukunft. Ihre

Verbindung stand unter keinem guten Stern. Eine alles umfassende Liebe verband sie mit einem anderen Mann, einen, den sie nie vergessen konnte. Jede Kraftanstrengung, ihn aus ihrer Erinnerung zu verbannen, scheiterte. Die Gedanken fesselten sie an Kenan, sogar wenn Albträume sie peinigten. Doch erst in den einsamen Monaten nach Achims Tod erkannte sie ihre ausweglose Situation. Viel zu spät. Streichelzarte Ölhände kneten an ihrer Rückseite und Banus sanfte Bewegungen begleiten sie in einen völlig entspannten Zustand, der sie ins Traumland schickt.

***

Zu vorgerückter Stunde in der kommenden Nacht schlich sie aus der Pension und eilte zum Treffpunkt zwischen den Felsen. Ein sternübersätes Himmelszelt und der großflächige Mond leuchteten ihr. Kaum erreichte sie ihr Ziel, hörte sie Kenans Schritte. Sekunden später presste sie ihr Gesicht an seine Brust. Er roch nach Seife, die einen schwachen Hauch nach Fisch überdeckte. Mit dem Zeigefinger hob er ihr Kinn und küsste ihren Mund. Stromstöße jagten durch Jasmins Körper, denn sie fühlte seine spröden Lippen, bevor er mit der Zunge eindrang und sich mit ihrer verwob. Ein leidenschaftlicher Stoßseufzer holte sie aus dem Nirgendwo zurück, da löste er die Verbindung und schob sie heftig atmend von sich. Wortlos hob er sie auf einen querliegenden Steinbrocken, sprang neben sie und legte einen Arm um ihre Hüfte. In holprigem Deutsch, mit Türkisch vervollständigt oder unmissverständlichen Gesten, erzählte er vom Tagesfang. Schwer sei sein Netz am frühen Morgen gewesen und er brachte reiche Beute ins Fischerhaus.

»Du bringst mir Glück, *aşkım*«, flüsterte er. Er küsste ihre Nasenspitze. Glücklich sah sie zu ihm auf.

»Ich mag die Arbeit am Meer. Sie ist erfrischender, wie die Landarbeit in den Gewächshäusern der Familie. Diese Beschäftigung fehlt mir überhaupt nicht. Mein Leben gäbe ich, um mit dir hier eine gemeinsame Heimat zu finden, *canım*.«

»Hmhhhmmm«, murmelte sie, denn sie hatte nicht alles verstanden. Trotzdem schmiegte sie sich wortlos an ihn. Im Hintergrund zirpten die Zikaden und das Meer plätscherte im ewig gleichen Rhythmus. Nach einem kurzen Schweigen erzählte er ihr von seinem Freund Mehmet, der im *Hamam* arbeitete. Aufgeregt schnellte sie empor und sah ihn an.

»Können wir zusammen das Badehaus besuchen? Ich las davon, war aber nie dort.«

Entsetzt sah er sie an.

»Frauen und Männer gehen getrennt zum Baden. Wir beide *aşkım*, das ist unmöglich!« Er versuchte, ihr zu das zu erklären, und schüttelte wiederholt den Kopf. Sie setzte ihn unter Druck, denn ihr blieb für dieses Abenteuer nur noch wenig Zeit, bevor sie nach Lesbos zurückkehrten. Sie verstand seine Ablehnung nicht und verzog beleidigt ihre Mundwinkel. Sie schmeichelte ihm, streichelte ihn und küsste ihn auf die Wange, weil er den Mund wegdrehte. Beharrlich widerstand er ihrem Betteln und so sehr sie ihn auch bedrängte, nichts konnte ihn umstimmen. Enttäuscht rückte sie von ihm ab. Kenan stemmte sich auf, sprang und streckte ihr helfend die ausgestreckte Hand entgegen. Sie wehrte sie zutiefst gekränkt ab, da verschwand der Glanz in seinen Augen. Stumm begleitete er sie zur Pension und sie stapfte ebenso neben ihm her. Kurz vor ihrer Ankunft raubte er ihr einen flüchtigen Gutenachtkuss.

»Gute Nacht, Yasemin. *Iyi geceler*«, flüsterte er, dann drehte er sich um und ging. Unruhige Gedanken hielten sie wach. Der Scheitelpunkt der Mitternacht war längst überschritten, da klirrte ein Steinchen an ihre Fensterscheibe, weitere folgten.

Sie schwang die Beine aus dem Bett und traute ihren Augen kaum. Kenan.

»*Gel çanım!* Komm mein Schatz!«, raunte er. «Ich warte auf dich.« Er wies auf den imposanten Feigenbaum vor der Pension. Hastig streifte sie ihr Kleid über und schlich, die Sandalen in der Hand hinaus, um sich in seine Arme zu stürzen.

»Nicht mehr traurig?« Seine Stimme klang erleichtert. Wortlos schüttelte sie den Kopf. Er fasste sie an der Schulter und hielt mit grauglänzenden Augen ihren Blick fest.

»*Bugün geçe, çanım.* Heute Nacht, mein Schatz. Ich gehe mit dir in den *Hamam*. Mein Freund ließ die Tür offen. Willst du?« Sein Gesichtsausdruck wirkte wie aus Alabaster gemeißelt. Dabei reifte in ihr längst Verständnis für seine Situation. Es war unfair von ihr gewesen, ihm wegen der Ablehnung zu grollen. Zudem bestätigte ihr Reiseführer, dass Frauen nie gemeinsam mit einem Mann badeten. Umso erstaunter fand sie Kenans Sinneswandel.

»Trotz des Verbotes?.«

»*Evet çanım, tamam*, ja mein Schatz. Du bist mein Leben«, versicherte er ihr im Brustton der Überzeugung. »Ich schicke unseren Berg *Ararat* zu dir, wenn du es von mir verlangst,« schwor er. Er hielt ihre Hand, bis sie das Badehaus erreichten und es durch die unverschlossene Hintertür betraten. Dunkelheit umgab sie, feuchtwarme Hitze und das Geräusch von tropfendem Wasser. Kenan schob sie in einen Umkleideraum und entnahm der mitgebrachten Tasche ein ausgebleichtes Baumwolltuch, dann entzündete er eine Kerze für sie.

.»Zieh dich aus und dann winde das Tuch eng um dich. Wenn du fertig bist, öffne diese Tür und leg dich auf den Stein in der Mitte«, flüsterte er. Im flackernden Kerzenlicht entkleidete sie sich und wickelte sich in das dünne Handtuch ein. Sie öffnete die Tür in den Baderaum, wo der Anblick auf weit heruntergebrannte Kerzenstummel sie beruhigte. Bäuchlings legte sich sie auf den warmen Marmorstein und kreuzte die Arme vor dem Kopf. Sie behielt den Türknauf im Blick, gleichzeitig betrachtete sie die gemusterten Kacheln. Bäder dieser Art kannte sie bisher nur aus dem Geschichtsunterricht oder aus Aufzeichnungen von Ausgrabungen. Aufgeregt musterte sie die seitlich eingelassenen Marmorbänke, die den Mittelstein umliefen. Grauer wie rosafarben getönter Marmor verschmolz zu geometrischen Ornamenten. Auf den Hähnen der Wasserbecken saßen Falken. Ein leises Knarren unterbrach ihre Betrachtung. Kenan betrat das Bad und obgleich sie ihm blind vertraute, befand sie sich aufgrund der intimen Situation in einem Wechselbad ihrer Gefühle. Er drehte den Wasserhahn auf.

»Bereit?« Sein Flüstern glich einem Hauch.

»Ja. Was muss ich tun?«, wisperte sie zurück. Das gebrochene Tabu ging beiden gleichermaßen unter die Haut. Sie aber fragte sich, ob ihn das Bewusstsein, dass nur hauchdünner Stoff sie trennte, ebenso erregte wie sie. Empfand er die Sinnlichkeit des Augenblicks wie sie, die bisher noch nie einem Mann erlaubt hatte, ihr so nahe zu kommen. Verwirrung hüllte sie ein. Er reichte ihr die Hand und sie stand auf. Da entdeckte sie den Schauer, der die Haare an seinen Unterarmen aufrichtete. Die Temperatur im Raum konnte diese Reaktion nur schwerlich hervorrufen. Sie zitterte ebenfalls vor Aufregung, weil er sie mit belegter Stimme bat, das dünne Gewebe wegzunehmen. Kenans begehrender Blick rief ein unbekanntes Kribbeln in ihrem Unterleib hervor. Er berührte sie nicht, dennoch bebte ihr unerfahrener Leib in der lavaheißen Hitze. Dann kniete er vor sie hin und küsste sie auf den Bauch, bevor er warmes Wasser in Schalen füllte und sie damit überschüttete. Ihre Haut reagierte wie ein Reizstromfeld. In den Nachklang des Kusses mischte sich Schwäche und ihre Beine drohten nachzugeben. Erleichtert folgte sie seiner Aufforderung, sich auf den heißen

Stein zu legen. Mit einem grobporigen Tuch bearbeitete er ihre Haut von den Zehen an aufwärts. Die Rauheit des Stoffes dämpfte ihre Lust, allerdings nur, bis sich das Tuch ihrer fiebrigen Begierde näherte. Er wusch ihren Bauch, dann schob er die Hand nach oben und umging die harten, schmerzenden Brustwarzen. Ihre Sehnsucht schwoll an und doch wusste sie nicht wirklich, was mit ihr geschah. Da zog sie ihn auf sich und forderte mit zitternden Lippen einen Kuss. Er löste die Umarmung, atmete heftig und bat sie eindringlich, die Augen zu schließen. Er seifte sie ein, bedeckte sie mit Schaum und massierte sie mit den Fingerspitzen. Unruhig rutschte sie seinen Zauberfingern entgegen und jede noch so harmlose Berührung warf sie in einen Strudel unbekannter Gefühlsregungen.

***

Banus Handkanten klatschen rhythmisch auf ihren Rücken und reißen Jasmin aus der erotischen Szene.

»Aufwachen, Madam«, sagt die Masseurin und hilft ihr hoch. »Ich hoffe, Sie haben angenehm geträumt.«

Kapitel 7

'Sind in einer Stunde zu Hause'. Endlich erscheint die ungeduldig erwartete Nachricht auf Kenans Handy. Zuvor aß er mit Tarık Kuchen und war jetzt froh, dass seine Schwester Daphne die Betreuung des Wirbelwinds übernommen hatte. Das Kind hielt ihn während der mehrtägigen Abwesenheit der Eltern ordentlich auf Trab. Mit einem tiefen Seufzer schlendert er an eingefassten Blumenrabatten vorbei, bis er durch eine Tür das Privatgrundstück betritt und die Zugangstür nach ihm ins Schloss fällt. Hinter dem Zaun befindet sich eine schmale Plantage mit Zitrusfrüchten, die seinen persönlichen Rückzugsort vor Hotelgästen verbirgt. Über schroffen, zu Stein gewordenen Muschelbänken geht er bergauf, bis er den obersten Felsen erreicht. Hier bietet sich ihm der freie Ausblick zum Meer, doch vor ihm liegt ein Stück Land, in dem die Ursprünglichkeit der Region erhalten geblieben ist. Er liebt dieses Areal, das ausschließlich der engsten Familie vorbehalten ist. Vor einer aufblühenden Distel bückt er sich und prompt greift er in einen langen Dorn. Im selben Moment öffnet ihm die Energie des Medaillons erneut den Blick in die Vergangenheit. Zwischen den Felsen legt er die Blüte ab. Dann betet er mit offenen Händen zur verstorbenen Ahnin.

»Deine Aura, *babaanne*, umgibt mich heute wie ein Kokon. Soll mir die Temperatur auf der Haut sagen, dass sich die Kreise der Schicksalswege endlich schließen? Bedeutet es wirklich das Ende meines Wartens?«

***

Am Dorfeingang traf er auf den siebenjährigen Emre, den Kenans Collie-Hündin schwanzwedelnd begrüßte.

»Hallo Onkel, deine Fremde kam heute Morgen ins Dorf«, posaunt der Junge heraus. »Aber dann ist sie gelaufen wie der Hase, denn Tante Ayşe erzählte ihr von deiner Hochzeit mit Fatma.« Kenan schüttelte den Kleinen.

»Was sagst du da? Wo ist Yasemin?« Noch bevor aus dem Jungen ein Ton herauskam, trat *babaanne* zu ihnen. Hinter ihr positionierten sich schaulustige Dorfbewohner. Großmutters Augen schienen matt vor Trauer, da fasste sie nach seinem Arm und flüsterte.

»Yasemin ist längst fort. Sie fliegt heute in ihre Heimat zurück.« Er wirbelte auf dem Absatz herum und stürmte den Weg bergab, bis ihn ihr Ruf stoppte.

«Bleib stehen, Kenan. Du kannst sie nicht zurückholen. Ihr Flugzeug startet noch in dieser Stunde.«

Wie angewurzelt blieb er stehen und er wartete, bis *babaanne* zu ihm kam. Mit einer Handbewegung scheuchte sie die Neugierigen fort. Kenan konnte kaum glauben, wie das Schicksal ihn verhöhnte. Da kam sie ausgerechnet an dem Vormittag ins Dorf, an dem er endlich Platz für ihre gemeinsame Zukunft schuf. Derselbe Tag. Die gleiche Zeitspanne, in der er die letzte Hürde gegen die Zwangsheirat genommen hatte. Umsonst, alles umsonst. Unter den Füßen glaubte er, das Brodeln unter der Erde zu fühlen, weil ein schwarzes Loch ihn zu verschlingen drohte. *Babaanne* aber zügelte seinen vulkangleich aufsteigenden Gefühlsausbruch mit ihrer gebieterischen Mimik. Sie sah in seine silbergrauen Augen, bis er die Lider vor ihrer Energie verschloss. Er drehte sich um, rang verzweifelt mit sich, bis es ihm gelang, den Proteststurm im Inneren hinunterzuschlucken. Was habt ihr Yasemin angetan, schrie es in ihm. Ausgerechnet heute? Was soll ich denn mit meiner Freiheit, wenn sie fortgegangen ist? Wenn das monatelange Ringen fruchtlos und so unnütz wie verbrannte Erde ist. Großmutters knochige Hand legte sich auf seine Schulter. Diese zarte Berührung stand im Kontrast zur Minuten zuvor gezeigten Härte. Da stellte sie sich vor ihn und legte ihm ein Bündel in den Arm, eingeschlagen in ein Wolltuch. Vorsichtig schlug sie die Decke zurück.

»Schau ihn dir an *canım*! Das ist Yasemins Sohn, das Pfand eurer Liebe. Sie nannte ihn Cem, nach deinem Vater. Sieh hin, die Augen des kleinen Prinzen strahlen nahezu in derselben Farbe wie deine.« Er starrte auf das Baby, denn er begriff zuerst nicht. *Babaanne* bestätigte mit ihrem Nicken das Unglaubliche. Er betrachtete das Kind, musterte es und erkannte am Grübchen am Kinn seine Liebste, wie auch sich selbst an der Augenfarbe. Das Lächeln auf Großmutters Lippen versicherte ihm, dass er keineswegs träumte. Ohne seine Frage abzuwarten, erklärte sie ihm.

»Yasemin fliegt heute von Antalya aus nach Hause. Am Vormittag brachte sie deinen Sohn hierher und ich versprach ihr, ihn in Obhut zu nehmen. Verzweiflung brach ihr Herz, denn sie verlor euch beide.«

Warum hast du nicht auf mich gewartet, *aşkım*? Wie Hammerschläge auf dem Amboss dröhnte es hinter Kenans Stirn. Ein paar Stunden nur trennten sie und ihr Kind vom Glück. Er streichelte die Wange des Pausbäckigen und hetzte mit Yasemins unverhofftem Geschenk bergan. Auf dem Weg in die Einsamkeit der Berge drückte er den warmen Körper eng an sich. Immer wieder blieb er stehen, um schwer atmend und sprachlos das Tuch zu heben, den Schlafenden anzuschauen wie er den Mund kräuselte oder leise schmatzte. Mit Cem auf dem Arm erreichte er die Sommerweide, da nahte ein Flugzeug aus Richtung Antalya, am Heckflügel das Symbol einer deutschen Maschine. Er bettete das Kind auf die Wiese und entfernte sich ein Stück. Brummend flog sie über ihn hinweg und das Dröhnen der Motoren übertönte den einen unmenschlich klingenden Aufschrei. Als das Motorengeräusch verstummte, folgte er mit den Augen dem hellen Streifen am wolkenlosen

Himmel, bis dieser sich endgültig auflöste. Jetzt erst krümmte er sich ins Gras und brüllte das jämmerliche Leid in die Stille. Das rote Felsmassiv warf die Schmerzensschreie im Echo zurück und jedes einzelne traf ihn bis ins Mark. Er schluchzte, bis keine Tränen übrig blieben. Erschöpft ging er zu seinem Kind, nahm es hoch und schlurfte, gebeugt wie ein alter Mann zum Felsplateau, unter dem der Abgrund klaffte. Er bebte vor Elend, sodass er der Versuchung, dem erbärmlichen Leben ein Ende zu setzen beinahe erlag. Die Wärme des Babykörpers aber spendete ihm den notwendigen Trost und er war es auch, der ihm verbot, dem Impuls nachzugeben. Das kleine Bündel Mensch hatte ein Recht auf Leben und es forderte nachdrücklich, dass er die Verantwortung übernahm. Cem wimmerte zuerst nur, bald jedoch klang seine Stimme schrill. Das unschuldige Geschrei brachte ihn zur Besinnung. Beruhigend wiegte er ihn, steckte ihm den Zeigefinger in den Mund, an dem er hungrig zu saugen begann. Eilig stapfte er zurück ins Dorf. Milch, dieser Hunger zumindest ließ sich stillen.

Regungslos verharrte die dunkle Gestalt der Großmutter am Dorfrand. Von Weitem hörte sie das Weinen und atmete erleichtert auf. Wenig später kamen ihr die beiden auf dem ausgetretenen Pfad entgegen, an dem sie gewartet hatte. Die weise Frau empfand den qualvollen Schmerz des Enkels wie ihren eigenen und sie fühlte den heißen Lavastrom, der ihn nahezu zerstörte. Sein Herzweh erinnerte die Alte an den furchtbaren Tag, da sie selbst ihrem fremden Ehemann folgen musste und der Mann, den ihr Herz erwählte, stumm zurückblieb. Entschlossen schob sie ihren weit zurückliegenden Kummer beiseite. Stattdessen strich sie mit ihrem gichtgebogenen Zeigefinger zärtlich über Kenans Wange. Zusammen gingen sie mit dem kreischenden Bündel zu Kemals Gemahlin. Vor dem Haus nahm sie ihm das Baby ab und legte Kenans Schwägerin das Kind an die Brust, die neben ihrem eigenen, den Neffen ernähren sollte. Geduldig wartete sie, bis der Urenkel satt getrunken, frisch gewickelt und in Baumwolltücher eingeschlagen die Äuglein schloss. Vor ihrem wissenden inneren Auge entfaltete sich die Vision von Kenans Flucht aus dem Dorf. Sie erkannte seine Zukunft klar wie in einem Kristall. Düstere Zukunftsaussichten für ihren Liebling. Sie atmete die würzige Bergluft ein, bevor sie Cem zu ihrem Enkel brachte, der tief verwundet auf der Bank vorm Haus kauerte. Mag dieses kleine Menschlein dir genügend Mut für dein Leben geben, sinnierte sie und legte ihm das Kind in den Arm zurück. In diesem Moment erkannte sie die Kraft, die Cem besaß und lächelte. Sie nahm die beiden zu sich, weil Kenan es ablehnte, weiter bei den Eltern zu wohnen. In den nächsten Wochen wuchs der Zorn auf die Familie ins Unermessliche. Sein Dasein unter den Menschen, die ihm das Glück missgönnten, hielt er bald nicht mehr aus. Sie unterstützte seinen Wunsch entgegen der uneinsichtigen Anordnung des eigenen Sohnes. Um Geld zu verdienen, musste der Fliehende den Kleinen allerdings im Dorf zurücklassen. Sie nahm Cem in ihre Obhut und ermöglichte damit die notwendige Neuordnung seiner Lebensreise. Am Tag, an dem Kenan das Heimatdorf gegen den Willen des Vaters verließ, stieg er mit Cem zu den Hirtenwiesen auf. *Babaanne* lehnte auf ihrem abgenutzten Hirtenstock vor der uralten Eiche. Das späte Licht des Nachmittags warf erste Schatten auf den blanken Fels. Sie setzten sich auf eine Bretterbank, da ergriff sie seine rechte Hand und ergründete eingehend die offene Handfläche.

»*Aşkım*, mein Liebling«, murmelte sie und fuhr mit dem Zeigefinger an der Lebenslinie entlang. Sie kämpfte mit Tränen, die in ihren Augen standen.

»Yasemin wird euch zwei nie vergessen. Allerdings werden endlose Mondwechsel kommen und gehen, bis sie zurückkehren kann. Zu spät für mich, um sie rechtmäßig in der Familie willkommen zu heißen. *Allah* wird mich weit vorher zu sich rufen.« Aufgewühlt stockte sie. «Die Flamme eurer Liebe wohnt in den Händen der Schicksalsgöttin.« Sie senkte erneut den Blick auf die Linien, die sich unter den Schwielen von Kenans Handfläche abzeichneten. »Ein steiniger Weg liegt vor dir. Übe dich in Geduld, *canım*. Jahre werden vergehen, bis der Stern des Schicksals sie zu dir bringt.« Nach einer kurzen Pause stieß sie hervor.

»Yasemins großmütiges Herz blutete an dem Tag, da sie mir ihren Erstgeborenen in die Arme legte. Sie ließ Cem bei uns, obwohl der Trennungsschmerz sie zu zerbrechen drohte. Dein Mädchen besitzt eine außergewöhnliche Kraft. Trage Sorge für ihren Sohn und achte auf Cems Lebensweg, wenn ich zu meinem Schöpfer gehe. Vergiss nie, dass dieses unschuldige Kind die Verbindung eurer Lebensadern zusammenhält. Yasemin wird das Band nicht trennen, egal, wie ihr Leben verläuft.« Die Prophezeiung der Großmutters traf ihn erbarmungslos, derweil das Baby vertrauensselig im Schoß des Vaters ruhte. Mit ihrer abgearbeiteten Hand berührte *babaanne* das dunkelhaarige Köpfchen, zuerst die Stirn, dann den Schmollmund und Brustkorb ihres Urenkelkindes. Sie segnete Cem und dann ihn. Sie nahm ein Medaillon vom Hals und es legte es Kenan um.

»Trage es stets. Es ist das 'Herz der lila Distel'. Es wird dir zur rechten Zeit Signale senden.

***

Wie aus weiter Ferne klingt der feierliche Moment in ihm nach und es ist dem reifen Mann, als höre er ihre Stimme wie damals. Er umklammert das Schmuckstück und spricht die Hoffnung aus, die mit dem Fund der deutschen Zeitung begann. Wie oft betrachtete er in den letzten Tagen das Foto der trauernden Witwe, versuchte, ihre Züge hinter dem Schleier zu erkennen. Obwohl ihm dies kaum gelingt, glaubt er, eine Ähnlichkeit mit Yasemin auszumachen. Älter ist sie geworden, reifer und elegant. Selbst die Fakten fügen sich wie Puzzleteile zusammen. 'Professor vor Ayvalık verunglückt.' Ist der Tote derselbe Mann, der die Frau, die er liebte, heiratete? Seit achtundvierzig Stunden verfolgt ihn das Bild. Zuerst ist er ohne Zweifel, inzwischen stellt er jedoch alles infrage. Wird die Prophezeiung in Erfüllung gehen und ist es endlich an der Zeit, dass Yasemin zurückkehrt? Er muss sich Gewissheit verschaffen. Lange bleibt er von zwiespältigen Gefühlen aufgewühlt zwischen den Felsen sitzen. Weil ihn der Lieblingsplatz aber nicht beruhigt, schlendert er den Weg zum Steinhaus hinab. Im Zeitlupentempo packt er die Reisetasche. Bei endlosen Wanderschleifen, die er durch das Wohnhaus dreht, betrachtet er die gelungene Architektur, bei der Teile des ursprünglichen Gebäudes in den Neubau integriert wurden. Die alten Bohlen der Fischerhütte sind Bestandteil der behaglichen Wohnstube. Verlangend sieht er aus dem Fenster. Der dichte Schilfgürtel verdeckt das bunte Treiben am Strand, ebenso wie den fast versandeten Flusslauf. Er liebt diesen Naturgürtel, der das Anwesen vor Touristenblicken schützt. Im Sekundentakt rinnen die Körner durch die Sanduhr, dehnen sich zu ewigen Minuten. Mit den Augen umklammert er die Zeiger der angejahrten Holzuhr, bis er um kurz vor zwei Uhr die Geduld verliert. Er verriegelt die Fensterläden und zieht die Haustür ins Schloss. Im selben Moment vibriert sein Mobiltelefon in der Hosentasche.

»Sie sind da.« Mehmet, ein alter Weggefährte, beendet mit dieser knappen Mitteilung die rastlose Wartezeit. Er wirft die Reisetasche auf den Beifahrersitz des Wagens und dirigiert das Fahrzeug auf einem schmalen Fahrstreifen zur Ausfahrt. Da öffnet er funkgesteuert das begrünte Einfahrtstor, das er im selben Augenblick, wie der Offroader die Einfahrt verlässt, mit Knopfdruck verschließt. Kenan parkt, steigt aus und nickt dem Angestellten im Wachhaus zu. Im Eingangsbereich des

Hotels steht der Kombi seines Sohnes und wird bereits ausgepackt.

Francesca Kara ist mit Cem, dem Juniorchef vor wenigen Minuten aus Antalya angekommen. Sie hüpft aus dem Auto, kaum dass er den Zündschlüssel umdreht. Sie schüttelt ihre dunklen Locken. Ein leuchtender Kontrast zu ihrem Sommerkleid. Sie will entschwinden, doch der Ehemann fängt sie ab und zieht sie zärtlich an sich.

»Langsam, kleine Mama. Lass dich küssen, bevor ich ganz im Schatten der Kinder stehe.« Cem's Beschwerde wird von einem lausbubenhaften Grinsen begleitet und Francesca hebt ihren Zeigefinger.

»Unvorstellbar! Du und zu kurz kommen? Keine Sorge, çanım. Gönn uns einfach Auszeiten, so wie in den letzten Tagen. Nur, deine Vormachtstellung, die könnte etwas schwinden, wenn weitere Bambini uns auf Trab halten.«

»Dem Himmel sei Dank, dass deine italienische Kindernarretei mit meinen Veranlagungen zusammenpasst«, neckt er sie, tippt an ihre Nasenspitze und erntet einen Wangenkuss. Zärtlich streicht sie über seinen Zweitagebart, bevor sie sich aus der Umarmung befreit und forteilt. An der ersten Treppenstufe zögert sie, um sich für den Umweg zum Hintereingang zu entscheiden. Vor der Glastür stoppt sie und schleicht sich hinein, denn Tarık wartet garantiert vor dem Haupteingang. Und richtig, da sitzt ihr Liebling auf der untersten Stufe. Eine Urlauberin in Sportbekleidung kommt eben die Treppe herunter. Francesca beobachtet das Erstarren auf den Gesichtszügen der Frau, die ebenfalls das Kind entdeckt. Ihr Sohn bemerkt die Dame nicht, denn er fixiert die Drehtür und ihr Mutterherz schmilzt, weil sie es ist, die er so sehnsüchtig herbeiwünscht. Für einen Augenblick legt er das Köpfchen schräg, was ihr die Sicht in sein Gesicht freigibt. Wie bei den meisten Nachkommen in ihrer Zweitheimat wirken Tarıks Augen fast schwarz, erst wenn man genau hinsieht, schimmert ein hellgrauer Glanz darin. Ihre eigene dunkel gefärbte Iris bildet bei ihrem Erstgebornen die perfekte Einheit mit der Augenfarbe des Kindvaters. Und es sind die Locken von ihnen beiden, die sich frech an den Ohren kringeln. Der Hotelgast steht inzwischen zögernd neben ihrem Jungen. Sie senkt die Hand, um ihm übers Haar zu streichen. Im selben Moment entdeckt Tarık sie und rennt ihr kreischend entgegen.

»*Anne, anne, anne!*« Francesca kniet auf den Boden, um ihn aufzufangen. Sie herzt den unentwegt plappernden Fratz, glücklich ihn wiederzuhaben. Aus dem Augenwinkel heraus sieht sie noch einmal zur Fremden, auf deren Gesicht sich Enttäuschung breitmacht, bevor sie sich wie gehetzt umdreht und davon eilt. Sie schüttelt den Kopf und widmet sich erneut dem zappelnden Bündel in ihrem Arm. Sie steht auf, hebt ihn hoch und platziert ihn auf dem mütterlichen Hüftknochen. Ausgelassen galoppiert sie mit ihm zum Ausgang. Dort setzt sie ihn ab, damit Tarık zum Vater hinüber sausen kann. Cem wirft ihn in die Luft, fängt ihn auf und wirbelt ihn ein weiteres Mal in die Höhe. Dem vergnüglichen Spiel folgt fröhliches Quietschen, verbunden mit dem Lachen des Mannes. Noch ahnt der kleine Prinz allerdings nicht, dass er diese Zuneigung bald mit einer Prinzessin wird teilen müssen, überlegt sie schmunzelnd. Ihr Ehemann lässt den Dreijährigen in den Laderaum kriechen, wo er an Päckchen zerrt, sie dem Vater entgegen schiebt, der sie nimmt und auf den Kofferkuli stapelt. Sie hört das Geplapper des Kindes, bleibt aber an der Treppe stehen, um das geschäftige Treiben zu beobachteten.

Da sieht sie ihren Schwiegervater vom Einfahrtstor herankommen, der das Männertrio komplettiert. Francesca lächelt, als sie daran denkt, wie einfach der überglückliche Cem sich nach dem Arztbesuch durch die Läden der Metropole jagen ließ. Normalerweise gehört er zur Gattung Einkaufsmuffel, doch gestern pfiff er ihre ausgelassene Einkaufslaune keineswegs zurück. Zärtlich betrachtet sie ihn und nicht zum ersten Mal staunt sie über die frappierende Ähnlichkeit zwischen ihm und seinem Vater. Cems halblanges Haar umspielt das bartstoppelige Kinn. Im Nachmittagslicht glänzen in seinen dunklen Locken vereinzelt rotschimmernde Glanzsträhnen. Die Kurzhaarfrisur des Schwiegervaters hingegen ist akkurat geschnitten und es überwiegen bereits die Silberfäden. Dennoch scheinen sie aus demselben Holz geschnitzt zu sein. Die Ähnlichkeit ihrer Gesichter überraschte sie beim allerersten Kennenlernen. Jetzt fallen ihr auch die gleichgearteten Körperbewegungen auf, die kraftvollen Hände und dasselbe ruckartige Hochziehen der Augenbrauen, wenn sie die Betonung in ihrer Sprache ändern. Am ungewöhnlichsten jedoch sind die silberglänzenden Augen der beiden. Cems unvergleichliche Augenfarbe ließ ihr Herz beim ersten Treffen wie Eis in der Sonne schmelzen. Die Männer stapeln Koffer und Pakete auf zwei Kofferkulis. Kenan spricht mit Cem, bis der seinen Vater verdutzt anschaut. Er nimmt das Stück Papier, das er ihm vor die Nase hält und lässt es erschrocken wieder los. Ein Schatten huscht über Cems Gesicht, bevor er eine ausdruckslose Maske aufsetzt. Da stimmt etwas nicht. Intuitiv will sie zu ihm laufen, doch ihr Schwiegervater würde ihre Einmischung in das Männergespräch nur ungern dulden. Deshalb und nur deshalb zügelt sie ihr italienisches Naturell. Die Unterhaltung der Männer nimmt eine bedenkliche Wendung. Cem igelt sich ein. Was ist das nur für ein Schriftstück, das ihn so aus der Fassung bringt? Sie heftet die Frage wie ein gelbes Post-it an ihre Kopf-Pinnwand, denn aus ihrer Position kann sie die Vorgänge kaum einordnen. Cem ballt die Rechte zur Faust und schiebt mit der Linken die Hand des Vaters von seinem Unterarm. Der sonst stets so feinfühlige Ältere scheint den Aufruhr des Sohnes nicht einmal zu bemerken. Cem weist entschlossen auf den zweiten Wagen und setzt Tarık obenauf.

»Nimmst du ihn mit?«, hört sie die lauter gesprochenen Worte. Cem rollt den ersten Kofferwagen mit grimmig zusammengepressten Lippen zum Hoteleingang, Sie greift nach seinem Arm, doch er schüttelt kaum merklich den Kopf.

»Später, *canım*«, tuschelt er heiser. Ihr Schwiegervater folgt mit einem freudig glucksenden Tarık.

»Francesca!«, begrüßt er sie herzlich und küsst sie auf die Wange. »Tarık vermisste euch sehr. Dem alten Opa geht zu bald die Puste aus. Ich bin nicht mehr dafür geschaffen, um tagelang das ausgelassene Spielen mit ihm zu ertragen«, behauptet er, doch sie kontert den gespielt verzweifelten Augenaufschlag mit ihrem glockenhellen Lachen. Cem schiebt seinen Kofferwagen in den Aufzug, stellt das Kind neben die Mutter und gibt ihr einen kurzen Kuss, bevor er hinter den beiden den Knopf zum obersten Stockwerk drückt.

»Lass den Wagen vor der Aufzugstür stehen. Ich bin gleich bei euch. Ich bring nur die anderen Pakete zu Mehmet.« Der Fahrstuhl bringt sie zur privaten Dachwohnung, in der sie ihr Kleid gegen eine bequeme Hose mit Shirt tauscht. Sie ignoriert Tarıks ungeduldiges Gezappel, dann aber beendet sie dieses und läuft hinter ihm her, fängt ihn und wirft sich mit ihm auf den Hochflorteppich. Ihr ausgelassenes Gekicher schallt durch die sonnengefluteten Räume, denn sie kitzelt und herzt ihren Jungen, bis der sich ihrer Umarmung entwindet. Er plappert ohne Unterbrechung, solange er Bilderbücher zu einem Turm stapelt, die er alle vorgelesen haben möchte. Natürlich will er wissen, ob sie das Geschenk für ihn mitbrachten. Das Geräusch an der Tür lässt ihn aufspringen und der Bücherturm stürzt ein, weil er dem Papa entgegenstürzt.

»*Baba, anne* verrät nicht, wo mein Auto ist! Laut protestierend hüpft er auf dem Teppich herum. Der Vater bewegt den Kopf von links nach rechts und schaut zu ihr hinüber. Sie hebt den Zeigefinger an die Lippen. Cem stöhnt auf und

sinkt auf die Knie, um mit dem Kleinen auf Augenhöhe zu sein.
»Oh je! Das Auto! Das haben wir vergessen. Liebling, wie konnte uns das nur passieren?« Ihr Sohn rebelliert und fasst nach Cems Hemdkragen und rüttelt ihn.
»*Baba*, ich war lieb. Frag Opa. Du hast mir ein Feuerwehrauto versprochen!« Cem zuckt die Schultern.
«Weißt du«, flüstert er ihm ins Ohr, »wenn man mit einer Frau einkaufen geht, vergisst der Mann alles.«
»Nein, nein, nein!« Die kleinen Fäuste des Hosenmatzes trommeln wütend gegen die väterliche Brust. Schließlich gibt er enttäuscht auf, um Trost in Francescas Armen zu finden. Dicke Krokodilstränen rollen über die Wangen..
»Aber Tarık« tröstet sie ihn.«Natürlich brachten wir das Geschenk für dich mit. Wollen wir zusammen schauen, in welcher Tasche es steckt?« Auf der Stelle versiegen die Kullertränchen. Cem zieht das sehnsüchtig erwartete Paket aus dem Stapel und gibt es dem Schlingel mit einer dicken Umarmung. Die Welt des kleinen Mannes ist wieder heil. Inzwischen ist auch ihr Schwiegervater im Dachgeschoss angekommen. Francesca sieht, dass Cem erneut Gefühle zu verbergen sucht und sie fragt sich, warum sie seine Reserviertheit nicht ebenso leicht ins Lot bringen kann, wie den eben beendeten Wirbel des Kindes. Tarık reißt die Verpackung in Fetzen, dann lässt er das rote Gefährt mit lautem 'Tatütata' über den Boden sausen.
»Ich möchte mich von euch verabschieden,« sagt Kenan in den Lärmpegel hinein.
»So eilig heute? Willst du nicht zuerst mit uns essen?«
»Ein anderes Mal.« Er küsst sie auf die Wange und wendet sich dem Feuerwehrkommandanten zu.
»Komm, gib mir einen Kuss.«
»*Görüşürüz dede*. Tschüss Opa«, verabschiedet ihn das Kind flüchtig, um weiter mit heulendem Ta-tü-ta-ta durchs Wohn-

zimmer zu jagen. Cem begleitet seinen Vater zur Tür. Vor dem Wandspiegel halten sie an.

»Wünsch mir Glück für die Reise und drück uns die Daumen, dass sie endlich zurückkommt.« Francesca hört die gemurmelten Worte. Da fällt ihr das süße Geheimnis ein, das sie mitbrachten. Sie stellt sich zu den beiden Männern, schaut erst Cem fragend an, dann den Schwiegervater. Die Verkündung liegt ihr bereits auf der Zungenspitze, doch die Mimik und das leichte Kopfschütteln des Ehemannes verhindern das Ausplaudern. Kenan geht zusammen mit Cem, der sich angeblich um den Hotelbetrieb zu kümmern hatte. Wohin ihr amüsanter Begleiter verschwunden ist, mit dem sie noch vor wenigen Stunden so herzhaft flirtete und lachte, kann sich Francesca nicht erklären. Nach dem gemeinsamen Abendessen kehrt Ruhe ein. Der Feuerwehrmann schlummert glückselig in seinem Bettchen. Cem allerdings schleicht bedrückt umher und beschließt sich im Büro mit der Buchhaltung zu befassen. Eine Ausrede, ohne Zweifel, denn nach kurzer Zeit kommt er ruhelos zurück und verzieht sich auf die Dachterrasse. Francesca zündet Kerzen an, lehnt sich von hinten an ihn und stupst ihn zärtlich.

»*Aşkım*, was ist los?«

»Nichts.«

»Wohl kaum.« Sie hebt die schmal gezupften Augenbrauen.

»Warum wolltest du Vater die Nachricht von unserem zweiten Baby vorenthalten? Du konntest es vorhin doch kaum erwarten, deine Begeisterung mit ihm zu teilen.«

»Ach, was weiß ich.«

»Es gab Unstimmigkeiten zwischen euch, am Auto.«

Cem starrt sie an, schüttelt die Locken und schweigt. Geduld gehört nicht zu ihren Stärken, aber sie wartet, bis er undeutlich brummt. Da gleitet sie vor ihm auf den Boden, zieht ihn zu sich auf den Teppich und schlingt die Arme um ihn.

»Raus damit! Wieso brach *baba* so hastig auf? Und ... was bedrückt dich so, *canım*?« Cem kapituliert. Schließlich vertraut er ihr an, dass Vater ihm einen Zeitungsausschnitt zeigte, der ihn zu der absurden Vermutung veranlasst, dass die Identität des verunglückten Tauchers, mit dem Ehemann seiner nie gesehenen Mutter zusammenhängt. Francesca starrt ihn an. Wie jedes Familienmitglied weiß auch sie um die traurige Geschichte des Schwiegervaters, der die Hoffnung auf die Rückkehr der Traumfrau, niemals aufgab. Es ist für sie durchaus verständlich, dass er Herzblut in die überraschende Spekulation hängt.

»Ein Zeitungsfoto, trotzdem schienen mich die Augen hinter einem Trauerschleier anzustarren. Einen Atemzug lang glaubte ich, ein eisiger Griff fasste nach mir. Außerdem verstehe ich Vater ewiges Warten sowieso nicht mehr. Zeitlebens hält er am Glauben ihrer Rückkehr fest und jetzt, erhofft er sich von diesem Zeitungsausschnitt ein völlig irreales Glück.« Cem deutet in den Sternenhimmel hinauf und schildert ihr den Moment, in dem er das Bild sah und es ihm vorkam, als würde die Welt einstürzen. Natürlich lernte er, mit der zukunftslosen Hoffnung seines Vaters zu leben. Aber den Weg, den er jetzt einschlägt, den will und kann er nicht mitgehen, weil er seine Liebe zu der Fremden mit Cems gleichsetzt. Er erwartet von ihm, dass er Yasemin, die sich nie für ihr Kind interessierte, mit demselben Glück im Herzen aufnimmt, wie er. Francesca streichelt Cems Finger.

»Du versuchst, mich zu täuschen. Es geht vielmehr darum, dass dich ein eiskaltes Gefühl erdrückt. Du bist über das Foto zutiefst erschrocken.« Sanft streicht sie über die inzwischen weich gewordenen Barthaare. Als Cem schweigt, schimpft sie.

»Verdammt, rede mit mir!« Er schlingt die Arme enger um sie und vergräbt das Gesicht in ihren Locken. Die Lippen an ihrem Ohr zeichnet er mit heiserer Stimme den rätselhaften Traum seiner Kindheit nach, denn das Bild des Zeitungausschnittes war ihm keineswegs fremd, sondern vertraut. Er kannte diese toten Augen aus kindlichen Albträumen.

»Aşkım - ich bin nicht verrückt. Aber ich kenne das Foto, das *baba* mir zeigte. Jeden Herbst fuhr er an die Ägäis, um unsere Post einem Mann zu übergeben, der sie meiner Mutter bringen sollte. Ein Mal brachte er mir einen Stoffbären, damals zählte ich gerade zwei Jahre. Später malte ich Bilder für sie. Als ich schreiben lernte, schrieb ich Briefe an diese fremde Frau, die nie antwortete. Dafür erschien mir in zahlreichen Vollmondnächten eine bedrohliche Gestalt, die sich hinter einem schwarzen Gesichtsvorhang versteckte. Ihr verschwommenes Gesicht erschreckte mich nachts. Sie rief mich zärtlich *cansu*, mein Herzenswasser. Ich bin es, *anne*, murmelte sie heiser. Ich aber empfand nur Angst vor der dunkelgekleideten Frau. Mit dem verdammten Zeitungsfoto ist das Traumbild zu mir zurückgekehrt. Ich will diese Mutter nicht mehr. Sie ist eine Rabenmutter, die ihr Kind bei wildfremden Menschen einfach vergessen hat. Sie verließ mich und hat sich nie um mich gekümmert. Sie ist mir scheißegal. Zum Teufel mit ihr. Ich hoffe, Vater findet sie nie. Stell dir vor, wie sie ihn auslacht, weil er Jahrzehnte auf sie wartete? Seit über zwanzig Jahren beantwortet sie nicht einen einzigen Brief. Sie ist so gleichgültig, mit einem eiskalten Herz ohne Wert.« Francesca kann seine Verbitterung nicht begreifen, denn bisher glaubte sie, dass er gemeinsam mit Kenan ihre Rückkehr ersehnte. Keiner sprach je ein nachtragendes Wort, im Gegenteil. *Baba* machte doch stets die äußeren Umstände verantwortlich. Er interpretierte die Wartezeit als Prüfung einer Schicksalsgöttin. Hatte nicht Cem selbst ihr erzählt, was die Urgroßmutter ihm vor langer Zeit sagte? Dass es seiner Mutter unendlich schwerfiel, ihr Baby zurückzulassen?

»Warum glaubst du, der Situation nicht gewachsen zu sein?« Cem hebt den Kopf und starrt wie in Trance in den sternenübersäten Himmel.

»Vater zeigte mit genau dieses Traumbild. Erklär mir, weshalb ein Kind von einer Schleier tragenden Mutter träumt, die ihm Angst macht?«

»Womöglich sagte dir dein Unterbewusstsein, wie ihr sie wiederfindet. Ist es so unmöglich, dass du die Gabe der Urgroßmutter in dir trägst, allerdings nur einen Ausschnitt der Zukunft sehen konntest? Ein Kind kann solche Bilder nicht verstehen.« Sie hält seine Hand und eine Weile lang schweigen sie in vertrauter Zweisamkeit, bevor sie den Faden erneut aufnimmt.

»Hieß die verschleierte Witwe Yasemin?«

»Keine Ahnung. Ich stand unter Schock. Das Papier brannte in meinen Fingern, ich gab es *baba* zurück, ohne zu lesen. Er erzählte, dass der Mann bei einem Tauchunfall in Ayvalık verunglückte.«

»Warten wir doch erst, ob die Vermutung sich bestätigt. Denkbar, dass seine Suche ein frühes Ende findet. Es wundert mich sowieso, dass Kenan die technischen Neuerungen nie ausschöpfte.« Cem nickt, aber Francesca spricht aus, was ihm nicht über die Lippen kommt.

»Befürchtest du ernsthaft, dass sie Vater schadet? Hast du Angst, dass sie ihn erneut verletzt ...« Plötzlich erkennt sie den Grund für seine Panik. »DU hast eine Heidenangst vor dem Moment, dass sie DICH ein zweites Mal im Stich lässt!« Spannung liegt über dem Schweigen und Cems Atem setzt für einen Augenblick aus..

»Ja. Nein. Ach, was weiß ich. Wenn sie Vater zurückweist, verliert er alle Hoffnung! Verstehst du denn nicht?«

»Nein.« Cem schaut ihr entmutigt ins Gesicht.

»Denk nicht einmal daran, dass er sich etwas antut. Hörst du!« Sie rüttelt ihn an der Schulter. »Er kommt zu uns zurück. In erster Linie braucht er jetzt unsere Unterstützung. Vertrau ihm. Wir hätten ihm doch von dem neuen Enkelkind erzählen sollen. Vater lässt niemanden im Stich. Besonders dich nicht.«

Zärtlich nimmt sie sein Gesicht zwischen die Hände, berührt mit dem Daumen die spröden Lippen und küsst ihn, bevor sie sich erneut an ihn kuschelt. Cem angelt das Glas vom Tisch, trinkt einen Schluck und umarmt sie wie zuvor. Gemeinsam betrachten sie das funkelnde Himmelszelt. Er zeigt auf den ‹Großen Wagen› der aus dem Sternenreichtum am südlichen Firmament leuchtet. Sie schmiegt sich an ihn und erahnt intuitiv seine Gedanken, die auf Hochtouren arbeiten. Vermutlich erfasst sie deutlicher als er, wohin den Schwiegervater eine erneute Verzweiflung führen kann. Sie versteht Cems plötzliche Angst und auch, dass er Vaters ewige Trauer nicht mehr nachvollziehen kann. Trotzdem gibt es da diese bemerkenswerte Liebe. Alle sprechen Yasemin von Schuld frei und dennoch wünscht sich Cem, dass die Verschollene fortbleibt. Wird er die Frau verachten, die Kenan liebt? Er kennt die Unbekannte doch nur aus Angstträumen. Sie liest seine Verzweiflung an der Art, wie er den Sternenhimmel fixiert.

Später schmiegt sie sich im Bett eng an ihn und streicht ihm besänftigend übers Kinn. Mit der Handfläche tastet er zu ihrem noch flachen Bauch, mit der anderen Hand zieht er sie besitzergreifend an sich. Bald sinkt er in einen unruhigen Schlaf. Ihre Gedanken aber kreisen in endlos wiederkehrenden Schleifen um das was passieren wird, wenn Yasemin zurückkehrt. Ohne Schwierigkeiten kann das Wiedersehen keineswegs ablaufen, denn sie verletzte Cem mit ihrem jahrelangen Schweigen. Kaum wird er sich den zwiespältigen Gefühlen stellen und es ohne Aufbegehren hinnehmen. Neben ihr murmelt er unverständliche Worte, wälzt sich unruhig, bis er im Schlaf nach der Mutter ruft. Da steht ihnen eine Zerreißprobe bevor, wenn Kenans Hoffnung Erfüllung findet. Francesca vergleicht die Situation mit dem Einschlag eines Meteoriten. Sie drückt Cem einen zarten Kuss auf die Wange, ehe auch sie einschläft.

Kapitel 8

Kenan hält sich nur für einen kurzen Abschied bei Cems Familie auf. Obwohl ihn die Reaktion des Sohnes auf den Zeitungsartikel beunruhigt, drängt es ihn, endlich fortzukommen. Der Aufzug bringt ihn ins Erdgeschoss, wo er mit dem langjährigen Freund Mehmet an der Rezeption verschiedene Dinge bespricht. Er verspricht ihm, sich regelmäßig zu melden, bevor er das Hotel verlässt. Aus reiner Gewohnheit steckt er das Mobiltelefon auf die Ladestation, schaltet das Gerät allerdings ab, weil er nicht gestört werden will. Kenan lenkt den Wagen durch den dicht besiedelten Ort, bis er hupend auf die mehrspurige Schnellstraße Richtung Antalya einbiegt. Cems Verhalten beschäftigt seine Gedanken, da dieser äußerst angespannt wirkte. Streit mit Francesca konnte es kaum gegeben haben, überlegt er, da passte die Fröhlichkeit der Schwiegertochter keinesfalls ins Bild. Sie erschien im Gegenteil regelrecht aufgekratzt. Plötzlich fällt es ihm wie Schuppen von den Augen. Cem ungewohnte Nervosität begann in dem Moment, da er ihm das Zeitungsfoto zeigte. Ängstigt ihn etwa die Vorstellung, dass er mit der ihm unbekannten Mutter zurückkehrt, aber was befürchtet er? Er denkt einen Moment lang darüber nach, noch einmal umzukehren. Nach wenigen Minuten schiebt er die Zweifel beiseite, zu unsicher ist der Ausgang der heutigen Reise. Er weiß doch selbst nicht, ob seine Hoffnung endlich Erfüllung findet.

Dichter Verkehr fordert Kenans Aufmerksamkeit. Dennoch lehnt er den Ellbogen lässig auf den Rand des offenen Seitenfensters. Es riecht nach einer Mischung aus salzhaltiger Meeresbrise, versetzt mit Blütenaromen aus den Straßenrabatten, sowie staubig trockener Straßenluft. Wenig später entscheidet er sich für die Fahrt auf der küstennahen Straße. Nach zwei

Stunden Autofahrt pausiert er in Kumluça, unweit seines Heimatdorfes. In einem Straßenrestaurant bestellt er *Börek*, mit Käse gefüllte Blätterteigstangen zum Salat, schlürft Schwarztee und plaudert mit dem Kellner. Als er das Fahrzeug vom Parkplatz lenkt, färben erste abendliche Sonnenstrahlen den Horizont mit intensiven Pinselstrichen. Im Hafen von Finike schaukeln zahlreiche Segelmasten im Rhythmus der Gezeiten. In Windeseile weicht jetzt die kurze Spanne der Dämmerung stockdunkler Nacht, denn auf diesem Abschnitt der Küstenstraße gibt es keine Laternen. Das Scheinwerferlicht bohrt sich auf den Asphalt der Serpentinen und durch das geöffnete Fenster hört er das gleichmäßige Plätschern des Meeres. Er erinnert sich an den Tag, da er Yasemin um ihre Hand bat und ihr sein Ehrenwort gab.

***

Unter seinen Füßen schien Fels sich in Treibsand aufzulösen. Das deutsche Mädchen stellte seine Gefühle auf eine schockierende Probe und er schickte ein Stoßgebet in den Nachthimmel. Sie forderte von ihm ein gemeinsames Bad im *Hamam*. Dabei trieb das eigene Verlangen ihn bei der bloßen Vorstellung an den Rand der Selbstdisziplin. Sie aber bettelte, ohne zu begreifen, was sie ihm abverlangte. In den Lenden pochte es heiß und nur mit unmenschlicher Kraft gelang es ihm, ihrem Wunsch Einhalt zu gebieten. Yasemins Enttäuschung geißelte ihn wie die Lederschnur einer Peitsche und noch in derselben Nacht erlag er der Macht ihrer Bitte. Weit nach Mitternacht weckte er seine Herzensfrau und ging mit ihr zum Badehaus. Mangels klarem Denken glaubte er, ihr wie ein Bademeister dienen zu können. Er fror obendrein im *Hamam* noch vor Anspannung. Schauer ließen ihn erbeben, obwohl ihn zeitgleich innere Hitze in Unruhe versetzen, weil sie nur in das

Badetuch gewickelt vor ihm stand. Welcher Teufel ihn ritt, sie zu bitten, das Handtuch zu entfernen, das wusste er hinterher selbst nicht. Er sah ihr Zittern. Da schluckte er hart, doch dann traf ihn der funkelnde Glanz ihrer jadegrünen Augensterne. Fasziniert verfolgte er ihre langsamen Bewegungen, starrte auf ihren Venushügel, bis er schließlich mit bebenden Lippen ihren Bauch küsste. Wortlos überließ sie sich seiner Führung und setzte sich auf den Stein, damit er mit der Waschung beginnen konnte. Sein eigenes Begehren ließ sich nicht vertuschen, weil sich das Glied schmerzhaft aufrichtete. Seine Augen folgten den Wassertropfen, bis er das unerträgliche Selbstmartyrium mit einigen Schalen eiskaltem Wasser, die er über sich ausleerte, beendete. Die Glut erlosch allerdings nur kurz. Das flackernde Feuer in Yasemins Augen entfachte ihn stets aufs Neue und er atmete unkontrolliert. Sie lag ausgestreckt vor ihm. Er bearbeitete ihre Haut zuerst mit dem groben Handschuh bis er sie schließlich unter Seifenschaum begrub und mit bloßen Händen massierte. Er zerbrach an der Last der Verantwortung. Er half ihr auf und bedeckte ihren Körper mit dem Tuch. Zärtlich zog er sie an sich und gestand.

«Der Dienst des Bademeisters sprengt jede Vorstellungskraft. Mein Herz verlangt nach mehr, jetzt und hier. Ich besitze keinen Reichtum, Yasemin, doch meine aufrichtige Liebe will ich dir für immer schenken. Die Eltern werden unsere Hochzeit segnen. *Seni çok, çok seviyorum*, ich liebe dich, sehr. Ich möchte nicht mehr ohne dich sein. Bitte, bleib bei mir und werde meine Frau.» Er kniete vor ihr und küsste ihre Finger, dann zog er sie an die gebeugte Stirn. Ernst sah er sie an, sekundenlang, minutenlang. Ihre Augenpaare versanken ineinander und die Lippen bebten in der Spannung des Moments, wortlos im Taumel der Gefühle, die sie umfangen hielten. Yasemin erwachte zuerst aus der Starre. Sie legte ihre Hand zärtlich an Kenans Wange, schob das feuchte Haar zurück und flüsterte ein Ja. Sie zog ihn wieder neben sich, berührte mit dem Mund sein Lippenpaar. Ihre Finger tasteten unter sein Handtuch. Sie strich mit ihrem Zeigefinger am Geschlecht entlang, bis es aufgerichtet das Tuch beiseiteschob. Sein Atem stand für einen Moment still, bevor er es wagte, ihre Brust zu streicheln und die Lippen, um eine Brustwarze zu schmiegen. Er saugte daran, bis sie sich ihm mit zitternder Hingabe anvertraute, unschuldig, ja ahnungslos von der Macht, die sie über ihn besaß. Er erlag ihrer lockenden Versuchung der er nichts, aber auch gar nichts mehr entgegenzusetzen hatte. Er nahm sie in Besitz, nahm das Geschenk ihrer Liebe an und machte sie in jener Nacht zur Frau, zu seiner Frau. Einige Zeit später kniete er, immer noch heftig atmend vor ihr. Er gab ihr das Ehrenversprechen, an dem er ihre gemeinsame Zukunft für ein ganzes Leben festmachte. Zu diesem Zeitpunkt ahnten sie beide nicht, dass Yasemin bereits am Folgetag ihren Reisebegleitern folgen musste. Sie ging ohne Abschied in eine für ihn unerreichbare Ferne.

Monatelang träumte er von ihr, lag nächteweise wach, bis der Morgen graute und er aufs Meer hinausfuhr um die Netze einzuholen. Er konnte sie nicht vergessen und verlor sich in wahnwitzigen Hoffnungen. An einem eisigen Januarabend stand sie dann plötzlich wie eine Fata Morgana vor ihm. Er lenkte an jenem Abend das Fischerboot durch die schmale Rinne des Flusses, da sah er sie, die Traumblüte schlafloser Nächte. Das Herz begann zu trommeln, es überschlug sich und in der Halsschlagader rauschte das Blut. Ihre Ankunft stürzte ihn in einen Freudentaumel, denn das Wiedersehen erfolgte am vorletzten Tag, den er am Meer verbrachte. *Kismet*, ein Zeichen ihres Schicksals, so wie es der Zufall wollte, dass er ihr überhaupt begegnete. Ohne die langwierige Erkrankung des Onkels, dessen Arbeit er monatelang an der Küste ausführte, hätte er Yasemin nie getroffen. Normalerweise lebte er weit abseits in den Bergen. Die Eltern bewirtschafteten zweihundert Kilometer nördlich von Antalya eine Landwirtschaft. In diesem überbordenden Glück handelte er kopflos. Er verschwendete keinen Gedanken an etwaige Folgen, da er es für das Natürlichste der Welt hielt, dass seine zukünftige Ehefrau ihm ins Elternhaus folgte. In seinem jugendlichen Überschwang vertraute er auf die grenzenlose Liebe und schob jedwede Überlegung an Traditionen beiseite. Er vergaß völlig, die Familie von dieser Heiratsabsicht zu informieren, sondern führte sie mit stolzgeschwellter Brust ins Bergdorf. Hand in Hand stiegen sie ab Kumluça bergan. Sie trug einen knöchellangen Rock zur langärmligen Bluse, darüber ihren warmen Mantel. Ihr kupferrotes Haar bedeckte sie wie alle Frauen mit einem Tuch, um ihm keine Schande zu machen, wie sie ihm sagte. Sie verhüllte die Körperformen nach alter Sitte. In der Erinnerung lebten die Nadelstiche der reservierten, abschätzigen, ja unnahbaren Blicke auf, als er mit der Fremden im Heimatdorf eintraf. Er sah das Entsetzen in Mutter Augen und hörte ihre tonlose Frage: Wie kannst du es wagen, eine wildfremde Ausländerin mitzubringen? Selbst der inzwischen jahrelange Abstand verdrängte Vaters eiskalten, wie erbarmungslosen Augenausdruck mit dem er Yasemin fixierte nicht restlos. Nur die Schrift des Korans, die drei Tage Gastfreundschaft vorschrieb, hielt ihn davon ab, die Unerwünschte am gleichen Tag noch aus dem Haus zu werfen. Dennoch besänftigte ausgerechnet seine Liebste den Zorn, der in ihm brodelte. Sie bat ihn um Mäßigung und stellte sich klaglos allen Anfeindungen, um sich zu beweisen. Im Versuch, erste Kontakte zu knüpfen, unterwarf sie sich dem Frauenregiment beim Backen. Zu Beginn leuchteten ihre grünen Augen, sprachen vom Gefallen an der Arbeit. Die offene Antipathie aber setzte ihr zu, denn ihr Sprachverständnis hatte sie in den letzten Monaten verbessert, weshalb sie die hässlichen Worte der Frauen zumeist verstand. Hilflos musste er zusehen.

Kenans Adamsapfel hüpft an seiner Kehle und er starrt auf den vom Scheinwerferstrahl erfassten Lichtkegel. Der alte Zorn presst die Lippen schmal und die Hände liegen zitternd am Lenkrad. Auf dieser letzten Fahrt nach Ayvalık, so hofft er, lässt er alle Erinnerungen zu, die er in den Jahren zuvor in einer Art Selbstschutz stets zurückdrängte. Kenan unterbricht mit dem Handrücken den eingefrorenen Blick. Er benötigt dringend eine Fahrtunterbrechung in der tiefschwarzen Nacht, in der ihm kaum Fahrzeuge entgegenkommen. In der Tiefebene bei Fethiye hält er vor einem Restaurant am Straßenrand. Er streckt seine angespannten Muskeln und wird wenig später von einem verschlafen wirkenden Kellner begrüßt. Bei *çay*, türkischem Tee und einem Sandwich entspinnt sich bald ein Gespräch.

»Woher kommst du? Wohin fährst du? Dein Auto, eine teure Marke. Dir geht es wohl gut. Was macht die Familie?« Die üblichen Floskeln, die Fremde miteinander austauschen. Für Kenan Gelegenheit, sich zu entspannen. Bald darauf kehrt der eine auf die Matratze zurück, während der andere den Wagen im eintönigen Rhythmus der Räder Richtung Izmir lenkt. Kaum umfängt ihn die Stille der Nacht, kehren die Erinnerungen zurück.

***

Am Abend ihrer Ankunft erklärte der Vater ihm zornbebend, dass das Yasemin gegebene Eheversprechen nichts galt. Denn er hätte für ihn bereits einen Ehrenhandel um eine Braut abgeschlossen und dabei bliebe es. Kenan glaubte, vor Entsetzen und vor Scham zu ersticken. Er war so wütend, doch ausgerechnet die Herzallerliebste bat ihn um Geduld mit der Familie und um Nachsicht. Drei Tage später wurde die Gastfreundschaft beendet. Er widersetzte sich Vaters unmissverständlichem Befehl und ging den bitterschweren Weg mit ihr gemeinsam. Allerdings verhinderte dabei die angeordnete Begleitung von Kemal, seinem ältesten Bruder, ihre Hand zu halten. Ihr Aufpasser unterbrach jeden noch so leisen Wortwechsel, bis sie beide in stummem Seelenschmerz kapitulierten und den Weg hinunter stapften, den sie so glücklich heraufkamen. In Yasemins Augen ertranken die leuchtenden Jadesterne in zurückgedrängten Tränen.

Das Glück zerrann ihnen zwischen den Fingern, denn der bestimmende Patriarch setzte sich über sein Versprechen weg. Es folgten hitzige Auseinandersetzungen, in denen er gegen die Traditionen und das ungeschriebene Recht des Älteren ankämpfte. Im Moment der Niederlage erneuerte er stumm seinen Schwur vor *Allah*, nie eine andere zu lieben und schwor auch Yasemin die ewige Treue, bevor Kemal dazwischen gehen konnte. In Kumluça erfüllte der Bruder Vaters Instruktionen. Er verhinderte jede noch so winzige Berührung, die sich wie ein heilendes Pflaster auf die Verletzung hätte legen können. An der Busstation flehte er ihn an, aber dieser antwortete nur mit unnachgiebigem Kopfschütteln. Kenan stellte mit hängendem Kopf ihre Gepäckstücke in den Bus. Um von ihr Abschied zu nehmen blockierte er den Türrahmen und sah ihre zurückgehaltenen Tränen. Da lief das gärende Fass über. Blitzschnell sprang er auf den Aufpasser zu, stieß ihn wütend zur Seite und fauchte.

»Eine Sekunde, Bruder. Schau einfach weg.« Kemal zögerte, dann griff er mit abgewandtem Gesicht in die Jackentasche, zog eine Zigarettenschachtel heraus und zündete den Glimmstängel an. Er rannte zu Yasemin und umfasste ihre kalten Händen.

»*Aşkim*, bitte nicht weinen. Ich heirate die Andere nicht. Ich verspreche es dir bei meinem Leben. Niemand außer dir gehört zu mir, hörst du, nur du. Ich hole dich, bald. Ich finde eine Lösung. Warte auf mich. *Seni çok seviyorum, aşkım.*« Ihre eiskalten Finger strichen zärtlich über den protestbehafteten Dreitagebart, da schob sie ihm einen winzigen Zettel in die Faust. Er hauchte einen Kuss in ihre offene Handfläche, aber Vaters Stellvertreter zerrte bereits an seiner Schulter.

»Genug. *Gel!* Komm!« Kenan schüttelte ihn ab. Er ignorierte Kemals Anordnung und verharrte wie angewurzelt, bis der Fahrer ihn zurückwies und ihm die Tür vor der Nase zuschlug. Mit brodelndem Schmerz und die Augen, die zornig blitzten, krallte er die Finger um die Jackenaufschläge des Bruders, um nicht mit ansehen zu müssen, wie der Bus davon rollte.

»Keiner trennt einen Kenan Kara von der Frau, die er liebt,« schrie er. »Niemand, hörst du. Richte Vater aus, er soll den jüngsten Sohn verstoßen, wenn er nicht anders kann. Mich interessiert diese Familie nicht mehr. Geh allein zurück. Ich verzichte auf Menschen, die meine ehrlichen Gefühle und mein gegebenes Ehrenversprechen mit Füßen treten.« Er warf ihm die Verachtung ins Gesicht, versetzte dem Bruder einen Stoß und hetzte davon. Ziellos durchstreifte er den Ort und es blieb ihm keineswegs verborgen, dass ihm der Aufpasser stundenlang hinterher schlich. Völlig betrunken stellte er schließlich den Spitzel.

»Verschwinde! Sie ist fort. Was willst du noch? Angst, dass ich ihr folge? Du kennst meine neuen Freunde. Sie heißen *Rakı* und *Tavla*! Verzieh dich endlich. Ich bleib hier.« Im Vertrauen darauf, dass an diesem Tag kein weiterer Bus in den Norden fuhr, drehte Kemal sich kopfschüttelnd um und schlug den Weg ins Dorf hinauf ein.

***

Im Gedanken an Kemals Gesicht schiebt sich ein breitgezogenes Lächeln um Kenans Mundwinkel. Inzwischen lenkt er den Wagen durch öde Hügellandschaften, wo ihm nur wenige Fahrzeuge begegnen und nur spärliche Lichter in den Weiten der Ebene aufleuchten. Der Herzschlag pumpt sein Blut rascher durch die Adern und er fragt sich, wie oft schon zuvor, warum er diese Frau in all den Jahren nie vergaß. Weil in ihm das Feuer der Sehnsucht brennt, antwortet er sich selbst. Es ist zwecklos, diesen Punkt zum tausendsten Mal zu hinterfragen. Yasemin hielt über Jahrzehnte und trotz der Entfernung sein Herz gefangen.

Wie aus heiterem Himmel durchschneidet ein ausgelassenes Lachen plötzlich die einsame Nacht. Wer hätte in jenen bitteren Stunden auch ahnen können, dass die Schicksalsgöttin ihre Fäden längst neu verknüpft hatte. Seine Verzweiflung und der aufgestaute Hass verhinderten die Rückkehr zur Familie nämlich keineswegs umsonst. Während der Bruder den Weg ins Bergdorf hinauf stapfte, tat sich in Kumluça ein Ausweg auf.

Kapitel 9

Der Besuch des *Hamams* versetzte Jasmin in Aufruhr. Rebecca lehnt nach der grandiosen Entspannung eine gemeinsame Joggingrunde entgeistert ab, klemmt sich ihre Urlaubslektüre unter den Arm und entschwindet an den Pool. Ihre Urlaubsbegleitung schüttelt den Kopf, schnürt ihre Laufschuhe und springt die Treppe hinunter. Auf der untersten Treppenstufe verharrt sie, denn sie entdeckt den Knirps, der ihr am Strand begegnete. Er wirkt seltsam verloren, wie er den Blick starr auf die Drehtür richtet. Wehmut steigt in ihr auf, eine qualvolle Sehnsucht nach ihrem eigenen vermissten Sohn. Sie geht zu dem Jungen hinüber und beugt sich hinab, allerdings erreicht ihre Hand den lockigen Haarschopf nicht mehr. Übergangslos springt der Junge auf. Er rennt zu einer dunkellockigen Südländerin, währenddessen sein 'anne' Schrei durch die Empfangshalle gellt. Die Mutter des Kindes betrat die Halle durch eine Seitentür, jetzt kniet sie auf dem Boden, um es mit weit geöffneten Armen aufzufangen. Tränenblind beobachtet sie die Begrüßungsszene, bis ihr Herz auseinanderbricht. Da hetzt sie durch die Drehtür nach draußen, denn die kurze Mutter-Sohn-Szene führt ihr vor Augen, wie viel Kinderliebe sie einst zurückließ, weil sie für sich keinen anderen Ausweg sah. Ihr blutet das Herz, weil Cem sie nie mit einem solchen Freudenschrei willkommen heißen durfte. Energisch drängt sie die Tränen zurück und trabt zur Pforte hinaus, ohne einen Blick nach links oder rechts zu werfen.

»Wird mir Cem jemals verzeihen können, dass ich ihn nicht nach Deutschland mitnahm, sondern bei seinem Vater zurückließ? Wird es mir gelingen, ihm meine Verzweiflung und die damalige Not auch nur annähernd begreiflich machen?« Die Fragen um die Reaktion von ihrem inzwischen längst erwachsenen Sohn beschäftigen sie so intensiv, dass sie selbst die aufsteigende Wärme des Medaillons ignoriert. Sie bemerkt in diesem Augenblick weder ihr Umfeld, noch den Mann, dessen Blick ihr nachfolgt. Um ihren Schmerz zu betäuben, joggt sie in viel zu hohem Tempo. Atemlos und mit Stechen in der Seite kehrt sie nach einer Stunde zurück. Rebecca erwartet sie bereits und so verzichtet sie notgedrungen auf eine längere Regenerationsphase. Eilig springt sie unter die Dusche, dann schlüpft sie in eine dunkle Hose zum grauen Top und leistet ihrer Urlaubsbegleitung auf den Balkon Gesellschaft. Die sinkende Sonneneinstrahlung taucht die honiggelben Häuser in ein weiches Licht. Jasmin beginnt sich zu öffnen und vertraut der gespannt Wartenden Stimmungsbilder ihrer Studienfahrt an. Mit Professor Dr. Achim Wendlinger, ihrem späteren Ehemann, sowie mehreren Kommilitonen forschten sie im Jahr 1976 einen Sommer lang auf der griechischen Insel Lesbos. Im Verlauf der Erzählung bemerkt sie, wie alles in ihr wieder lebendig wird. Rebeccas Gesichtsausdruck verheißt allerdings, dass diese sich durchaus an einige Details erinnert. Dennoch scheint sie zufrieden damit, dass sie endlich etwas erzählt. Protestlos hört sie zu und unterbricht nicht einmal ihre Schwärmerei, mit der sie ihre erste Auslandsreise ausgräbt. Mit der Langsamkeit in der Schilderung von der Fahrt mit der Fähre 'Sappho', die zwischen Piräus und Lesbos verkehrte, stellt sie die Geduld der Zuhörerin auf die Probe. Vor ihren Augen verwandeln sich die Silberstreifen über der Wasseroberfläche in rötliche Schimmer, bis das laute Tschilpen zahlreicher Vogelschwärme schlagartig mit dem Versinken der Sonne verstummt. In der nachfolgenden Stille wispert nur noch der Wellenschlag und Blütenaromen kitzeln die Nasenflügel. Das Gelächter vorbeigehender Hotelgäste beendet schließlich die Beschaulichkeit.

»Los komm. Ich habe Hunger!«, fordert Rebecca und sie schieben sich aus den bequemen Korbsesseln, schlüpfen in Absatzschuhe und legen einen Hauch Lippenstift auf. Beschwingt nehmen sie die Stufen zum Speisesaal. Sie wird von ihrer Begleiterin vorwärtsgedrängt, bis sie abrupt vor einer gewaltigen Vorspeisenauswahl stehenbleibt. »Schau dir das an,« staunt sie. »Fantastisch! Einen Moment.« Grinsend zieht sie ihr Handy aus der Handtasche.

»Damit setze ich unseren 'Maître de Cuisine' in Berlin mächtig unter Druck«, grinst sie und fotografiert geschnitzte Gemüsekreation mit ihrem Mobiltelefon. Mit einem Blick auf die Bilder stellt sie fest, dass die Perfektionen den Küchenchef erheblich in Bedrängnis bringen werden. Dann aber bleiben ihre eigenen Augen an der Speisenauswahl hängen, bis sie mit langgerecktem Hals die Dessertürme auf der gegenüberliegenden Seite erblickt. Beneidenswert, denkt Jasmin, während sie ihre Freundin beobachtet. Sie ist jederzeit im Einklang mit sich, besonders wenn es ums Essen geht. Ihr Appetit ist gering und so fällt die Entscheidung auf eine reduzierte Portion. Im Gegensatz zu Rebecca, die ihre erste Portion an einem Zweiertisch abstellt und kurz darauf mit einem zweiten Porzellanteller erscheint.

»Ich sterbe gleich vor Hunger. Zur Mittagszeit waren wir im *Hamam* und zum Kuchenbuffet kam ich leider zu spät.«

Jasmin bittet sie, es sich schmecken zu lassen und begutachtet die Teller. Dann stößt sie mit der Gabel an kleine Zucchinitaler.

»Die heißen *mücver*. Magst du versuchen?« Rebecca probiert und hebt ihr Glas.

»Auf einen erholsamen Urlaub.« Der zweite Gang verführt mit Fleischgerichten und sogar bei Jasmin kehrt der Appetit mit dem Essen ein. Dienstbereite Kellner sorgen für stets nachgefüllte Weingläser und schließlich lehnen sich beide zurück. Rebecca wirft ihr einen aufmunternden Blick zu, damit sie das weiterführt, was der Sonnenuntergang unterbrochen hatte.

Ungeduldig bohrt sie, weil ihre Aufforderung zuerst ignoriert wird.

»Ich erinnere mich, wie du von Lesbos beeindruckt warst damals und auch, dass die Reise Besonderheiten enthielt. Liegt dort der Auslöser für deine Geheimniskrämerei?«, unterstellt sie, doch Jasmin schüttelt den Kopf. »Ich begann zu der Zeit meine Ausbildung in Berlin. Vermutlich verpasste ich in jenen Tagen Wesentliches.« Die Angesprochene atmet auf, denn sie erinnert sich ihrerseits daran, dass das aufregende Neonlicht der Großstadt die Freundin damals über alle Maßen beschäftigte. Nur deshalb gelang es ihr bei den spärlichen Treffen zu Hause, ihr Liebesabenteuer unter Verschluss zu halten. Verlegen dreht sie am Stiel des Weinglases, doch Rebecca gibt nicht auf.

»Bis du fertig? Dann gehen wir jetzt an die Poolbar. Um ein Weitererzählen kommst du heute sowieso nicht herum. Lass uns den ersten Urlaubstag gebührend feiern.« Sie schnippt mit dem Finger und lädt ihre Freundin zum Sekt ein.

»Das klingt perfekt. Trinken wir auf jede glückliche Minute, die uns das Leben schenkt«, murmelt Jasmin. Rebeccas Protestschrei schubst sie sofort wieder aus der Nachdenklichkeit.

»Ich hatte noch keinen Nachtisch.« Ihre Begleiterin häuft in Zuckerwasser getränkte Mini-Kuchen, zitternde Puddinggebilde, Wassermelone und Orangenfilets auf einen Teller und bewaffnet sich mit zwei Gabeln. Jasmin verdreht nur ihre Augen, denn sie selbst will keinesfalls mehr etwas essen. An der Bar läuft Musik aus einer Musikbox und Rebecca bestellt beim Barmann die versprochene Flasche Schampus. Weinselige Gäste lärmen an der Theke. Windlichter in Wabengläsern werfen bunte Lichtschatten auf die um den Pool gruppierten Holztische. Der funkelnde Sternenhimmel wirkt überaus romantisch, weshalb ihre Platzwahl auf einen abseits gelegenen Tisch fällt. Die Freundin kommentiert den ersten Löffel Dessert:

»Hmmmm, da entgeht dir etwas.« Jasmin ignoriert das Naschwerkschnurren und schließt konzentriert an die Geschichte des Nachmittags an. Sie plaudert über sommerheiße Wochen in Mytilini, der Hauptstadt von Lesbos. Ihre Augen werden feucht, als sie von Leyla erzählt, die im Museum half und von der sie ihre Heimatsprache erlernte. Rebeccas Frage warum sie statt Griechisch bei ihr Türkisch lernte, folgt auf dem Fuß.

»Leyla lebte bis 1923 in der Nähe von Izmir, bis sie, wie alle türkischstämmigen Griechen ihr Heimathaus verlassen musste. Mit ihrem Ehemann zog sie auf die Insel Lesbos, die Insel direkt gegenüber. Sie besaß umfassende archäologische Kenntnisse über ihre frühere Heimat. Das faszinierte mich und sie lehrte die Sprache auf anschauliche Weise. Sie benannte alltägliche Dinge wie Tisch oder Himmel, Sonne, das Bett, die Liebe, der Student, Blumennamen, Gemüsesorten. Ich erwarb in den Wochen unseres Aufenthaltes einen ordentlichen Wortschatz.« Rebecca schiebt sich die Süßspeisen zwischen die Lippen und überlegt laut, ob Jasmin auch ihr die Sprachkenntnisse beibringen könnte. Noch kauend, wirft sie die Frage über den Tisch.

»Was heißt Angeber?«
»*Gösterişçi.*«.
»Aha. Alltäglicher Wortschatz?. Woher kennst du diesen Ausdruck?«
»Alltäglich? Nein, das ist er keineswegs. Freilich kannte ich einen Mann, der seinen ältesten Bruder damit beschimpfte.« Ein Schatten huscht über ihr Gesicht, da versucht Rebecca, das Wort nachzusprechen und flucht.
»Einfach klingt anders. Ich kann mir das nicht merken.
»*Gös… Göt…*«, nörgelt sie. »Sag es noch einmal, aber langsam.«
»*Göst-er-iş-çi.* Wir üben es ab sofort jede Stunde. Heute Nacht träumst du davon und morgen kann nichts mehr schief-

gehen,« amüsiert sich Jasmin, weil sie ahnt, für wen sie dieses Wort benötigt.

»Wie kam es dazu, dass ihr eure Erkundungen auf die Türkei ausgedehnt habt?« Mit spitzbübischem Grinsen stemmt die Erzählerin die Ellenbogen auf den Tisch.

»Du willst meine schaurige Traumgeschichte, die Geschichte der ersten Nacht auf Lesbos? Anfangs wusste ich das nicht, aber später erkannte ich, dass das Traumgespinst dieser Nacht für die zusätzliche Exkursion verantwortlich war.« Der Süßschnabel nickt und schiebt begeistert den letzten Zuckerkuchen in ihren Mund.

»Also dann. Mach die Augen zu«, fordert Jasmin sie auf. Der Traum, den sie im Dachkämmerchen ihrer griechischen Gastgeber erlebte, passt ausgezeichnet zum Champagner. Rebeccas Löffel klirrt auf dem Teller, dann greift sie nach ihrem Sektglas und lehnt sich mit verschlossenen Lidern in das Rückenpolster zurück. Angeheitert vom Prickelwasserkonsum kichert sie und lauscht gespannt dem rauchigen Flüsterton der Freundin.

***

Nur einzelne Sterne erhellten den schmalen Pfad in der wolkenverhangenen Nacht. Eine Kriegerin schlich auf ihr Dorf zu und leise rappelten ihre Pfeile im Köcher, den sie auf dem Rücken trug. Ihre linke Faust umklammerte den Bogen, mit der Rechten zog sie ein Messer aus dem Stiefelschaft. Ihre Gesichtszüge hatte sie unter verschmierter Asche versteckt und im Näherkommen verhüllte sie ihr tizianrotes Haar mit einem Tuch. Lautlos pirschte sie zur angebrannten Hütte, vor der ein Lagerfeuer glostete. Misstrauisch schlich sie durch die Dunkelheit, denn sie wusste nicht, ob noch Dorfbewohner hier lebten. Menschen, die ihr sagen konnten, was mit ihrer Familie geschah. Sachte schob Thalia ein loses Brett zur Seite und zwängte sich in den Innenraum. Ihr Puls raste. Trotz der Finsternis erkannte sie im Stroh die Umrisse von zwei Körpern. Eine Frau mit ihrem Kind. Da wendete das Kleine sich geräuschvoll. Die Amazone nutzte den Bruchteil dieser Sekunde, um dem Weib die Messerklinge an die Kehle zu pressen. Sie bedeutete ihr, sich still zu verhalten. Angstvoll starrte die aus dem Schlaf gerissene der Angreiferin ins geschwärzte Gesicht. Die Kriegerin wies mit dem Kopf zur Tür und schob die Geisel ins Freie. Der Lichtschein des Feuers fiel auf eine verschreckte Frau und sprachlos erkannte Thalia ihre Schwester. Noch mit dem Messer in der Hand zog sie ihr Gegenüber in die Arme.

»Leandra, was ist passiert?«, krächzte sie.

»Thalia du? Den Göttern sei Dank. Priamos Krieger überfielen das Dorf und sie töteten wahllos. Thekla und ich entkamen dem Schicksal der anderen. Wir suchten zum Zeitpunkt des Überfalls Kräuter in den Wäldern. Bei unserer Rückkehr rochen wir den Brand. Die Barbaren machten vor nichts halt, sie spießten unschuldige Kinder einfach auf die Palisaden«, flüsterte sie erstickt.

»Ich fand Dionysos. Er lebte, war aber schwer verwundet. Das Wundfieber jagte ihn tagelang durch Fieberträume. Manchmal schrie er markerschütternd. Die Träume zeigten ihm, dass dein lebloser Körper in grünen Stromschnellen davontrieb. Wo warst du?« Thalia packte sie an der Schulter.

»Hör zu, Leandra. Priamos trachtet den Amazonen von Lesbos nach dem Leben. Er will unsere Insel. Wir müssen eine Verteidigung aufbauen, dazu brauche ich Dionysos. Wo ist er?«

»Er sucht nach dir. In den Fieberträumen sah er dich von einem Felsen stürzen. Er glaubte, den Fluss *Skamandros* zu erkennen. Vor zehn Tagen brach er Richtung Troja auf.« Thalias geaschte Lippen verformten sich.

»Welch ein Schlaukopf. Dionysos sah, was geschah. Priamos Reiterschar lockte uns hoch über dem Wasser in eine Falle. Nur der Sprung von der Klippe konnte uns retten. Noch im Flug riefen wir nach dem Flussgott, *er* leitete uns aus der gurgelnden Tiefe herauf zu einer Felsengrotte unter der Wand. Zwölf Amazonen überlebten, sie erwarten mich in den Wäldern. Fünf Tage und Nächte saßen wir fest, denn die Reiter beobachteten den Fluss, um sicher zu sein, dass alle den Absprung mit dem Leben bezahlten. *Skamander* wies uns einen steilen unterirdischen Gang, durch den wir schließlich entkamen.« Thalia verstummte, ein Ast bewegte sich neben ihnen. Im selben Moment schob sich eine Faust aus dem Busch und ein geharnischter Zweimetermann trat ans Licht. Leandras gellender Aufschrei durchschnitt die Nacht.

***

In diesem Moment tippt die Erzählerin an Rebeccas Hand, die schrill aufschreit und sich ans Herz greift.

»Bist du von allen Geistern verlassen!«, schnappt sie nach Luft. »Ich wäre tot, käme so ein Ungetüm aus den Zweigen gestürzt.«

»Ein bisschen tot bist du doch schon!«, kichert Jasmin sektlaunig. »Überleg, wie mir zumute war, als ich aus diesem Traum aufschreckte. Ich zitterte wie Espenlaub und saß schweißgebadet im Bett. Meine Mitbewohnerin Margot bemerkte im Tiefschlaf nichts von dem irrsinnigen Albtraum. Ich aber war schlagartig hellwach.« Sie erzählt, wie sie die Augen schloss und erneut aufriss. Erleichtert stellte sie fest, dass er sich nur um ein Traumbild handelte. Dennoch gelang es ihr kaum, die Bilder in sich zu löschen, und sie erinnerte sich daran, wie der Vater ihrer Gastgeberin beim Gutenacht-Sagen unkte. Der erste Traum einer Nacht geht in Erfüllung.

»Für die Diplomarbeit suchte ich mir das Thema der antiken Frauengemeinschaft aus, ein Grund mehr weshalb ich mich für die sündhaft teure Studienreise bewarb. Dass ausgerechnet Achim, damals Professor einiger Vorlesungen die Reise begleitete, kam mir gelegen. Ich mochte ihn, obwohl die meisten ihn für extrem autoritär hielten. Auf Lesbos lernten wir ihn von seiner privaten Seite kennen.«

»Warf nicht Margot ein Auge auf ihn?«

»Klar. Die hätte ihn auf der Stelle geheiratet. Stattdessen fragte er ein Jahr später mich. Sie schmollte unversöhnlich. Beleidigt sagte sie die Einladung zu unserer Hochzeitsfeier ab. Dabei ..., « Jasmin unterbricht sich und gähnt.

»Ich bin müde. Lass uns schlafen gehen.« Kichernd schwanken sie zum Haupthaus hinüber. Rebecca fordert, kaum dass sie unter die Decke gekrochen ist, nach zusätzlichen Episoden. Jasmin schüttelt den Kopf, obwohl sie von nächtlicher Ruhe meilenweit entfernt ist. Stattdessen beneidet sie die Freundin, die Minuten später ins Traumland abtaucht. Mit Beginn der ersten Offenlegung ihrer Vergangenheit hält der Schutzmechanismus nicht mehr, der ihr bisher Deckung bot und so grübelt sie. Mit neunzehn Lenzen lag ihr Leben wie ein unbeschriebenes Blatt Papier vor ihr. Ihre Leidenschaft galt dem Zeichnen, wie dem Geschichtenerzählen. Sie träumte davon, eines Tages Bücher zu illustrieren, Bilder zu skizzieren, Reisen zu unternehmen um fremde Kulturen zu erforschen. Das Studium der Kunstgeschichte schien ihr der perfekte Einstieg. Zudem ermöglichte es ihr, dem eng gesteckten Bewegungsradius ihrer ländlichen Geburtsstadt und dem Elternhaus zu entfliehen. Ein Mann zum Heiraten, das war eher Marions Wunschtraum. In Jasmins Lebensplan fand das faktisch keinen Platz, obwohl ihre Eltern genau dieses wünschten. Sie träumte von Selbstverwirklichung, ohne die Bedeutung so zu verstehen, wie sie das heute tun würde. Der Rückblick auf den alten Traum hält sie von der Nachtruhe ab, denn ihre Gedanken umschlingen die unterbrochene Erzählung.

Thalias Haarfarbe glich der ihrer jugendlichen Mähne. Die antike Stadt Troja kannte sie aus Heinrich Schliemanns Hinterlassenschaft, der Ende des neunzehnten Jahrhunderts Priamos Schatz fand. Bruchstücke aus Homers Ilias über den trojanischen Krieg entstanden vor ihren wachen Augen. Sie versuchte sich auch heute an der Deutung des Traumerlebnisses, um die Kriegerinnen mit ihrem Traum in Zusammenhang zu bringen. Den Gedanken, die nächtliche Fantasterei dem Professor anzuvertrauen, verwarf sie am nächsten Morgen. Dennoch ließ ihr das Traumgespinst keine Ruhe. Sie grübelte darüber, ob es einen Verknüpfungspunkt zwischen Troja und den Amazonen gab. Die aus antiker Zeit stammende Stadt lag in greifbarer Nähe zu Lesbos, zumindest auf der Landkarte. Und Dionysos? Von ihm gab es einige frühzeitliche Zeugnisse, doch fast alle existierten auf der inzwischen türkischen Landseite, weil dieser Landstich einst den Hellenen gehörte. Es gelingt Jasmin selbst nach stundenlanger Überlegung nicht, Traum und Wirklichkeit zu vereinen. In den frühen Morgenstunden schlummert sie endlich ein. Das Traumbild der Fantasie lockt sie zu den Gottheiten der griechischen Antike und sie folgt den Göttinnen über verbranntes Land. Verschmolzen mit einer kriegerisch gekleideten Amazone, reitet sie mit flammender Mähne hinter den anderen her.

Kapitel 10

An Ausschlafen ist nach der extrem kurzen Nacht am nächsten Morgen nicht zu denken. Ihre Hallowach-Begleiterin zieht ihr mit dem ersten Morgenlicht die Decke weg und Jasmin wankt wie betrunken ins Bad. Sie postiert sich unter der Dusche und hüllt ihr Haupt, in dem es wie in einem aufgeschreckten Bienenstock summt, in Vanilleduft. Der Frühaufsteherin fehlt jegliches Gefühl von Erbarmen. Energiegeladen steht Rebecca im Rahmen der Badezimmertür und redet auf sie ein, ohne einen Punkt zu setzen. Da stellt sie genervt die Wasserzufuhr ab, wickelt ein Handtuch um sich und sperrt die Freundin aus. Aufatmend lehnt sie gegen die verriegelte Tür, um sich die Fingerspitzen an die pochenden Schläfen zu pressen. Als Rebecca sie zur Beeilung auffordert, dreht sie stattdessen den Wasserhahn am Waschbecken voll auf, um ihren Redeschwall zu ersticken. Doch es hilft nichts, bald hämmert sie ungeduldig an der Tür. Jasmin reißt die Tür auf.

»Halt endlich den Mund du Quälgeist und tausch deine Klapperschuhe gegen Latschen.«

»Und wozu, liebes Morgenmuffelinchen? Du weißt schon, dass die Uralttreter ausnahmslos für Strandwanderungen taugen.«

»Am Geheimnis interessiert?« Das lässt sich Rebecca kein zweites Mal sagen.

»Geht doch«, atmet Jasmin auf, weil es der anderen die Sprache verschlägt. »Begleite mich auf einem Morgenspaziergang. Auf meiner Prioritätenliste stehen neben Kaffee, in dem der Löffel steckenbleibt, nur noch eine Megapackung Frischluft. Das letzte Glas gestern Abend …«, beginnt sie und unterbricht. Gereizt platzt sie heraus.

»Außerdem muss ich mir endlich einiges von der Seele reden« Rebecca zwirbelt an einer blonden Haarsträhne, dann legt sie

die Stirn in Falten. In Erinnerung an ihr 'Ich-frag-dich-nicht-Versprechen' wartet sie stumm ab, obwohl ihre stahlblauen Augen erwartungsvoll aufleuchten. Wortlos fischt sie ihre Turnschuhe aus dem Schrank und wirft die hochhackigen Sandaletten in die nächstbeste Ecke. Sie schnürt die Schuhe und zieht zwei Strickjacken vom Bügel. Jasmins Morgentoilette ist beendet, da wedelt Rebecca mit den Jacken.
»Los, los«, wird sie kommandiert und kaum ist sie in ihre Sneakers geschlüpft, fällt die Tür ins Schloss. Um das hämmern hinter ihrer Stirn zum Schweigen zu bringen, bestellt sie an der Bar einen doppelten Espresso. Die stets Hungrige schlendert derweil in den Frühstücksraum. Bei ihrer Rückkehr tanzt die Freundin mit einem dick belegten Croissant in der Hand Richtung Ausgang. Sie beißt mit Appetit in ihr Hörnchen, denn der Alkoholkonsum von gestrigen Abend scheint bei ihr, keinerlei Wirkung zu zeigen. Ihr wird hingegen gleich beim Anblick übel. Noch liegen die Gebäude des Hotelkomplexes im Schatten und behindern den Blick zum Meer. Andererseits schützen sie die Frühaufsteher vor frischen Windböen. Fröstelnd schlüpfen sie in die Jacken und Jasmin gibt zielstrebig die Richtung vor. Im Gleichschritt spazieren sie über ungleichmäßige Pflastersteine, bis die Hotelanlagen langsam zurückbleiben. In dem Moment, da eine Straßenbrücke aus Feldsteinen in ihr Sichtfeld gerät, werden die Schritte der Witwe instinktiv länger. Mitten auf der Brücke verharrt sie, um dann doch bis zum Ende weiter zu gehen. In ihrem Hinterkopf sirrt ein Hornissenschwarm. Sie dreht sich um die eigene Achse, ohne eine Ursache dafür zu erkennen. Sie ist sich sicher, dass der Sekt des Vorabends dieses Summen kaum verursacht, denn nicht nur ihr Kopf, sondern ihr gesamter Körper scheint in Aufruhr. Da entdeckt sie den zugewucherten Pfad, der neben dem Bachbett verläuft. Sie schlägt die Hand vor den Mund, nestelt an ihrem Medaillon und wispert.

»Mein Gott. Ist das träge Bächlein der ehemalige Fluss? Dann müsste der Pfad zur Hütte führen oder zumindest dahin, wo sie einst stand.« Wie von selbst schmiegt sich das Schmuckstück warm in ihre Finger. 'Geh!', drängt eine unbekannte Stimme. 'Folge dem Weg', flüstert sie. Wie auf dem Präsentierteller liegt das Damals vor ihr. Sollte der Standort der Fischerhütte so einfach zu finden sein? Sie zögert, einen winzigen Moment nur, dann wirbelt sie herum. Sofort meldet das Hammermännchen sich zurück, ihr glückseliges Lächeln aber kann es nicht mehr vertreiben. Allerdings marschiert sie munter in die entgegengesetzte Richtung. Den besonderen Augenblick, wenn sie den Pfad zur Hütte beschreitet, den will sie sich aufheben. Ihre Gedankenspiele treiben die Spannung an. Ist ihr Urlaubsziel nur ein verrückter Zufall oder hat das Schicksal seine Finger im Spiel. Einzelne Puzzelteile beginnen, sich miteinander zu verbinden. Kenan, ich bin da, raunt ihr ungestüm schlagendes Herz.

»Hallo Raumschiff, bitte kommen! Haaalloooo. Erde ruft Enterprise.« Rebecca fuchtelt mit den Händen vor ihrem Gesicht herum. Dann drückt sie die Zeigefingerspitze heftig gegen ihre Brust.

»Aua. Entschuldige. Melde mich zurück auf der blauen Kugel. Aber wie du inzwischen gemerkt haben dürftest, treten meine Vergangenheitsrückblicke meist unvermutet ans Tageslicht«, murmelt sie. Ihre Freundin schüttelt den Kopf.

»Deine sonderbaren Aussetzer reichen für mehr als eine Urlaubsreise. Wolltest du mir auf unserem Spaziergang nicht das Herz ausschütten?«

«Gleich. Ich muss mich erst wieder sammeln. Komm, gehen wir den Trampelpfad dort entlang. Um sich herum sah Rebecca nur vertrocknete, graubraune und vom Straßenverkehr eingestaubte Wiesen. Steinhaufen zwischen halb fertigen Neubauten und einen Pfad, der bergwärts am Wassergraben entlangführt.

»Raus mit der Sprache. Du biegst so zielgerichtet in die Pampa ab, das kann nur bedeuten, dass du dich auskennst.«

»Ermittlung bestätigt, Sherlock Holmes. Diesen Weg benutzte ich bereits vor Jahren.« Jasmins Hand zeigt auf die Berge und zum alten Dorfkern, wo sie damals mit Frank und Achim während ihrer Exkursion logierte.«

»Ich stelle ja keine Fragen, aber wie lange willst du mir den Eintritt in deine geheimnisumwobene Welt noch vorenthalten?« Jasmin hakt Rebecca unter.

»Die Konfrontation mit meiner Vergangenheit hebt mich aus den Angeln. Du kannst kaum ermessen, was diese Rückkehr für mich bedeutet.« Rebecca stößt einen genervten Seufzer aus, bis Jasmin nach einem schweigsamen Moment zusammenfasst, dass alles mit dem Traum begann. Dionysos war zwar kein Krieger, sondern erlangte eher als fideler Weingott Ruhm. Da sie wieder einmal mit den Osmanen, den Römern und Griechen beginnt, die die heutige Türkei seit Jahrhunderten prägen, zieht Rebecca hörbar Luft in ihre Lungen. Damit lenkt sie die ausschweifende Erzählung zurück auf das Wesentliche.

»Entschuldige, ich vergesse immer, dass dich nur die geheimnisvollen Komponenten interessieren. Aber das Gesamte zeichnet ein reales Bild.« Sie hakt sich bei ihr unter und versichert ihr, aufzupassen, dass sie nicht weiter abschweift.

»Ich begreife selbst kaum, wie ich in diese Situation hinein gerutscht bin. Unser Spaziergang kann Stunden dauern.« Rebecca weist auf ihren ausgestreckten Fuß, an dem ihr heiß geliebter Turnschuh steckt und zuckt mit den Schultern. Jasmin schmunzelt und spinnt den Faden zur Kunstliebhaberin Leyla, die neben Türkisch und Griechisch auch ein wenig Deutsch sprach. Sie unterstützte das Kunstmuseum der Inselhauptstadt nicht nur finanziell, sondern besaß selbst ein Haus voller antiker Schätze. Ihr verstorbener Ehemann war ein bekannter Archäologe gewesen. Das Wissen imponierte der Studentin und oft verbrachten sie die Mittagssiesta gemeinsam. Im Gegensatz zu den meist üblicherweise schwarz gekleideten Einheimischen trug Leyla mit Vorliebe lindgrüne oder fliederfarbene Kaftane. Mit ihr teilte die junge Studierende neben der Liebe für die schattige Gartenanlage auch das kühle Brunnenwasser, das sie aus edlen Weinkelchen tranken, die sie eines Tages mitbrachte. Sie aßen frisches Obst aus ihrem Garten und Jasmin lauschte den Geschichten aus ihrem endlosen Fundus. Ihr vertraute sie schließlich den merkwürdigen Traum an, denn sie besaß ein bemerkenswertes Einfühlungsvermögen.

»Du mochtest sie sehr, nicht wahr?«, unterbricht Rebecca.

»Ja. Sie war wie eine Mutter in der Fremde. Dankbar nahm ich ihr Angebot an, über die wirren Gefühle zu sprechen.« Jasmin breitet Gedanken und Empfindungen vor der Zuhörerin aus und erklärt ihr Leylas Lebenseinstellung, welche die Vorbestimmung eines selbst gestalteten Lebens als Krönung betrachtete. Oft erinnerte sie das Mädchen, dass einem Menschen im Laufe der Lebenszeit ein Weg auf unterschiedlichste Art gezeigt wird, wobei viele die versteckten Signale missachten. Sie profitierte von ihrem Wissensschatz, denn die lebenskluge Frau unterrichtete sie nicht nur in den Grundzügen der türkischen Muttersprache. Jede einzelne Geschichte festigte den Wunsch der jungen Frau, Leylas frühere Heimat kennenzulernen. Rebeccas erneutes Hüsteln macht ihr deutlich, dass sie abschweift.

»Von Leyla könnte ich tagelang plaudern, doch zurück zum Thema.«

Die Exkursionsreise begann zum Ende des Sommers, mehr als eine Woche vor der Rückreise. Die Fähre brachte die Studentengruppe auf die türkische Seite, von dort fuhren sie mit dem *Dolmuş*, einem Kleinbus, bis Bergama. Drei Tage verbrachten sie in der antiken Stadt Pergamon. Sie zeichneten und recherchierten vor Ort. Ihr Exkursionsleiter teilte am dritten Tag die Gruppe, weshalb der Gehilfe Stavros mit zwei

Studenten nach Troja reiste, um Schliemanns Ausgrabungen zu dokumentieren. Frank und Jasmin erkundeten zusammen mit Professor Dr. Wendlinger die Südküste, immer auf den Spuren des Dionysos. Ihr ehemaliger Studienfreund wechselte später aufgrund dieser Eindrücke das Studienfach von Kunstgeschichte zu Archäologie. Dann schildert sie ihrer Freundin die armseligen Dorfhäuser, berichtet von winzige Läden und einem Männerkaffee neben der Moschee, die sie bei ihrer Ankunft in Kumköy vorfanden. Auch die gereizte Stimmung zwischen den beiden Männern und ihren Alleingang ans Meer erwähnt sie. Da dreht sie sich um und zeigt den Bachlauf entlang.

»Am anderen Ende dieses zum Rinnsal gewordenen Baches lag damals eine Fischerhütte. Kein Hotel verschandelte den Strandabschnitt. Unweit davon fand ich einen Platz neben Felsen. Dort begann ich zu zeichnen, schrieb Tagebuch und war endlich ohne meine Aufpasser. Die Zankenden gingen mir nämlich mächtig auf den Keks.«

»Und dann?« Jasmins Atem beschleunigt, dann beichtet sie ihrer Freundin, dass sie hier der Liebe ihres Lebens begegnete.

»Deiner was? Hier in Kumköy?« Skepsis zeichnet sich auf ihrer Stirn ab.

»Aber warum heiratest du dann kaum ein Jahr später Achim? Ich glaubte immer, dass ihr euch auf dieser Studienreise verliebt habt.«

»Achim liebte mich. Ich schätzte ihn. Ich mochte ihn als Mensch. Daran änderte auch unsere Ehe nichts. Ich gab seinem Drängen nach, weil ich hoffte, den bohrenden Schmerz zu vergessen, den die endgültige Trennung vom Mann meiner Liebe in mir hervorrief. Achim wusste von ihm und bat mich vor der Eheschließung niemandem diese Beziehung anzuvertrauen. Damals hoffte ich, dass ich ihm eines Tages Zuneigung entgegenbringen kann.« Sie starrt eine Zeit lang auf das Rinnsal, bis die Freundin ihre Schulter berührt.

»Natürlich fühlte ich mich schuldig, da Achim bei mir ausharrte, obwohl ich seine Liebe nie erwiderte. Eine Scheidung lehnte er wegen Marina ab. Trotzdem lastete die Schuld wie ein Klotz auf mir. Seit dem Tauchunfall frage ich mich, ob er den Freitod wählte, um nicht mehr so weiterleben zu müssen.« Tränen zeigen Rebecca ihre innere Qual. Dennoch drängt zwischen den nassen Spuren ein Glanz ans Tageslicht.

»Die Liebe meines Lebens heißt Kenan«, stößt sie hervor. Wie sie den Namen ausspricht, entfernt sie den Korken vom Verschluss der Heimlichkeit. »Im Spätsommer 1976 lebte er in der Fischerhütte bei seiner Tante. Der Haupternährer der Familie war durch einen Unfall ausgefallen, da schickten die Eltern ihn ans Meer. Eine eher schicksalhafte Begegnung also.« Rebecca versucht, dem Gedankengang der Freundin zu folgen. Jasmins Stimme jedoch singt das Lied ihrer immerwährenden Sehnsucht. Selbst ihr Tonfall klingt eigenartig fremd.

»Kenan stammt aus Karaağaç, das ist ein kleines Dorf in den Bergen, wo das Taurusgebirges zwischen einsamen Buchten ins Meer stürzt. Ob die heutigen Urlauber diese Perlen kennen?«, schmunzelt sie. Rebeccas Blick signalisiert dringend weiter zu machen.

»Nach der Ankunft in Kumköy lief ich, gereizt von Achims und Franks Reibereien, zum Strand. Dort begegnete ich Kenan, der zum Fischfang hinausfuhr. Er hielt das Boot an, um mich mit hinauszunehmen. Und obwohl die Entfernung zwischen Meer und Sandstrand uns trennte, glaubte ich, in seinen silbergrauen Augen zu versinken. Nur die Angst vor meiner eigenen Courage hinderte mich und ich lief weg. Unser Blickkontakt allerdings zog eine Schlinge um mich. Erinnerst du dich, wie ich im Anflug auf den Flughafen von Wurzeln sprach, die hier im Boden stecken? In genau diesem Moment verankerte ich sie hier in der Erde.«

Kapitel 11

Sie schlendern den Wiesenweg entlang bis sie einen Teegarten erreichen. Rebecca zerrt sich einen Plastikstuhl heran, aber Jasmin zupft sie am Ärmel.

»Komm. Hinterm Haus gab es damals eine gemütliche Ecke. Meist fanden sich die Einheimischen dort ein.« Zusammen gehen sie um die Hausecke, bis ein hölzernes Podest vor ihnen liegt. Es ist mit Teppichen ausgelegt, darauf verteilt Sitzkissen und Zierkissen mit Troddeln, davor ein niedriger Tisch. Jasmin streift ihre Schuhe ab, um sich im Schneidersitz auf die Polster zu setzen.

»Das Kelimmuster erinnert mich an meine Hirtentasche in den Siebzigern«, lacht Rebecca und schnürt ihre Turnschuhe ebenfalls auf. Dann zieht sie sich ein Kissen zurecht und wartet ungeduldig auf den Fortgang der Geschichte. Dafür, dass die Reisegefährtin ihre Jugendliebe bisher so raffiniert verheimlichte, muss es einen besonderen Grund geben. Die Besitzerin des Teehauses beendet ihre Überlegungen. Die hellrote Bluse der Gastwirtin leuchtet über dem schwarzen Rock, der die Knöchel umspielt. Ihr farbgleiches, weich gewundenes Kopftuch mit blauem Rosendruck bedeckt ihr rabenschwarzes Haar bis auf ein winziges Stück.

»*Hoşgeldiniz*! Herzlich willkommen!«, begrüßt sie ihre Gäste und Jasmin beantwortet den Gruß mit einem Lächeln und wechselt, wie selbstverständlich, in die Landessprache. Zuerst sieht sie die Wirtin irritiert an, dann breitet sich ein Strahlen auf ihrem Gesicht aus und sie überschüttet die Besucherin mit einem für Rebecca unverständlichen Redeschwall. Der allerdings bleibt der Mund offen stehen, wie ungezwungen ihre Freundin die fremde Sprache benutzt.

»Du sprichst Türkisch, als hättest du deinen Wortschatz regelmäßig gepflegt.«

»Es rutscht einfach aus mir heraus, jetzt, da ich diese Luft atme. Es wartete in mir, auf den perfekten Moment.« Dann aber winkt Jasmin die außergewöhnliche Tatsache ab und berichtet vom Frühstück, das in Arbeit sei. Postwendend knurrt Rebeccas Magen. Die Frau des Hauses kehrt schwer beladen zurück, balanciert zwei aufeinandergestapelte Teekannen und in der anderen Hand ein Tablett mit hohem Rand, das sie neben ihren Gästen absetzt. Aus der oberen Kanne fließt ein dunkler Sud in goldgerahmte Teegläser, den sie aus der zweiten mit heißem Wasser aufgießt. Sie rückt die Zuckerdose zurecht und stellt Teller mit mundgerecht geschnittenem Gemüse, Käse, Brot und winzige Kuchenstücken vor sie hin. Jasmin dankt ihr.

»*Afiyet olsun*«, und übersetzt es für Rebecca mit 'Guten Appetit', bevor sie auf die Gebäckstücke zeigt.»Das ist *Baklava*, frischgebacken für Süßschnäbel wie dich. Inzwischen kann man das türkische Gebäck zwar auch in Deutschland kaufen, aber frisch aus dem Ofen, einfach lecker.«

»Ich wohne in Berlin, das kriegst du in Kreuzberg an jeder Ecke. Dieses zuckersüße Backwerk ist perfekt«, und schon greift sie nach dem Teller, sticht mit der Dessertgabel ein Stückchen ab und schiebt es in ihren Mund.

»Göttlich. Hhhmmm!« Jasmin rührt mit einem Minilöffel im Tee, fasst das Teeglas mit zwei Fingern am oberen Rand und schlürft das heiße Getränk. Sie lässt ihre Gedanken schweifen, während ihre Begleiterin dem Essen zuspricht. Dann kehrt sie aus der Grübeln zurück, gießt Tee auf und zieht die Beine dicht an sich.

»Vor meiner ersten Auslandsreise schenkte Mama mir ein Skizzenbuch. Ich bin immer in Besorgnis um dich, gab sie mir beim Abschied mit auf den Weg. Ich höre sie noch heute: Ein Tagebuch ist wie ein bester Freund. Ihm darfst du deinen Kummer, alle Gedanken, alle eindrucksvollen Erlebnisse an-

vertrauen. Ausführlich hielt ich die Details meiner Studienreise darin fest und ergänzte die Aufzeichnungen mit Skizzen, um später mit ihr meine Erlebnisse noch einmal nachzuvollziehen.«
»Hast du mit deiner Mutter darüber gesprochen?«
»Nach meiner Rückkehr war nichts wie zuvor. Ich vertraute den leeren Blättern nämlich nicht nur die Reiseerlebnisse an, sondern teilte mit dem Tagebuch auch mein überbordendes Glück. Anstatt darüber zu sprechen, schrieb ich meine Sehnsucht und zuletzt auch den tiefsten Schmerz darin nieder.«
»Erzähl mir lieber, wie das mit deiner Eroberung weiterging. Wie hieß er gleich? Kenan?« Jasmin legt ihr die Hand über die Finger.
»Hab ein wenig Geduld. Die Geschichte ist wie ein Mosaik, wie ein Puzzlespiel, in dem jedes einzelne Ereignis sich in ein Gesamtbild fügt. Ich möchte meinen Erinnerungen nachgehen, die viel zu lange ein jämmerliches Schattendasein führen mussten. Du sollst ja alles erfahren, gib mir Zeit.« An Rebeccas Mimik ist ihre Abneigung gegen das drumherum Gerede anzusehen, dennoch unterlässt sie weitere Bemerkungen.
»Wie schon gesagt, flüchtete ich vor Kenans Einladung zur Bootsfahrt und bedauerte Minuten danach, welch ein Hasenfuß ich gewesen bin. Ich ging in die Pension zurück, aber auch da spukte der Fischer in meinem Kopf herum. Diese Ausstrahlung, die Art, wie er mich zu überreden versuchte, und vor allem die silbergrauen Augen sorgten für unbändiges Herzklopfen.«
»Wie willst du über die beschriebene Distanz einen Augenausdruck, eine Augenfarbe gesehen haben? Ich möchte behaupten, dass du einem Wunschtraum hinterhergejagt bist.«
»Egal, wie du das siehst. Das ungewöhnliche Glänzen und das Aufleuchten in seinen Augen galt mir.« Die Realistische zwirbelt ungeduldig an ihren Haarspitzen und in ihrer Stimme liegt ein genervter Tonfall.

»Jetzt sag mir endlich, was auf das erste Treffen mit Kenan folgte!«

Jasmin erzählt, dass sie am nächsten Tag wieder am Meer saß. Weil die Sonne bereits den Himmel färbte und sie vollkommen vertieft das Farbenspiel betrachtete, bemerkte sie ihn erst, als sein Schatten über sie fiel. Ihr blieb kaum Zeit zum überlegen. Er reichte ihr die Hand zum Aufstehen und sie ging mit ihm, völlig aus dem Gleichgewicht, bis zum Schilfgürtel. Dahinter lag das Fischerboot und ihr Traum, den sie in der Nacht zuvor träumte, erfüllte sich.

»Seither assoziiere ich farbenprächtige Sonnenuntergänge mit ihm, mit Kenan.« Sie taucht in die Erinnerung ein, bis sie sich wieder an Rebeccas Anwesenheit besinnt und fortfährt. Sie fuhr mit ihm hinaus aufs Meer. Zusammen legten sie die Netze aus. Bei ihrer Rückkehr war es bereits dunkel, doch sie folgte seiner Bitte, zu warten. Wenig später nahm er ihre Hand und führte sie zu einem Platz oberhalb der Fischerhütte, die windgeschützt zwischen Felsbrocken lag. Sie vergaß vollkommen, dass man sie vermissen könnte, bis sie die brüllenden Stimmen von Achim und Frank hörte. Sie verabschiedete sich, rannte bergab und prallte nach kaum ein paar Metern gegen Frank. Der konfrontierte sie damit, dass der Fremde keinen weiteren Konkurrenten auf dem Spielfeld der Liebe für ihn darstellte. Er hatte damals schon, im Gegensatz zu ihr begriffen, dass der Professor ein Auge auf sie geworfen hatte. Ihr selbst entlockte die skurrile Situation in dem Moment nur ein heiteres Auflachen.«

»Achim machte dir also doch bereits hier den Hof? Ein Techtelmechtel mit seiner Studentin, ganz schön dreist.« Jasmin stöhnt.

»Ich spannte das doch gar nicht. Nenn mich naiv, von mir aus auch weltfremd. Aber die Reizbarkeit zwischen meinen Begleitern, die eine Folge eines Konkurrenzkampfes war, schätzte ich vollkommen falsch ein.

»Da schau her. Dass Frankie Boy auf dich stand, wundert mich allerdings kaum. Der bewundert dich bis zum heutigen Tag.« Ihre Freundin errötet.

»Die Hoffnung stirbt zuletzt. Frank wollte mich beschützen. Davon aber ein anderes Mal.« Jasmin fasst die Situation zusammen. Achim rastete aus, als er an jenem Abend aus Antalya zurückkam. Sie unauffindbar und Frank hatte keine Ahnung, wo sie sich aufhielt. Seine eigenen Ängste sorgten dafür, dass ihre Verwirrung unbemerkt blieb. Von diesem Tag an erschien ich pünktlich zum Essen, aber ich verbrachte die Tage mit Professors gnädiger Erlaubnis am Strand.«

»Wie das? Ne, sag nichts. Dein berühmter Fingerwickler. Erfolgreich wie bei Papa nehm ich an.« Rebecca verzieht ihre Mundwinkel und auch Jasmin grinst.

»Ich wollte ungestört sein. Zeichnungen und Tagebucheinträge, fungierten als glaubhaftes Alibi, solange er den vermeintlichen Gegenspieler Frank kontrollieren konnte. Natürlich lachte das schlaue Füchslein sich ins Fäustchen, schließlich hatte mein Kommilitone mich mit Kenan beim Küssen ertappt. Er hielt aber den Mund und versuchte seinerseits, den Professor von mir fernzuhalten. Der Einheimische stellte für ihn keine dauerhafte Konkurrenz dar, so seine Meinung. Die beiden spielten mir mit ihrer Eifersucht in die Karten, auch wenn ich das erst später begriff. Rebecca will etwas sagen, da wird ihr Einwurf abgewehrt.

»Nachher. Am Tag vor unserer Abreise klirrte es weit nach Mitternacht am Fenster. Ich sah aus dem Fenster und entdeckte Kenan. Am frühen Abend hatten wir uns wegen eines gemeinsamen *Hamam* Besuchs gestritten. Jetzt wartete er auf mich.« Sie nimmt ihre Freundin mit in die Vergangenheit, zu ihrer aufregenden Liebesnacht im kerzenbeschienenen Badehaus.

»Er sah mich zum ersten Mal unbekleidet. Ich breitete die Tuchzipfel auseinander, errötete und beobachtete fasziniert den

Schauer, der ihn befiel. Ich werde dich waschen, ich bin dein Diener«, murmelte er und kniete sich nieder, um seinen Mund auf meinen Nabel zu legen.

»Da durchflutete es mich wie heiße Lava.« Rebecca sieht verblüfft zu ihrer Freundin, die eingesponnen in den Kokon einer anderen Welt schwebt und wo sie die Bilder der Vergangenheit vor sich sieht. Der Stein unter ihr war warm, die Luft roch modrig feucht. Das Ledertuch, mit dem er sie abrieb, schmiergelte ihre Haut. Dennoch zogen sie die Berührung langsam in das tief in ihr brodelnde Feuer der Erregung. Er massierte die Beine, ihrem Po, umkreiste die Hüfte und schob den Handschuh an der Wirbelsäule entlang. Beim Umdrehen blinzelte sie ihn an, da geriet Kenans Konzentration augenblicklich ins Wanken. Ein kurzes Aufleuchten stahl sich in die grauen Augen, doch er bat sie, die Lider zu schließen. Erneut begann er an den Zehen, konzentrierte sich auf den Dienst, den er ihr erweisen wollte. Ihre aufgerichteten Brustwarzen berührte er nicht, doch ihr Atem ging ebenso stoßweise wie seiner. Endlich spülte er den Schmutz ab und hüllte sie in Seifenschaum. Jede Berührung bedeutete inneren Aufruhr. Die Massage mit den Händen führte sie an den Rand des Verstandes. Es kribbelte an Körperstellen, von denen sie nichts wusste und sie stellte sich die Frage, ob er sie in dieser Nacht zur Frau machen würde. Seine Fingerspitzen tasteten an der Innenseite ihrer Oberschenkel entlang, da beendete er die Körpermassage abrupt. Sie hob die Lider, da setzte er sich neben sie und wickelte das Tuch schützend um sie. Die silbernen Augen glänzten dunkel wie nie zuvor. Er kniete vor ihr nieder, neigte den Kopf und sah ihr eindringlich in die Augen.

»Willst du meine Frau werden?« Kenans Antrag kam vollkommen unerwartet. Natürlich stimmte sie mit einem glücklichen Kuss zu. Mutig griff sie mit der Hand unter sein Tuch, küsste ihn und teilte mit ihm das Wunder der ersten Nacht.

Später lag sie hellwach im Bett, um die Nachwirkungen zu verarbeiten. Rebecca beißt auf ihre Lippen, denn sie will den Erzählfluss um keinen Preis unterbrechen.

»Alle Gedanken an eine Hochzeit, die ich unter normalen Umständen weit von mir schob, verdunsteten in der heißen Luft des *Hamams*. Kenans Ehefrau, ich konnte es nicht fassen. Sein Antrag, wie das sanfte Liebeswerben verhieß ein unfassbares Glück. In dieser Nacht traf ich meine letzte freie Entscheidung. Nie mehr danach sollte ich selbst über mich bestimmen.« Jasmin schaut auf das Gebirge, bis sie endlich ihre abwartende Begleiterin ansieht.

»In orientalischen Märchen flüstert die Erzählerin dem Pascha in solchen Momenten ins Ohr. Silberglänzender Sternenstaub fällt auf das Paar, hüllt es wohlwollend darin ein, um das Band der Ewigkeit zu knüpfen.«

»Sapperlot! Ich kenne dich nicht wieder!«, platzt es aus Rebecca heraus. »Aber ihr habt eure Telefonnummern ausgetauscht?«

»Welche eine Frage!« Jasmin erinnert ihre Begleiterin kopfschüttelnd daran, dass man vor fünfundzwanzig Jahren keineswegs so selbstverständlich telefonieren konnte, wie heute. Zu jener Zeit hatte kaum jemand einen privaten Telefonanschluss. Den gab es also weder in ihrer Studenten-WG, geschweige denn in der Fischerhütte.

»Aber eine Adresse?«

»Nein, Rebecca. Nicht einmal das.«

Sie erzählt ihr, wie der Professor am kommenden Morgen ihre Planung über den Haufen warf. Sie unternahmen eine letzte Exkursionsreise nach Alayna. Da Achim mit einer späten Rückkehr rechnete, bat er die beiden Studenten, ihre Habseligkeiten zusammen zu packen. Er plante, direkt im Anschluss den Nachtbus nach Ayvalık zu nehmen. Damit ließ er Jasmin keine Möglichkeit für ein Abschiedstreffen mit Kenan. Sie ging einfach fort. Wohin hätte sie einen Brief schicken sollen? An die Adresse: Fischerhütte in Kumköy. Eine Unterhaltung funktionierte wohl mit Händen und Augenkontakt, aber das schreiben in einer fremden Sprache, wäre ungleich schwieriger gewesen. Einzig ihr gegenseitiges Versprechen in der Nacht im *Hamam* hielt sie zusammen. Krank vor Kummer klammerte sie sich an diesen Strohhalm. Ihre rot unterlaufenen Augen fielen dem Professor am Morgen zwar auf, allerdings vermutete er, dass sie sich erkältet hätte. Frank dagegen grinste nur wissend. Rebecca drückt ihre Freundin tröstend an sich.

»Dieser radikale Abschied muss dich aus den Schuhen geworfen haben. Wie bitter ist das denn, nur Stunden nach der romantischen Liebesnacht im Badehaus den Koffer zu packen. Unser gestriger *Hamam*-Besuch muss ja wie ein Déjà-vu gewesen sein. «Jasmin schließt ihre Lider und lehnt sich an Rebeccas Schulter.

»Natürlich dachte ich an ihn. Er begegnet mir hier sowieso überall. Bei Banus Massage sah ich die Nacht mit Kenan ebenfalls vor mir. Ich erlebte jede einzelne Phase, meinte schon, seine Hände auf meiner Haut zu spüren, samtweich und zärtlich. Ihr Handkantengetrommel zwang mich kurz vor dem Höhepunkt wieder zum Aufwachen.« Sie öffnet die Augen und sieht ihre Begleiterin scharf an.

»Untersteh dich!«

Rebecca presst die Faust an den Mund, doch der Schalk sitzt ihr im Genick und springt dann doch als perlendes Gekicher über ihre Lippen. Prustend hält sie sich den Bauch. Auch Jasmin kann dieses Gelächter nicht ignorieren und stimmt schließlich in das ansteckende Lachen mit ein. Lachtränen rinnen aus den Augen, bis Rebecca zum Thema zurückkehrt.

»Herrlich, dich endlich lachen zu sehen. Aber irgendetwas an deiner Geschichte fehlt. Lass mich rechnen. Mit Neunzehn erlebtest du die erste Liebe. Du warst spät dran, wenn du mir diese Feststellung erlaubst. Trotzdem, auch wenn der Trennungsschmerz dir unendlich wehtat, ging selbst damals die Welt nicht davon unter. Ich fresse einen Wurm, wenn da nicht noch mehr dahintersteckt.« Sie legt eine Hand auf den Arm der Freundin und der Glanz in ihren Augen zeigt ihr, dass ihre Vermutung zutrifft.

»Was passierte nach diesem romantischen Auftakt?« Jasmins Wangen schimmern unübersehbar in einem Rotton und ihre jadegrüne Iris flackert wie die Feuerzungen im Kaminfeuer. Selbst ihre Haltung wirkt fremd, wie von einem anderen Stern. Noch bevor sie zu reden beginnt, rückt Rebecca sich ihre zurechtgebastelte Theorie zurecht.

»Chapeau. Da steckt eine verdammt dreiste Münchhausengeschichte dahinter. Wie bist du nur auf die wahnwitzige Idee verfallen, dich in dieses Abenteuer zu stürzen.« Sie überlegt einen Moment und resümiert. »Dafür kommt nur der Zeitraum von deinem Auslandssemester auf Lesbos in Frage. Allerdings flogst du nach Athen. An welcher Schraube hast du gedreht?« Rebecca zieht weitere Schlussfolgerungen.

»Monatelang verschwindest du. Ein draufgängerisches Risiko, das so gar nicht zu dir passt. Was dir hätte passieren können. Trotzdem ein genialer Griff in die Trickkiste, um Kenans Konkurrenten auszuschalten.« Jasmin amüsiert sich über die Spekulationen ihrer Freundin, die unter Volldampf munter loslegt.

»Das haut mich echt aus den Socken. Welch eine Verrücktheit. Deine Abenteuergeschichte passt kaum zu einem spießbürgerlich erzogenen Mädchen der 70er-Jahre. Erhalte ich heute die Ehre, diese närrisch gewordene Katharina Jasmin Wendlinger, geborene Holzberger kennenzulernen.« Die Angesprochene schweigt, aber sie bestätigt ihre Mutmaßungen mit einem Nicken.

»Jetzt verstehe ich auch deine Fassungslosigkeit, als der Kapitän uns beim Anflug auf Türkisch willkommen hieß. Das muss sich für dich angefühlt haben, wie das Öffnen der Büchse der Pandora!« Jasmin unterbricht Rebeccas Redewasserfall.

»Warum wirst du nicht Hellseherin?« Rebecca zuckt grinsend ihre Schultern, redlich darum bemüht, ernsthaft zu bleiben. Sie greift nach ihrem Teeglas, trinkt, bevor sie weiter stichelt.

»Schnür endlich das Überraschungspaket auf. Ich platze gleich. Was springt noch aus deinem Zauberhut? Dabei bist du selbst für mich die größte Überraschung. Ich glaubte, dich in- und auswendig zu kennen, und nun? Pustekuchen!« Jasmin gräbt tief in ihrer Vergangenheit. Auf der gemeinsamen Rückfahrt nach Bonn nahm ihre Idee zu einem Auslandsstudium Gestalt an. Das würde ihr eine Möglichkeit verschaffen, Kenan wiederzusehen. Freilich erzählte sie ihrem Professor nichts von ihren heimlichen Gedanken. Allerdings diskutierte sie mit ihm noch im Zug über die Vorteile, um das angefangene Projekt in Athen und vor Ort, also Lesbos, zu vervollständigen. Ihre Kontakte zu Leyla sollten ihr dabei zugutekommen. Tatsächlich organisierte er bereitwillig für sie den Austauschvertrag mit der griechischen Universität. Er beantragte sogar die Visapapiere für die Türkei, damit sie ein zweites Mal nach Pergamon reisen konnte. Souverän überzeugte er ihren altmodisch denkenden Vater, weil er mit diesem Arrangement zwei Fliegen mit einer Klappe schlug. Es kam ihm entgegen dass er, im Zuge dessen seinen Konkurrenten auf Distanz hielt und ihm selbst verhalf die räumliche Entfernung, die eigenen Gefühle zu ordnen. Rebecca staunt.

»Professor Dr. Achim Wendlinger unterstützte das Vorhaben, um nicht in Versuchung zu kommen. Deine Nähe muss ihn ordentlich verwirrt haben. Du botest ihm einen Rettungsanker. Er brachte dich aus Franks Schusslinie und rettete sich gleichzeitig vor einer Affäre mit dir, seiner Studentin. Bestimmt war ihm klar, dass der eifersüchtige Gegenspieler auf jeden noch so winzigen Anlass wartete, um ihn anzuschwärzen. Damit hätte er Achims berufliche Zukunft ruiniert.«

Kapitel 12

Jasmin fieberte ihrer Reise nach Athen entgegen. Die Weihnachtstage verbrachte sie in ihrer Heimatstadt im Familienkreis, Silvester bei Freunden. Dabei war höchste Vorsicht geboten. Wie leicht konnte ihr etwas über die Lippen rutschen. Rebecca reiste zum Jahreswechsel aus Berlin an, doch sie brachte extrem viele Neuigkeiten aus der Großstadt mit. Daher entging der ansonsten so Wissbegierigen, wie wenig sie selbst von ihrem geplanten Auslandsstudium preisgab. Sie verheimlichte Kenans Existenz um ihre Pläne nicht gefährden.

<u>Wangen im Allgäu 16. Januar 1976</u>
Der erste Zug Richtung München fuhr in aller Frühe, sodass sie mit ihren Eltern in der Dunkelheit über Neuschnee stapfte. Wege, die nur vom spärlichen Licht der Straßenlaternen angestrahlt wurden. Jasmins Vater hob ihren Koffer ins Abteil, da steckte ihr die Mama heimlich einen Hundert-D-Mark-Schein zu. Nach einer liebevollen Umarmung stieg sie in den Zug. Ihre, wie auch die Augen des Elternpaares schimmerten feucht.
»Pass auf dich auf«, murmelte der hagere Mann brüchig und die Frau neben ihm weinte leise, denn ihr fiel der Abschied außergewöhnlich schwer. Davon unbeeindruckt hob der Zugbegleiter die Kelle und ein schriller Pfiff folgte. Er schloss die letzte Tür, dann setzte sich die Regionalbahn in Bewegung. Jasmin sah das rote Tuch, mit dem Mutter ihr nachwinkte. Schließlich schob die Abenteurerin das Fenster zu und sank auf eine verschlissene Bank. Die geplante Inszenierung hatte sie in den letzten Tagen viel Kraft gekostet, aber sie schaffte es, ihren verrückten Plan umzusetzen. Sie gehorchte dem stummen Ruf ihrer Sehnsucht. Sie musste Kenan wiedersehen. Sie wollte ihn berühren, ihn küssen und ihm sagen, dass sie ihn liebte. Bevor

sie an der Universität in Athen und im Museum auf Lesbos ihr Studium aufnahm, trieb es sie zuerst zu ihm. Jetzt tanzte ihr Herz wie ein Stück Treibholz auf den Wellen.

***

»Hey, hey, stopp. Achim buchte dir garantiert keinen Flug nach Antalya«, unterbricht Rebecca. Jasmins Augen blitzen spitzbübisch.

»Dieses Husarenstück traust du mir nicht zu, was? Ich ließ das Ticket nach Athen in München umschreiben. Visa besaß ich für beide Länder und die Passagierlisten sind im Winter äußerst übersichtlich gewesen. Die Dame am Schalter druckte mir einen anderen Flugschein aus, schob ihn über den Verkaufstisch und ich bezahlte die Umbuchungsgebühr. Meine Eltern machten sich zwar Sorgen um mich, die Fahrt in die bayerische Hauptstadt scheuten sie Gottseidank. Um keine Vermisstenanzeige zu riskieren, sandte ich ein Telegramm an Leyla.

'Ankunft verzögert. Komme erst 26. Januar Jasmin.' Damit verschaffte ich mir einen Zeitpuffer. Eine Zeitspanne von zehn Tagen, die mir und Kenan gehören sollte.«

»Ich kann es immer noch nicht begreifen. Die Schüchternste unserer Clique fliegt ins Abenteuer, ohne einen einzigen Piep zu sagen. Jede hätte dich um diesen Coup beneidet.«

»Garantiert hatte einer die Bombe platzen lassen. Natürlich weiß ich heute, wie unüberlegt, unter Umständen sogar lebensgefährlich das gewesen ist.« Je mehr sie preisgibt, umso leichter ist ihr zumute. Es ist wie ein Ventil, durch das ihre Ängste entweichen, obwohl die Zuhörerin gelegentlich stichelt.

»Du wolltest meine Geschichte hören. Jetzt musst du bis zum bitteren Ende zuhören.« Rebecca lächelt, lehnt sich in die Kissen und nickt zustimmend.

Am frühen Abend erreichte sie erschöpft von ihrer langen Reise Kumköy. Trotz ihrer unangemeldeten Ankunft bereiteten ihr die Menschen in der Pension einen herzlichen Empfang. Sie schützte Reisemüdigkeit vor und zog sich nach dem Essen auf ihr Zimmer zurück. Zu vorgerückter Stunde schlich Jasmin an den Fluss, doch das Fischerboot lag noch nicht am Platz. Sie setzte sich auf eine Bohle. Nur Minuten später hörte sie das Knattern des Motors, bis es lauter wurde und das Boot den Schilfgürtel teilte. Ihr Herz stolperte. Kenan saß am Gashebel des Außenbordmotors und er hielt direkt auf sie zu. Es schmatzte unter ihr beim Aufstehen. Ein Geräusch, das umgehend seine Aufmerksamkeit erregte.

»*Aşkım*!«, flüsterte er und starrte überrascht auf das Mädchen im fahlen Licht der Sterne. Jasmin lief ihm auf dem schmalen Steg entgegen. Er sprang aus dem Schiff, kaum dass der Motor verstummte. Er drückte sie an sich und wirbelte sie ausgelassen herum.

»Yasemin, *benim aşkım*, meine Liebste.« Mit Küssen bedeckte er ihre Lippen, die Augenlider, die zitternden Hände. Ihre Herzen hämmerten in einem wilden Gleichtakt. Dann vertäute er das Boot und brachte den Fang ins Haus. Nach dem Duschen gingen sie den vertrauten Weg zu den Felsen hinauf. Immer wieder suchte er ihren Mund um mit ihrer Zunge zu spielen, doch die aufgestaute Sehnsucht gierte nach mehr. Sie schnupperte in Kenans feuchtem Haar. Es roch wie Kernseifenduft vermischt mit Fischgeruch. An diesem Abend fanden sie Erfüllung im Glück beieinander zu sein, sich an den Händen zu halten und sich zu küssen.

»*Maşhallha*, um Himmels willen. Du kamst gerade noch rechtzeitig«, murmelte er zwischen zärtlichen Lippenberührungen.

»Übermorgen kehre ich nach Karaağac zurück. Mein Onkel ist jetzt gesund. In zwei Tage wäre ich fortgewesen.« Erleichtert umarmte er sie und verlieh seiner Enttäuschung Ausdruck, dass er sie mit den hier lebenden Verwandten noch nicht bekannt machen durfte. Zuerst musste die engste Familie informiert, die Rangfolge einer türkischen Brautvorstellung, eingehalten werden. Jasmin lauschte Kenans Worten und sie folgte ihnen viel besser als Monate zuvor. Sie hatte die Zeit genutzt, um Sprachunterricht bei einer türkischstämmigen Nachbarin in Bonn zu nehmen. In der endlosen Wartezeit büffelte sie Vokabeln und erweiterte ihre Ausdrucksweise. Das blieb auch dem Liebsten nicht verborgen und er drückte ihr einen dankbaren Kuss auf ihre Finger. Sanft strich ihre Hand über Kenans Haar. Die silbergrau funkelnde Iris verfing sich mit ihrem eigenen Aufleuchten. Leise bat er sie, ihn nach Karaağac zu begleiten.

»*Anne*, meine Mama, wird vor Glück strahlen, wenn ich dich zu ihr bringe. Du bist meine Braut«, wiederholte er das Versprechen vom Oktober. Sie nickte, denn ihr Hochgefühl benötigte kaum Worte. Geflüsterte Koseworte genügten, sanfte Küsse und muskulöse Arme, die sie vor eisigen Winterwinden schützten. Diese schlichte Nähe und die offenkundige Vertrautheit hüllte sie in ein wärmendes Gespinst und das qualvolle Band unerfüllter Sehnsucht löste sich ebenso, wie die Ungewissheit.

***

Hier unterbricht Jasmin. Sie bezahlen und verlassen den Teegarten und schlendern den Wiesenweg zurück. Längst vertreiben warme Sonnenstrahlen die Morgenkühle und sie knoten die Strickjacken um ihre Hüften. Auf dem Rückweg weiht sie ihre Freundin weiter in das Geschehen ein.

***

Am übernächsten Tag standen sie gemeinsam am Busbahnhof in *Manavgat*. Kenans Blick ruhte stolz auf ihr, weil sie ihre Kleidung wie eine türkische Frau wählte. Die *Dolmuşfahrt* bedeuteten einhundertachtzig Kilometer Glückseligkeit. Dass diese Stunden einmal zu kostbaren Glücksmomenten zählen würden, zu Augenblicken, die niemand ihnen wegnehmen konnte, verschwieg das Schicksal allerdings. Solange sie beieinandersaßen, inszenierten die Augen ein Spiel. Augenpaare, die sich voneinander lösten, um erneut zurückzusinken. Es war eine Faszination für die Liebenden, die ihre Hände vor Mitreisenden unter Kenans Jacke verbargen und sie dort ineinander verknotet hielten. Die Landschaften ruckelten an den Fenstern vorbei. In Jasmins Erinnerung blieben nur die intensiven Gefühle haften, die seine Nähe ihr bescherte. Zur Mittagszeit erreichten sie Kumluça, die Stadt am Fuß der Berge. Von hier aus führte ihr Weg nach Karaağac hinauf. Yasemins geräumigen Koffer deponierten sie bei Bekannten. Sie steckte nur das Notwendigste in einen Rucksack, dennoch schien er ihr bald zu schwer. Kenans Gepäckstück hingegen glich einem überdimensionalen Seesack, den er sich auf die Schultern hievte. Er stoppte einen *Dolmuş*-Fahrer und bat ihn um einen Umweg bis zur obersten Häuserzeile, dem Ende der asphaltierten Straße. In die darüber gelegenen Bergdörfer führten geschotterte, meist ausgewaschene Sandstraßen oder einfache Trampelpfade. Der beschwerliche Anstieg ließ sie verstummen, die ungewohnte Anstrengung brannte in Jasmins Lungen. Auch ihre Beine wurden zunehmend schwerer. Umso dankbarer nahm sie die kurze Rast an, die Kenan ihr nach der ersten Stunde an einem Brunnen anbot.

»Meine Heimat ist reich an Wasser.« Mit diesen Worten füllte er ihr den Metallbecher, der am Brunnenrand hing. Durstig leerte sie ihn, da wies ihr Begleiter mit ausgestreckter Hand auf eine silbrig in der Sonne glitzernde Fläche. Jasmin sah aus der Höhe weit über die Ebene, in der sich ein auseinandergezogener Ort, zwischen schroffen Gebirgsausläufern eingebettet präsentierte.

»Traumhaft«, flüsterte sie. »Das Mittelmeer schimmert bis in die Stadt hinein.« Kenan stupste sie an der Nase, grinste und schüttelte den Kopf.

»Nein *canım*, mein Schatz. Das sind Gewächshäuser, die du siehst. Das Meer liegt fern hinter dem Horizont. Du musst genau hinsehen, damit du diesen schmalen Streifen erkennst.« Erstaunt betrachtete sie das Wogen der folienbedeckten Treibhäuser.

»Was wird darin angebaut?«

»Gemüse. Tomaten, Gurken, Zucchini. Auf den Grünflächen dazwischen wachsen meist Granatäpfel, Zitronen, Orangen oder auch Feigen. Vater besitzt in der Nähe von Mavıkent ebenfalls einige kleinere Felder.« Mit dem Zeigefinger wies er ihr die Richtung.

»Für unsere weitverzweigte Familie sind diese Grundstücke allerdings kaum nennenswert. *Baba* begann im vergangenen Sommer mit Rodungen, um die Anbauflächen in der Nähe des Dorfes zu vergrößern. Das ist eine mühevolle Arbeit. Ich bin gespannt, wie weit sie gekommen sind.« Selbstbewusstsein lag in Kenans Stimme. Dann drängte er zum Aufbruch und erzählte, weil gerade ein etwas ebeneres Wegstück vor ihnen lag, von der Heimat.

»Zweitausend Meter messen die Gebirgsriesen des Taurus und sie beherrschen ausgedehnte Teile der Landschaft. Jetzt im Winter liegen die Flanken der Berge unter einer Schneedecke. Oberhalb der antiken Stadt Phaselis ragt der Tahtalı auf. Das ist in dieser Region der höchste Gipfel. Seine Dimension war für frühere Seefahrer und ist auch für die heutigen Segler ein verbindlicher Orientierungspunkt. Die Bergspitze ist vom November an, oft bis in den Sommer hinein, dick mit Eiskrusten

bedeckt«, erklärte er und umfasste ihre eisigen Finger, um sie zu wärmen.
»In einer knappen Stunde sind wir schon in Güzören. Ich muss dort im Dorfladen einkaufen.« Fragend sah sie ihn an. »Jeder der von unten kommt, nimmt Lebensmittel mit hinauf.«
»Wie willst du noch mehr tragen?« Kenan grinste verschmitzt.
»Keine Sorge *canım*. Der Händler gibt uns Grautiere, mit denen reiten wir dann bis nach Hause.« Zart strich er über ihre Wange, doch Jasmin sah ihn erst ratlos an, bis es ihr dämmerte.
»Graue? Einen *eşek*? Ich bin noch nie auf einem Esel geritten!«
»Das ist einfach«, wedelte er ihre Besorgnis weg. Sie zuckte mit den Schultern, weil sie dieses Vorhaben keineswegs für unproblematisch hielt. Da bückte sie sich, um ein paar winzige, fliederfarbene Alpenveilchen zu betrachten, die zwischen zwei sonnenbeschienenen Felsen hervorleuchteten. Kelchförmig streckten sie die Blüten eifrig der fahlen Wintersonne entgegen. So früh im Jahr bot die Natur selbst ihrem geübten Auge kaum Buntes. Hier verschmolzen knorrige, weit ausladende Schwarzkiefern und vereinzelte Zedern zu lichten Wäldern. Plötzlich drang das Geräusch eines Traktors in die Stille und es dauerte nur wenige Minuten, bis die uralte Zugmaschine sie erreichte. Kenan verhandelte mit dem Fahrer, damit er sie das letzte, steile Stück mit hinauf nahm. Über den wuchtigen Rädern schaukelte Jasmin wie bei hohem Seegang. Der Trecker besaß keinerlei Federung und konnte daher die Unebenheit des Weges nicht ausgleichen. Ihr Hinterteil bekam jedes Schlagloch einzeln zu spüren. Kaum hielt er an, da sprang sie trotz der vermeintlichen Bequemlichkeit des Aufstiegs, erleichtert ab. Der extreme Lärm dröhnte in ihren Ohren nach. Kenan hingegen bedankte sich beim Fahrer mit einem wortreichen Schwall. Weil die temporeich gesprochene Heimatsprache nun wie ein sprudelnder Wasserfall an ihr vorbei rauschte, erkannte sie dankbar, wie langsam und deutlich er mit ihr redete. Ein

ausgetretener Pfad zweigte neben der Straße ab. Aus fernen schroffen Bergwänden hallte das Echo eines im Zweier-Takt geschlagenen Geräusches.

»Das sind Holzarbeiter«, beantworte Kenan ihre unausgesprochene Frage. Dann zeigte er auf die vor ihrer Nase platzierte Ansiedlung. Güzören bestand aus ein paar windgebeutelten Katen und einem winzigen Einkaufsladen, zu dem der Fußweg führte. Im Schutz eines dichten Nadelgehölzes zog er Jasmin zu sich heran und küsste sie, bevor er sich räusperte.

»Der Ladenbesitzer heißt Gürol. Bald sind wir am Ziel.« Sie kuschelte sich an ihn. Als sie zu Kenan aufsah, erkannte sie den Schatten, der den hellen Glanz seiner Augen verdunkelte. Schwer stolperten die Worte über seine Lippen.

»Unser vorerst letzter Kuss, *çanım*. Hier oben dürfen wir uns nicht mehr berühren.« Sein Gesicht demonstrierte Kummer, während er die Erklärung, die er auf der Fahrt bereits andeutete, präzisierte. Die unbekannten Sitten und ein ihr fremder Ehrenkodex entfernten den Vorhang vom romantischen Dornröschentraum. Das strikte Verbot ihn an der Hand zu nehmen, geschweige denn ihn zu küssen, traf sie genauso unvorbereitet, wie die Aussicht, dass unverheiratete Männer und Frauen ihre Zeit getrennt voneinander zubringen. Die Tage mit ihm hatte sie sich anders vorgestellt.

»*Aşkım*, sei nicht traurig. Zuerst muss der Segen gesprochen sein. Bald, ja?« Er versuchte sie zu trösten und strich zärtlich über ihre Wange. Jasmin nickte hilflos. Sie verstand diese fremde Kultur nicht und so umschloss plötzlich ein Ring ihre Brust. Mutterseelenallein, inmitten dieser andersartigen Welt hob sie den Blick, der zuvor die Fußspitzen inspizierte. Erneut trafen sich zwei Augenpaare, jadegrüne Lichter mit umschatteten Wolfsaugen.

»Ich möchte doch nur deine Hand halten?«, fragte sie hoffnungsvoll. Er schüttelte den Kopf und berührte ihr Gesicht mit eiskalten Fingern. Zärtlich strich sein Daumen über ihre bebenden Lippen. Er neigte das Haupt und ein letzter verzehrender Kuss setzte sie in Flammen.

»Keine Angst. *annem*, meine Mutter wird deine Hand für mich festhalten.« Die beruhigend gemeinten Worte lösten ihr Missbehagen keineswegs. Im Gegenteil. Beängstigende Gefühlsregungen drückten ihr die Kehle zu. Schweigend gingen sie weiter und näherten sich dem kleinen Hof.

»*Merhaba*, hallo« grüßten sie den Ladenbesitzer. Er konnte vierzig, ebenso aber auch sechzig Jahre zählen. Tiefe Furchen lagen auf dem Gesicht und seine Haut war um ein Vielfaches dunkler wie Kenans. Um den Kopf trug er ein gemustertes Tuch, wie sie es von Bildern aus arabischen Ländern kannte. Bekleidet war er mit einer fleckigen, notdürftig geflickten Hose, darüber trug er ein blau-kariertes Hemd und über der Schulter hing ein abgetragenes Jackett. Alles an ihm schien verschmutzt und das zwar freundliche, jedoch zahnlückenhafte Lächeln verstärkte den Eindruck. Dass er nur mit ihrem Begleiter den Männerkuss tauschte, nahm sie ihm daher keineswegs übel. Sie spähte zu den Eseln auf der oberen Weide, um sich mit den possierlichen Tieren abzulenken. Solange Kenan mit dem Ladeninhaber die Einkäufe verhandelte, stieg Jasmin den Pfad neben der Wiese hinauf. Erste Maultiere trotteten zutraulich an den Drahtzaun und sie lockte sie mit leisen Lauten. Die Esel jedoch hielten sich anfangs im Hintergrund. Bald folgten ihr die beiden Männer. Kaum öffnete Gürol die Koppeltür, liefen die Vierbeiner geschlossen ihrem Futterherrn entgegen. Einem Grauen mit dicken hellen Augenringen legte er Zaumzeug an, warf einen bunten Teppich auf seinen Rücken. Darüber befestigte er eine ausgebleichte Stoffbahn, die er von der Umzäunung nahm. Zwei weitere stattete er ebenso aus, bevor er mit ihnen die Koppel verließ. Ihr Gepäck verschwand in den Stoffbändern, die Jasmin jetzt als Packtasche einordnete.

Kenan reichte ihr eine *salvar*, die sie wie eine Reithose unter dem Rock anziehen sollte. Die Männer verteilten die Lebensmittelsäcke auf die Packtiere. Sie jedoch betrat einen Vorraum im Haus und schlüpfte in die ungewohnte Hose. Sie ging zurück und stellte sich in die Nähe von Kenan. Gürol legte einen zusätzlichen Webteppich auf das Reittier, das ihr Liebster am Zügel hielt.

»Das ist Samira«. Er drängte die Eselin ans Gatter, um Jasmin das Aufsteigen zu erleichtern. Ihr knöchellanger Rock verhinderte dabei ein gewisses Maß an Eleganz. Da sie aber diese Pluderhose trug, die sie vor unsittlichen Blicken schützte, durfte sie ihn wenigstens etwas hochschieben. Sie rutschte zwischen den Hals und dahinter aufgeladene Kartoffelsäcke. Ihre Beine streiften beinahe auf dem Boden. Kenan lächelte ihr zu, dann hob er die Rechte zum Abschied. Wortlos drehte sich der Besitzer der Tiere um, ihr Begleiter griff nach dem zweiten Grauen und einem weiteren Lasttier. Mit der freien Hand führte er Samira zum Trampelpfad.

»Reite hinter mir her«, forderte er sie auf und verband das Zaumzeug des Lastesels mit seinem Reittier. Jetzt stieg auch er auf und drückte ihm die Schenkel in die Flanken. Jasmins helle Schönheit schloss widerstandslos auf. Gleichmäßig trippelte sie über die steilen Wege. Zeitweise ging sie beängstigend nahe am Abhang entlang. Die Reiterin freundete sich mit der Hübschen bald an. Zwischen den Verliebten allerdings herrschte belastendes Schweigen. In einer hinausgezogenen Kehre hielt Kenan und zeigte auf die Ansiedlung über ihren Köpfen. Wenige Schritte weiter stieg er ab, nahm die drei Grauen am Zügel und wickelte die Ledergurte um einen Strauch. Dann half er Jasmin beim Absteigen. Er hielt ihr Hände fest und die kleine Berührung löste ihre Beklemmung für einen Moment.

»Wir sind jetzt gleich da«, erklärte er heiser. »Ich möchte dich noch einmal küssen. Lächle *aşkım*, für mich, bitte. Hier oben gelten die alten Traditionen meiner Familie. Es fällt mir doch nicht weniger schwer.« Sanft berührte er ihren Mund. Mit der Zunge spielte er ein erregendes Spiel und die Zärtlichkeit trieb sie ihm entgegen. Ein Schauer durchrieselte sie, dann aber trat er einen Schritt zurück. Seine Lippen presste er zu einem schmalen Strich, die Augenfarbe verlor ihren Glanz, als die warme Hand von Jasmins Nacken glitt. Sie fröstelte in der Tageswärme, wollte aufbegehren, rebellieren und doch schwieg sie. Plötzlich schmeckte das aufregende Abenteuer bitter.

»Kenan! Ich habe Angst.«

»Warum denn? Nichts ändert meine Liebe zu dir. Bitte hab Geduld, bis die Eltern der Hochzeit zustimmen. Alles wird gut.« Er half ihr beim Aufsitzen. Wie die Trippelschritte ihrer Weggefährten tickten die Minuten. Dann endete der Trampelpfad hinter einer Kehre und mündete in eine wagenbreite Schotterstraße. Die Sonne stand tief, bereit, hinter Berggipfeln zu entschwinden. Vor Jasmins Augen lag ein Dorfplatz, mit einer Handvoll Häusern. Einige Jungs spielten mit Murmeln, bis einer aufsprang.

»Kenan. Kenan.« Jubelnd rannte das Kind ihm entgegen, wartete bis ihr Begleiter abstieg, um sich ihm schwungvoll an die Brust zu werfen.

»Ich bringe einen Gast mit, Emre. Begrüße meine Yasemin«, stellte er sie vor, während er ihr behilflich war abzusitzen. Es ist so weit, signalisierte ihr diese letzte Berührung. Kenans kleiner Neffe starrte sie mit offenem Mund an.

»Sie kommt mit dir? Wo ist ihr Vater. Ihr Onkel?« Er sah sich überrascht um. Der Ältere versetzte ihm eine sanfte Kopfnuss. Ein Zeichen, das ausreichte, um ihn verstummen zu lassen. Emre griff nach Jasmins Hand, küsste sie und zog sie mit einer achtungsvollen Gebärde an seine Stirn.

»*Merhaba*, Yasemin *hanım. Hoşgeldiniz!* Herzlich willkommen Frau Yasemin.« Weitere Buben umringten die Ankömmlinge, streichelten die Esel und begrüßten die Fremde neugierig und respektvoll. Bald klangen von überallher Willkommensgrüße. Nachbarn drängten aus ihren Häusern und Gärten. Erwachsene ebenso, wie ihr Nachwuchs und starrten die Unbekannte an. Befremdet sah Jasmin an sich herunter. Sie trug Kleidung nach Art der Einheimischen, wie Kenan es von ihr erwartet hatte. Ihr dunkelgrüner Rock bedeckte die Knöchel, die Pluderhose blitzte hervor und ihr wollener Kurzmantel verhüllte den Oberkörper. Die kupferfarbenen Haare verbarg ein farblich abgestimmtes Tuch, das ihr die Pensionswirtin zum Abschied gab und ihr dabei zeigte, wie sie es binden sollte.

»Kenan? Warum starren mich alle so an?« Ein verlegenes Lächeln schob sich über seine Lippen. Gedankenlos streckte er ihr die Hand entgegen, um sie erschrocken über sich selbst rasch wieder zurückzuziehen.

»Keine Angst, *aşkım*«, murmelte er. Der warme Blick streifte sie wie eine sanfte Berührung.

»Sie sind nur voller Neugier. Hier in den Bergen leben sie weit weg von der Welt, wie du sie kennst. Du bist für sie wie ein *kelebek*, wie ein bunter Schmetterling. *Anladım mısın?* Verstehst du?« Jasmin nickte. Sie erkannte Kenans erleichtertes Aufatmen und begann, sich ihrerseits interessiert umzusehen. Am oberen Hang standen zwei doppelstöckige Gebäude, gemauert aus hellen und rostfarbenen Natursteinen. Im Hintergrund lehnte eine Hütte, an der unter Lehm das Flechtwerk herausragte. Einige Katen erzeugten eher den Eindruck, als stünden sie kurz vor dem Einsturz. Das Haus zu ihrer Linken besaß einen Balkon, doch die morschen Bretter wirkten wenig vertrauenserweckend. Emre führte die Esel mit den anderen Kindern zum obersten Bauwerk, wo sie vor einem der offenen Ställe abluden. Hühner gackerten aufgeregt umher und der Hahn krähte ein lang gezogenes spätnachmittägliches Kikeriki. Seitlich der Ansiedlung fiel ihr eine Baustelle mit frisch geschlagenen Baustämmen auf. Etliche fügten sich auf einer ebenen Fläche bereits zu einem losen Gebäude zusammen. Vermutlich waren das die neu entstehenden Treibhäuser, von denen Kenan sprach. In der Dorfmitte stand eine Zisterne, doch über dem Ort lag ein beißender Duft und so zog sie ihre Nase kraus. Kenan war ihrer Augenwanderung gefolgt und erklärte. »Das ist der Geruch unserer Ziegen. In wenigen Tagen bis du das gewöhnt.« Obwohl es ihr schwerfiel, versuchte sie, die aufsteigende Panik zu unterdrücken. Sie fühlte sich wie auf einer Zeitreise, zurückversetzt in ein anderes Jahrhundert. Es gab nicht einmal Strommasten, aber was erwartete sie eigentlich? Keinen Gedanken verschwendete sie daran, wie weit entfernt von der ihr bekannten Welt Kenans Heimatdorf liegen könnte. Sie dachte nur daran, die gestohlenen Tage bei ihm zu bleiben. Ein türkisches Bergdorf zog sie keineswegs in Betracht. Jetzt durfte sie dieses auch nicht mit ihrem Zuhause vergleichen. Verblendete Verliebtheit lockte sie hierher.

***

»Jasmin!, zerrt Rebecca sie in die Gegenwart zurück.

»Hast du nicht mit Kenan darüber gesprochen, was er oder seine Familie von dir erwarteten?« Bevor die Freundin antwortet, übernimmt sie das entrüstet selbst. »Blind hinterhergelaufen bist du ihm. Da wird mir heute noch flau im Magen. So ein Leichtsinn. Wenn dir etwas passiert wäre? Keine Menschenseele wusste, wo du bist.«

Jasmin schüttelt den Kopf und legt die Zeigefingerkuppe auf Rebeccas Lippen. Sie geht auf ihr berechtigtes Unverständnis nicht ein, das die Erinnerung unterbrach, sondern kehrt zurück in jene Zeit.

***

Durch den Kreis der Nachbarn drängte sich eine energische, unheimlich wirkende, alte Frau. Sie trug einen schwarzen Rock, dazu ein geblümtes Oberteil und zum Schutz gegen die Kälte eine anthrazitfarbene Strickjacke. Das eng um den Kopf geschlungene Kopftuch wirkte, als hätte sie eine finstere Gestalt aus dem Jenseits vor sich. Kenans Augen aber leuchteten. »*Babaanne*!«, schrie er und küsste die Hände seiner Großmutter. Er erwies ihr die Ehre und zog ihre runzeligen Finger in einer raschen Bewegung an Brust, Lippen und Stirn. Plötzlich streckte er ihr die rechte Hand entgegen, Jasmin aber wagte es nicht, danach zu greifen. Stattdessen umklammerte sie ihren Rucksack, den Emre ihr gab, bevor er die Esel fortbrachte. Gut gemacht, signalisierte ihr Begleiter und nickte ihr unmerklich zu. Dann stellte er sie vor.

»*Babaanne*, das ist Yasemin«, »meine Zukünftige, sobald Vater und Mutter einverstanden sind«, flüsterte er ihr ins Ohr. Die Gesichtsfarbe der Alten verblasste und sie murmelte tonlos. »Deine Frau?« Sie schluckte hart, dann zügelte sie ihren entsetzten Blick und streckte ihr die von Arbeit gezeichnete Hand entgegen

»*Hoşgeldiniz*. Willkommen.« Jasmin küsste sie, wie sie es zuvor bei Kenan abgeschaut hatte. Wenn ihre Bewegung auch ungelenk geriet, so zauberte ihr »*Hoşbulduk*«, die übliche Grußerwiderung, ein Lächeln in ihre perlmuttfarbenen Augen.

»Dein Wunsch kommt spät. Das wird nicht einfach. Aber das Mädchen hat ihr Herz auf dem rechten Fleck«, raunte die Großmutter ihrem Enkelsohn, für die Dorfbewohner unhörbar, zu. Sie zwinkerte ihm zu, ohne zu ahnen, dass die Fremde an seiner Seite die Worte zumindest sinngemäß verstanden hatte. Bevor Kenan den Sinn begriff, tauchte hinter der Schulter der Greisin eine weitere Frau auf.

»*Anne, anne*, Mama«, eilte er ihr freudestrahlend entgegen. In der typischen Arbeitskleidung der Landbevölkerung bekleidet, gelang es Jasmin nur schwer, ihr Alter einzuschätzen. Er umfasste ihre schmale Hüfte und wirbelte sie ausgelassen im Kreis. »*Aşkım*. Bist du närrisch. Lass mich herunter«, schimpfte sie lachend.

»*Anne*, ich ...« Die Großmutter unterbrach ihn barsch. Ihre Augen flammten auf und ließen sie für den Bruchteil einer Sekunde wie einen Magier aussehen. Kenan verstummte sofort. »Kommt ins Haus«, befahl die Alte. Trotzdem streckte ausgerechnet sie ihre Hand Jasmin freundlich entgegen.

»Über dem Glück deiner Heimkehr Kenan, wollen wir die Pflicht dem Gast gegenüber nicht vergessen. Fatma wird Tee kochen, nicht wahr?«, forderte sie ihre Schwiegertochter auf. Keine Worte vor den Dorfbewohnern, hieß ihre unmissverständliche Anweisung. Dass sie die Familiensache intern besprechen wollte, das begriff selbst Jasmin. Die Großmutter wandte sich an die Dorfgemeinschaft.

»Morgen Abend feiern wir ein Fest. Wir werden ein Schaf schlachten und *Allah* danken, dass er meinen Enkel gesund zurückkehren ließ.« Die Dörfler warfen noch ein paar verstohlene Blicke auf die Fremde, dann kehrten sie an ihre Arbeit zurück. Kenan wies mit dem Finger auf das letzte Gebäude am Ende der Dorfstraße und Jasmin nahm es in Augenschein. Oberhalb der Natursteine leuchteten hell getünchte Wände. Eine geländerlose Betontreppe führte zum Wohnbereich ins Obergeschoss. Das Haus lehnte am Hang, weshalb gewaltige Felsbrocken die Terrasse stützten. Seitlich weitete sich das Tal, in dessen Talgrund Arbeiter Bäume aus dem angrenzenden Waldstück herausschlugen. Männer stemmten Eisenstäbe gegen die Wurzelstöcke und rissen sie im Gleichklang der Hämmer aus dem Boden. Dasselbe monotone Geräusch, das Jasmin vorher auf dem Pfad hörte.

»Will Vater dort weitere Gewächshäuser errichten?« Kenans Mutter antwortete ihm mit einem stummen Nicken. Ihr aufgesetzt wirkender freundlicher Blick wanderte ein ums andere Mal zu ihr. Als sie die Treppen hinaufstieg, zog sie verstohlen das blaue Auge, das an ihrem Hals hing, an die Lippen. Der *nazar* genannte Schmuckstein sollte vor bösartigen Geistern schützen. Noch vor einigen Monaten belächelte Jasmin den Aberglauben, von dem Professor Dr. Wendlinger ihnen erzählte. Jetzt richtete sich die Berührung des Amuletts gegen sie, die Fremde. Es war ein ungutes Gefühl. Am Eingang zum Wohnbereich schlüpften sie aus den Schuhen und jetzt veränderte sich der freundliche Gesichtsausdruck bei Kenans Mutter schlagartig. Verärgerung lag in ihren tiefschwarzen Augen und sie verschwand wortlos in einer Kochnische. Die Großmutter fordert sie auf, sich auf eine Bodenmatte hinzusetzen. Im Schneidersitz zogen alle ihre Beine heran. Jasmin versuchte, es der Greisin gleichzutun und dieselbe aufrechte Haltung einzunehmen. Diese Sitzhaltung erforderte jahrelange Übung, weshalb ihr das auch nicht so mühelos gelang. Sie folgte mit den Augen Kenans Mutter, die Teewasser auf der Gasflamme erhitzte, nebenbei Tassen und Teller vorbereitete. Sie goss den Tee auf und ließ ihn ziehen. Dann kehrte sie zu ihnen zurück, breitete ein Esstuch vor den Matten aus und stellte in die Mitte das Tablett mit Geschirr, Zucker und einer Schale mit Gebäckstücken. Sie schenkte Tee ein, einen Finger breit nur, um ihn dann mit heißem Wasser aufzugießen.

»Die Männer werden die Arbeit erst beenden, wenn das Sonnenlicht erlischt. Wir essen später«, wandte sie sich an das fremde Mädchen. Jasmin zuckte die Schulter, da seine Mutter sehr undeutlich und rasch sprach. Langsam wiederholte Kenan ihre Worte.

»*Bir şey değil*«, dankte sie der Hausherrin. Fatma schenkte auch den anderen Tee ein und reichte das Gebäck weiter.

»*Anne*«, sprudelte die glückliche Nachricht aus Kenan heraus. Ich fand das Glück am Meer. Ich bringe meine Braut zu dir.«

Dabei wies er auf Yasemin und das tief aus seinem Inneren strahlende Lächeln drückte seine Gefühle aus. Das Gesicht der Mutter färbte sich aschgrau. Sie schlug die Hand vor ihren Mund und gurgelte fassungslos.

»Kenan, nein.« Ihre Augen weiteten sich im Entsetzen.

»*Anne*? Warum? Ich liebe Ya ...« Ungehalten fasste sie ihn an der Schulter, schüttelte ihn und brachte ihn mit einem vorwurfsvollen Blick zum Schweigen.

»Du beschmutzt die Familienehre! Dein Vater wählte bereits eine Braut für dich. Die Verhandlungen sind längst abgeschlossen. Nächste Woche wirst du zum ersten Besuch im Nachbardorf erwartet«, lamentierte sie. Tränen liefen aus ihren pechschwarzen Augen, doch sie sprach unbeirrt weiter.

»Vater gab sein Ehrenwort. Schick sie sofort weg. Sie bringt uns Unglück.« Atemlos eindringlich redete sie auf ihren Sohn ein, dabei hielt sie ihren *nazar* fest umklammert. Die Großmutter runzelte schweigend ihre Stirn. Das deutsche Mädchen hörte und sah vor allen Dingen den aufgeregt schnellen Wortwechsel. Obwohl sie nur Bruchstücke verstand, begriff sie, dass dieser Ausbruch mit Willkommensfreude kaum etwas zu tun hatte. Kreidebleich im Gesicht suchten ihre Finger den Weg zu Kenan. Die alte Frau hielt sie sanft zurück.

»*Hayır*, nein,«, murmelte sie und schüttelte stumm den Kopf. Sie erhob sich und reichte ihr die Hand. In den Augen der Greisin stand ein seltsamer Schmerz, ähnlich dem, der ihr Herz abschnürte. Nebeneinander traten sie auf die Terrasse. Im Inneren setzte sich die laute Diskussion fort. Die Stimme des Heimkehrers klang wütend und in *babaannes* Mimik war erkennbar, was sie dem Mädchen nicht zu sagen vermochte. Ihr Enkelsohn focht mit der Mutter den Kampf um seine Liebe zu ihr. Um das Mädchen abzulenken, zeigte sie auf die letzten Lichtstrahlen des Tages, die den nackten Felsen oberhalb des Dorfes in ein züngelndes Flammenmeer verwandelten. In

Jasmin stieg in diesem Moment ein eisiger Schauer hoch. Die brennenden Berge vor ihr nährten eine Feuersbrunst, während zeitgleich frostklirrende Eisflammen die Arme nach ihr ausstreckten. Obwohl sie die Worte von Kenans Mutter und Oma nur ansatzweise ins Deutsche übersetzen konnte, begriff sie die Situation. Für ihren Liebsten gab es bereits eine Andere, eine vom Vater ausgesuchte türkische Braut. Bohrend zerriss sie die Enttäuschung und in ihren Schläfen hämmerte es monoton. Im Hintergrund hallte Kenas zorngebeutelte Stimme. Mit einem Ruck wandte sie sich um und ging zurück in die Wohnstube, noch bevor die Großmutter eingreifen konnte.

»Kenan! Sprich nicht so mit deiner Mutter.« Sie gebot dem Zornigen in seiner eigenen Sprache Einhalt, stellte sich dicht neben ihn. Einer Berührung wich sie aus, obgleich sie ihn körperlich fühlte. Verwirrt starrte er sie an.

»Yasemin ….?«. Sie legte einen Finger auf ihre bebenden Lippen.

»Nein. Lass mich. Ich habe verstanden. Deine Familie wählte eine andere Braut und du hättest mich nicht hierher bringen dürfen.« Ihre jadegrüne Iris hielt seiner Entrüstung stand, bis er ihr auswich. Stumm warf er der Mutter weitere aufbegehrende Blicke zu. Doch noch bevor er etwas sagen konnte, zog Jasmin seine Aufmerksamkeit mit einer kleinen Bewegung erneut auf sich. Jetzt sprach sie Englisch mit ihm. Obwohl ihr bewusst war, dass er nun vielleicht nur Bruchteile verstand.

»Kenan. Ich will deine Hände festhalten, diese zornigen Lippen küssen und dich in den Arm nehmen, um den Schmerz zu vertreiben.« Ihr Zeigefinger auf den Lippen wehrte weiteren Protest ab.

»Keine Sorge. Ich weiß, dass ich stark sein muss. Die Rückkehr war mein Fehler, ganz sicher jedoch unser gemeinsamer Besuch in Karaağac. Trotzdem liebe ich dich.«

Kenan sah sie staunend an. Obgleich er sie nur sinngemäß verstanden haben konnte, antwortete er auf Türkisch, ohne Rücksicht auf die Mutter zu nehmen.
»Yasemin, *seni çok seviyorum*. Ich liebe dich. Ich will keine andere. Es gibt nur ein Glück für mich, das Glück mit dir.« Sie schüttelte ihren Kopf und wies mit ihrem Kinn zu der zierlichen Frau am Boden.
»Erkläre deiner Mama meine Bitte. Wenn die Familie einverstanden ist, werde ich drei Tage mit euch leben und auch bei allen Arbeiten helfen. Danach überlass ihnen die Entscheidung. Es macht keinen Sinn, *aşkım*.«
Erschöpft sank sie auf die Matte, senkte ihr Haupt und überließ es Kenan, Jasmins deutsch, englisch und türkisch durcheinander gewürfelten Worte, für Mutter wie Großmutter zusammenzufassen. Sie verschloss ihre Augen und Ohren. Herzweh flutete sie, elender Schmerz, dem sie stumm flehend Einhalt zu gebieten suchte.

***

Rebeccas wortloses Zuhören ist äußerst ungewöhnlich, doch sie verbittet es sich, den Redefluss zu unterbrechen. In jenem Augenblick allerdings kann sie das Leid in Jasmins Gesicht kaum noch ertragen. Tränenspuren nässen ihre Wangen und weil sie diese nicht einmal beiseite wischt, stürzt ihre Engelsgeduld ein. Sie zieht die Weinende an sich.
»Warum? Warum die Kapitulation? Damit hast du ja selbst alles aufs Spiel gesetzt. Ich begreife dich nicht. Wieso hinderst ausgerechnet du Kenan daran, um euer Glück zu kämpfen?« Die Fragen lösen Jasmin aus der Trance. Sie sieht ihr Gegenüber an, wischt die Tränenspuren beiseite und nimmt dazu Rebeccas Taschentuch dankbar entgegen. Das Ferienhotel ist bereits in Sichtweite, da sagt sie plötzlich.

»In meinem Leben gab es mehr als diesen einen Moment, den ich später bereute. Es war nicht meine einzige Fehlentscheidung. Zu diesem Zeitpunkt aber wollte ich es allen zeigen, der Oma, der Mutter, der Dorfgemeinschaft und vor allem Kenan. Sein Zorn klang zerstörerisch, doch er musste der Ehre der Familie aufrecht gegenüberstehen, um eine Chance zu finden. Wusste ich, wie man bei mir zu Hause auf ihn reagiert hätte? Konnte ich auf Verständnis bei meinen Eltern zählen, bei einer Heirat mit einem Ausländer, noch dazu mit einem Fremdgläubigen? Ihre Vorurteile konnte ich mir bestens ausmalen.«

»Trotzdem gingst du ein wahnsinniges Risiko ein. Kenan liebte dich doch genauso, wie du ihn. Am Ende konntet ihr nur verlieren!«

»Nein, ja, vielleicht. Damals trafen eher die Bezeichnungen leichtgläubig, arglos und naiv auf uns zu, auf uns beide. In den Tagen im Bergdorf drohte ich an der Abneigung der Bewohner zu zerbrechen, aber ich stemmte mich kraftvoll dagegen. Ich tat es für Kenan wie auch für mich. Dabei zerbrach ich fast an dem aussichtslosen Gedanken, dass er eine andere heiratet, wenn ich fortgehen muss.«

***

Jasmin erzählte, wie sie mit den anderen Frauen Unmengen an Fladenbroten für das Fest buk. Von ihrer Mithilfe bei der Schlachtung des Schafes und ihrem Würgereiz, an dem sie beinahe erstickte, um sich nichts anmerken zu lassen. Stundenlang stand sie den Dorfbewohnerinnen bei den Vorbereitungen des Festessens zur Seite. Unendlich müde verbrachte sie die Nächte fast schlaflos auf den Schlafmatten in der Frauenstube. Die nadelspitzen Blicke der Mutter, die sie, die Fremde nicht wie eine Schwiegertochter annehmen wollte, schmerzte am meisten. In jenen Stunden erschien nur sein Schmerz noch gewaltiger. Kenan, der plötzlich so unvertraut auf sie wirkte. Ohnmächtig musste er sich der Autorität des Vaters beugen. Sie lernte ihn beim Abendessen kennen, wortkarg und finster verlangte der Patriarch Achtung. Denn er war das Oberhaupt der Familie und des Dorfes, ihm oblag die uneingeschränkte Macht. Jasmin verstand bei dieser ersten Mahlzeit nur wenig von den Tischgesprächen, die am Boden sitzend stattfanden. Der zusätzliche Sprachunterricht in Deutschland reichte dennoch aus, um die bittere Botschaft des Vaters zu deuten. Mit zusammengekniffenen Augen, die sie unter dichten Augenbrauen musterten, verdeutlichten ihr, dass sie für den Jüngsten der Familie die falsche Wahl war. Dann wandte er sich Kenan zu, hob drohend den Suppenlöffel und stellte unmissverständlich klar.

»Du zollst mir Respekt, mein Sohn. Ich verlange ihn von dir, wie von allen anderen.« Ein gebrochenes Ehrenwort widersprach jeglichem Vorstellungsvermögen. Kenans Aufbegehren glich einer stoischen Hinnahme. Sein Vater bestellte ihn zur Schwerstarbeit auf den neu zu erstellenden Feldern. Gelegentlich trafen sich ihre verzweifelten Blicke. Jeder noch so kleine Augenkontakt hob ihre Mutlosigkeit für einen Moment auf. Beim abendlichen Festessen saßen sie weit voneinander entfernt und sein Leid war ihr eigenes. Kenan flüsterte mit Kemal, dem ältesten Bruder, der aber schüttelte nur heftig den Kopf.

Kapitel 13

Jasmins Geschichte beschäftigt Rebecca auf dem letzten Wegstück ins Hotel. Sie ist erleichtert, dass ihre Begleiterin endlich damit beginnt, sich den Ballast von der Seele zu reden. Um das Schweigen zu unterbrechen, erzählt sie vom gestrigen Ausflug mit Dr. Özkol. Mit den Händen unterstreicht sie ihre Ausführungen und zieht dabei die auffallend gelassene Art des Arztes ins Lächerliche. Die spöttische Bemerkung ihrer Freundin erfolgt direkt.

»Es scheint mir eher so, dass genau diese ausgeglichene Art dich beeindruckt?« Rebecca weist den Gedanken vehement von sich.

»Der Knabe mag ja ausgesprochen charmant und ungemein aufmerksam sein. Aber mehr? Nee, nee. Du solltest es besser wissen. Das imponiert mir nicht. Bisher konnte mich noch kein Mann überzeugen. Weshalb also ausgerechnet ein Südländer, der es auf eine weitere Bettgeschichte anlegt. Ohne mich!« Rebecca schaut in die Ferne. Sie kann Jasmin nicht in die Augen schauen. Fatalerweise scheint es sich beim Doktor in der Tat um ein ausgefallenes Exemplar zu handeln. In der heutigen Geschäftswelt existieren Kavaliere von Levents Format längst nicht mehr. Kein Wunder, dass sie das beeindruckt. Das dezente Schmunzeln ihrer Freundin entgeht ihr, weil sie von der geplanten Verabredung mit ihm zu schwärmen beginnt.

»Für heute Nachmittag schlug er eine Bootsfahrt nach Manavgat vor.« Ihr Geplauder täuscht Jasmin keineswegs über Rebeccas Empfindung hinweg, weil ihre Augen sie verraten. Den Glanz darin kann sie ebenso wenig verbergen, wie die Rotfärbung ihrer Wangen. Da scheint sich eher ein Flirt mit echten Gefühlen anzubahnen.

»... Ayvalık.«
»Wie bitte?«, wird Rebecca aus ihrer Vorstellung gerissen.
»Ich sprach nur eine Idee laut aus.«.
»Welche Idee? Hieß nicht die Stadt gegenüber von Lesbos Ayvalık?«
»Genau. In dieser türkischen Kleinstadt starteten wir damals die Türkeiexkursion. Ich überlege, ob dir ein Besuch gefallen könnte. Was hältst du davon, unseren Urlaub umzugestalten und mit einer Reise bis in die Ägäis zu ergänzen. Ich mag nicht nur ausruhen und faulenzen. Begleite mich doch.«
»Ernsthaft.«
»Bitterernst. Also, was ist? Treten wir gemeinsam die Vergangenheitsreise an, anstatt nur darüber zu reden.« Sie erreichen eben die Pforte des Hotels, da bleibt Rebecca wie angewurzelt stehen.
»Eine Reise in deine Vergangenheit. Die Idee könnte in der Tat von mir stammen. Dazu mieten wir uns ein Auto.« Jasmin schüttelt ihren Kopf.
»Du hast gestern erzählt, dass die Ägäis rund sechshundert Kilometer nördlich liegt. Du willst die Strecke doch nicht mit dem Bus fahren?«, flachst sie. Jasmins Gesichtsausdruck überzeugt sie vom Gegenteil.
»Wie denn sonst«, sagt sie verträumt und fällt Rebecca um den Hals.
»Genauso wie damals, auch wenn das verrückt klingen mag. Fragst du den Doktor, ob er uns morgen zum Busbahnhof bringt?«
»Du musst unterwegs eine Portion Tatkraft ausgegraben haben. Jetzt erinnerst du mich eher an meine alte Kameradin, mit der man Pferde stehlen konnte. Viel zu lange hast du dich hinter der Professorengattin versteckt.« Rebecca trifft den Nagel auf den Kopf, sie staunt über Jasmins neuen Tatendrang.

»Wenn du wegen Dr. Levent lieber hierbleiben willst, ist das auch in Ordnung. Dann fahre ich allein«, bietet sie ihr eine Alternative, die Rebecca aufgebracht verneint.

»Dieses Abenteuer verpassen, das ist kein Mann der Welt wert. Soll das Musterstück bis zu unserer Rückkehr schmoren. Aber ich frag ihn natürlich«, entgegnet die Blondine. Energisch setzt sie sich Richtung Drehtür in Bewegung. In ihrem Kopf entstehen bereits Pläne, bis ihr Eifer von Jasmin gestoppt wird.

»Ich schlage vor, du gehst mit ihm auf die versprochene Bootsfahrt und klärst das mit dem Bus. Genieß den Tag zu zweit, ich will euch nicht stören«, wischt sie Rebeccas Widerspruch zu Seite.

»Bevor ich unsere Reise in die Vergangenheit starte, muss ich Achims Brief öffnen. Ich schleppe ihn lange genug mit mir herum.«

»Was für ein Brief?« Da schlägt sie sich an den Kopf. »Du meinst nicht ernsthaft das Kuvert, dass dir der Notar nach der Beerdigung vor fünf Monaten aushändigte?« Dass sie mit ihrer Mutmaßung ins Schwarze trifft, zeigt Jasmins Reaktion.

»Wie kannst du Achims letzte Botschaft monatelang ungeöffnet lassen. Was, wenn er etwas Wichtiges mit dir teilen wollte?«

»Vermutlich braucht alles den passenden Augenblick. Jetzt ist er gekommen. Ich möchte die Nachricht ohne Zuschauer lesen.« Rebecca nickt mit verdrehten Augen.

»Dann soll es so sein. Du lüftest Achims letzten Willen und ich trödle mit Dr. Levent durch die Stadt. Wir gehen sicher Essen, schließlich feiern wir Abschied für einige Tage. Ich bitte heute noch meinen Chef um eine Verlängerungswoche, für deine Extratour. Das muss sein.« Sie plant weiter und ihre Euphorie ist ansteckend. Da brechen die beiden in ausgelassenes Gelächter aus. Wie herbeigezaubert erwartet Dr. Özkol sie. Der elegante Mann lehnt im leichten Sommerjackett an der

Rezeption. Rebecca wirft einen überzeugten Blick zur Freundin hinüber. Siehst du, wie der bereits am Haken hängt. Der Hotelarzt eilt ihnen mit ausgestreckten Händen entgegen.

»Meine Damen! Niemand, weiß wo Sie sind. Ich wollte eben eine Suchaktion auslösen.« Er greift nach Rebeccas Hand, haucht einen Kuss auf ihre Finger und ihre Wangen färben sich in Höchstgeschwindigkeit. Jasmin kann ihr Schmunzeln kaum verbergen, als Levent sich ebenfalls galant vor ihr verbeugt. Sein Blick bleibt danach erneut in den stahlblauen Augen der Freundin hängen, die ihr mit einem Zwinkern signalisiert, das alles wie am Schnürchen läuft. Sie hakt den Auserwählten unter und beginnt ihn zu umgarnen.

»Reisetaschen kaufen? Ayvalık!«, ruft Dr. Levent überrascht aus. Rebecca fällt wieder einmal direkt mit der Tür ins Haus. Der Tonfall des Doktors klingt gereizt. Seinem entsetzten Blick nach zu urteilen, prallt ihre selbstbewusste und bis in die Haarspitzen hinein emanzipierte Urlaubsbegleiterin auf das Unverständnis eines türkischen Mannes. Vor Jasmin streiten sich zwei Menschentypen, die nicht unterschiedlicher ausfallen könnten. Die beiden sind wie Feuer und Wasser.

»Nein, das lass ich auf keinen Fall zu«, schnappt Dr. Levent. In seiner Miene spiegelt sich Entsetzen. Hilfesuchend sieht er zu der Witwe herüber und zieht Rebecca neben sie. Jetzt klingt der sanfte Tonfall gezwungen.

»Meine Damen. Es ist völlig unmöglich, dass Sie allein durch unser Land reisen. Zwei Frauen ohne Begleitung, das ist ausgeschlossen.« Vollkommen aus dem Gleichgewicht steht er dieser nicht nachvollziehbaren Unternehmung gegenüber. Allerdings benötigt er keine weiteren Worte, um Rebeccas Vulkanausbruch zu beschleunigen. Sie spukt Feuer und normalerweise weichen bei solchen Ausbrüchen die meisten Männer respektvoll einen Schritt zurück.

»Mein Herr!«, brüllt sie, dann lässt sie ihn los.

»Was glauben Sie, wer Sie sind? Sie maßen sich an, unsere Absichten zu verurteilen.« Levents funkelnde Augen treffen auf die schillernde Iris der Kämpferin. In seiner Baritonstimme hingegen lauert unterdrückte Kraft.

»Und wie stellen Sie sich das vor? Sie halten sich hier nicht in einer deutschen Großstadt auf, wo Sie berechtigt sind, herumzureisen, wie es Ihnen passt. Seien Sie doch vernünftig. In der Türkei ist so ein Alleingang schlicht unmöglich«, echauffiert er sich. Es fällt ihm offenkundig schwer, Haltung zu bewahren. Befremdet reagiert auch der Empfangschef auf den lauten Wortwechsel. Rebeccas öffentliche Auseinandersetzung mit einem Mann schockiert ihn. Sie selbst tritt mit scheinbarer Seelenruhe an Jasmins Seite, hakt sich bei ihr unter und steuert mit hoch erhobenem Haupt die Aufzüge in der Hotelhalle an. Ihre blonde Haarpracht wirft sie provokativ zurück. Ihre Freundin versucht, beruhigend einzugreifen, doch die Aufgewühlte beachtet dies nicht. Nach wenigen Schritten bleibt sie noch einmal stehen und dreht sich um. Ohne Rücksicht attackiert sie ihr Opfer mit ungezügelter Lautstärke.

»Wir sind Bürger aus einem freien Land und bei uns entscheidet eine Frau selbstständig über ihr Leben. Sollte das Ihren Horizont übersteigen, tun Sie mir leid. Ich habe mich wohl gewaltig in Ihnen getäuscht, Herr Dr. Levent Özkol«. Der Angebrüllte ist fassungslos. Was fällt ihr ein, ihn derart zu beleidigen? Reicht es ihr denn nicht, dass sie ihn vor den Angestellten bis auf die Knochen blamiert. Er eilt den Damen mit gemessenem Schritt hinterher. Die Aufzugtüren öffnen sich bereits, da greift er, ohne Rücksicht zu nehmen, nach Rebeccas Hand und zieht sie von den Türen zurück. Sofort treffen ihn ihre giftigen Blicke und sie holt zu einem weiteren Schlag aus. Doch er lässt ihr keine Zeit. Er reißt sie an sich und zwängt sie in seine Arme, die nun einem Schraubstock gleichen. Ohne Aussicht auf Erfolg sträubt sie sich gegen die Umklammerung.

Sie bebt vor Zorn, bevor sie mit hochrotem Kopf aufgibt. Zwei Augenpaare fechten einen stillen Kampf aus. Ihre blauen Augen nehmen ihn gefangen, seine Wut beginnt zu schlingern. Übergangslos neigt er sich zu ihr hinunter und umfasst mit einer blitzschnellen Bewegung ihr Kinn. Sie will ihn abwehren, dennoch erreicht er das Ziel. Sie erstarrt wie eine Statue, als er mit zuerst noch unterdrücktem Zorn ihren Mund berührt. Kaum aber treffen sich ihre Lippen, da verwandelt sich die Verärgerung in Zärtlichkeit.

Jasmin drückt das Paar in den Aufzug und wählt den obersten Knopf. Die Aufzugtüren schließen sich. Sie schenkt den Schaulustigen ein selbstbewusstes Lächeln und nimmt selbst die Treppe.

Levent schiebt die Zunge zwischen Rebeccas Lippen. Ihre Zungenspitze tastet nach seiner und setzt mit dem zärtlichen Spiel ein Feuerwerk in Gang. Sein harter Klammergriff weicht Fürsorglichkeit. Feuer scheint ihn zu verbrennen, weil Rebecca ihm weich und anschmiegsam entgegen sinkt. Ohne den Kuss auch nur für den Bruchteil einer Sekunde zu unterbrechen, zieht er sie enger an sich und schiebt die Finger in ihren Haarschopf. Die andere Hand drückt ihre Hüfte enger an sich. Der intime Kontakt mit ihr schaltet um ein Haar Dr. Levents messerscharfen Verstand aus. Mit dem Öffnen der Aufzugtür im obersten Stock endet die Gratwanderung und er legt seine Hand auf ihre Schulter, um die inzwischen Sprachlose auf die menschenleere Dachterrasse hinaus zu begleiten. Er drückt sie in einen Korbsessel mit cremefarbenen Polstern und ordert beim herbeieilenden Kellner Champagner. Er reicht ihr das gefüllte Glas, beugt sich zu ihr und flüsterte ihr ins Ohr.

»Trink mit mir, auf die Liebe. Aber ich warne dich. Wenn du einen Mann wie mich noch einmal auf diese schändliche Art in aller Öffentlichkeit beleidigst, garantiere ich für Nichts. Schweig jetzt«, kommt er ihr zuvor und legt den Finger sanft auf die vom Kuss erblühten Lippen. »Rede mit deiner Freundin. Ich glaube, dass sie die Sitten unseres Landes besser einordnen kann«, murmelt er mit erotischem Wispern an ihrem Ohr. Sein Zeigefinger gleitet aufreizend langsam an ihrem Hals entlang.

»Ich bin in einer Stunde zurück.« Der Befehl wird nur gemurmelt, deswegen klingt er aber nicht weniger eindringlich, ja fast bedrohlich.

»Wir fahren in die Berge – nur wir beide. Zieh dich entsprechend an. Ich gebe Jasmin Bescheid, wo sie dich findet«, präzisiert er. Levent trinkt das Glas leer, bevor er den Finger von ihr nimmt und sich aufrichtet. Minuten später sitzt Rebecca immer noch im Korbsessel. Stille breitet sich in ihr aus, nachdem der Strudel der Leidenschaft beendet ist. Das Sektglas zwischen Daumen und Zeigefinger grübelt sie über den Tornado nach, der zusammenbrach, sowie er die Verbindung zu ihr löste. Die Aufzugtüren gleiten auseinander und Jasmin setzt sich neben sie.

»Rebecca. Ist alles in Ordnung mit dir?« In dem Moment, da die Freundin ihre Hand berührt, zuckt sie jäh in die Wirklichkeit zurückkehrend zusammen.

»Was? Dieser arrogante Teufel«, platzt es aus ihr heraus.

»Meinst du den, der vor wenigen Minuten an unserer Zimmertür klopfte? Der kommt bald zurück, um mit dir in die Berge zu fahren. Später werdet ihr in der Stadt essen. Wir besprachen das ja auch so ähnlich, zumindest vor deinem filmreifen Auftritt. Komm, du musst dich umziehen. Nach der Szenerie von vorhin dürfte mit dem Teufel heute kaum mehr zu spaßen sein.« Sie weist ihre Begleiterin darauf hin, dass sie seine Mannesehre vor Publikum zutiefst beleidigt hat und sich damit verdammt weit aus dem Fenster lehnte. Rebecca verzieht trotzig die Lippen, doch sie trottet gedankenverloren hinter Jasmin die Treppen hinab.

»Dr. Levent hat keineswegs unrecht. Unsere Reise wäre in Deutschland normal. Da interessiert es niemand, wenn zwei weibliche Alleinstehende miteinander verreisen. Für einen türkischen Mann, zumindest für einen mit ausgeprägtem Beschützerinstinkt, ist dies ein absolutes No-Go. Hier werden die Jungs von klein auf anders erzogen. Deshalb fühlen sie sich für den Schutz der Frauen zuständig, jedenfalls gilt das für diejenigen, die ihnen am Herzen liegen.« Empört wirft Rebecca ihren Kopf zurück und stöhnt.

»Spiel jetzt bitte nicht die Beleidigte.« Nachdem er bei mir auftauchte, erklärte ich ihm, was diese Fahrt für mich bedeutet.« Sie erzählt ihrer Freundin, dass er anbot, für ihre Reise in die Vergangenheit, die Funktion eines Chauffeurs zu übernehmen. Allerdings machte er das von ihrem Einverständnis abhängig. Wenn sie das Angebot nach ihrer Tour weiterhin abschlug, würde er einen vertrauenswürdigen Freund für ihre Begleitung aussuchen.

»Ich glaube, er würde gerne mit uns fahren, vor allem mit dir. Es ist nämlich absolut unüblich, dass ein türkischer Mann eine weibliche Person vor Zuschauern dermaßen heiß küsst, wie dich vorhin«, grinst Jasmin. Rebecca gibt ihr keine Antwort, denn ihre Gedanken überschlagen sich. Duschen, von wegen. Eine schicke Frisur? Pahh! Nicht einmal schminken würde sie sich für diesen arroganten Spießer. Er will in die Berge, das kann er haben. Rebellisch nimmt sie eine ausgebleichte Edeljeans aus dem Schrank und schneidet mit ihrer Nagelschere zusätzliche Löcher hinein und zupft ausgiebig daran herum. Ihre blaue Bluse stopft sie zuerst in den Hosenbund, zieht sie wieder heraus und verknotet die Enden vor dem Bauch. Dann schlüpft sie in ihre ausgetretenen Turnschuhe und hebt den Kopf.

»So Herr Dr. Levent. Da bekommst du eine Landstreicherin. Eine formidable Begleitung für den Schicki-Micki-Mann.« Sie grinst sich im Spiegel an, dann schneidet sie in den Ärmel weitere Löcher hinein. Mürrisch zwinkert sie sich zu.

»In dem Aufzug, mein Freund, gehst du mit mir höchstens an die Dönerbude. Vergiss das schicke Abendessen mit 'Ich verführ dich«, äfft sie mit ihrem Spiegelbild. »Was glaubt der Schnösel denn, wer er ist? Adonis persönlich!« Schnaubend dreht sie sich zu Jasmin um. »Wenn du dir das antun willst, soll er uns doch begleiten. Dann bleibt mir Zeit genug, Herrn Wichtig in die Eier ... «. Da schrillt das Telefon. Sie schnappt sich den Hörer.

»Dr. Levent erwartet Frau Rebecca an der Rezeption«, teilt der Empfangschef ihr kühl mit.

»So eine dreiste Kreatur. Glaubt der im Ernst, dass die kleine Knutscherei mich weich gekocht hat und ich jetzt wie Püppchen springe. »Dr. Levent erwartet Frau Rebecca an der Rezeption!«, äfft sie den Rezeptionsmitarbeiter nach und wirft den Telefonhörer auf die Gabel. »Der soll mich kreuzweise. Ich geh ins Bett. Ich bin krank. Jasmin, hilf mir!«, jammert sie empört, bis sich ihre Freundin über ihr kindisches Benehmen vor Lachen kugelt.

»Du benimmst dich wie ein Feigling! Wer so einen Aufstand fabriziert, der marschiert jetzt mit hoch erhobenem Haupt durch die Halle. Du willst dir doch nicht freiwillig den besten *Döner* in Manavgat entgehen lassen?« Rebecca bewegt sich keinen Zentimeter und schielt zum Bett.

»Wenn du dich dort hineinlegst, muss ich den Doktor holen, damit er das bettlägerige Mädchen untersucht. Allerdings wird diese Untersuchung dann wohl keineswegs jugendfrei sein.« Der Zornigen verschlägt es die Sprache. Lieber erstickt sie an den Boshaftigkeiten, die ihr auf der Zunge liegen, als erneut Jasmins schadenfrohes Grinsen zu ertragen.

»Wolltest du es Herrn Wichtig auf der Reise nicht eben noch zeigen oder entscheidest du dich für die Hasenfußvariante?

Dann gib mir das Telefon.« Rebecca stampft mit dem Fuß auf und geht zur Tür. Vor dem Aufzug schüttelt sie den Trotzkopf ab. Zum Vorschein kommt wieder die von sich überzeugte Geschäftsfrau.

»Das wird ein Heidenspaß. Dem Macho vergeht bald das Lachen.« Mit erhobenem Kopf erweckt sie den Anschein von Königin Kleopatra vor der Schlacht mit Julius Cäsar. Bevor der Lift stoppt, macht sich der Königinnenverschnitt bereit. Die Aufzugtüren gleiten auseinander, da stolpert sie und landet in Levents offenen Armen. Rebeccas Kinnlade klappt nach unten, weil er wie ein Fremder vor ihr steht. In ausgefransten löchrigen Jeans, einem verblichenen Jagdhemd und schlammverkrusteten Trekkingschuhen. Selbst das zerlumpte Tuch am Hals hat einst bessere Tage gesehen, wie auch der Hut, der an der Schulter baumelt. Von dieser Überraschung muss sie sich erst erholen, bevor sie ihr Gegenüber anblitzt. Die zwei fechten einen intensiven Kampf aus, doch die rabenschwarzfunkelnden Samtaugen von Dr. Levent stehen ihren blauen in nichts nach.

Jasmin beobachtet die Szene, da sieht sie das Zucken auf den Lippen der Freundin. Ein vorsichtiges Lächeln erscheint, zusammen mit dem Glanz in ihren Augen. Der Doktor gibt sie so unverhofft frei, wie er sie festgehalten hat, und tritt abwartend einen Schritt zurück. Aus Rebeccas Hals dröhnt eine Lachsalve, die sie schüttelt. Dem Arzt ist das suspekt und er weiß nicht, wie ihm geschieht. Stumm öffnet er den Mund, um ihn erneut zu schließen. In diesem Augenblick entdeckt Jasmin das Glimmen in seinen Augen, kurz bevor er sonor in die Erheiterung mit einstimmt. Ihre Freundin beginnt die Lachtränen beiseite zu wischen, da treibt der attraktive Mann sie in Windeseile aus der Halle. Sie verabschieden sich an der Drehtür mit hochgehaltenen, ineinander verschränkten Fingern.

Jasmin sieht den beiden im Räuberlook gekleideten nach und stellt den Punktestand fest. 2:0 für Julius Caesar. Respekt, denn er schlug die ausgefuchste Kleopatra mit einem einzigartigen Schachzug. Die Aktion hinterlässt bei Rebecca garantiert Eindruck.

Kapitel 14

Jasmin überlegt, welchen Schritt sie zunächst in die Tat umsetzt. Achims letzte Botschaft lesen oder eher den entdeckten Weg am Bach entlanggehen und die Fischerhütte suchen. Unschlüssig kleidet sie sich für eine sportliche Joggingrunde, damit sie den Kopf freibekommt. In den kommenden Stunden kann sie die notwendigen Angelegenheiten langsam angehen. Sie nimmt das Schriftstück, das ihr Ehemann bei seinem Notar für sie hinterlegte, aus der Handtasche und steckt den Umschlag in die Jackentasche. Sie zieht den Reißverschluss zu und verknotet die Jackenärmel vor ihrem Bauch. Bevor sie das Hotel verlässt, gibt sie den Zimmerschlüssel an der Rezeption ab. Nach wenigen Schritten beginnt das Medaillon unter dem T-Shirt sich zu erwärmen und es fällt ihr auf, dass dieses Ding permanent die Temperatur wechselt. Lass mich in Ruhe, schimpft sie es lautlos. Absichtlich joggt sie einen anderen Weg wie in den frühen Morgenstunden. Die Laufstrecke führt an Geschäften und Bars vorbei. Bald bleibt sie schwer schnaufend stehen, denn wieder ist sie zu hastig losgelaufen. Das Lauftraining verschafft ihr zudem keineswegs genügend Abstand, ständig muss sie gegen die Eskapaden ihrer Erinnerung ankämpfen. Mit tiefen Atemzügen versucht sie, Atmung und Gedanken in Einklang zu bringen. Vergeblich. Schließlich dreht sie um und geht den Weg zurück. Sie verhandelt mit einigen Straßenhändlern, ohne jedoch etwas zu kaufen. Dann lässt sie das Hotel rechts liegen und schlägt den Weg in Richtung Steinbrücke ein. Am Morgen schreckte sie hier ein imaginärer Hornissenschwarm auf und auch jetzt wirkt ihre Empfindung geschärft. Längst wundert sie sich nicht mehr über den Aufruhr in ihrem Inneren. Diese Erkundungstour zur Fischerhütte, wie auch der knisternde Briefumschlag in ihrer Jackentasche beschäftigen sie in gleichem Maße. Was erschien Achim so bedeutungsvoll, dass er die Nachricht für sie dem Notar übergab? Er sagte ihr am Tag der Beerdigung, dass ihr Ehemann sich sein Gewissen erleichtert hätte und sie den Brief so bald als möglich lesen sollte. Jetzt ist es an der Zeit, sich mit diesem Vermächtnis auseinanderzusetzen. Sonst wird es ihr womöglich nie gelingen, einen Neustart ins Leben zu beginnen. Dennoch verschiebt sie den Briefinhalt auf einen späteren Zeitpunkt. Sie hat ihr Ziel erreicht und fixiert den Sandpfad neben dem Bachlauf. Ihre Turnschuhe hinterlassen Abdrücke, doch das Wasser des Baches ist durch meterhohes Schilfrohr verdeckt. Rostrote und fliederfarbene Geflechte markieren dazwischen ein paar Farbpunkte. Erst als das Schilf zurückweicht, erkennt sie einen grünen Pflanzenteppich, der das Rinnsal bedeckt. Auch der Trampelpfad verschwindet zusehends unter Kriechpflanzen, ein Zeichen, dass der Weg in letzter Zeit fast nie benutzt worden ist. Jasmins Nase schnuppert wieder den unverkennbaren Duft des Meeres, der sich mit allgegenwärtigem Blumenduft zum Parfüm ihrer Jungmädchenträume vereint. Da versperrt ein Metallzaun ihr den Weg und ein verwittertes Blechschild mit der Aufschrift 'Privat' beendet ihren Erkundungsgang. Vergeblich sucht sie einen Durchschlupf. Es dauert einige Minuten, bis sie das Muster des Geflechts erkennt. Es sieht aus, wie die Einzäunung der Zitronenplantage in ihrer Hotelanlage. Hinter dem Zaun liegt der Schlüssel. Sie watet ins Bachbett hinunter, doch da versinkt sie im Morast. Bis über ihre Knie steht sie im Schlamm, da klettert sie angeekelt die Böschung wieder hinauf. Mühsam entfernt sie mit Grasbüscheln den Schlick, bevor sie ihre Socken und Schuhe anzieht. Dann versucht sie es auf der anderen Seite. Hier behindert undurchdringliches Dickicht vor dem Metallzaun den Zugang. Jasmin gibt auf, einstweilen zumindest.

Eilends joggt sie zurück, denn sie will über die Zitronenplantage einen Weg erkunden. Im Lauf wird ihr bewusst, dass, wenn das was sie jetzt umrundet eine Einheit bildet, ein gewaltiges Stück Land hinter dem Zaun verborgen liegt. Beim Hotel angelangt, eilt sie den Weg zum Meer hinunter. Ohne anzuhalten, rennt sie bis zu dem Punkt, wo der Weg zum Strand hin abfällt. Atemlos verharrt sie schließlich neben dem Zitronenhain, da meldet sich die inzwischen wohlbekannte Unruhe wieder in ihr. Gleichzeitig beginnt in ihrem Kopf ein Sirren und ihr Medaillon erwärmt sich. Sie schaut am Zaun entlang und entdeckt eine Tür, die ihr am Tag zuvor entging. Heute steht sie einen Spalt breit offen. Daneben zeigt ein Schild mit der Aufschrift: 'Privat', dass der Zutritt verboten ist. Normalerweise entspricht es nicht ihrer Art, ungefragt in Privatbesitz einzudringen. Ihr ist unwohl zumute, als sie übernervös durch Orangen- und Zitronenbaumreihen eilt. Ihr Gesicht gerötet vor Verlegenheit, hofft sie, dass niemand ihr Eindringen bemerkt.

»Geschafft!«, stößt sie erleichtert aus und schließt für einen Moment die Augen. Wie sich ihre Lider anheben, glaubt sie sich in die Vergangenheit zurückversetzt. Vor ihr breitet sich die unberührte Natur von damals aus, mit scharfkantigen Steinbrocken, teils überwuchert von sonnengelbem Mauerpfeffer. Sie zwinkert mehrmals, doch es ist kein Erinnerungstraum. Sie geht einige Schritte aufwärts, da erhebt sich vor ihr eine elfenbeinfarbene Distel, vertrocknet vom langen Sommer. Obenauf aber schillert bereits eine erste grüne Kugel, der noch verschlossenen Blütenkopf. Mit dem Zeigefinger berührt sie die Pflanze vorsichtig. Dann aber dreht sie sich um. Im späten Licht der Nachmittagssonne liegt das türkisfarbene Meer hinter einem ausgedehnten Schilfgürtel, der das Grundstück zum Strand hin abschließt. Hohe Halme schaukeln dicht an dicht im Wind. Sie versperren Hotelgästen die Einsicht. Jasmins Joggingschuhe finden auf dem unebenen Gelände den geübten Tritt von damals. Sie erklimmt kantige, teils lose Steine und es ist beinahe so, als würde sie jeden Moment auf Kenan treffen. Ihr ist so leicht, so frei zumute, wie einem verliebten Mädchen auf dem Weg zum Rendezvous. Natürlich zählt sie keine zwanzig Lebensjahre mehr und dennoch huscht ihr Blick nervös über die Wasserfläche. Logischerweise hört sie weder ein Motorknattern, noch sieht sie ein Boot, das der *Aylın* ähnelt. Nur ein asphaltierter Weg, der hinter der Plantage entlangführt erregt Jasmins Aufmerksamkeit. Von ihrer erhöhten Position aus folgt sie ihm bis hinab zum Schilfgürtel, stets ein paar Meter hinter dem Metallzaun entlang. Dann verliert sich der Weg, biegt um einen lang gezogenen Felsen. Ihre Augen folgen der gedachten Linie, bis sie schließlich im Glitzern des Baches hängenbleiben. Sie sucht den Flusslauf ab, da erkennt sie unter dichtem Buschwerk Dachziegel, darunter massive Steinreihen. Für die ersehnte Hütte ist das Gebäude unvergleichbar groß. Enttäuscht schreitet sie weiter aufwärts, um einen besseren Blickwinkel auf das Haus zu haben. Vielleicht narrt sie die Erinnerung, aber es ist doch möglich, dass die alte Kate dem Anwesen eines Reichen weichen musste. Womöglich wohnt ein vermögender Exzentriker dort. Energisch reißt sie sich zusammen, weil sie die Tränen in ihren Augen kaum mehr zurückhalten kann. Sie lauscht dem Zirpen der Grillen und hört den Schrei eines Eichelhähers, der in einem dornigen Eichenbusch sitzt. Sein Ruf zerrt den Treffpunkt der Vergangenheit ans Licht. Eine Eidechse huscht über Jasmins Schuhe und zaubert ein zaghaftes Lächeln auf ihre Lippen. Das Glück ihrer Erinnerung entführt sie für Sekunden, in denen es ihr erscheint, als würde Kenans Hand sie berühren. Jäh schrickt sie auf und versucht sich zu orientieren. Sie sucht nach den Felsen, die ihnen Schutz boten. Dazu nimmt sie die Umrisse der Villa wie den identischen Standort mit der Fischerhütte an. Sie tastet sich daran entlang und bald erkennt sie den schmalen

Weg, der vom Haus aufwärtsführt. Jasmin stolpert querfeldein, strauchelt an losem Gestein und kratzt sich die schlammverkrusteten Waden blutig. Zielsicher hastet sie bergan, bis sie die Felszwillinge erreicht. Atemlos bleibt sie stehen. Ihre Lider flattern und sie atmet tief in den Bauch hinein, um den rasenden Herzschlag zu beruhigen. Ihr Medaillon brennt im Ausschnitt, sie aber schlingt ihre Hände ineinander. Die Augen starr auf den Strauß lila Disteln gerichtet, der neben einer geschliffenen Stele am Boden liegt. Jasmins Knie geben nach, sie sinkt auf die Erde und tastet mit ihren Fingern über die in Stein gemeißelte Buchstaben.
Für Yasemin.
In ewiger Liebe.
Kenan
7. Juni 1977
Es ist das Geburtsdatum ihres Sohnes Cem. In den nachfolgenden Zeilen findet sie stets den gleichen Tag mit fortlaufenden Jahreszahlen. Es sieht so aus, als wäre Kenan mit dem Kind jedes Jahr hierhergekommen, er muss den Villenbesitzer also kennen. Wichtiger aber noch ist ihr, dass die beiden liebsten Menschen in ihrem Leben sie bis heute nicht vergessen haben. Dem Strauß nach zu urteilen, wurde der Stein erst kürzlich aufgesucht. Die Distelblüte beginnt eben erst. Wie geht es Kenan, wie geht es ihrem Sohn? Was glaubt Cem? Dass sie ihn im Stich ließ oder erzählten sie ihm von den Umständen. Das Medaillon wird unerträglich heiß, da nimmt sie es in die Faust. Es jagt ihr einen Hitzestrom über die Haut.
»*Babaanne*? Du hast dein Versprechen eingelöst und meine Botschaft weitergegeben. Du hast Kenan gesagt, dass ich ihn aus tiefstem Herzen liebe und ihn für die Frau, die er heiraten muss, freigebe. Unser gemeinsames Kind, das Kind der Liebe vertraute ich über dich seinem Schutz an. Ich war so verzweifelt, als ich Cem bei euch ließ.«

Die Tränen ihres alten Leids fallen auf den staubigen Boden. Der Abschied der Vergangenheit endet im Tränenstrom, der parallel die Zukunft voller Hoffnung begrüßt. Jasmin denkt an die zwei Menschen in ihrem Herzen, die sie damals zurückließ. Ewig kauert sie vor dem Gedenkstein, da legt sie die linke Hand auf der Stele und schwört mit der Rechten auf der Brust.

»Ich finde euch. Dich aşkım, mein Liebster, Verbündeter meiner Seele und dich Cem, du unvergessener Sohn. Ich werde dieses Land erst dann verlassen, wenn wir uns ausgesprochen haben.« Jasmin erhebt sich. Ohne sich noch einmal umzublicken, geht sie den Weg zurück, den sie zuvor hinaufstieg. Die Sonne verabschiedet den Tag, doch sie achtet nicht einmal auf das rotgoldene Farbenspiel. Von einer plötzlichen Idee inspiriert eilt sie zur Villa hinab. Sie schlägt den löwengesichtigen Klopfer gegen die Tür und hämmert mit ihren Fäusten auf die massive Holztür. Es ist niemand zu Hause, der ihre Fragen nach Kenan und Cem beantwortet. Enttäuscht kehrt sie unverrichteter Dinge zur Hotelanlage zurück. Als sie durch die Baumreihen auf die Pforte zutritt, bemerkt sie eine dunkelgelockte Frau, die eben die Tür abschließen will.

»Bitte warten Sie.« Verlegen macht sie sich bemerkbar und erkennt in ihr die Frau, die am Vortag so freudig von ihrem Kind begrüßt wurde. Überrascht hebt die Mutter ihren Kopf. Der Junge an ihrer Hand lächelt sie an.

»Was machen Sie im privaten Bereich des Hotelchefs.« Ihr fremdländisch gefärbtes Deutsch klingt zwar freundlich, allerdings auch entschieden. Jasmin antwortet zerknirscht.

»Es tut mir leid, dass ich unbefugt das Gelände betrat. Die Tür stand offen und mein Kummer brauchte heute einen besonderen Platz zum ...« Sie unterbricht ihren Satz, weil schon wieder Tränen den Weg über ihre Wange suchen. Mitleidig sieht die Lockenköpfige in ihr tränenverschmiertes Gesicht.

»Ich heiße Francesca. Dies ist mein Sohn Tarık. *Hoşgeldiniz*. Willkommen. Sie müssen nicht mehr weinen, der Chef bemerkte ihr Eindringen ja nicht. Mein Großvater aus Rom gab mir vor Jahren zu verstehen, dass sich Kummer nie lohne.« Während sie spricht, wuschelt sie ihrem Kind mit der Hand durchs Haar. Die Angesprochene nickt. Verlegen versucht sie die nassen Spuren fortzuwischen.

»Leid und Freude liegen oft nebeneinander. Wie heißen Sie?«

»Katharina Jasmin. Nennen Sie mich gerne Jasmin, so wie die meisten Menschen, die mich kennen. Vielen Dank für Ihre verständnisvollen Worte. Ich will noch eine Weile am Wasser sitzen.« Fluchtartig dreht sie Mutter und Sohn den Rücken zu und eilt davon. Zu schmerzvoll erinnert sie das Kind an ihren Cem.

Verdutzt und kopfschüttelnd sieht Francesca dem gehetzt wirkenden Hotelgast hinterher. Dann schließt sie die Tür ab, damit kein weiterer Gast den Privatgrund betritt. Mit ihrem Kind an der Hand spaziert sie den gepflasterten Weg zurück. Ihr geht das verweinte Gesicht der Frau kaum aus dem Sinn, da hegt sie plötzlich einen Verdacht. Die Fremde hieß Jasmin. Katharina Jasmin, sagte sie, doch für die meisten Menschen nur Jasmin. Sie bleibt stehen und dreht sich um, aber der Feriengast ist in der einbrechenden Dunkelheit nicht mehr zu sehen. Ihr Gedanke ist keineswegs abwegig. Die Juniorchefin des Hotels ist überzeugt, mit dem Vornamen des Hotelgastes und ihrer Traurigkeit eine Verbindung zur tragischen Familiengeschichte des Schwiegervaters herstellen zu können. Jeder in der Familie kennt Kenans sehnsüchtiges Warten auf die Ankunft der Herzensfrau. Treffen ihre Spekulationen zu, dann ist dieser Urlaubsgast womöglich Cems erwartete Mutter. Die düsteren Vorahnungen scheinen sich rascher zu bewahrheiten, wie er am Abend zuvor befürchtete. Wie wird er reagieren, wenn die Verschollene ausgerechnet hier logiert? Er muss ja nicht sofort erfahren, wer sie ist, beschließt sie, denn sie betrachtet die Angelegenheit durchaus als Möglichkeit für beide, sich ungezwungen kennenzulernen. Die Fremde hinterließ bei ihr ein sympathisches und einfühlsames Empfinden. Sie sieht die nassen Augen vor sich, die auf Tarık ruhten, bevor sie davoneilte. Natürlich erscheint es suspekt, aber die schmerzverzerrte Mimik, die sich in ihrer Iris widerspiegelte, macht plötzlich Sinn. Sah sie in ihrem kleinen Wildfang etwa den verlorenen Sohn? Flink verknotet sie ihre zwiespältigen Eindrücke zwischen dem Hotelgast und Cem und sie vermutet, dass ihr Schwiegervater zuerst selbst mit der Betroffenen über diese Spekulation reden möchte. Er kann schroff reagieren, wenn jemand sich ungefragt in seine Angelegenheiten mitmischt. Francesca überlegt, dass die Urlauberin als Gast des Hotels kaum weit weglaufen wird. Allerdings muss sie Kenan von ihrem Verdacht in Kenntnis setzen. Sie analysiert die Möglichkeit, die aus der ungewöhnlichen Nachlässigkeit von Cems Vater entstanden ist. Dass er die Tür unverschlossen lässt, das passt überhaupt nicht zu ihm. Ist er womöglich noch zu Hause? Vielleicht wollte er gestern einfach nur für sich zu sein. Francesca schüttelt über sich selbst den Kopf, schnappt Tarık und platziert das krähende Kind auf ihrer Hüfte. Schwer atmend setzt sie ihn an der Rezeption ab. Die Last des Kleinen wird allmählich anstrengend.

»Lauf zu Tante Daphne ins *Hamam, çanım*. Ich komme gleich nach.« Er läuft winkend davon. Francesca wendet sie sich an den Empfangschef. Mehmet ist der älteste Freund des Hausherrn und übernimmt wie so oft den Spätdienst, damit die Jüngeren heim zur Familie können.

»Weißt du, ob mein Schwiegervater noch drüben ist? Die Tür zum Privatgelände stand offen.« Mehmet schüttelt den Kopf.

»Welch eine dumme Idee. Er konnte eure Rückkehr gestern doch kaum erwarten. Allerdings wundert es mich nicht im Geringsten, wenn die Tür zum heiligen Refugium offenstand. In

den letzten Tagen ähnelte er eher einem zerstreuten Professor.«
Er lacht, bis die Goldzähne blitzen.

»Nahm er das Handy mit?« Temperamentvoll springen die Gedanken der Italienerin von ihren Lippen, ohne dass sie auf Mehmets Bemerkung eingeht.

»Was ist los Francesca? Da brennt doch ein dringendes Anliegen in deinem Herzen.« Sie antwortet ihm nicht, sondern lehnt sich über die Theke und greift kurzerhand nach dem Telefonhörer. Sie drückt die Tasten und wartet auf das Freizeichen. Dann wirft sie den Hörer auf die Gabel zurück.

»Verdammt, verdammt, verdammt!« Aufgebracht schüttelt sie ihre Locken und verschafft sich, gleich einem italienischen Gondoliere Luft. In Mehmets Gesicht zeigen sich tiefe Lachfalten.

»Aha! Immer noch abgeschaltet. Da hilft selbst dein lautstarkes heimatliches Fluchen kaum weiter. Wenn die Disteln blühen, duldet er keine Störung, das kennst du doch. Er meldet sich bestimmt bald. Auf dem Weg in den Norden lässt er sich von nichts aufhalten. Zudem ist er vermutlich bereits am Ort seiner Sehnsucht angekommen. Francescas Enttäuschung sitzt auf ihrer Nasenspitze und sie erinnert sich an die Unruhe des Schwiegervaters am Vortag. Der Empfangschef gab in der Vergangenheit Kenans alljährlicher Auszeit den Titel 'Suche in der Einsamkeit.'

«Er braucht doch immer im Herbst die Zeit für sich, damit er an der Sehnsucht nicht erstickt«, unterbricht Mehmet ihre Gedanken.

»Erzählte er euch von der deutschen Zeitung, die ein Gast liegen ließ? Nach diesem Fund schien er wie ausgewechselt und rastlos, als sei er bereits auf dem Sprung.«

Francesca denkt an die Szene, wie ihr Schwiegervater Cem das Stück Papier vor die Nase hielt. Mit der Faust poltert sie auf den Empfangstresen und die Glocke fürs Personal zittert.

»Ausgerechnet jetzt. Immer wenn man ihn einmal besonders dringend benötigt.« Sie winkt ihr Gegenüber mit dem Zeigefinger heran und zieht Mehmet an der goldbestickten Weste näher zu sich und flüstert.

»Du musst mir helfen. Ich kann Cem nicht fragen, der flippt sonst aus. In unserem Hotel wohnt ein weiblicher Gast. Diese Fremde ist vorhin aus der offengelassenen Tür zu Kenans Reich getreten. Ihr Gesicht war total verweint, die Augen nass vor Kummer.«

»Und?« Sie sieht den Empfangschef flehend an.

»Ich fragte sie nach ihrem Namen. Sag, wie viele Tränen muss der verdammte Hügel noch ertragen?« Mehmet mustert sie stumm und zieht über ihre rätselhafte Frauenlogik die Augenbrauen hoch. Francesca erklärt unbeirrt weiter.

»Hör zu. Die Frau heißt Katharina Jasmin, doch die meisten nennen sie Jasmin. Das sagte sie genauso! Der Name klingt ähnlich wie das türkische Yasemin, oder? Außerdem sprach sie deutsch.« Mehmets passive Haltung bleibt unverändert.

»Nannte sie ihren Nachnamen?«

»Nein. Trotzdem glaube ich nicht, dass mich meine Intuition täuscht. In irgendeinem Passdokument der Gäste stößt du auf den Geburtsnamen der Vermissten. Ich wette mit dir um einen zusätzlichen Urlaubstag für dich.« Francesca streckt Mehmet ihre Hand hin und behauptet überzeugt.

»Cems Mutter wohnt bei uns.« Da der Rezeptionsmitarbeiter nach wie vor keine Miene verzieht, fliegt ihm plötzlich ein Schwall italienischer Flüche um die Ohren. Den letzten Satz beendet sie mit einem Seufzer.

»Und Kenan sucht das Weite!« Inständig bittend legt sie die Finger auf Mehmets Hand.

»Sag nichts zu Cem, bitte. Das bleibt vorerst unser Geheimnis.« Er nickt.

»Prüfe die Passkopien. Setz deinen Computer in Gang und sieh nach, in welchem Zimmer sie wohnt. Du bist der weltbeste Freund der Familie«, schmeichelt sie, winkt und eilt mit wehenden Röcken davon. Sie hinterlässt einen unschlüssigen Mitarbeiter. Allerdings dauert der Zustand nur kurz, dann macht er sich an die Arbeit. Francesca Kombinationsgabe ist außergewöhnlich, das muss er eingestehen. Er findet in der Tat einen Gast mit dem Geburtsnamen von Kenans Jugendliebe. Katharina Jasmin Wendlinger, geb. Holzberger. Selbst das Alter passt. Mehmets Gedächtnis setzt eine Erinnerung in Gang. Vor zwei Tagen reiste die Dame in Begleitung einer resoluten Blondine an, die bei ihm den Hotelarzt bestellte. Auch der Auftritt, den die auffällige blonde Lady heute kurz vor Mittag in der Halle darbot, machte inzwischen längst die Runde unter der Belegschaft. Kann die Andere, die eher zaghaft wirkende Frau Kenans vermisste Yasemin sein? Vielleicht hat der Zufall sie hierher verschlagen, vielleicht aber ist auch sie auf der Suche. Entschlossen nimmt er den Hörer und wählt die bekannte Mobilnummer. Monotone Freizeichen ertönen, bis der Anrufbeantworter anspringt und ihm mitteilt, dass der Teilnehmer nicht erreichbar ist. Er zieht das private Smartphone aus der Hosentasche und tippt eine SMS. 'Bitte um Rückruf. Dringend. Mehmet.' Knapp und ohne Andeutung, denn diese Neuigkeit muss mit dem Freund persönlich besprochen werden. Wenig später erscheint die Juniorchefin mit dem Kind an der Hand. Fragend heften sich ihre Augen an den Rezeptionschef. Er nickt, da triumphiert sie, beugt sich zu ihm und er spricht leise mit ihr.

»Du könntest in Schwarze getroffen haben, Francesca. Ich fand den Namen. Dein Schwiegervater wird dir dankbar sein, wenn sie es de facto ist. Allerdings musst du ihm selbst das Gespräch überlassen. Halte dich bitte heraus. Ich versuche weiter, ihn zu erreichen.« Sie seufzt, doch da taucht Cem auf.

Tarık springt dem Vater entgegen, der fängt das Kind auf und wirft es mit entspannten Gesichtszügen in die Luft. Mehmet unternimmt in den nachfolgenden Stunden mehrere vergebliche Anrufversuche. Um 22.00 Uhr beendet er seinen Dienst, übergibt an den Nachtportier und schleicht auf der Suche nach Frau Wendlinger durch die Bars. Sie scheint wie vom Erdboden verschluckt. Müde von einem langen Arbeitstag fährt er mit dem Aufzug ins Apartment im Obergeschoss.

Kapitel 15

Ziellos stapft Jasmin am Strand entlang und versucht, ihr Weinen unter Kontrolle zu bringen. Die sternenklare Nacht spiegelt die Mondsichel im Wasser, bald aber frischt der Wind auf. Fröstelnd schlüpft die Strandläuferin in ihre Jacke und schiebt die kalten Finger in die Jackentasche. Es knistert. Sie tastet nach dem Briefumschlag, den sie am Nachmittag einsteckte und vor Aufregung inzwischen total vergessen hat. Jetzt rast ihr Herzschlag und von weit her hört sie eine wispernde Stimme.

»Öffne den Brief. Mach ihn endlich auf!« Entschlossen zieht sie das Kuvert aus der Tasche, glättet es sorgfältig auf ihrem Schenkel, doch das Licht des Mondes reicht nicht aus. Sie wendet sich der Hotelanlage zu und geht den Weg bis zu den hell erleuchteten Außenanlagen hinauf. Von der Poolbar klingt gedämpfte Musik herüber. Eine von Mücken umschwirrte Lampe bietet ihr Licht zum Lesen. Sie setzt sich auf die Bank, ihre Beine berühren das kühle Metallgestell. Sie dreht das Kuvert zwischen den Fingern. Ihre Gedanken wenden sich Achims Abschied in den ersten Maitagen vor fünf Monaten zu. Jedes Jahr flog er nach Athen und von da aus auf die Insel Lesbos. Regelmäßig im Herbst und immer mit Studentengruppen. Kurz vor seinem Tod bat er sie.

»Komm mit mir, dieses eine Mal nur. Nur wir beide. Dich erwartet eine Überraschung.« Auf dem Flughafen noch versuchte er, sie zu überreden. Doch sie wagte es nicht. Sie wollte nicht zurück in die Nähe der Menschen, die sie so sehr vermisste. Fünf Tage später erhielt sie die Todesnachricht. Hunderte nahmen mit ihr Abschied und schon während der Beerdigung baute sich eine dicke Nebelwand vor ihr auf. Schuldgefühle umklammerten sie. Notar Maierhöfen kondolierte ihr und drückte ihr den Brief in die Hand, den sie jetzt zwischen den Fingern dreht. Bevor der Lebensweg mit Achim begann, kehrte sie mit gebrochenem Herzen von einem halbjährigen Auslandssemester zurück. Versunken in einem Vakuum des Schmerzes. Jeder Atemzug erschien ihr sinnlos und mehr als einmal wartete sie am Bahnübergang auf den anrollenden Zug oder sie stieg auf hohe Gebäude. Stundenlang lehnte sie an einer Rheinbrücke, um die bohrende Sehnsucht nach Kenan und Cem mitzunehmen ins Nichts. Feige trat sie Mal um Mal von ihrem Vorhaben zurück. Da sperrte sie ihr Leid tief in sich ein. Dass ausgerechnet ihr Professor von ihrer Schwangerschaft erfuhr, verdankte sie seinem unangemeldeten Besuch auf Lesbos zwei Monate zuvor. Fassungslos starrte er zuerst ihr Bäuchlein an. Noch am selben Tag erklärte er sich und sprach von seiner Liebe. Er bot ihr eine Chance, die sie jedoch entsetzt ausschlug. Achim wollte die Verantwortung für ihr ungeborenes Baby übernehmen, doch sie war geblendet von ihrer Hoffnung. Es kam für sie nicht in Frage, dem Jahre älteren Studienleiter ihr Wort zu geben und ihrem Kind einen fremden Namen. Als zwei Monate später ihre Traumwelt an der Realität zerbrach, stand er ihr zur Seite. Er holte sie am Flughafen Köln/Bonn ab und trocknete ihr das tränenverschmierte Gesicht. Er sah auf ihre leeren Arme und entdeckte in ihren Augen den unverhüllten Schmerz. Ihren zerstörten Glauben auf ein Glück in der Türkei las er wie in einem offenen Buch. Zum ersten Mal nahm er sie tröstend in den Arm und sprach von väterlicher Geborgenheit. Er entschied ihren vorübergehenden Einzug in eine stickige Studentenunterkunft. Tage danach bat er sie um die Aufgabe des Studiums. Als sie die Mitteilung erhielt, dass ihre Mutter an einem Hirntumor erkrankt sei, schickte er sie an ihr Krankenbett. Dort fand sie einen Vater vor, der ohne die Stärke seiner Frau, fast an der Situation zerbrach. Ihr eigener Kummer fiel deshalb keinem auf. Wochenlang kämpfte sie mit ihrer Mutter, die zusehends an Lebenskraft verlor. Achim hielt noch vor ihrem Tod um ihre Hand an und die Eltern waren überglücklich. Vor der standesamtlichen Heirat argumentierte ihr Bräutigam.

»Du hast für dich und dein Kind eine Entscheidung gefällt und deiner Familie bisher nichts erzählt. Lass es in Zukunft dabei, dass niemand außer uns beiden davon weiß. Versprich mir, mit keinem mehr darüber zu reden.« Jasmin bemühte sich, ihm eine standesgemäße Ehefrau zu werden. Sie erfüllte ihre ehelichen Pflichten, doch jede Gefühlsregung blieb mit ihrem bitteren Verlust verbunden. Ihr Ehemann erdrückte sie mit seiner besitzergreifenden, eifersüchtigen Liebe. Häufig erstickte sie am Eindruck, in einem Gefängnis zu sitzen. Ein Jahr später erblickte Marina das Licht der Welt und Jasmins Heulen nahm kein Ende. Hinter der vermeintlichen Wochenbettdepression lag die ungestillte Sehnsucht zum Erstgeborenen. Sie führte Achims Haushalt, fungierte als Vorzeigefrau an der Seite des erfolgreichen Gelehrten. Was immer er forderte, sie folgte den Anweisungen widerstandslos. Nur ihre Begleitung nach Lesbos blieb bis zum Schluss ein Streitthema im Hause Wendlinger. Das lebenslustige Mädchen auf Abenteuersuche verkroch sich in die Tiefe ihrer Seele. An seine Stelle trat eine Erwachsene, die es allen recht machen wollte. Klaglos fügte sie sich in ihr Leben und bereitete zahlreiche Feste in der Bonner Villa vor. Sie erlebte die Jahre in einer zwiegespaltenen Mutterrolle. Ihre Zeichenstifte und alle Erinnerungsstücke, die der Vergangenheit angehörten, verbarg sie im hintersten Winkel ihrer Dachstube. Einzig ein Landschaftsbild erbat Achim für sein Heimbüro. Einen Ort, den sie deshalb äußerst ungern betrat. Jasmin reißt sich von der Erinnerung los und öffnet entschlossen den zerknitterten Umschlag, der wie Feuer in ihren Händen brennt.

Bonn, im Februar 2011

Liebste Katharina,
nein, lass mich wieder Jasmin zu dir sagen, wie damals. Wenn du diesen Brief liest, dann fand mein ratloses Herz Ruhe. Zuneigung erfüllte es von dem Tag an, da du zum ersten Mal in den Vorlesungsraum tratest. Durch zeitlebens tiefe Gefühle für dich hielt ich dich an meiner Seite, dennoch lastet die Schuld an deiner ungebrochenen Sehnsucht auf mir. Ich begehrte dich und ich liebte dich, mein Herzblatt. Eigensüchtig drängte ich dich zur Ehe, in der du dich unglücklich gefangen fühltest. Ich wollte dich dem Anderen keinesfalls überlassen und versperrte dir überheblich den Rückweg zum Glück. Mein Herz, bald steht unsere Silberhochzeit an. Ich weiß nicht, ob mein Lebenszeitfenster dafür ausreicht. Es ist deshalb allerhöchste Zeit, mir endlich einzugestehen, dass dich nie Glücksgefühle bei mir hielten. Du lebst neben mir. Tapfer und mutig bist du allen Prüfungen entgegengetreten. Doch deine wahren Gefühle konntest du nicht kontrollieren, sie überdauerten die Jahrzehnte. Du verbargst deine Sehnsucht zwar tief in dir, aber sie ist ungebrochen. Ich war ohnmächtig in meiner Eifersucht, weil ich schon damals das pure Glück in dir erkannte, welches du bei einem anderen Mann fandest. Ich verzichtete auf Ermunterungen, sondern lebte im Gegenteil von der starrsinnigen Zuversicht, dass du ihn vergisst. In unseren Ehejahren büßte ich für diese Schuld. Ich ging dir, zumindest in den letzten Jahren, oft genug aus dem Weg, obwohl ich mich so nach dir sehnte. Trotzdem investierte ich weit mehr Zeit als notwendig in das Projekt auf Lesbos. Ich gründete eine Kunstschule, die im Museum integriert ist. Besuche sie! Kehre ohne mich dahin zurück, wo dein Schicksal einst seinen Lauf nahm. Liebe Jasmin! Jeden einzelnen Tag, den ich ohne dich verbrachte, war meine Art zu büßen und deine konsequente Weigerung, mit mir zu fliegen, steigerten die Schuldgefühle. Du miedest alle Gespräche darüber und ich verstand die Gründe, denn

die Reise hätte dir einen unermesslichen Schmerz bereitet. Obwohl ich mir deine Begleitung wünschte, nahm ich die Ablehnung umso erleichterter hin. Ich ahnte nämlich, dass ich dich dann verlieren würde. Viele Jahre sind vergangen, dass ich deinen Verlust und Kummer eigensüchtig ausnutzte, anstatt dich in deiner Unerfahrenheit zu unterstützen. Ich bin schuld, denn ich drängte mich in dein Leben. Ich verurteilte dich zu einer Bindung mit einem egoistischen, eifersüchtigen Ehemann. Ich ertrage die Nächte nicht mehr, wenn du dich unruhig im Bett wälzt und in dein Kissen weinst. Dein heimliches Schluchzen gilt dem verloren geglaubten Kind und der ewigen Liebe zu einem anderen Mann. Jede Träne gräbt Narben in mein Herz und ich zerbreche daran. Ohne dich kann und möchte ich nicht leben.

Es ist an der Zeit, dass du einen eigenen Lebensinhalt findest. Erfülle deine persönlichen Wünsche. Dieser Brief gibt dir das Glück zurück. Kenan und Cem ersehnen deine Heimkehr, wie du selbst. Auch sie tragen Trauer in ihrer endlosen Hoffnung. Woher ich das weiß? Ich treffe deinen Herzensmann jeden Herbst in Ayvalık. Unser erstes Aufeinandertreffen verlief eher zufällig. Eifersüchtig und mit stolzgeschwellter Brust rieb ich ihm an jenem Tag unter die Nase, dass du meine Frau bist, dass du mein Baby erwartest. Ich weidete mich an seiner Betroffenheit, denn sie gab mir Genugtuung. Dennoch bettelte er mich an, dir wenigstens von Cem berichten zu dürfen. Es sei dein Recht Bescheid zu wissen, wie es deinem Sohn geht. Jeden Herbst übergab er mir unverschlossene Nachrichten, damit ich sie lesen konnte. Kein Wort von eigener Sehnsucht und er hielt sich an unsere Abmachung. Ich aber verbarg die Briefe, weil du mich, ohne zu zögern verlassen hättest. Kenan kam mit der Regelmäßigkeit eines Uhrwerks. In einem Männergespräch erfuhr ich, dass er die Schuld an der Trennung sich zuschob. Er bat mich, um dein Wohl besorgt zu sein. Doch das vermag ich keinen Tag länger. Geh endlich zu ihm. Ich gebe dich frei. Sag ihm, ich hätte ihn mir lieber als treuen Freund

gewünscht, wie als Konkurrenten. Ich wünsche euch Glück. Greif zu, Katharina, Jasmin, Yasemin. Nimm was dir zusteht und greif nach den Glückssternen. Warte die Trauerzeit nicht ab, hörst du. Lass dich von der Sehnsucht zu ihm tragen. Flieg direkt nach Izmir und geh, geh bald. Du erinnerst dich sicherlich an Stavros Tante, Kassandra Karipidis Sie wohnt wie damals in der Sarımsaklı Caddesi 27 bei Ayvalık. Von ihr erhältst du die Schatulle, gefüllt mit Kenans Briefen, mit Bildern und Fotos von Cem. Sie hütet mein Geheimnis, ohne über den Inhalt der Truhe Bescheid zu wissen. Bitte verzeih mir, wenn du kannst.
In unendlicher Liebe
Achim

Entsetzt starrt Jasmin auf die ausgeprägte Handschrift ihres Ehemannes. Tränen fließen, doch ihre Taschentücher sind längst aufgebraucht. Sie zieht die Nase hoch und der Brief sinkt in ihren Schoß.

»Mein Gott, was bist du für ein Feigling. Schleichst dich einfach aus der Verantwortung«, schluchzt sie ihre tiefe Empörung hinaus, springt auf und hastet wie von Furien gehetzt ins Hotel. Jasmin wirft Kleidungsstücke, Schuhe und den Toilettenbeutel in ihre Badetasche. Im Bad dreht sie den Wasserhahn auf und presst ein wassergetränktes Handtuch auf ihr Gesicht. Nach einem letzten Blick in den Spiegel nimmt sie die Tasche und eilt zur Rezeption.

»Bitte rufen Sie mir ein Taxi. Ich muss nach *Antalya*«, fordert sie den Angestellten vom Spätdienst hinter der Theke auf. Just in diesem Moment kehren Dr. Levent und Rebecca von ihrem Ausflug zurück. Die Ausflügler zeigen sich verwundert über ihren Auftrag.

»Wofür brauchst du ein Taxi? Mitten in der Nacht.« Rebeccas Fragen bleiben unbeantwortet. Erst als die Freundin sie am Ärmel zupft, zuckt sie die Schultern.

»Jasmin, was ist passiert?« Die Angesprochene dreht sich um und ihre verquollenen Augen zeigen ihr Leid. Rebecca nimmt sie tröstend in die Arme.» Wohin willst du denn um diese Uhrzeit? Es ist fast Mitternacht.« Jasmin ignoriert ihre Fragen, doch ruckartig wendet sie sich Dr. Levent zu, der mit dem Angestellten der Rezeption spricht.

»Wieso bestellen Sie mein Taxi ab. Ich muss nach Ayvalık und ich werde auf keinen Fall länger warten.« Entschieden wehrt sie seinen Einwand ab.

»Fahren Sie mich jetzt bitte zum Busbahnhof.« Ihre Stimme klingt atemlos, schwankt, doch dann hebt sie den Tonfall und wächst über sich hinaus.

»Nein! Ein Versuch mich davon abzuhalten ist zwecklos. Im Moment ist es mir jede Etikette egal. Ich muss den nächsten Bus erreichen.« Überrascht von ihrem Ausbruch zieht Levent seine Augenbrauen hoch, doch Jasmin drängt.

»Meine Zukunft hängt davon ab. Zu viel Zeit ging bereits verloren. Bitte!«, schiebt sie mit bebenden Lippen nachdrücklich hinterher. Der Arzt greift nach ihrer Hand und umschließt ihre zitternden Finger. Dabei erfühlt er routiniert den beschleunigten Pulsschlag.»

»Bitte setzen Sie sich erst einmal. Ihre Freundin muss zuerst wissen, was passiert ist. Sie sind ja vollkommen aufgelöst.« Er schiebt sie zu einer Sesselgruppe in der Hotelhalle und plötzlich scheint alle Kraft in ihr zusammenzufallen. Wie ein Häufchen Elend kauert sie in der Polsterecke. Von Schluchzern unterbrochen, erzählt sie vom Brief des verstorbenen Mannes und verschweigt dabei umfangreiche Teile des Inhalts. Sie informiert ihre Zuhörer von den Briefen, die bei Kassandra in Ayvalık auf sie warten. Sie deutet den Betrug ihres Ehemannes an, ohne Kenans Namen zu nennen. Die unerträgliche Verletzung angesichts Achims Verrats ist ihr anzusehen. Rebeccas Nachfrage beantwortet sie mit Kopfschütteln, denn es fällt ihr sehr schwer, ihre Verbitterung hinunterzuschlucken. Abwehrend hebt sie die Hände.

»Ich kann es genauso wenig verstehen.« Die Namen von Kenan und Cem spricht sie vor Levent nicht aus, obwohl er in ihrem Gesicht forscht. Da zieht er die Stirn in Falten, streichelt Rebeccas Hand und geht an die Rezeption.

»Tevik ist Herr Kara Senior im Haus?«, flüstert er.

»Nein. Der Boss ist verreist. Er kommt erst in ein paar Tagen zurück. Ich hoffe, du brauchst ihn nicht dringend?« Er lächelt und schiebt dabei das Kinn nach vorn.

»Was ist mit der Frau? Soll ich etwas bringen lassen?« Levent schüttelt den Kopf. »Nicht nötig. Sie ist nur fürchterlich durcheinander. Ich werde ihre Freundin und sie morgen auf einer mehrtägigen Reise begleiten. Wenn ein Gast Hilfe benötigt, informiert bitte den Vertretungsarzt und gib dem Juniorchef Bescheid.« Der Arzt geht zurück und wendet sich an Jasmin.

»Meine Vertretung ist geregelt. Selbstverständlich fahre ich Sie mit dem Wagen, Ihr Einverständnis vorausgesetzt. Der Autobus wäre ohnehin langsamer. Der erste Bus in Richtung Izmir fährt morgen früh um sechs. Schlafen wir alle doch noch ein paar Stunden.« Sie hebt ihren Kopf, schaut ihn aus tränenumflorten Augen an und nickt. Auf dem Weg zum Aufzug erklärt er.

»Wir haben einen weiten Weg vor uns. Ich bin um fünf Uhr vor dem Hotel. Wie steht es mit dir Rebecca? Begleitest du uns?« Schalk blitzt hinter den dunklen Pupillen.

«Zu so früher Stunde wird leider kein besserer Begleiter aufzutreiben sein?«, zieht sie ihn auf.

Qualvoll langsam hebt sich der nächste Morgen aus dem nächtlichen Bett. Mit schmalem Reisegepäck warten die beiden Frauen an der Hoteleinfahrt, da biegt Levents Wagen in die menschenleere Auffahrt ein. Unter Jasmins Augen liegen dicke Ringe, denn an Schlaf war nicht zu denken. Wortkarg quält sie den Morgengruß »*Günaydin*« über ihre Lippen, bevor sie sich bibbernd in eine Decke wickelt, die auf der Rückbank bereit liegt. Rebecca setzt sich auf den Beifahrersitz. Die digitale Anzeige am Armaturenbrett zeigt 05:05 Uhr. Nach einer knappen Stunde erreichen sie das Ortsschild Antalya. Frühaufsteher eilen zur Arbeit, andere beendeten die Nachtarbeit und sind jetzt auf dem Weg ins Bett. Dr. Levent biegt in eine Tankstelleneinfahrt ab.

»Darf ich etwas vorschlagen?« Ihre Augen treffen sich im Rückspiegel und Jasmin nickt.

»Wenn Sie es wünschen, nehmen wir den schnellstmöglichen Weg. Die Fahrt durchs Hinterland ist zwar eher öde, aber wir erreichen Ayvalık in ungefähr zwölf Stunden.« Der Wagen hält vor der Zapfsäule. Der Doktor legt seinen Arm auf die Lehne des Vordersitzes. »Es gäbe eine alternative Möglichkeit. Aus der Durchquerung des Landes entstünde dann eine attraktive Rundreise.« Er wartet einen Moment in Jasmins Schweigen hinein.

»Einige besondere Schönheiten liegen an der lykischen Küste. Freilich müssten Sie dafür die weitere Fahrt über die neu erbaute Küstenstraße in Kauf nehmen. Das bedeutet jedoch mindestens drei bis vier Stunden Fahrtzeit mehr. Die Wahl liegt bei Ihnen«, fordert er sie auf, öffnet die Fahrertür und steigt aus, um den Wagen zu betanken. Levents Handy klingelt, als er in den Kassenraum eintritt. Rebecca nutzt seine Abwesenheit, um vorsichtig eine Entscheidung herbeizuführen.

»Ich fände es schön, und du?«

Jasmin bleibt wortlos. Als ihr Begleiter einsteigt, legt sie einen Finger auf seine Schulter, dann sieht sie ihre Freundin mit einem zaghaften Lächeln an.

»Wir nehmen den längeren Weg. Der Umweg gibt mir Zeit, langsam in die Vergangenheit zurückzukehren. Viele Jahre meines Lebens wartete ich auf diesen Moment. Auf ein paar

Stunden mehr soll es jetzt nicht ankommen. Vermutlich ..., warten wir ab, was Ayvalık für mich bereithält.« Sie fällt in die Polster zurück, kuschelt sich unter die Decke und hüllt sich abermals in Schweigen. Über eine Dreiviertelstunde benötigt der Fahrer, um von einer Seite der Metropole zum anderen Ende von Antalya zu gelangen. Auf der mehrspurigen Fahrbahn drängen hupende Fahrzeuglenker, Lastwagen und Busse, die hektisch durch die Millionenstadt kreisen. Im Ortsteil Konyaltı geben lang gezogene Kiesstrände die Sicht zum Meer frei. Auf der Höhe von Gönük, einem Urlaubsgebiet bei Kemer verschwindet die Bläue hinter Pinien, Kiefern und Palmengärten. Jasmin studiert die Veränderungen, die in den zurückliegenden Jahren die Landschaft veränderten. Mit dem Surren der Reifen wandern ihre Gedanken und die Gespräche ihrer Begleiter entfernen sich.

1977 lagen die Strände noch einsam am Meer und nur vereinzelt lugten Dächer durch die dichten Kiefernwälder. Der türkische Tourismus steckte noch in den Kinderschuhen. In ihrer Erinnerung duftet es intensiv nach Harz und vor ihr entstehen Bilder, wie sie seinerzeit mit Kenan im klapperigen *Dolmuş* dem Bergdorf seiner Heimat entgegenfuhr. Du schweifst ab, ruft sie sich zur Ordnung, um die Umstände zu überdenken, die zur jetzigen Reise führten. Grübeln hilft ihr auf diesem Abschnitt kaum weiter, weil sie auf dem Küstenweg bald durch Kumluca fahren werden. Entschlossen stupst sie die Beifahrerin an der Schulter.

»Rebecca. Ich nehme an, du hast unseren liebenswürdigen Autolenker gestern informiert, dass ich die Türkei von früher kenne.« Die Freundin nickt.

»Ich erzählte ihm beim Picknick von deiner Studienreise und von dem irren Traum und auch, dass du bei Leyla türkischen Sprachkenntnisse erwarbst. Alles andere behielt ich für mich«, verteidigt sie sich mit geröteten Wangen.

»Dachte ich mir fast. Da Dr. Levent uns auf dieser Reise begleitet, wird er zwangsläufig weitere Einzelheiten hören. Der Weg bis an unser Ziel liegt weit vor uns.«

»Da haben Sie recht. Falls es den Damen zu anstrengend wird, schieben wir eine Übernachtung ein«, schlägt der Mann am Lenkrad vor. Dann widmet er seine Aufmerksamkeit wieder der Straße. Er fährt in die nächste Kehre, legt einen niedrigeren Gang ein, hupt obligatorisch und beschleunigt, um einen schwer beladenen Lastwagen zu überholen, der den Anstieg hinauf keucht.

»Bringen wir Licht ins Dunkel meiner Lebensbeichte und verzeiht mir, wenn ich gelegentlich zu weit aushole. Womöglich können Sie, Dr. Levent mir später weiterhelfen.« Im Rückspiegel sieht sie das überraschte Aufleuchten in seinen Augen.

»Gestern Nacht verhinderten Sie den dringenden Wunsch nach einem sofortigen Aufbruch und bestanden darauf, den Morgen abzuwarten. Ihr beide mögt euch gefragt haben, warum die angejahrten Schriftstücke mir so wichtig sind.« Der Fahrer und die Beifahrerin tauschen einen Blick aus. Rebecca hebt ihre Schultern.

»Der Inhalt der Kassette ist der Grundstein für den Neubeginn meines Lebens.«

»Jasmin bitte, keine Rätsel. Lass diese Reproduktion von Scheherazade aus Tausend-und-Einer-Nacht.« Ihre Klage wird von einem sanften Stupser des Autolenkers unterbrochen und sie schluckt ihre Missbilligung hinunter. Jasmin ignoriert den Einwand ebenfalls. Mit einem Stoßseufzer lehnt sie sich in die schwarzen Lederpolster und fasst für Dr. Levent die Erzählung ihrer Reise zusammen, die sie vor Jahrzehnten auf die griechische Insel Lesbos führte. Sie schildert die Überfahrt ins türkische Ayvalık und wie sie ihre Ankunft im damaligen Kumköy erlebte. Sie formuliert ihre Zuneigung zu einem Einheimischen, die Ablehnung seiner Familie und die endgültige

Trennung, die sie jäh auseinanderriss. Ich und meine ewige Liebe, nennt sie es. Der Geliebte bleibt weiterhin namenlos, ebenso wie Orte, welche die Geschichtenerzählerin im Verborgenen hält. Nach lange aneinandergereihten Minuten verstummt Jasmin mitten im Satz. Das jadegrün ihrer Augen verdunkelt sich, flackert, dann gleitet sie suchend an landseitig ansteigenden Bergflanken entlang. Sie schließt ihre Augen, weil ihr Herz aufschreit. Bittere Erinnerungen holen sie ein und in ihr rumort es. *Lasst mich aussteigen! Hier und jetzt. Ich will zu ihnen!* Wie ein Mantra hallt es in ihr, ohne das ein Ton von ihren Lippen schlüpft. Sie ist dermaßen auf die einstürmenden Gefühle konzentriert, dass sie die Aufmerksamkeit, mit der der Fahrer seinen Fahrgast im Rückspiegel beobachtet, nicht bemerkt. Bisweilen reißen Rebeccas begeisterte 'Ohs' und 'Ahs' sie aus ihrer Passivität und sie belächelt in jenen Momenten ihr Staunen, wenn die kontrastreiche Landschaft sich an der Küste entlang windet. Levent weist die interessierte Beifahrerin auf Schafe oder Ziegen hin, die seitlich der Straße auf kargen Flächen weiden. In der Nähe einer Behausung dämmert ein Esel mit doppeltem Nachwuchs im Schatten einer Kiefer. Ihr Begleiter erklärt der Freundin die zuweilen auftauchenden Schilder, die den spärlich gewordenen Ausflugstouristen den Weg zu Sehenswürdigkeiten weisen. Die Ausläufer des Taurusgebirges eröffnen einen weiten Ausblick in die fruchtbare Tiefebene um Kumluça. Jasmin schmunzelt, weil sich Rebecca von derselben optischen Täuschung betrügen lässt, wie es auch ihr einst passierte. Mehrere hundert Gewächshäuser spiegeln die Sonne in den Folien und es sieht aus, als läge ein Binnensee vor ihnen. Levent steuert auf den tiefsten Punkt der Provinzstadt zu. Da weicht Jasmin die Farbe aus dem Gesicht, denn von hier aus wanderte sie damals mit Kenan weit hinauf, bis zum Felsmassiv. Seine Familie lebte hoch oben in einem Bergdorf. Der Gedanke martert sie bis ins Unerträgliche, denn für einen

Augenblick erlebt sie noch einmal das himmelhochjauchzende Glück, mit dem sie an der Hand des Mannes hinaufstieg, bevor abgrundtiefes Leid es zerschmetterte. Die Feindseligkeit, die sie in den Bergen erlitt, zwängt sie erneut zwischen die Mühlsteine Vernunft und Sehnsucht. Ihr tut das Herz weh, aber ihr ist in diesen Minuten klar geworden, dass sie zuerst das Geschehen um Achim zum Abschluss bringen muss. Der Suche nach ihren Liebsten darf sie sich erst widmen, wenn die belastenden Zweifel ihrer eigenen Schuld beseitigt sind. Wird sie auf der Rückfahrt den Mut besitzen, um erneut ins Dorf ihres bitteren Leids hinauf zu wandern? Erwartet sie dort ihr Schicksal, dann bietet es ihr in ein paar Tagen die Möglichkeit, die Verlorenen wiederzufinden.

Kaum steuert der Chauffeur den Wagen aus der Stadt hinaus, flaut ihr Herzrasen ab und Jasmins Atmung normalisiert sich. Ein kurzer Seufzer entrinnt ihrer Brust, denn unbewusst hat sie die Luft angehalten. Im Rückspiegel sieht sie, dass der Arzt sie beobachtet. Er lächelt ihr zu und erklärt.

»Bald erreichen wir die Orangenstadt Finike, ein gewaltiger Umschlagplatz für Zitrusfrüchte und Granatäpfel. Schaut nur, wie es zwischen dem Blattwerk der Bäume schimmert. Es hängen grüne, gelbe und orangefarbene Früchte gleichzeitig an den Ästen.« An den Straßenrändern häufen sich binnen Kurzem die Verkaufswagen der Bauern.

»Kannst du anhalten?«, bittet Rebecca.

»Klar. Warum??«

»Ich will Obst kaufen.« Levent stoppt und die Beifahrerin springt aus dem Auto, um pflückfrischen Reiseproviant auszuwählen. Beim Einsteigen streckt sie ihrer Freundin eine Orange entgegen, doch sie erntet nur ein Kopfschütteln. Jasmin betrachtet während der Weiterfahrt den modernen Hafen, in dem Segeljachten dicht nebeneinander dümpeln. Automatisch richten die Insassen ihr Augenmerk nun zur Meerseite aus, bis im Glitzern der Morgensonne selbst die plappernde Rebecca verstummt. Die atemberaubende Küstenstraße wurde erst kürzlich aus Felsmassiv herausgesprengt, wie ihnen Dr. Levent erklärt. Sie eröffnet den Anblick eines türkisklaren Meeres, winzige Buchten und eine Landschaft, die im Verlauf der Straße Farbtöne wie ein Chamäleon wechselt. Jasmins Melancholie verflüchtigt sich zusehends in der Farbenpracht.

Kapitel 16

Kurz vor der antiken Stadt Myra, dem heutigen Demre, fährt der Wagen an einem stinkenden vorbei. Der Fahrer, wie auch die beiden Frauen rümpfen die Nase. Trotzdem schlägt er eine Pause vor.

»Aber doch nicht hier,« wirft Rebecca ein und Dr. Levent kann sich das Lachen über ihren entsetzten Blick nicht verkneifen, er schüttelt den Kopf..

»Eine Tasse Tee könnte ich auch vertragen.« Jasmin legt zustimmend die Hand auf seine Schulter. »Beim Beine vertreten bin ich ebenfalls dabei. Ich fühle mich steif wie Pinocchio.«

»Auf meiner Dringlichkeitsliste steht neben Kaffee eine Toilette. In umgekehrter Reihenfolge selbstverständlich. Danach bestehe ich auf einem ausgiebigen Frühstück«, lacht Rebecca über sich selbst. Kurz darauf erreichen sie ihr Etappenziel, eine weitere Treibhausstadt, eingerahmt zwischen Zitronen- und Orangenplantagen und einer berühmten Persönlichkeit der Vergangenheit.

»*Hoşgeldiniz* meine Damen! Herzlich willkommen in Demre oder dem antiken Myra, ganz wie es beliebt. Hier liegt die Wirkungsstätte des Heiligen Nikolaus. Wenn ihr wollt, erzähle ich gerne die Geschichte dazu.«

»Oh Gott, schaut euch diesen Kitsch an.« Jasmin taxiert den amerikanisch angehauchten Santa Claus Auswuchs in der Zufahrt zum Zentrum und selbst Rebecca bleibt die Spucke weg. Der Anblick ist ungeheuerlich. Zipfelmützen-Weihnachtsmänner streiten sich mitten im türkischen Spätsommer um die wirksamsten Positionen.

»Ist das abgefahren!«, schüttelt sie aufgekratzt ihren Blondschopf. Die Anzeige am Armaturenbrett zeigt 08:15 Uhr. Levent parkt den Wagen unter der Beschilderung zur Nikolauskirche. Rebecca steigt aus und dann übernimmt ihr hungriger Bauch die Führung. Der Chauffeur schiebt die langen Beine aus dem Auto und streckt zuerst einmal die Glieder. Jasmin tut es ihm nach. Da ertappt sie ihre Freundin, wie sie frech auf den ausgestreckten Gardemaßbody des Fahrers starrt. Ihm ist ihr Blick keineswegs entgangen, allerdings wirkt das zurückhaltende Lächeln eher aufgesetzt. Auf der Stelle versucht Rebecca, sein gespieltes Desinteresse aufzubrechen. Sie unterdrückt ein helles Auflachen und streckt den sie observierenden Männeraugen die Brüste entgegen. Dabei zieht sie die Bluse stramm, um ihn zum Schwitzen zu bringen. Schalk sitzt ihr im Nacken, weil sie die Wirkung in seiner tieferen Etage bewusst im Auge behält. Jasmins Händeklatschen unterbricht ihr anzügliches Benehmen.

»Benimm dich gefälligst«, raunt sie. Dabei kneift sie ihren Arm. Geflissentlich ignoriert sie ihren Blick und hakt sich bei ihr unter. Das Trio absolviert eine Runde, um sich die Beine zu vertreten. Amüsiert betrachten sie die Souvenirs, denn das Nikolaussortiment ist in seiner abstrakten Einmaligkeit schwerlich zu toppen. Selbst Jasmin grinst fröhlich. Bald aber beginnt Rebecca zu nörgeln und hängt sich beim Doktor ein.

»Wo ist die nächste Toilette? Mein Magen ist inzwischen von einer Kompanie Rebellen besetzt. Um fünf in der Früh hielt er noch Tiefschlaf, aber jetzt könnte ich mit Obelix mithalten und einen Wildschweinbraten vertilgen.«

»Schwein dürfte schwer zu haben sein, meine Liebe. Wir werden andere Leckereien finden.« Sie wählen ein kleines Restaurant. Sonnenschirmbedachte Plätze, safrangelbe Tischdecken und orangefarbene Polster auf den Plastikstühlen erzeugen einen freundlichen Eindruck. Ein Kellner rückt der dunkelhaarigen Besucherin den Stuhl zurück. Dr. Levent weist Rebecca den Weg für ihr Bedürfnis. Dann bestellt er zweimal türkischen Tee und Kaffee für die Davoneilende. Sie genießen den Sonnenplatz und Jasmins Augen leuchten in lebhaftem Grün, wenn sie die Turteltauben betrachtet. Überlegungen ziehen ein Lächeln in ihr Gesicht. Hallo Amor oder soll ich dich Schlingel Eros nennen? Du triffst mit deinem Goldpfeil zwei grundverschiedene Herzen. Aber das machst du ja besonders gern, nicht wahr? Levent ist Arzt, berufsbedingt tonangebend, so wie auch meine allzu emanzipierte Freundin. Welche Brille trägst du nur? Bei einer Beziehung zwischen den beiden sind Dispute wie Stierkämpfe vorprogrammiert. Dazu kommt noch die räumliche Trennung. Sie amüsiert sich an diesen Fantasiegebilden, während sie frisch gepressten Orangensaft genießt. Hungrig verspeist das Trio die servierte Käse- und Gemüseplatte. Rebecca dippt mit Hochgenuss ihr letztes Weißbrot in übrig gebliebene Honig- und Marmeladereste. Genüsslich reibt sie sich über den Bauch.

»Stört es Sie, wenn ich eine Zigarette rauche, Jasmin *hanım*?« Dr. Levent wendet sich zuerst an die nachdenkliche Begleiterin.

»Natürlich nicht, aber dazu erzählst du uns die versprochene türkische Version vom heiligen Nikolaus«, grinst Rebecca. Bevor er beginnen kann, unterbricht ihn Jasmin.

»Dr. Levent *bey*, darf ich Sie bitten, mich nicht mehr so förmlich zu behandeln. Auf unserer Fahrt stülpe ich mein Innerstes unverhüllt nach außen. Ich schenke euch, Ihnen, nein – dir - Vertrauen. Gewähren Sie mir das Persönliche Du?« Er legt die Hand auf ihre Finger, hebt sie an und führt sie sich an die Lippen. Er sieht ihr in die Augen und dankt ihr wortlos.

»Bitte, duzt euch endlich und dann die Nikolausgeschichte«, unterbricht Rebecca.

»Dort drüben, Frau Ungeduld, steht die Grabeskirche eures Heiligen Nikolaus.« Dr. Levent weist mit dem Kinn auf eine Kirchenruine. Er zündet die Zigarette mit einem Streichholz an und wirft es in den Aschenbecher.

»Jetzt zur Geschichte, zur Sage, zum Märchen. Wie auch immer. Nikolaus lebte um 280 n. Chr. Er wurde in Patara als Sohn einer wohlhabenden Familie geboren. Später wirkte der Bischof in Myra, so die Fakten.« Er schmunzelt über Rebeccas enttäuschten Mund und greift nach ihrer Hand, bevor sie ihren Unmut formuliert.

»In der Legende heißt es, dass ein mittelloser Vater mit heiratsfähigen Töchtern in Patara lebte. Drei Mädchen, ohne Mitgift zu verheiraten, unmöglich. An einem Wintertag beratschlagten die Schwestern. Die Älteste:

«Ich verkaufe mich auf dem Sklavenmarkt, dann könnt ihr heiraten«.

»Nein«, rief die Mittlere, »das tue ich.«

»Ich gehe«, beharrte die Kleinste. Der Jüngling Nikolaus ging unter dem Fenster vorbei, lauschte und traf einen Entschluss. Er lief ins Elternhaus zurück, ergriff einen Beutel mit Goldstücken und warf ihn durch die Fensteröffnung, hinter der die Schwestern saßen. Man schrieb den 6. Dezember. Der Lederbeutel war ein Geschenk des Himmels. Bald heiratete die Älteste und der Vater bezahlte mit den Goldmünzen ihre Mitgift. Nach Jahresfrist wiederholte sich das Wunder. Die Zweitgeborene kam unter die Haube. Im dritten Jahr wollte der großzügige Gönner auch der Jüngsten zu einem Ehemann verhelfen. Es war ein bitterkalter Tag, alle Fenster blieben verschlossen. Nikolaus kletterte aufs Dach und ließ das Lederbeutelchen durch den Schornstein fallen. Das Mädchen hängte an diesem Tag ihre Strümpfe zum Trocknen nah ans Feuer.« Rebecca kichert erst nur leise, doch dann schlägt sie sich die rechte Hand vor den Mund und biegt sich im Übermut. Tränen laufen über ihre Wangen. Atemholend zwinkert sie Jasmin zu und wischt über die feuchten Augen:

»Diese Geschichte kann nur ein Engländer - hicks - erfunden haben, wo Santa Claus - hicks - die Socken am Kamin füllt. Hicks.« Der Schluckauf ist ihr egal, da dreht sie sich Levent zu.

»Mein lieber Freund - hicks -, der deutsche Heilige Nikolaus hingegen möchte sauber geputzte Schuhe und Stiefel – hicks -, die vor der Tür stehen. Bei den unartigen Kindern – hicks - steckt er gerne eine Rute - hicks - hinein.« Spielerisch droht ihr erhobener Zeigefinger, als wolle sie sogleich eine Weidenrute hervorzaubern. Sie schluckt trocken. Zur Unterstützung schüttet sie sich ein Beutelchen Zucker in den Mund und da lässt auch der Schluckauf spürbar nach.

»Kein Wunder begegnet man hier im Sommer Santa Claus und Weihnachtsmännern. Schade, dass der Gute mir am 6. Dezember nie einen Beutel Goldmünzen zuwarf. Ich ließe selbst bei deutschen Minusgraden eine Nacht lang mein Fenster offen.« Sie amüsiert sich königlich über ihren grandiosen Einfall.

»Dein Vater müsste davon allerdings die Mitgift bezahlen und du kommst unter das Joch einer Ehe,« kontert Levent. Rebecca sieht ihn erst sprachlos an, bevor sie erneut in Gelächter ausbricht.

»Das könnte dir so passen. Meine Freiheit kauft mir keiner ab. Nicht einmal der Heilige Nikolaus.« Kopfschüttelnd begleicht er die Rechnung und sie umrunden ein weiteres Mal den Platz an der Nikolauskirche, bevor sie den Ort verlassen. An der Abzweigung zur Hauptstraße erinnert sich Jasmin an die lykischen Gräber.

»Levent? Können wir auf dem Rückweg, die in den Himmel gebauten Felsengräber der Lykier aufsuchen? Ich möchte die architektonische Besonderheit des Altertums noch einmal besuchen.« Er nickt, doch seine Beifahrerin dreht sich um und fragt nach dem Warum.

»Im Augenblick fehlt mir dazu die innere Ruhe. Aber ich kann dir gerne davon erzählen.« Für Rebecca ruft sie sich das alte Wissen über die Lykierstadt in Erinnerung. Selbst Levent lauscht aufmerksam.

»Die antike Stadt Myra gehörte einst zu den zentralen Stadtbauten des lykischen Verbundes. Apostel Paulus soll auf seiner Reise nach Rom im inzwischen verlandeten Hafen *Andriake* das Schiff gewechselt haben.« Jasmin fasst für die Mitreisenden einen lebendig klingenden Geschichtsunterricht zusammen und definiert die weltbekannten Felsengräber, die das Volk der Lykier schuf. Faszinierende Grabstätten mit Inschriften und außergewöhnlichem Reliefschmuck an den Grabfassaden lässt sie vor ihren Augen entstehen und das gelbrote Gestein, das jahrtausendelang unverändert blieb. Während Jasmin spricht, meint sie, Achims Stimme zu hören, wie er seinen Studenten die archäologischen Fakten vermittelte.

»Charakteristisch für die lykische Bauweise sind hoch über der Erde gelegenen Grabstätten. In ihrem Glauben sollten Vogeldämonen die Verstorbenen in den Himmel tragen.«

»Hallo Frau Professor.« Rebecca klatscht in die Hände und stöhnt.

»Genug Geschichtsunterricht. Ich möchte euch nicht langweilen. Allerdings hängen viele meiner Erinnerungen und auch das Leben mit Achim eng mit der Antike zusammen«, rechtfertigt sie sich zu. »Die eindrucksvollsten Zeichnungen auf unserer Forschungsreise entstanden in Myra, obwohl wir dort nur einen einzigen Tag verbrachten.«

»Besitzt du die Entwürfe denn noch?«

»Einige, aber nicht alle. Sie liegen in einem Karton, wohlverwahrt. Höchste Zeit, meine Vergangenheit zu entstauben«, murmelt Jasmin undeutlich. «Ich zeichnete nie bessere Skizzen als damals.«

»Dann organisiere ich dir eine Ausstellung in Berlin, wenn du willst.« Nachdenklich sieht Jasmin neben die Fahrbahn, denn ihre Aufmerksamkeit gilt dem Sumpfland entlang der Straße. Ihre Augen folgen einem Schilfgürtel zur schmalen Zufahrt, die zum antiken Hafen führt. Sie verstummt und Rebecca schaut zur Rückbank. Sie fängt den abwesenden Ausdruck ein, der in ihren jadefarbenen Augensternen aufleuchtet.

»Was verschweigst du noch alles! Scharen von Geheimnissen schweben zwischen uns, was?« Eine Antwort auf die Frage gibt es allerdings nicht. In die Lederpolster gekuschelt blendet Jasmin ihre Gegenwart aus. Steil lenkt Levent den Wagen auf die Anhöhe oberhalb von *Andriake*. Der Anblick, wie das saphirblau schimmernde Meer unter ihr an den dunklen Sandboden rollt, verschlägt Rebecca die Sprache. Sprachlos schaut sie aus dem Fenster, doch rasch ist das Schauspiel zu Ende. Nur wenige Meter später erhascht sie noch einen letzten Blick auf die Foliengewächshäuser von Demre. Dazwischen liegt der aus der Höhe winzig erscheinende Stadtkern mit der Nikolauskirche im Zentrum. Die Küstenstraße zieht sich ins Landesinnere zurück. Sie durchqueren einen kargen Landstrich. Die eisenhaltige Erde ist längst abgeerntet und legt ein vom trockenen Sommer aufgerissenes und steinübersätes Bett offen.

»Unvorstellbar«, murmelt die Beifahrerin, »dass auf solchen Böden überhaupt etwas wächst.« Eine weitere Stunde Fahrt verstreicht im Einklang wortloser Augenblicke. Rebecca spielt mit dem warmen Händedruck des Fahrers, der Streicheleinheiten mit dem Daumen über ihrem Handrücken verteilt. Verwirrte Gefühlsregungen steigen aus der Tiefe, doch sie lassen sich nicht festhalten. Ihr ist vollkommen unklar, weshalb sie so auf diesen Mann reagiert. Glaubte sie gestern im Ernst daran, ihn im Griff zu haben? Mit ihm spielen zu können, so wie sonst und keine Sentimentalität zuzulassen, um nie mehr verletzt zu werden. Der Wagen rollt geräuschvoll auf den Seitenstreifen.

»Aufgewacht meine Damen. Genug mit der einsamen Träumerei,« lockt Levents Stimme vom Fahrersitz.

»Ich möchte euch die lykische Perle zeigen, meinen Lieblingsplatz.« Rebecca schiebt die Verwirrung stiftende Gedankenwelt endgültig beiseite. Ein rascher Blick auf Jasmin gibt Aufschluss darüber, dass auch sie ihr Kopfkino unterbricht. Sie steigen aus, doch vor ihren Augen nur grauer Asphalt. Am Straßenrand ist der Boden rotbraun, vereinzelte baufälligen Hausmauern sind zu sehen, da schüttelt die Blonde ihre Mähne und tippt sich mit dem Zeigefinger an die Stirn.

»Sollen wir etwa eine Straße bewundern? Von welchem Schatz sprichst du, einem tief in die Erde eingegrabenen. Lieblingsplatz, komm fahr weiter, du Spaßvogel.« Rebecca will einsteigen, da greift er nach ihrem Arm.

»Warte. Du musst nur ein paar Schritte gehen, dann liegt das Juwel zu deinen Füßen.« Sie sieht Jasmin skeptisch an, aber sie fügt sich Levents Anweisung und hakt sich bei ihm unter.

»Wo ist der Diamant, wo der Rubin? Mein Lieber, das sag ich dir, wenn du uns ins Bockshorn jagst. Ich warne dich«, funkelt sie ihn an, bemüht seine Mimik auszuloten. Levents Maske bleibt undurchschaubar.« Er reicht Jasmin den anderen Arm und begleitet sie zur nächsten Biegung der Straße. Ein atemberaubender Ausblick gibt den Blick auf eine überschaubare Kleinstadt frei, die zu ihren Füßen liegt. Dahinter schimmert das Meer in den Farben türkisfarbener Aquamarin, verschmolzen mit einem Smaragd. Seine Hand zeigt auf die von vorgelagerten Atollen durchzogene Meeresfläche.

»Darf ich euch mit Kaş bekannt machen, meinem persönlichen Paradies. Die Hafenstadt zählt, noch, zu den unentdeckten Regionen.« Sprachlos teilen die Freundinnen diese Begeisterung. »Die Insel da drüben, die wie eine Cashewnuss aussieht, gehört bereits zu Griechenland. Dort heißt sie Kastellorizo und liegt unserem Festland am Nächsten. Ausflugsboote fahren regelmäßig hinüber nach Meis.«

»Sagtest du nicht eben Kastellorizo?«, stutzt Rebecca. Zärtlich nimmt er ihre Hand.

»Richtig, das ist die griechische Bezeichnung. Im Krieg wurde die Insel von den Italienern besetzt. Sie benannten das

Landstück wegen der roten Festung Castelrosso. Davor gehörte sie zum türkischen Hoheitsgebiet und hieß Meis. Namen, die auf beiden Seiten erhalten geblieben sind. Heute sind die Inselbewohner über eine Fährverbindung mit Rhodos verbunden und werden von dort aus mit allem versorgt, was sie zum Leben benötigen.«

»Rhodos? Das liegt doch mindestens hundert Kilometer nördlich. Warum kaufen sie nicht in Kaş, was sie brauchen?«

»Zwischen Griechen und Türken ist in der Vergangenheit vieles falsch gelaufen. Das trennt bis heute die Regierungen und da Griechenland zur EU gehört, macht es kaum einfacher. Ohne Visa gibt es keinen Zugang zu Europa.« Einen Moment lang verdunkeln sich Levents Augen, dann aber streicht er zärtlich mit dem Daumen an ihren Fingern entlang. Er hält die Frau an seiner Seite mit dem Blick fest, bis sie sich abwendet. Er atmet tief durch und stellt vorsichtig die Füße an den steilen Abgrund. Dieser gewagte Augenblick spiegelt sein chaotisches Innenleben wieder. Er ist innerlich keineswegs so abgeklärt, wie er Rebecca vorspielen will. Nachdenklich tritt er ein paar Schritte zurück, beschattet die Augen mit der Hand und betrachtet im glänzenden Sonnenlicht gegenüber die strahlendweiße Siedlung, die im vergangenen Winter auf der Höhe ausgebaut wurde. Ohne auf die beiden Begleiterinnen zu achten, schmiedet er Zukunftspläne. Dort, mit der grandiosen Aussicht zum Meer, möchte er ein Haus kaufen und den lang gehegten Traum einer Arztpraxis mit angeschlossener Gesundheitsabteilung verwirklichen. Vor ihm liegt der optimale Platz und die Grundstückspreise sind derzeit noch erschwinglich. Das Projekt verlangt allerdings eine passende Partnerin. Er heftet den Blick auf Rebecca, die mit ihrer Freundin redet. Ist sie diejenige? Sie betitelte ihn als arroganten Macho, um ihn dann wie ein Schulkind in der Hotelhalle stehen zu lassen. Sie forderte ihn zu einem Benehmen heraus, das ihn zutiefst erschreckte. Trotzdem tanzen die Gefühle für sie auf einer rasiermesserscharfen Klinge. Er fühlt die Verunsicherung, sowie die Deutsche in seiner Nähe auftaucht, doch er misstraut den heftigen Emotionen. Auf der anderen Seite scheint es ihr spielend leicht zu gelingen, die klaffende Lücke, die nach dem Tod seiner Frau entstanden ist, zu schließen. Die Vorstellung, wie die selbstständige Urlauberin über den Lebensstil seiner türkischen Heimat herzieht, gefällt ihm nicht. Sie stellt, ohne mit der Wimper zu zucken, seine mannbetonte Lebenseinstellung in Frage. Die gleiche Rebecca jedoch, die ihn in der Öffentlichkeit bloßstellte, küsste ihn am Ende eines Marsches in die Berge im roten Abendlicht und schmiegte sich weich zum Tanz an ihn. Die starrköpfige Frau konnte sanft und anschmiegsam wie ein Kätzchen sein. Beide Seiten stellen ihn nicht nur heute auf eine anstrengende Probe. Ist sie die Herzdame seiner Träume, die Schwierigkeiten trotzt, eigene Wünsche aushandelt und mit ihm gemeinsam das Großprojekt verwirklicht?

Rebecca nimmt Jasmins Hand und zusammen betrachten sie den Glanz des türkisfarbenen Meeres. Zwischen den Inseln drehen zahlreiche Boote die Segel in den Wind oder tuckern mit Motorkraft aus dem Hafen hinaus. In der Ferne hören sie das Brummen eines kleinen Flugzeugs, das näherkommt, um hinter einem Berg auf der Insel mit den drei Namen zu verschwinden.

»Warst ihr damals auch hier?«

»Nein.« Jasmin schüttelt ihren Kopf. Levent nähert sich den beiden Ladys.

»Das ist kaum möglich, da du Mitte der Siebzigerjahre das letzte Mal die Türkei besucht hast. Zu der Zeit führte ausschließlich ein schmaler Eselspfad ins Dorf.« Rebecca runzelt skeptisch ihre Stirn.

»Hier wohnten nur wenige Fischerfamilien, die nebenbei Landbau für die Selbstversorgung betrieben. Heute ist das anders, da sie über die Küstenstraße eng mit ihrer Umwelt verbunden sind. Vor Kurzem öffnete die Regierung die Felsriffe. Diese ziehen zahlreiche Taucher an, da die Gegend lange Zeit zum Sperrgebiet gehörte«, seufzt er. »Jetzt schießen Tauchschulen wie Pilze aus dem Boden. Ich verbrachte viele Schulferien bei einer Tante hier. Kaş ist immer einen Besuch wert.« Er hakt die Frauen unter und geht mit ihnen zurück zum Auto.

»Wir müssen weiter. Bis zu Jasmins Ziel liegen noch viele Kilometer vor uns.« Er hilft ihnen beim Einsteigen, dann klemmt auch er sich hinters Lenkrad. Wagenräder knirschen über den Kies und er lenkt den Wagen auf die Straße zurück. Etliche Kehren mit einzigartigen Ausblicken folgen, bis sie die Talsohle erreichen. Rebecca versteht nach dieser Panoramafahrt, warum Levent die Stadt als 'Perle der lykischen Küste' bezeichnet. Die Inselwelt im gleißenden Sonnenlicht, kristallklares Wasser neben den Ausläufern einer Gebirgskette, die im Hintergrund steil in den Himmel ragt. Farbpunkte setzen nur Motorboote und Segelschiffe. Ein Banner über der Straße grüßt mit '*Hoşgeldiniz,* herzlich willkommen'. Parallel zum imposanten Naturhafen windet sich die Asphaltbahn am Meer entlang und Levent tippt in regelmäßigen Abständen auf die Hupe, um entgegenkommende Autos zu warnen.

Kapitel 17

Auf Kenans angespannte Mundwinkel drängt übergangslos ein Lächeln und die Iris glänzt im diffusen Mondlicht. Da schallt sein ausgelassenes Lachen durch die einsame Nacht. In ihm pulsiert das Blut übermütig, weil er sich daran erinnert, wie die Schicksalsgöttin in der gallenbittersten Stunde der Verzweiflung erneut eingriff. Um vor dem Familienoberhaupt nicht zu Kreuze zu kriechen, quittierte er die ertragene Demütigung mit Zorn. Nach Yasemins tränenreichem Abschied stürzte er sich an jenem Nachmittag kopflos ins *Tavla*-Spiel, nahm ein ausgiebiges *Rakı*-Bad und wünschte Vaters Handlanger mehrmals zum Teufel. Es dauerte bis zum Abend bis Bruder Kemal unverrichteter Dinge ins Bergdorf zurückmarschierte und den Wutschnaubenden sich selbst überließ. Kenan beschäftigt wie oft zuvor die Frage, wie sein Leben ohne den einmaligen Hoffnungsschimmer ausgesehen hätte. Er scheitert auch dieses Mal an der Zwecklosigkeit des Nachsinnens, denn das Ergebnis bleibt unverändert. Die Machtfülle des Schicksals eilte dem getrennten Liebespaar zu einem Zeitpunkt zu Hilfe, wo kein Ausweg mehr erkennbar war. Seit dem Tag trug ein immerwährender Funke Hoffnung ihn über jede Klippe und Yasemin hielt sein Herz für alle Zeiten fest im Griff.

Kismet entschied, dass ausgerechnet Mutters Freundin Meyrem aus Karaöz an diesem Tag sein weinendes Mädchen tröstete, weil sie mit ihrem Ehemann im selben Bus wie Yasemin saßen. Sie beobachtete den tränenreichen Abschied und die Ältere litt mit den Liebenden. Sie zog die Fremde auf die Bank neben sich, um ihr Trost zu spenden. Allerdings fiel der liebevolle Zuspruch auf den unfruchtbaren Boden ihrer Verzweiflung. Yasemin erzählte ihm später, wie Meyrem dicht vor dem Endziel des Ehepaares von ihrem Mann Beistand verlangte. Weil Fathı zögerte, setzte sie der Ablehnung die Erinnerung an das eigene, schwierige Liebeswerben entgegen. Er widerstand ihren mahnenden Worten ebenso wenig, wie sie den Tränen der Unglücklichen. Die lange Wartezeit auf einen entgegengesetzten Bus ermöglichte schließlich die glückliche Fügung. Fathı durchkämmte nach dem Eintreffen des Busses die naheliegenden Lokale, weil ihm im Busbahnhof Details aus der brüderlichen Auseinandersetzung zugetragen wurden. Er fand Kenan im Teehaus, packte ihn am Kragen und unterbrach sein Glücksspiel. Er sträubte sich, da wurde er mit Nachdruck vom *Tavla*-Brett weggezogen. Der Ältere warf dem Wirt etliche Lira für die Zeche auf den Tisch.

»Lass mich! Ich geh nicht ins Dorf zurück«, heulte er verzweifelt auf, weil er glaubte, dass der Bekannte mit dem Bruder unter einer Decke steckte. Er versuchte, ihn wegzustoßen, doch Fathıs Handgriff saß wie eine Fessel. Murrend zerrte er ihn zur Busstation.

»Benimm dich nicht wie ein zorniges Kleinkind«, rügte er ihn und versetzte ihm einen Schlag auf den Hinterkopf, bevor er ihn am Hemdkragen zu sich heranzog. »Verdammter Bengel«, herrschte er ihn an, dann wies er mit dem Kinn auf die Bank vor den Bussen.

»Mach gefälligst deine Augen auf, du Trottel. Hältst du das Mädchen dort etwa für eine Fata Morgana? Geh endlich zu ihr.« Kenans Kopf flog in die angedeutete Richtung. Wie vom Blitz getroffen sah er den Erwachsenen an, dann erneut die Liebste, die neben Meyrem saß. Er begriff kaum, was die vom *Raki* trüben Augen sahen. Yasemin streifte die Tasche von ihrer Schulter und lief ihm wie im Zeitraffer entgegen. Ihre Hände umschlossen sein Gesicht, da glaubte er immer noch an eine Sinnestäuschung. Erst als sie mit eiskalten Fingerspitzen seine Lippen berührte und zwei sprühende Jadesteine ihn anfunkelten, kehrte der Glaube ans Glück bei ihm ein. Der Puls an ihren Handgelenken raste. Keine Wahnvorstellung trieb mit ihm Schabernack. Ein letztes Mal schüttelte er skeptisch den Kopf, doch Yasemin blieb vor ihm stehen. Wortlos drehte er sich zu Fathı um. Um dessen Mund lag ein merkwürdiges Grinsen, dann zog er die Stirn kraus und organisierte die einstündige Fahrt auf der Ladefläche eines Lastwagens. Bis sie die Siedlung Karaöz erreichten, saßen sie eingeklemmt zwischen Gemüsekisten. Das Ehepaar stieg aus dem Führerhaus und auch sie beeilten sich, ins Haus zu kommen. Der Ältere hob die Hand.

»Schluss mit eurer Träumerei. Sputet euch. Ein weiter Weg liegt noch vor euch.« Meyrem packte in der Küche bereits Proviant für sie ein, sowie Decken für die Nacht. Kenan starrte auf den klobigen Schlüssel, den der Alte ihm hinhielt. Wie oft Bruder Kemal bei Fathı um eine Übernachtung im Leuchtturm bettelte, genauso oft erhielt er eine Abfuhr.

»Drei Tage, mein Freund. In der Zeit seid ihr für das Feuer in den Lampen am *Gelidonya Fener* verantwortlich. Gebt auf euch acht, denn ich weiß von nichts.« Kenan nahm Yasemin an der Hand und wollte den gefüllten Tragebeutel den kilometerweiten Weg ans Kap hinaus schleppen. Da gab der Alte ihm sein Motorrad, damit sie noch bei Tageslicht den Leuchtturm erreichen konnten. Fathı verfasste für Vater eine Nachricht, die ein Nachbar, der tags darauf in die Berge hinauffuhr, mitnahm.

Lieber Freund Cem,
Dein Sohn ist im Moment nicht er selbst und braucht Zeit. Lass den Jungen ein paar Tage zufrieden. Kenan ist bei uns in Karaöz.
Fathı Zaroğlu

Kenans Sinne richteten sich ausschließlich auf Yasemin. Nur ihre Zweisamkeit zählte. Kein Mensch störte die kostbaren Stunden. Niemand verweigerte ihnen das Recht, auf die entbehrten Berührungen, auf die Küsse. Am abgelegenen Leuchtturm verbrachten sie drei gemeinsame Tage und Nächte.

An den Abenden entzündeten sie die Lampen für die vorbeifahrenden Schiffe. Danach wiegte er sein Mädchen zärtlich in den Armen, herzte sie und liebte sie sanft auf der harten Schlafunterlage des Leuchtturmwärters. Stundenlang schmiegte sie sich in der Dunkelheit an ihn, um das Glück nicht mehr loszulassen. In der zweiten Vollmondnacht lagen sie schlaflos. Ihre nackten Leiber schimmerten im diffusen Licht. Aufgewühlt von tiefen Gefühlen sahen sie sich in die Augen. Lange bevor die Sonne den Küstenstreifen wach küsste, verließen sie ihr Versteck, um sich auf eine Felsennase oberhalb der fünf vorgelagerten Inseln zu setzen. Nach einer gewissen Zeit schaukelte schemenhaft ein zaghafter Lichtschein über die Wellenkämme. Vor ihnen züngelten Holzscheite im Steinkreis, da wies Kenan auf die Mondflecken. Er hielt sie fest im Arm und raunte ihr das Märchen vom Mondmädchen ins Ohr. Eine Geschichte aus eigenen Kindertagen, wenn er Großmutter in Vollmondnächten lauschte.

»Der Mond ist tapfer wie der schwarze Krieger. Ein ewiger Freund, den du überall siehst und nie aus den Augen verlieren kannst. Der Vollmond steht für Hoffnung, für Mut und Halt über dem Abgrund. Er stärkt die Tapferkeit im Kampf der Liebe und er erinnert dich an jedes Versprechen. Das unentwegte Dasein mildert den Schmerz. Er ist das kalte, aber unbesiegbare Licht der Welt.« Still lauschte sie den Worten und er selbst erkannte zum ersten Mal, dass auch *babaanne* aus dem Märchen Kraft schöpfte, um ihr beschwerliches Leben in den Bergen zu meistern. Yasemin drückte ihm zärtlich die Lippen auf den Mund. Dann lehnte sie sich in seine Arme und er strich sanft mit dem Zeigefinger über ihre Wange.

»*Seni çok seviyorum.* Ich liebe dich!« Sie sprachen die Worte wie aus einem Mund. Gebannt starrt Kenan in die Lichtquellen der Scheinwerfer. Noch immer schwebt das Lächeln der Erinnerung auf seinen Lippen und die Müdigkeit scheint wie weggeblasen. Für einen Moment sieht er zum Mond hinauf und bemerkt, wie Stärke ihn umschlingt, ihn zum Krieger der Nacht werden lässt. Das Amulett vibriert und es verströmt eine angenehme Wärme auf der Haut. Er greift wie jetzt binnen der nächtlichen Fahrt nicht zum ersten Mal an das Medaillon, das er am Hals trägt. Es verspricht den Wendepunkt, sollte der Tauchunfall im Zeitungsartikel in der Tat Yasemins Ehemann betreffen. Wieder spürt er den Stachel der Demütigung, weil er an das erste Zusammentreffen mit dem autoritären Mann in Ayvalık denkt.

Mehr aus Zufall prallte er im Herbst 1977 mit Yasemins Professor zusammen. Der südländisch wirkende Fremde sprang im Hafen von Ayvalık von einem griechischen Fischerboot an Land. Kenan nahm einen Brief für Yasemin aus seiner Jackentasche, um ihn zu fragen, ob er das Schreiben nach Lesbos mitnehmen könnte. In dem Moment rief der Bootslenker von der *Tychon* dem Mann auf dem Steg zu.

»Professor, wann legen wir wieder ab?«

»Ich bin gegen 18.00 Uhr zurück. Ich muss für die Museumsleitung einiges erledigen, außerdem will ich deine Tante Kassandra besuchen. Dir bleibt genug Zeit für das neue Mädchen, Stavros. Grüß sie von mir.« Kenan horchte auf und gratulierte sich zu dem Glück, dass die beiden noch am selben Tag nach Lesbos zurückkehrten. Darüber hinaus arbeiteten sie offenbar im Museum. Gegebenenfalls kannte der namenlose Professor Yasemin oder er konnte ihm bei der Suche nach ihr helfen. Voller Hoffnung sprach er den Unbekannten an und erzählte ihm von der Tragik seiner Liebe zu einem deutschen Mädchen, das vor einem Jahr auf der gegenüberliegenden griechischen Insel lebte. Mit einem Mal krauste der Fremde die Stirn. Trotzdem versuchte Kenan, ihn zu Briefmitnahme zu bewegen. Wortlos hörte der Mann zu, den der Bootsführer zuvor als Professor betitelte. Finstere Schatten zogen in seinem Gesicht auf, sodass der Jüngere mitten im Satz stockte. Hatte er etwas Falsches gesagt, oder weshalb fixierte ihn der Andere so furchteinflößend? Der ironische Schlag, den das Schicksal an jenem Tag für ihn bereithielt, traf ihn vollkommen unerwartet. Der Brustkorb des Akademikers bebte und im Nu paarte sich Überheblichkeit in den dunklen Augen mit zorniger Selbstsicherheit. Aufgebracht packte er ihn um die Oberarme.

»Jasmin gehört mir, verstehst du. Wage es ja nicht, mit ihr in Kontakt zu treten. Sie ist meine Ehefrau und sie erwartet mein Kind. Da soll ausgerechnet ich einen Brief von dir mitnehmen?« Er warf den Kopf zurück und zwängte ein gespenstisches Lachen hervor.

»Zu spät mein Junge, viel zu spät. Sie entschied sich längst für mich.« Der Boden unter ihm öffnete sich und zog ihn in die Tiefe. Dabei hielt ihm das wutverzerrte Gesicht des Rivalen den Spiegel vor die Nase. Yasemin, seine Yasemin verloren an den selbstgefälligen Mann, der vor ihm stand. Sie trug einen Ehering und erwartete sein Kind. Er spürte, wie die Farbe ihm aus den Wangen wich und der Atem schmerzhaft durch die eng gewordene Brust drängte. Er erstickte beinahe an der Machtlosigkeit der Gefühlsregung, an der überbordenden Leere. Bei *Allah*! Er kam noch einmal zu spät. Die Worte des Professors begruben in diesem Moment jede Hoffnung. Verunsichert steckte er den Brief in die Jackentasche zurück, ohne sich vom Fleck zu rühren. Auch ihr Ehemann verharrte bewegungslos und beobachtete ihn misstrauisch. Seine Gefühle standen dem des Gegenspielers keineswegs nach, dennoch hielt er das schwächere Blatt in der Hand. Er kapitulierte. *Inschallah*. So Gott will. Wenn *Allah* das von ihm forderte, dann schluckte er für sie die gallenbitter schmeckende Selbstverachtung hinunter. Kenan demütigte sich für Yasemin und den kleinen Cem vor dem Professor.

»Ich bitte Sie inständig um die Erlaubnis, dass ich einen Brief im Namen von Cem schreiben darf. Seine Mutter hat ein Recht darauf zu wissen, dass es ihrem Kind gut geht.« Der Universitätsgelehrte starrte ihn argwöhnisch an.

»Bitte. Sie ist die Mama des Kindes.« Er rang mit sich und bettelte, obwohl er daran zu ersticken drohte.

»Meine Großmutter erzählte mir, dass sie ihr das Baby grenzenlos unglücklich anvertraute. Ich kam an diesem Tag zu spät zurück«, flüsterte er. Seine Zunge schwoll dick an, denn der Vorwurf strafte ihn selbst. Dann drückte er die Schultern durch, reckte den Kopf und sah seinem Gegenüber in die Augen.

»Ich pflichte Ihnen bei. Das Schicksal bestraft mich zu Recht für jede gezeigte Schwäche. Yasemin ist Ihre Frau und damit unantastbar. Dem Ehemann gebührt die Ehre.« Spöttisch verzog sein Kontrahent die Lippen.

»Die Ehre, dass ich nicht lache. Deine Familie pfiff ja wohl darauf!« Beschämt senkte Kenan das Haupt, doch dann sah er noch einmal auf.

»Herr Professor, ich bitte Sie. Ich bitte Sie auf Knien, jetzt und hier am Hafen, wenn Sie meine öffentliche Demütigung fordern.« Er hielt Kontakt mit den dunkelbraunen Augen und schob langsam das Knie auf den Boden. Der Arm des Gesprächspartners hinderte ihn.

»Lass das.«

»Dann bitte ich Sie noch einmal, Ehemann von Yasemin. Seien Sie nicht ebenso verbittert, hart und selbstsüchtig wie meine Familie. Ihr falsches Ehrgefühl brachte Yasemin in Schande. Wollen Sie das wiederholen?« Sie fochten einen wortlosen Kampf miteinander, bis Kenan ihn mit erstickter Stimme bat.

»Fügen Sie ihrer Frau keine weiteren unnötigen Schmerzen zu. Sie erwartet Ihr Kind. Ich gratuliere.« Der Adamsapfel drückte hart gegen die Kehle, da verlieh er der Forderung Nachdruck.

»Yasemins Erstgeborener lebt in meiner Obhut. Ich bin ihr überaus dankbar, dass sie ihn nicht mit nach Deutschland nahm. Aber denken Sie bitte an das Recht ihrer Frau. Sie muss wissen, wie es ihrem Sohn geht, um mit ihnen glücklich zu sein.« Da schwieg auch er, denn mehr gab es nicht zu sagen. Vergeblich wartete er auf eine Zustimmung. Um unbeobachtet die aufsteigenden Tränen zurückzublinzeln, ging er ein paar Schritte über die Hafenmauer, bevor er den Atem noch einmal tief einzog und sich umdrehte.

»Geben Sie den beiden eine Chance. Ich komme am Abend zurück.« Welch ein bitterer Tag. Jeder Funke Hoffnung, der die Reise hierher begleitete, zerbrochen. In einer Teestube beschrieb er etliche Briefbögen mit der Erzählung von Yasemins inzwischen ein Jahr altem Baby. Die eigene Mutter und die Großmutter umsorgten und verhätschelten das Kind, da er an manchen Tagen zehn Stunden und mehr arbeitete. Er erzählte von *babaanne*, die Cem so sehr liebte und von seinem harten Vater, der immer öfters verstohlen am Schlafplatz des Kleinen vorbeischlich. Dabei behielt er das Boot stets im Blick. Sowie der Bootsführer zurückkehrte, versuchte er, mit ihm ins Gespräch zu kommen. Der Bursche zuckte die Schultern und warf ihm unverständliche griechische Erklärungen entgegen. Das stundenlange Warten auf die Rückkehr des Professors zahlte sich aus. Vor dem Fischerboot schlossen sie einen Handel. Sie besiegelten mit einem Ehrenwort von Mann zu Mann das alljährliche Treffen zur Überreichung von Schriftstücken. Yasemins Ehemann zögerte zuerst, dann gab er nach.

»Kein einziges Wort über dich und die Rührseligkeit eurer Tändelei. Ich werde die Briefe lesen«, herrschte er ihn an. Kenan beugte den Nacken und reichte ihm das unverschlossene Kuvert. Das Erste von vielen, die in den Jahren danach folgten. Nie kehrte er mit einem Umschlag zurück. Warum Yasemin selbst ihrem Sohn nie antwortete, blieb ein Rätsel!

Kenan fährt die Nacht durch. Wenn Müdigkeit eine Pause erfordert, lenkt er den Wagen auf den Parkplatz eines Lokals, rastet den Sitz auf eine Liegeposition ein und verriegelt den Pick-up. Inzwischen brennen die Augen vor Erschöpfung und er schließt die Lider, um ihnen eine Weile Ruhe zu gönnen. Mehr als einen Minutenschlaf findet er jedoch nie. Unruhige Gedanken drehen sich um den Zeitungsartikel in der Jackentasche, um die aufkeimende Hoffnung und um seine Sorge um Cem. Was erwartet ihn am Ziel dieser Reise? Fand Yasemin beim Ehemann Erfüllung und betrachtete die kurzen Tage mit ihm längst als unwichtigen Teil ihrer Vergangenheit. Vielleicht aber wartete ihre Sehnsucht nach ihm ebenso geduldig auf eine zweite Chance, wie Großmutter es in ihrer Weissagung ankündigte. Er greift nach dem silbernen Anhänger, der sich mit inzwischen wohlvertrauter Wärme in die Hand schmiegt. Mit den Lippen berührt er das Metall.

»Danke *babaanne*«, flüstert er. »Für alle Ratschläge. Für jede Unterstützung. Den kräftezehrenden Spagat zwischen Cem und der Arbeit hätte ich ohne deine Hilfe nie geschafft. Dein unnachgiebiges Drängen eröffnete mir die Möglichkeit, Vater rechtzeitig meine versöhnende Hand zu reichen. Hilf mir noch einmal, jetzt, damit die Verheißung sich erfüllt. Lass Yasemins Herz im Gleichklang mit dem meinem schwingen.« Hoffnung treibt ihn auf den Parkplatz, hinaus in die Nebelschleier der Nacht. Die Uhr zeigt weit nach Mitternacht, da kehrt er vom Spaziergang zurück. Im schemenhaften Licht der Restaurantbeleuchtung sucht er die Toilettenräume auf. Beim Händewaschen mustert er sich im Spiegel und fährt mit den Fingern durch das feuchte, grau melierte Kurzhaar. Er schüttet sich eine Handvoll Wasser ins Gesicht. Normalerweise reagiert er eher besonnen, inzwischen aber leidet er unter ansteigender Nervosität. Im Restaurantraum bestellt er bei einem vor Müdigkeit hohläugigen Kellner Schwarztee. Am heißen Glas wärmt

Kenan die eiskalten Hände. Seine Augen folgen melancholisch den Berghängen, bis sie sich im dunkelgrau der Nebelnacht verlieren. Es kommt mehr einer Vermutung wie einem Sehen gleich, als vor ihm die kilometerweit entfernte Insel Rhodos aus dem tiefschwarzen Gewand des Meeres emporsteigt. Nur wenige Augenblicke, dann schüttelt er das Bild der Fantasie ab und trinkt leer.

Kenan steuert den Wagen erneut über die Asphaltstraße. Die Fahrt wird sporadisch von vereinzelten Scheinwerfern unterbrochen. Um 03:30 Uhr fährt er durchs nächtliche Izmir. Beim Blick auf die digitale Anzeige keimt in ihm für einen Moment die Versuchung auf, sich im Konsulat ein Tagesvisum zu besorgen. Da die Pforten des Amtes jedoch kaum vor neun Uhr öffnen und die Aussicht auf Erfolg nur wenig besser sein dürfte wie in den Jahren zuvor, verwirft er den Gedanken. Noch knapp zwei Stunden bis zum Ziel.

Hinter der Stadt beginnt das tiefe Schwarz sich bereits auszulösen und in einen dunkelgrauen Schimmer zu verwandeln. Behäbig weichen die Schatten der Nacht und die Natur erwacht im frühen Licht des Tages. Bald darauf erreicht er den nächsten Abschnitt einer Küstenstraße. Der beginnende Morgen pinselt zuerst noch milchiges hellgrau auf die Wasseroberfläche, bis vorwitzige Sonnenstrahlen einen Farbfächer darüber ausbreiten. Er drosselt die Geschwindigkeit und hält am Straßenrand, um auszusteigen. Das Naturschauspiel schlägt ihn in Bann, doch es ist die kühle Morgenluft, welche die Lebensgeister in ihm weckt und er streckt den müden Körper in den erwachenden Tag. Seine Augen folgen den herbstlichen Feuerzungen, die sich beim Sonnenaufgang über die Kimmung schieben und in die dunkelsten Ecken leuchten. Auf dem Meer erscheinen farbintensive Orangetönen, die Wasser und Himmel kurzzeitig vereinen. Die Zeit scheint für Momente stillzustehen, dann aber verliert das Schauspiel zusehends an Farbintensität. Die Sonne steigt auf und breitet ihre Strahlen auf der türkisblauen Lagune unter ihm aus. Kenan bückt sich, um mit dem Zeigefinger eine schilfgrün umschlossene Distelkugel zu berühren. Er holt das Taschenmesser aus dem Handschuhfach, schneidet sie ab und dreht die Stachelkugel nachdenklich in den Fingern. Damals zerteilte er eine offene Blüte, damit Yasemin sie zwischen einigen Steinen für ihr Tagebuch pressen konnte. Mit einem tiefen Zug Morgenluft kehrt er ans Auto zurück und steckt die Blütenknospe unter der Sonnenblende fest. Er tastet nach dem Medaillon und die vertraute Wärme an den Fingerspitzen zaubert ein glückliches Lächeln auf sein übernächtigtes Gesicht. Jetzt richtet er die Aufmerksamkeit erneut auf die Straße, bis er nur wenig später den linksabbiegenden Schildern folgt. Die letzten Kilometer bis ans Ziel bewältigt er wie im Halbschlaf.

Zum Leidwesen seiner Mutter zog Kenan nicht ein einziges Mal die Heirat mit einer anderen Frau in Erwägung. Er klammerte sich an die Prophezeiung, obwohl er inzwischen erfahren hatte, dass Yasemin zu einem selbstgefälligen Ehemann gehörte. Großmutters Versicherung, dass die Frau seiner Liebe erst nach langer Zeit zurückkehre, schenkte er hingegen uneingeschränktes Vertrauen. Wann der Glücksstern für ihn wieder leuchten würde, das blieb ungewiss, aber es hielt die Hoffnung aufrecht. In all den Jahren versuchte er vergeblich, die Sehnsucht zu verdrängen. Beim Schreiben der Briefe an Yasemin unterdrückte er das eigene unermessliche Verlangen. Er träumte oft von ihr. Dann fuhr er mit ihr hinaus auf Meer oder die Erinnerung an ihre gemeinsamen Tage auf dem Leuchtturm am *Gelidonya Fener* standen vor ihm. Nichts davon durfte er schreiben und auch den beruflichen Erfolg nicht erwähnen. Diese Informationen entsprachen nicht der Abmachung mit dem Professor. Kenan verstand dessen Eifersucht auf ihn, Cems Vater, besser wie ihm lieb war. Er ließ Yasemin am Leben ihres

Erstgeborenen teilhaben und erzählte ausschließlich von der Dankbarkeit, dass sie das Kind ihm anvertraut hatte. Seitenweise beschrieb er Cems erstes Lächeln, das Laufenlernen und den liebevollen Umgang, den das Baby von *babaanne* und *anne* erfuhr. Er ließ sie damit Anteil nehmen an allen Alltäglichkeiten, die er an den wenigen freien Tagen mit ihrem Sohn erlebte. Im Herbst des Folgejahres sprang Yasemins Ehemann mit einem Teddy unterm Arm vom Schiff. Der Professor verbarg das Stofftier hinter seinem Rücken, dann aber verzog er die Lippen zu einer schmalen Geraden und streckte ihm das Kuscheltier entgegen.

»Für Cem. Von meiner Frau,« fauchte er knapp. Kenan drückte den Bären zärtlich an sich.

»Kein Brief für Cem?«.

»Nein. Sei zufrieden damit.« Dann verließ der hochgewachsene Mann den Hafenbereich, wie Kenan auch. Ein älterer Herr wartete mit einem Motorroller auf Yasemins Ehemann. Er saß auf, doch kaum war er auf seiner Höhe, stoppte der Roller und wirbelte den Staub neben ihm auf.

»Wir haben eine Tochter, wenn es dich interessiert. Gib Stavros deinen Brief. Ich komme heute spät zurück.« Als Kenan einen Tag später aus Ayvalık zurückkehrte, wartete der inzwischen zweijährige Cem auf ihn. Er gab dem Kind den Bären, der ihn von da an überallhin begleitete. Kenan sah jeden Herbst in traurige Kinderaugen, weil er die simple Frage nach der Mutter mit einem Kopfschütteln beantworten musste. Manchmal warf sich Cem in seine Arme und weinte. Der Schmerz des Jungen quälte ihn um ein vielfaches mehr, wie der persönliche Kummer. Der Teddy blieb für immer der einzige Gegenstand, der ihn an die weit entfernte Mama erinnerte. Die späteren Fragen, warum sie nie zurükschrieb, konnte er seinem Kind nie beantworten. Der Kuschelbär aber tröstete Cem in allen Lebensjahren und er hütete ihn bis heute. Selbst

Tarık durfte mit ihm nicht spielen. Das Stofftier saß hoch oben auf einem Regal in seinem Büro. Täglich sichtbar, unerreichbar für Kinderhände. Yasemin verletzte ihren Sohn mit dem jahrelangen Schweigen. Er hingegen versuchte stets, Gründe dafür zu finden, die sie vom Schreiben abhielten. Es musste ihr schwerfallen, eine Nachricht an ein Baby zu senden, das sie kaum kannte. An ein Kind, das sie nicht sehen konnte, vermutlich auch nicht sehen durfte. Zudem glaubte sie ihn mit einer Anderen verbunden.

Kenan ist inzwischen davon überzeugt, dass sich für Cem eine problematische Situation ergibt, wenn er die Frau seiner Träume zurückholen kann. Aber solange die Lage nicht eindeutig geklärt ist ...

Kapitel 18

Auf der Höhe von Kalkan endet die Küstenstraße. Jetzt liegt eine ausgeprägte Hügellandschaft vor den Fenstern. Jasmin lehnt entspannt in den Polstern und ist inzwischen vollauf zufrieden damit, diese Reise mit ihren Begleitern zu unternehmen. Neben der Asphaltbahn entdeckt sie ein ansteigendes Kieferwäldchen, dessen Boden zwischen massiven Felsbrocken mit Heidepflanzen bedeckt ist. Levent steuert den Wagen über mehrere Höhenzüge, bis sich ein weites Tal vor ihnen ausbreitet. Nicht zum ersten Mal schaut sie auf ein Meer an Gewächshäusern und auf die Fruchtbarkeit des Talbodens. Der Fahrer hält an einem Straßenlokal an.

»Kaffeepause«, wenn es euch recht ist. Er steigt aus, um sich ausgiebig zu strecken. Sie wählen einen Sitzplatz auf der Terrasse und Levent bestellt türkischen Kaffee.

»Wie wollt ihr ihn haben? Ein wenig süß, mittelsüß oder süß?«

Alle entscheiden sich für die mittlere Variante und bald wird das espressoähnliche Gebräu mit der typischen Schaumkrone in goldumrandeten Mokkatassen serviert. Rebecca greift nach dem Löffel, da legt sich Jasmins Hand auf ihre.

»Nicht umrühren, das ist kein italienischer Espresso. Zum Genuss eines türkischen Mokka gehört eine besondere Zeremonie. Gelegentlich besuchte ich in Bad Godesberg eine *Nargilebar,* das ist eine Bar, in der man Wasserpfeife raucht, um einen solchen Kaffee zu trinken.« Sie seufzt, weil sie diese Besuche jedes Mal bereute. Hinterher war ihre Sehnsucht noch schwerer zu ertragen.

»Vor langer Zeit weihte mich die Pensionswirtin in Kumköy ins Kaffeekochen ein. Die Zuckermenge muss in die Kanne, bevor das Gebräu auf dem offenen Feuer kocht.« Levent sieht sie von der Seite her an, doch sie ignoriert den Seitenblick und erklärt für Rebecca.

»Die Kaffeezubereiterin rührt in der Kupferkanne bis der Mokka schäumt, dann schöpft sie den Schaum in Tassen und gießt nach erneutem Aufkochen den restlichen Kaffeesud vorsichtig auf. Lass den Satz absinken, sonst hast du den Kaffeesatz im Mund.« Rebecca legt ihren Löffel beiseite und grinst.

»Ich glaube, ich hab versehentlich einen Studienurlaub gebucht. Hoffentlich verlangt das Reisebüro keine Nachzahlung dafür.« Ihrer Lästerei folgt Gelächter und sie streckt ihre Freundin die Zunge entgegen. Levent setzt die Tasse an die Lippen und schlürft den ersten Schluck des heißen Gebräus.

»Kennt ihr die beiden türkischen Sprichwörter zum Thema?«

»Zwei? Ich kenne nur eines«, antwortet Jasmin. »Schmeckt der Kaffee der Braut bei der Brautschau salzig, ist sie mit der Wahl nicht einverstanden.« Levent grinst.

»Korrekt. Passt also auf, wie ihr für euren Zukünftigen den Mokka kocht.« Schmunzelnd sieht er zu Rebecca hinüber, verstummt, bis er sich aus ihrem Blick wieder lösen kann. Dann räuspert er sich.

»Das zweite Sprichwort besagt: Wer türkischen Kaffee mit Freunden trinkt, wird vierzig Jahre mit ihnen verbunden bleiben.« Er hebt seine Tasse zur Mitte. »Auf die Jahrzehnte unserer Freundschaft.« Herzlich lachend prosten sie sich zu. Anschließend plaudern die Frauen noch übers Kaffeesatzlesen. Er aber lehnt sich mit verhaltenem Gähnen in den Plastiksessel. Beim Aufbruch mustert er die bisherige Beifahrerin.

»Möchtest du die nächste Etappe übernehmen?« Rebecca zieht überrascht ihre Augenbrauen in die Höhe.

»Aber klar doch. Weil gerade du mir dein Heiligtum anvertraust.« In ihrer Stimme klingt Sarkasmus mit, Levent jedoch schüttelt gelassen den Kopf und überreicht ihr den Schlüsselbund. Beherzt greift sie zu, auf dass er es sich ja nicht anders überlegt. Er hält ihnen beim Einsteigen die Tür auf, bevor er selbst auf dem Beifahrersitz Platz nimmt. Rebecca macht sich rasch mit den Schaltern des Autos vertraut, dann rollt sie zur Straße, beschleunigt mühelos und fädelt zügig in den Verkehr ein.

»Ich hoffe, ihr habt nichts dagegen, wenn ich ein bisschen döse. Achte du einfach auf die Beschilderung Muĝla, «erklärt er der Lenkerin einen Orientierungspunkt, bevor er im Sitz herumrutscht, um eine angenehme Position einzunehmen. Seine Finger tasten mit bereits zugefallenen Augenlidern zu Rebeccas Schenkel. Die Stille im Wagen wird von einem surrenden Motorengeräusch begleitet. Konzentriert lenkt Rebecca das ungewohnte Auto, Levent schläft ein und Jasmin schickt ihre Gedanken spazieren. 'Wo finde ich euch', fragt sie sich zum wiederholten Mal. Hätte sie doch zuerst in Karaağac nach ihnen suchen sollen, ausgerechnet bei Kenans Eltern. Sie schüttelt ihren Kopf, weil sie zuvor andere Wege versuchen möchte. Diese allerletzte Möglichkeit bleibt immer noch bestehen.

Rebecca ist eine ausgezeichnete Autofahrerin, die sich rasch mit den Eigenheiten des Wagens vertraut gemacht hat. Die Landschaft huscht draußen vorbei, da kreuzen sich die Augenpaare der Frauen im Spiegel und die Fahrerin bittet um weitere Geschichten. Jasmin legt ihre Hand auf die Schulter ihrer Freundin.

»Ich bin so dankbar, dass du genau diese Reise für uns ausgesucht hast und auch dafür, dass du mich nach Ayvalık begleitest. Ich verstehe Achims Verhalten einfach nicht und ich fürchte mich regelrecht davor, dass sich mein Verdacht bestätigt. Ich begreife mich selbst kaum, warum ich das verdammte Schreiben so lange ignorierte.« Hundert Mal hielt sie den Brief in den Händen und wartete auf ein Zeichen, das nie erschien. So packte sie ihn jedes Mal verschlossen wieder weg. »Ich weiß nicht einmal, wie er in die Urlaubshandtasche gekommen ist.« Jasmin sucht im Spiegelbild wiederholt nach einem Augenkontakt.

»Warum sprach er nie mit mir darüber? Ich glaube inzwischen, dass Frank ihn damals bereits viel besser durchschaute, als ich das in unseren gemeinsamen Ehejahren je schaffte«.

»Seine Liebe zu dir ist doch Grund genug. Er wollte nur das Allerbeste für dich!« Sie schweigen einige Atemzüge lang, bis Jasmin empört hervorstößt.

»Was Achim für mein Bestes hielt, stärkte ausschließlich sein Ego. Mein Ehemann, meine Eltern und sogar Freunde manipulierten mich und ich ließ es geschehen, nahm es hin, wie ein Opferlamm. Das ausgerechnet Frank duldete, dass ich aufgab. Dem werde ich die Leviten lesen.« Sie schlägt sich mit der flachen Hand gegen die Stirn.

»Mein Glück lag zum Greifen nah und Achim erkannte das von Anfang an. Trotzdem quälte er mich jedes Jahr mit der Frage, ob ich mit ihm nach Lesbos fliege. Woher nahm er die verfluchte Selbstsicherheit, dass ich das nicht übers Herz brächte und daheim bliebe.« Aufgewühlt krallt Jasmin ihre Faust um die Metallstangen der Kopfstützen. Rebecca streckt die Finger ihrer linken Hand nach hinten, die sie dankbar ergreift.

»Ahnungslos folgte ich dir ins Land meiner Liebe. Welch ein Geschenk! Damals setzte das Schicksal den ersten Punkt. Ich rannte zwar enttäuscht Hals über Kopf davon, mein Herz aber blieb immer da, wo es hingehörte.« Jasmin stammelt in die Haare der Fahrerin.

»Ich zerstörte das Leben aller Betroffenen, den ich gab den Kampf verloren, schlich feige davon und ich betrog uns um das Glück. Stets redete ich mir ein, dass die anderen im Recht seien. Dabei blieb ich auf der Strecke.« Erschöpft sinkt sie in die Polster zurück und lässt Tränen zu. Sie sieht Rebeccas besorgten Blick, der sie im Rückspiegel mustert, aber ihre Kehle ist wie zugeschnürt. Eine wortlose Stunde später verkündet Rebecca.

»Muġla, meine Herrschaften.« Jasmin sieht auf den Wegweiser, der noch fünfzehn Kilometer bis zum Etappenziel anzeigt.

»Hey, aufwachen, du Schlafmütze«, schubst die Fahrerin ihren Beifahrer, bis dieser schläfrig die Augen öffnet. Die kurze Nacht, wie auch die Anstrengung der Fahrt forderte bei ihm Tribut. Rebecca beobachtet ihn, ohne den Verkehr außer Acht zu lassen, denn mit seinem wirren Haar und dem schlaftrunkenen Gesichtsausdruck ist er zum Anbeißen. Levent wischt mit den Händen über sein Gesicht, dann setzt er sich aufrecht hin und mustert die Fahrerin perplex.

»Muġla? Das ist unmöglich. Bis dahin brauchen wir mindestens zwei Stunden.« Irritiert schaut er auf die Anzeige der Uhr, späht dann verstohlen auf die Armbanduhr und ist augenblicklich hellwach.

»Bleib die nächsten fünf Kilometer auf der Hauptstraße. Wir fahren an der Stadt vorbei, da diese auf einer Anhöhe liegt. Zur Küste ist es nicht mehr weit und am Golf von Gökova gibt es einige exzellente Restaurants. Es ist gleich zwei. Wie sieht es mit Hunger aus?« Rebeccas Magen knurrt augenblicklich Zustimmung.

»Wenn das kein eindeutiges ‹Ja› bedeutet«, neckt er sie, bis Rebecca ihn scharf ansieht. Levent unterdrückt sein Lachen und erntet dafür einen vernichtenden Blick von der Fahrerseite. Er dreht sich zu Jasmin um.

»Appetit auf Fisch? Ich lade euch in ein besonderes Restaurant ein. Dort bekommen wir fangfrische Forellen aus dem kalten Wasser der Karabaĝlar Hochebene. Alternativ auch gegrilltes Lamm, ein Genuss«, schnalzt er mit der Zunge und seine dunkelbraunen Augen leuchteten im Rückspiegel auf. Er zögert ein wenig.

»Wir müssten allerdings einen Umweg in Kauf nehmen, denn das Lokal, das der Bruder meiner Mutter bewirtschaftet, liegt im Bergland hinter Muğla. Die Schatten zahlreicher Ahornbäume laden dort zum Ausruhen ein und mit Glück, kann man sogar die Silhouette von Rhodos sehen.« Levents Überredungskunst trägt Früchte. Schließlich ist dies erst die zweite längere Pause und die Aussicht auf Essbares ist sowieso nach Rebecca Geschmack. Ihr knurrendes Verdauungsorgan fordert den Zwischenstopp ein weiteres Mal lautstark ein, sodass Jasmin albern kichernd zustimmt. Über die Unebenheiten der Bergstraße hinweg lenkt die Fahrerin den Wagen auf steilen Kehren bergwärts. In kurzer Zeit erreicht sie das Ziel und parkt neben einer Mauer. Zwischen urwaldähnlichem Grün taucht ein zweistöckiges Gebäude mit hell getünchtem Sockel auf. Die Frontseite ist aus rostrotem Natursteinen gemauert und hinter geöffneten Fensterläden blähen sich Stoffbahnen im Wind. Ihre Ankunft bleibt nicht unentdeckt. Levents Familie wartet an der Haustür. Er begrüßt Onkel Mustafa, der ihn auf die Stirn küsst. Seine Tante schwingt er einige Male im Kreis und die zwei Jungs, die neben den Eltern warten, wirft er schließlich so ausgiebig in die Höhe, bis sie quietschen. Dann stellt er seine Begleiterinnen vor, die von allen herzlich willkommen geheißen werden. Jasmin, die an der letzten Tankstelle verschiedene Bonbontüten erstand, zaubert mit ihren Mitbringseln ein Leuchten in die Kinderaugen. Sie überlegt, dass sie bald für Nachschub sorgen muss, falls die Route noch weitere Wohnorte von Verwandten streift. Dabei schmunzelt sie und die Lachfältchen zeichnen ihre Gesichtszüge weich. Levent debattiert wortreich über die Essenswünsche, Familienangelegenheiten oder was auch immer. Die beiden Frauen betrachten inzwischen die ungewöhnliche Anlage. Zwischen Ahornbäumen entdecken sie drei osmanische Holzplattformen. Sie sind mit Teppichen ausgelegt und die farblich abgestimmten Sitzkissen in mattem safrangelb, weinrot und türkisblau verstärken den gemütlichen Eindruck. Die Tische in der zentralen Mitte harmonieren mit farbgleichen Tischdecken und Wasserpfeifen.

»Das Essen dauert noch ein wenig«, wendet sich Levent an die beiden. Ich helfe Mustafa beim Fischfang. Nutzt die Zeit für einen Rundgang oder ruht euch aus.«

»Ich komme mit zu den Fischen«, entscheidet Rebecca für sich. Sie nimmt seine Hand, da ihre Freundin ein Mitkommen abwinkt. Die drei wenden sich den rauschenden Wasserfällen zu, indessen erklimmt Jasmin auf Strümpfen die türkisblaue Sitzecke. Sie sinkt in die Kissen, erschöpft von der schlaflosen Nacht ebenso, wie von der langen Autofahrt mit all ihren Träumen und Erinnerungen. Müde schließt sie ihre Augenlider, da greifen ihre Fingern nach dem Medaillon, weil ein erneutes Gedankenkarussell sie am Kurzschlaf hindert.

»Kenan, wo seid ihr? Ich will zu euch, zu dir und unserem Cem, wenn ihr immer noch auf mich wartet, so wie es in Kumköy den Anschein hatte«, flüstert sie ins Nirgendwo. Unmittelbar steigt gallenbittere Enttäuschung, Verbitterung und Groll auf Achim in ihr auf. Er handelte aus purer Eifersucht. Er kannte ihre Geschichte und nur er wusste, wie schrecklich sie Kenan und Cem vermisste. Wie konnte er ihr das antun? Zornig schießt ihr das Blut durch die Adern und sie ballt die Hände. Kaum hebt sie die Wimpern an, streicht ein Lufthauch über sie hinweg, der ihre maßlose Wut dämpft. Die Lider fallen wie von selbst wieder zu. Für Sekunden scheint ihr Kopf leer, bevor ihre Gedanken eine andere Richtung einschlagen wollen. So einfach darf ich es mir nicht machen, resümiert sie. Es ist unfair, Achim die alleinige Verantwortung in die Schuhe schieben. Er kann nichts dafür, dass ich mich von Kenans Familie in die Flucht schlagen ließ und keiner zwang mich, seinen Heiratsantrag anzunehmen. Auch die Sorge für die gemeinsame Tochter konnte sie nie enger aneinanderbinden, sie hielt ihren Ehemann auf emotionalem Abstand. Wie leicht hätte sie ihm die Hand reichen können, sie aber lehnte jede Chance ab und verweigerte Achim die Erwiderung seiner ehrlichen Gefühle. Ihr Eheleben war eine einzige Lüge. Die ungleiche Rechnung bezahlte er mit dem Freitod. Ihr Atem geht schwer und sie überlegt, ob sie mit dieser Schuld überhaupt nach dem eigenen Glück greifen darf. Eine Träne löst sich hinter den geschlossenen Augenlidern.

Vollkommen unerwartet taucht im Augenblick des Schmerzes eine undurchdringliche Nebelschwade vor Jasmins innerem Auge auf. Wie im Traum teilt sich der Nebel und im grauweißen Licht erkennt sie die Konturen von Achim und Kenan, den zwei Menschen, die ihr Leben prägen. Sie gehen dicht nebeneinander. Jeder schenkt ihr ein Lächeln, dann wenden sie sich einander zu und halten den Blick Sekundenbruchteile, ehe sie sich kraftvoll die Hände reichen. Ihr Ehemann wechselt die Blickrichtung und nickt ihr mit schmalen Lippenstrichen zu. Jasmin realisiert die qualvolle Trauer in seinen Augen, da wendet er sich ab. Die dunklen Locken schwingen bei jedem Schritt, bis er zögert, einen Augenblick nur stehen bleibt, doch er dreht sich nicht mehr um. Er reckt sich, steht kerzengerade mit hoch erhobenem Haupt. Eine Jasmin gut bekannte Geste, mit der er gewichtige Entscheidungen trifft. Der aufrechte Gang und die durchgestreckte Körperhaltung strahlen Selbstsicherheit aus und ein Schauer rinnt über ihre Arme. Achim hat sich dem Urteil gestellt, die Schuld zurückgenommen und sie freigegeben. Jasmin ist in ihrem Tagtraum, der einer Vision gleicht, gefangen. Sie ringt nach Atem und ihr Herz schlägt einen stürmischen Takt.

»Achim, verzeih mir«, ruft sie hinter ihm her, doch es ist zu spät. Da bemerkt sie, dass Kenan sie sorgenvoll ansieht. In seinen silbergrauen Augen liegt der Glanz von Schmerz neben der Sehnsucht. Mit einem markanten Gesichtsausdruck zollt er dem Rivalen Hochachtung. Mit der Hand auf der Brust, scheint er das Leid des Anderen zu erahnen, mehr noch, er erkennt die Bedeutung, weil sein Kontrahent aufgibt. Ihr Liebster kennt diesen Verlust und das zweigeteilt sein. Sein Blick drückt das Mitgefühl für Achim aus. Jasmin folgt Kenans stummen Gefühlseindrücken. Genauso lief es immer zwischen ihnen ab, wenn das Herz wortlos miteinander sprach. In seinen Augen glänzen verhaltene Tränen, bis der zweifelnde Knoten sich löst und er den Weg, vor sich liegen sieht. Silbersterne tanzen in der Iris und sein tiefbraun gebranntes Gesicht leuchtet, als entzünde ein unsichtbarer Magier in der Dunkelheit eine Lampe. Er hebt die Hände und öffnet, einem Ritual gleich, die Handflächen. Einladend streckt er sie ihr entgegen und ihre Handinnenseiten nähern sich ihm. Für die Dauer eines Wimpernschlags spürt sie in den Fingerspitzen eine Berührung. Schauer durchrieseln ihren Körper. Sie möchte das innige Gefühl der Verbundenheit festhalten, doch das gleißende Licht in seinen Augen erlischt und auch ihr Liebster entgleitet ihr in der Nebelwand. Gefangen in dem seltsamen Erlebnis, flüstert sie ihm nach.

»*Aşkım*, ich fühle deine Nähe, wie damals.« Ihre Worte verlieren sich in der Leere, die sie umgibt. Das Glück aber sprengt das Kummerband und schiebt die folgenschwere Einsamkeit beiseite. Zurück bleibt ein befreiendes Gefühl, ein friedlicher Zauber, der ihr Gesicht anstrahlt und sie aus ihrer Entrücktheit auftaucht. Beim Öffnen der Augen sieht sie sich Rebecca gegenüber, die von ihr unbemerkt, längst den Rundgang beendete. Sie mustert sie eingehend und räuspert sich.

»Die Faszination auf deinen Gesichtszügen, welch ein einmaliges und weltbewegendes Erlebnis. Schade, dass ich dich auf dieser Reise nicht begleiten durfte.« Jasmins Wangen färben sich. Rebecca nimmt ihre Hand und murmelt emotional berührt.

»Was ist passiert? Deine Mimik zeichnete ein Wechselbad von Gefühlen und es erschien mir wie ein offenes Buch. Eines aus fremden Buchstaben allerdings, die ich leider nicht entziffern konnte. Nie zuvor sah ich in einer so kurzen Zeitspanne voneinander abweichende Empfindungen in den Zügen eines einzigen Menschen. Für mich sah es aus, als flögen im Zeitraffer Jahre an dir vorbei.«

Eine passende Antwort zu finden fällt der Angesprochenen schwer. Sie schweigt, obwohl sie natürlich vermutet, dass die Freundin jetzt wie auf Kohlen sitzt. Das eben Erlebte lässt sich mit niemandem teilen, zu unglaubwürdig wirken die Bilder in ihr nach. Stattdessen legt sie ihre Hand auf Rebeccas Finger und schüttelt den Kopf.

Levents schriller Pfiff ruft sie zu Tisch und befreit Jasmin einstweilen vor weiteren Fragen.

Kapitel 19

Kurz nach dem Sonnenaufgang trifft Kenan in Ayvalık ein. Sofort bleibt sein Blick an den Fischerbooten hängen, die an der Hafenmauer ankern oder ins frühe Tageslicht hinausfahren. Übernächtigt folgt er den Wegen der Boote, einige mit Kurs auf Lesbos, die meisten drehen vor der griechischen Grenze um. Er parkt den Wagen, dann streckt er sich ausgiebig und schlendert an der Hafenmole entlang. Er spricht hier ein paar Worte mit einem Fischer, dort mit einem Fischhändler, dann kehrt er dem Treiben den Rücken zu. Er schultert die Reisetasche und geht in den hellenisch anmutenden Dorfkern auf dem Hügel. Vor einer privaten Pension begrüßt er inmitten ihres blühenden Gartens die fröhliche Besitzerin Hannah, eine notorische Frühaufsteherin. Sie umarmt den bekannten Gast und nimmt von einem Mauervorsprung zwei Gläser mit heißem Tee. Sie wechseln einige belanglose Worte, doch Kenan ist die Erschöpfung anzusehen und Hannah begleitet ihn ins Haus. Am Ende seiner Kräfte lässt er sich aufs Bett fallen und schläft mehrere Stunden traumlos. Nach einer ausgiebigen Dusche kehrt er in den Garten zurück, wohin ihm Hannah ein spätes Mittagessen bringt. Er isst und sie plaudern miteinander, bis Kenan den Zeitungsausschnitt aus der Hosentasche zieht und ihn wortlos auf den Tisch legt. Stirnrunzelnd überfliegt die Gastgeberin den kurzen Text. Natürlich erinnert sie sich an das Unglück im Frühjahr, aber Einzelheiten kann sie ihm nicht nennen. Die alte Dame lebt zurückgezogen und pflegt nur vereinzelte Kontakte. Mit ein Grund, warum er all die Jahre bei ihr übernachtete. Jetzt jedoch treibt ihn die Unruhe aus der Beschaulichkeit. Er macht sich auf die Suche nach einem gewissen Fischerboot. Dabei ist ihm durchaus bewusst, dass er sich bis zur Ankunft der *Tychon* unter Umständen tagelang gedulden muss. Yasemins Ehemann tauchte in der Vergangenheit wie ein Uhrwerk, immer zur gleichen Zeit vor den Inseln auf. Regelmäßig und gleichzeitig mit den blühenden Disteln, die ihn im Herbst nach Ayvalık zogen. Kommt er in diesem Jahr nicht, könnte die Vermutung stimmen. Kenan schüttelt den Kopf. Es kostet ihn Kraft, der Verlockung zu widerstehen, die im Internet recherchierte Rufnummer in Bonn noch ein drittes Mal anzuwählen. Dabei forderte ihn eine Mädchenstimme auf, eine Nachricht aufzusprechen. Beide Male legte er auf. Die Frage, die er stellen will, kann er nicht auf einem Anrufbeantworter hinterlassen.

Er zieht das Mobiltelefon aus der Jackentasche und überlegt, solange er das dunkle Display des abgeschalteten Gerätes betrachtet. Dann verwirft er kopfschüttelnd den Gedanken und steckt es in die Tasche zurück. Kenan befragt jene Fischer, die vom Fischfang zurückgekehrt an ihren Netzen flicken. Viele von ihnen kennen ihn zwischenzeitlich, so auch Muharrem. Doch der schüttelt den Kopf.

»Die *Tychon* sah ich längere Zeit nicht mehr auf unserer Seite. Entweder haben sie das Boot ausgemustert oder der Besitzer bekommt kein türkisches Visum mehr.« Kleine Lachfalten verschieben das spitze Robbengesicht des Alten. Kenan dankt ihm für die Auskunft, obwohl er diese nicht unbedingt teilt. Er schlendert zum nächsten Teegarten. Hätte er die Nacht in Izmir verbringen und am Morgen sein Glück bei den Beamten um ein Tagesvisum versuchen sollen? Er hasst das untätige Herumsitzen. Dabei dreht er das Teeglas gelangweilt zwischen den Fingern. Seine Augen folgen der Tragflächenfähre, die von Lesbos kommend in den Fährhafen von Ayvalık einläuft. Kenan stürzt den restlichen *çay* hinunter, wirft eine Münze auf den Tisch und streift erneut ruhelos im Hafengelände umher. Unentwegt stellt er Fragen, doch die Auskünfte bleiben spärlich. Die Fischer interessierte die Nachricht nicht, der Verunglückte war keiner von ihnen. Vereinzelt zuckt einer der Gefragten die Schultern, doch seine Suche nach einem Fremden, die verstehen sie nicht. Unvermittelt tritt ein hoch aufgeschossener Mann hinter ihn und legt ihm die Hand auf den Arm.

»Du fragst überall nach einem Taucher. Kanntest du ihn?«

Kenan dreht sich um und hebt die Schulterblätter.

»Möglich, wenn der Verunglückte Professor Achim hieß?«

Der Unbekannte mustert ihn und antwortet.

»So hieß er. Professor Dr. Achim Wendlinger starb in diesem Frühjahr bei einem Tauchunfall.«

»Täuschte mich meine Vermutung doch nicht. Das Boot, die *Tychon*, sagt man, …« Der Mittvierziger unterbricht ihn und streckt ihm die Hand entgegen.

»Ich bin Stavros. Erinnerst du dich? Wir trafen uns ein- oder zweimal. Vor vielen Jahren.« Er lacht und fährt sich dabei übers rasierte Kinn.

»Damals gehörten wir beide noch zu den Milchgesichtern.« Jetzt mustert auch Kenan sein Gegenüber genauer. Er sieht in ein fremdes Gesicht, auf einen kurzen Haarschnitt und schneeweiße Zähne in einem braun gebrannten Antlitz.

»Verliebter Junge sucht Herzallerliebste? Jetzt komm schon, so sehr habe ich mich doch auch nicht verändert.«

»Wenn du das weißt, dann kannst du nur der Bootsjunge von der *Tychon* sein. Nein, ich hätte dich nicht wiedererkannt«. Der Grieche klopft ihm auf die Schulter.

»Macht nichts. Dein Gesicht ist mir unverkennbar im Gedächtnis geblieben. Komm, gehen wir.« Kenan sieht ihn ratlos an und zieht eine Augenbraue hoch.

»Du suchst sie noch immer, die Frau von damals?«

»Ja.«

»Ach du Heilige!«

»Meine Familie verweigerte mir seinerzeit das Recht, sie zur Frau zu nehmen. Monatelang kämpfte ich für diese Liebe und um die Freiheit. Am selben Tag, als ich mich von der Fessel eines Ehrenversprechens befreite, zertraten sie unser Glück. Yasemin, so heißt sie, flog zurück nach Deutschland und ich konnte sie nicht mehr erreichen. Ich kannte nur ihre Adresse auf Lesbos. Sie aber stürzte sich, vermutlich ebenso verzweifelt wie ich, in eine Heirat mit dem Professor. Seit zwei Jahrzehnten hoffe ich auf ihre Rückkehr. Solange sie verheiratet war, musste ich die Ehre ihres Ehemannes akzeptieren. Jetzt darf ich endlich mit der Suche nach ihr beginnen, weil du mir die Gewissheit gabst, dass kein Ehemann mehr Besitzanspruch erhebt.«

»So eine Scheiße. Sorry. Diesen Zusammenhang kannte ich nicht.« Stavros schüttelt den Kopf und wundert sich über Kenans ausgeprägte Gefühle, die alle Widrigkeiten überdauerten. In einer Pause hängen beide Männer ihren Gedanken nach.

»Ich bring dich zu meiner Tante Kassandra. Mit ihr pflegte der Professor einen intensiven Kontakt. Ich kann dir auch Jasmins Adresse in Deutschland geben. Gib mir deine E-Mail. Ich schicke dir die Daten, wenn ich zurück auf der Insel bin.« Kenan gibt Stavros eine Visitenkarte, die er in seine Hemdtasche steckt. Mit dem Motorrad fahren sie einige Kilometer zu einem außerhalb angesiedelten Ort, wo Stavros seine Verwandte mit einem griechischen Redeschwall überschüttet. Er muss noch etwas erledigen, weshalb er die beiden sich selbst überlässt. Den Rest des Nachmittages verbringt Kenan bei Kassandra Karipidis im Garten bei Tee und Gebäck. Sie erzählt vom Professor, der ihr mit den Jahren wie ein Sohn ans Herz gewachsen ist. Gelegentlich wischt die alte Dame eine Träne von ihrer Wange. Sie spricht mit ihrem Gast über Achims Liebe zu seiner Ehefrau, aber auch von ehelichen Krisen und dem Werdegang der erwachsenen Tochter Marina. Geduldig lauscht er ihren Worten, bestätigt die Greisin doch erneut den Tod von Yasemins Ehemann.

Im Rahmen der gestrigen Nachtfahrt belastete ihn die Hoffnung, die ihn vorwärtstrieb. Denn die erlaubte Suche nach der Frau seines Herzens bedeutete den Tod eines anderen und nur dadurch Freiheit für sie beide, oder erlebt sie in diesen Stunden qualvolle Trauer. Er hoffte auf die Rückkehr seiner Jugendliebe, so wie *babaanne* es vor langer Zeit vorhersagte. In Grübelei versunken entgeht ihm, dass die alte Dame ihn kurzzeitig verlässt. Er kehrt erst aus der Gedankenwanderung zurück, als sie ihm eine Holzkassette in den Schoß legt. Kassandra öffnet den Deckel und ein Kuvert mit Cems Namen starrt ihn an. Ihm stockt der Atem, dann greift er in die Kassette. Die Briefumschläge brennen an den Fingerspitzen, denn es sind seine eigenen Briefe, die von Cem und die von Yasemin verfassten Schreiben an den gemeinsamen Sohn. Schriftstücke aus zwei Jahrzehnten Trennung. Mitgenommen. Unterschlagen. Es verschlägt ihm die Sprache. Yasemins Ehemann betrog nicht nur ihn und Cem, auch der Ehefrau schenkte er kein Vertrauen. Nicht eine einzige Nachricht erreichte Deutschland, die Mutterhände berührten weder ein Kinderbild von Cem, noch durfte sie von ihrem Kind je eine Zeile lesen. Fein säuberlich aufgestapelt liegen vierundzwanzig Jahre Briefverkehr in der Schatulle. Jede Fahrt nach Ayvalık, jeder sinnlose Hoffnungsschimmer wurde durch Irreführung vereitelt. Er ist zutiefst verletzt und es zieht ihn zu Cem, um das aufsteigende Hassgefühl auf den Betrüger mit ihm zu teilen. Nur sein anerzogener Respekt vor älteren Menschen lässt ihn sitzen bleiben, obwohl er vor der Wahrheit fliehen möchte. Kassandra stupst den entsetzt vor sich hinstarrenden Mann an und sagt ihm, dass auch sie seit Monaten vergeblich auf Jasmins Besuch wartet, damit sie die Schatulle bei ihr abholt. Kenans Zuversicht sinkt auf den Nullpunkt. Vor dem Professor hielt er alle Zweifel stets zurück, um ihn nicht zu brüskieren. Immer wieder schluckte er die Fragen nach Yasemin hinunter und heute offenbart sich der grausame Betrug des Rivalen, der die von ihm angeblich so angebetete Frau heimtückisch hinterging. Ein Motorrad biegt in die Straße ein und gleich darauf drückt Stavros auf die Hupe. Wortlos schließt Kenan die Kassette und stellt sie stumm auf den Tisch. Vor der Greisin beugte er seinen Kopf, zieht ihre Finger an Lippen und Stirn. Mit kratzenden Stimmbändern entbietet er der alten Dame den Abschiedsgruß. Sie nickt und begleitet ihn hinaus. Kenan steigt auf, da hebt sie überraschend die Hand. Sie ruft ihrem Neffen einige griechische Worte zu und huscht durch die Gartentür. Minuten später hält sie ihrem Gast die Briefsammlung entgegen, verschnürt und eingeschlagen in ein Leinentuch.

»Sie gehören dir. Ich glaube kaum, dass Jasmin sich noch meldet. Mag sein, dass sie dir und deinem Sohn helfen, die Vergangenheit ruhen zu lassen.«. Er nickt. Dankbar für das Geschenk ergreift er nochmals ihre Hände und küsst sie. Stavros bringt ihn zur Pension, da schiebt ihm der Grieche eine Visitenkarte zwischen die Finger, bevor er den Gashebel herumdreht und sich verabschiedet.

»Ruf an, wenn du wieder nach Ayvalık kommst. Ich arbeite auf der Fähre.«

Kenan bedankt sich, dann sieht er ihm wie vor den Kopf gestoßen hinterher. Er glaubt nicht mehr daran, dass Yasemin je zurückkehrt. Alles scheint verloren und hoffnungslos.

Kapitel 20

Der Nachmittag ist schon weit fortgeschritten, bis sich Levent nach dem Forellengrillen im Bergrestaurant erneut hinters Steuer klemmt. Zügig fährt er auf die Schnellstraße zurück, die das Trio zu ihrem Ziel bringt. Er schaut auf die Digitalanzeige im Auto und ihm wird klar, dass sie Ayvalık an diesem Tag erst zu nachtschlafender Zeit erreichen werden. Jasmin beobachtet sein kritisches Stirnrunzeln im Rückspiegel, doch der Zeitfaktor erscheint ihr nicht mehr so lebensnotwenig, wie am frühen Morgen.

»Es ist inzwischen unbedeutend geworden, ob wir mitten in der Nacht oder in der ersten Tageshälfte ankommen. Was haltet ihr davon, in einer küstennahen Stadt zu übernachten? Die erstaunte Reaktion ihrer Mitfahrer winkt Jasmin lässig ab.

»Mir begegnete auf dieser Fahrt Unglaubliches. Ich erlebte eine Zeitreise mit schmerzlichen wie wohltuenden Erinnerungen. Unser Reisetag stellte mich zurück ins Lot.« Ihre Begleiter tauschen sprachlose Blicke aus, da erinnert sie Levent daran, dass er im Morgengrauen Rebecca versprach, ihr seine Heimat von der malerischsten Seite zu zeigen.

»Ich danke dir für die Auswahl der Haltepunkte. Auch wenn ich zeitweise den Anschein, erweckt habe, dass die Reise in die Vergangenheit mich bedrückt. Dennoch entwickelte sich der Tag zu einem abwechslungsreichen Urlaubstag.« Sie drückt einen freundschaftlichen Kuss auf seine Wange und lässt sich dann wieder in die Polster zurückfallen.

»Das ist ein willkommener Vorschlag, Jasmin. Für eine Durchfahrt ist es außerplanmäßig spät geworden. Ich denke auch, dass wir den Reisetag nicht länger als nötig ausdehnen. Es freut mich, dass dir der Urlaubstag ebenfalls Vergnügen bereitet hat. Am Morgen bot dir der Sonnenaufgang einen Willkommensgruß, der dich kaum interessierte. Düstere Gedanken verdeckten dir den Sinn für die Schönheit. Bald können wir den Sonnenuntergang beobachten, seine Ausstrahlung mag deinen Weg in eine leuchtende Zukunft begleiten.«

»Eine poetische Formulierung, mein Freund«, schmunzelt Jasmin. «Wie weit möchtest du noch fahren?«

»In zwei Stunden könnten wir Kuşadası erreichen. Wenn es euch recht ist, suchen wir uns dort ein Hotel, gehen gemütlich Essen und fallen in weiche Betten.« Voller Vorfreude stößt er einen Seufzer aus und stupst Rebecca mit dem Zeigefinger an die Nase.

»Kuşadası, das ist doch die angesagte türkische Partystadt, die ist doch nicht zum Schlafen da. Da werden wir uns ins Nachtleben stürzen und in abgefahrenen Bars eine Nacht lang Abtanzen, mein Lieber.« Mit wenigen Worten radiert sie seine Erwartung auf einen geruhsamen Abend aus. Jasmin beobachtet die beiden im Rückspiegel. Rebeccas Augen leuchten, doch Levents krampfhafter Gesichtsausdruck wie sein Augenrollen, drücken nur absolute Abneigung an solchen Amüsements aus. Er atmet einmal kurz durch.

»Du stehst auf Partys! Natürlich gibt es in Kuşadası viele coole Adressen. Wenn du dir das wünschst, stürzen wir uns in den Touristentrubel, aber es ist dort laut und sündhaft teuer.« Rebecca überhört den abwertenden Ton und belohnt seine zähneknirschende Zustimmung verzückt mit einem Wangenkuss. Sie plaudert nun ausgiebig über Partys in Berlin, erzählt von Schauspielern und Sportgrößen, denen sie auf diversen Events begegnete. Es dauert eine Weile, bis ihr die Einsilbigkeit ihrer Begleiter auffällt und sie spielt die Beleidigte. Am Etappenziel fährt Levent auf den Parkplatz einer familiären Pension mit Direktlage am Meer. Das zweistöckige Haus mit Holzläden und überwucherter Terrasse schmiegt sich zwischen funktionale Hotelanlagen. Über ein erfrischendes Bad gibt es keine Diskussion. Danach bleiben sie am Strand, bis das abendliche Schauspiel die Wasseroberfläche in Brand setzt und mit Einbruch der Dämmerung spärliche Sonnenlichtreste den Horizont in eine lilafarbige Illumination verwandelt. Levent interessiert sich weniger für das Farbenspiel als für die ungleichen Begleiterinnen. Die Impulsivere der beiden malträtiert ihn bisweilen mit Genuss. Zuerst wirbelt sie äußerst vergnügt sein sowieso bereits verwirrtes Gefühlsleben durcheinander, um ihn im nächsten Augenblick mit diesem sinnlichen Blick aus stahlblauen Augen zu umgarnen. Zuweilen kommt sie ihm vor wie eine Spinne, die ihr Opfer zur Netzmitte lockt. Nach einem weiteren Atemzug verschwindet jeder Hauch von Liebeslust. Dann packt sie die Streitaxt aus, um ihn wegen einer winzigen vermeintlich falschen Äußerung zurückzustoßen. Er wird nicht schlau aus ihr. Natürlich ist er sich klar darüber, dass sie keineswegs mit einer türkischen Frau verglichen werden kann. Andererseits sucht er auch keine partyversessene Urlauberin. Ihr sprunghaftes Verhalten treibt ihn an den Rand einer geistigen Verwirrtheit. Er sieht in ihr eine Partnerin, aber lässt sie ihn Partner sein? Er stellt ihre Anpassungsfähigkeit ebenso infrage, wie das eigene, von Kindesbeinen an gelebte Recht des Mannes. Für ihre unterschiedlichen Lebenseinstellungen eine Einigung zu finden, könnte ein unüberwindbares Wagnis bedeuten.

Nach dem Strandbesuch sind alle hungrig und Levent reagiert mit Erleichterung, weil Rebecca nicht mehr auf ihre Absicht, die Nacht durchzutanzen, zurückkommt. Er ist überaus glücklich, dass auch sie die Anstrengung des Tages zu spüren scheint. Anstatt sich in den Trubel zu stürzen, verkosten sie gemeinsam einen exquisiten Rotwein. Dabei beobachtet er Jasmin nachdenklich. Sie erscheint ihm nachgiebiger und einsichtiger, als ihre temperamentvolle Freundin. Dennoch lässt sich ihr sprunghaftes Wesen kaum nachempfinden. Dass eine unverarbeitete Trauer sie in die Schwermütigkeit zerrte, stellte er bei ihrer Ankunft fest, wenngleich diese Beobachtung der beruflichen Neugierde entspringt. Trotz alledem scheint sie nicht durchgehend unglücklich, denn in ihr vereinen sich zwei gänzlich unterschiedliche Menschen. Einerseits wirkt sie aufgeschlossen und fröhlich, anderseits verschlossen wie eine Auster. Sie jagt alten Träumen hinterher und klagt gleichzeitig ihr gelebtes Leben an. In ihren oft unzusammenhängenden Erzählungen erkennt er ihre Anspannung, die sich in Schuldgefühl bei ihr festgesetzt hat, doch das sind eher verzerrte Bilder. Auffallend ist ihr Verständnis für die Kultur seiner Heimat, ihre Sprachkenntnisse wie auch ihr archäologisches und kulturelles Wissen. Was hält sie zurück?

Als die Gläser der beiden Frauen leer sind, wünschen sie ihm eine erholsame Nachtruhe. Rebecca ertappt ihn dabei, dass er hinter ihnen hersieht. Er hebt die Hand, dann genehmigt er sich ein letztes Getränk. Trotz ungewöhnlicher Müdigkeit wälzt er sich im Bett, bis er kurz vor Mitternacht entschlossen aufsteht und eine Mobilfunknummer anwählt. Allerdings erreicht er nur die Mailbox des Teilnehmers. Gereizt legt er auf und wählt stattdessen eine Telefonnummer in Kumköy.

»*Bahcede*-Resort-Hotel, Sie sprechen mit Mehmet Sinav,« begrüßt ihn die sonore Stimme des Rezeptionschefs.

»Levent. *Iyi akşamlar*, Mehmet. Hat Kenan sich bei dir gemeldet?«

»Nein.«

»Wo steckt der Kerl denn? Weißt du mehr?«

»Ich weiß nur, dass er sich nicht meldet. Es ist ungewöhnlich, dass er unsere Nachrichten auf dem Anrufbeantworter ignoriert, aber scheinbar hört er die Mailbox nicht ab.« Der sonst so besonnene Empfangschef kann die Unruhe in der Stimme nicht überspielen.

»Wo brennt es denn bei dir, dass du nicht schläfst? Hast du Schwierigkeiten mit den beiden Deutschen?« Er verneint diese Unterstellung und formuliert die Spekulation, dass Frau Wendlinger die vermisste Frau in Kenans Leben sein könnte. Weil der Angerufene den Atem scharf einzieht, bohrt Levent in sein Schweigen hinein.

»Du weißt mehr, wie du zugeben willst, mein Lieber. Rück mit der Sprache raus, wo steckt der Boss.« Normalerweise bewahrt der Empfangschef über familiäre Angelegenheiten Stillschweigen. Aus Sorge um den Freund und Chef bricht er dieses ausnahmsweise. Levent erfährt von Francescas aufgeregter Vermutung nach dem Treffen mit der Deutschen und auch der Zeitungsbericht bleibt nicht unerwähnt. Alle Informationen fügen sich wie fehlende Puzzleteile in die Lücke der inzwischen von Levent angelegten Indizienliste. Er informiert den Gesprächspartner, dass seine Begleiterin in der Tat in Bonn zu Hause ist und vor einigen Monaten ihren Mann verlor.

»Ihr Ehemann war ein bekannter Professor für Kunstgeschichte und Archäologie. Erinnerst du dich, ob in dem Bericht etwas Derartiges stand?«

»Und ob ich mich daran erinnere. Frau Wendlinger heißt im übrigen Katharina Jasmin.«

»Der Zweitname ist wohl ihr Rufname. Ich nenne sie inzwischen ebenso, da ihre Freundin sie nie mit Katharina ansprach.« Levent erörtert mit Mehmet die weitere Vorgehensweise. Knapp zwei Jahre nach Cem brachte Jasmin ihre Tochter Marina auf die Welt, sofern die Mutmaßungen zutreffen. Er beauftragt den Empfangschef, sie in Rom ausfindig zu machen, wo sie in einem Hotel arbeiten soll. Eine Information von Rebecca, doch Levent möchte im Moment keine der Frauen direkt danach fragen. Er informiert ihn auch, dass Jasmin ein herzförmiges Medaillon trägt, das ihn aufgrund der ungewöhnlichen Ziselierungen an Kenans Amulett erinnert. Außerdem teilt er mit ihm die Beobachtungen vor Kumluça, wo seine Begleiterin regelrecht zu erstarren schien, ihre begonnene Erzählung abrupt unterbrach und ihre Augen über die Berghänge streiften. Mehmet brummt nur.

»Mehmet. Hilfst du mir jetzt, du einsilbiger sturer Esel. Du kannst deinem Freund helfen, Klarheit zu bekommen.« Da lässt der mitternächtliche Gesprächspartner sich endlich dazu herab, nach Levents Reiseziel zu fragen.

»Ihr seid auf dem Weg nach Ayvalık? Möglicherweise begegnest du ihm dort höchstpersönlich. Bisher ist er noch in jedem Herbst, zur Zeit der blühenden Disteln dorthin geflüchtet. Immer in der Hoffnung auf eine Nachricht von ihr. Der Tote aus dem Zeitungsartikel soll vor der Küste zwischen Ayvalık und Mytilini verunglückt sein.« Mehmet überlegt einen Augenblick, dann vertraut er dem Mitwisser an, dass Kenans Freundin damals ein Studienjahr auf der griechischen Insel Lesbos verbrachte. Schließlich sind sie sich einig. Sie verabreden, in Verbindung zu bleiben. Minuten später segelt Levent ins Land der Träume. Früh am nächsten Morgen betritt er den Pensionsgarten, wo leise plätschernde Wasserspiele eine angenehme Atmosphäre schaffen. Die Damen erwarten ihn unter einer purpurfarbenen Bougainvillea. Jasmins Blick liegt gebannt auf der Farbkomposition über ihr. Die Turteltauben jedoch sind an den Leckereien vom Buffet interessiert. Bald verstauen sie ihr Gepäck im Kofferraum und fahren durch eine noch schlafende Partystadt. Rebecca erinnert ihre Begleiter an das verpasste Getümmel und erntet dafür ein bedauerndes Schulterklopfen ihrer Freundin. Jasmin lehnt sich in die Polsterung zurück, denn sie sieht ihrer Ankunft in Ayvalık ungeduldig entgegen. Unzählige Fragen stürmen auf sie ein, die eine Antwort erhalten sollen. Zunächst erreichen sie Izmir und durchqueren die Großstadt. Zeitweise gibt das Häusermeer die Sicht auf die Ägäis frei, doch Levents Aufmerksamkeit gilt vor allem der mehrspurigen Straße. Rebeccas Begeisterungsrufe unterbrechen nicht nur Jasmins Gedanken.

»Smyrna, so hieß die Stadt früher, besaß im letzten Jahrhundert zahlreiche osmanische Gebäude. Nach einem gewaltigen Erdbeben fand man sie nur noch in wenigen Stadtteilen, bevor die Brandkatastrophe von 1922 den Rest ausmerzte«, erklärt der Fahrer und sein Bedauern darüber ist ihm anzusehen. Inzwischen wuchern an den Hängen einförmige Hochhäuser, weil Wohnraum knapp ist. Jasmin folgt Levents Erklärung eher abwesend, denn ihr Herz schlägt unregelmäßiger, je weiter sie sich dem Ziel annähern. Die Zeit rinnt unaufhaltsam durchs Stundenglas. Zwei Stunden, nur noch zwei Stunden, pocht der Rhythmus ihres Blutes. Ihre innere Anspannung steigt. Um die Unruhe auszublenden, legt sie ihren Begleitern die Hand auf die Schulter und fragt, ob sie ihre Geschichte weitererzählen soll.

»Welche Frage!«, antwortet Rebecca und auch Levent nickt aufmunternd.

»Wo bin ich stehen geblieben?«

»Ihr wolltet nach Alanya. Mit einem Universitätsprofessor aus Antalya,« witzelt die Freundin über die Namensähnlichkeit. Jasmin beginnt damit, wie am Morgen der Hahn krähte und Professor Wendlinger anordnete, zusammenzupacken. In ihren Augen standen Tränen, denn dieser überraschende Abschied aus Kumköy bedeutete, dass sie sich von dem Mann in den sie sich verliebt hatte, nicht mehr verabschieden durfte. Es dauerte deshalb eine ganze Weile, bis Professor Erhan sie mit seinem Wissen zu fesseln vermochte. Alanya liegt am südlichsten Zipfel der türkischen Riviera und neben den Autofenstern zogen duftende Zitronenhaine wie auch Bananenfelder vorbei. Der Altertumsforscher referierte über ein *han*. Das *Sarapsu Hanı* bei Konaklı stammte aus dem 13. Jahrhundert und besaß dazumal vierundzwanzig Türme und ein zweigeschossiges

Stadtgebäude, das ähnlich einer Karawanserei als Warenlager und Unterkunft diente. Da bog er plötzlich ab und lenkte den klapprigen Bus auf eine Schotterpiste, bis das eingestaubte Gefährt auf einer Anhöhe hielt. Er ordnete eine Pause an und bat sie, sich selbst ein Bild vom *Han* zu machen und nach Überresten zu suchen.

»Vielleicht begegnen sie ausnahmsweise einer Amazonenkriegerin, aber passen sie auf ihre Bewaffnung auf«, bespöttelte er ihr Studienthema. Sie stapfte mit Frank durch die geborstene Architektur bis zur noch stehenden Wand auf der Bergseite. Steine auf dem Boden markierten die einstige Größe der Anlage, ebenso wie Steinmetzarbeiten die Unvergänglichkeit. Jasmin sah hinaus auf das tiefblaue Meer, auf dem Schaumkrönchen auf den Wellen tanzten. Sie trug eine rote Tunika und ihre Haare waren wegen der Sonne mit einem Tuch bedeckt. In einer schattigen Ecke skizzierte sie das Relief im Zeichenblock. Frank fing seine Eindrücke mit einer Kamera ein, die ihm ein Onkel für die Studienreise ausgeliehen hatte. Erhan richtete wehmütige Worte an Achim, denn diese Reste würden bald Baggern zum Opfer fallen. Die Nähe zu Alanya und der einzigartige Ausblick waren für die Behörden Grund genug, die Mauern demnächst in einer Hotelanlage verschwinden zu lassen. Vermutlich waren Jasmins Skizzen die letzten Beweise der Existenz und so sucht sie im Rückspielgel Levents Blick.

»In der Gegend um Alanya herum wurde in den vergangenen Jahrzehnten viel gebaut. Das alte *Han* findest du heute garantiert nicht mehr«, beantwortet er ihre stumme Frage. Da lenkt sie ihre Gedanken zurück, bis sie die Stimme von Professor Erhan wieder hört. Stolz zeigte er auf Oleander, Palmen und Feigenbaumwiesen, die den danach befahrenen Küstenstreifen säumten. Er bat sie, auf mediterrane Eigenheiten zu achten, auf Steineichen, auf Johannisbrot und Erdbeerbäume. Frank stutzte, weshalb Achim auf einen mit winzigen roten Beerentrauben beladenen Baum wies. Jasmin versuchte damals, so viele Informationen wie möglich in ihrem Tagebuch festzuhalten, selbst wenn Risse in der Straße sie mitunter am Schreiben hinderten.

»Deine Freundin besitzt ein außergewöhnliches Gedächtnis«, äußert sich Levent. Jasmin hingegen ist bewusst, dass ihre Redebereitschaft nur dazu beiträgt, die Zeit bis zum Ziel zu bewältigen. Unbeirrt klammert sie sich an ihre Erinnerungen, da ist der rege Verkehr von Izmir längst vorbei.

»In Alanya schulterten wir die Rucksäcke, um die Krone der Stadt zu erklimmen. Imposant umspannt eine Kettenburg den Burghügel und an die Hänge der Oberstadt klammern sich osmanische Häuser. Achim glänzte hier mit seinem historischen Wissen, das Professor Erhan ein anerkennendes Lächeln abrang. Schnaufend erreichten wir die Burgzinnen. Da erzählte der Reiseleiter die Geschichte von einem Sultan, der sich in die Hafenstadt verliebte und den Ort Aksaray im Landesinneren sowie eine Tochter dafür eintauschte. Er benannte den Sommersitz nach ihr. Ala´ ýye.«

»Wollen wir uns das in der Verlängerungswoche anschauen? Ich habe gestern Abend mit meinem Chef telefoniert. Nach unserer Ankunft muss ich noch das Reisebüro verständigen.«

»Einverstanden. Allerdings fliege ich erst nach Hause, wenn ich die Menschen die ich suche gefunden habe.«

Kapitel 21

Auf Hinweisschildern taucht erstmals ihr Zielort Ayvalık auf. Jasmin erinnert sich, wie Frank auf dem Rückweg von Alanya im Fond des Busses verstohlen seine Finger mit ihren verschränkt hatte. Sie empfand es keineswegs unangenehm. Aber es bestätigte nur, dass ihr Herz bereits gebunden war. Für den Einen, der ihr die Unendlichkeit eröffnete und der sie quasi aus dem Nichts, in die schwindelnde Höhe der Seligkeit hinaufgeführt hatte. Damit beendet Jasmin ihre Erinnerungsreise.

»Du kanntest den Jungen doch kaum«, beanstandet Rebecca.

»Es gab wenig Zeit für Gemeinsamkeiten. Dennoch blieben unserer Gefühle wie durch ein Band miteinander verschlungen. Erst das ausgehandelte Eheversprechen seines Vaters riss uns ein zweites Mal auseinander und danach schien eine Trennung unumgänglich. Trotzdem glaubte ich an sein Versprechen und gab die Hoffnung nicht auf, dass er eine Lösung findet.« Ihr Atem beschleunigt sich, da stoppt der Fahrer das Auto am Straßenrand. Im Wagen herrscht eine angespannte Atmosphäre, in der Rebecca weitere Auskünfte der Freundin abwartet, da richtet ihr männlicher Begleiter das Wort an Jasmin.

»Die Familien in meinem Heimatland üben nach wie vor einen beachtlichen Einfluss auf ihre Nachkommen aus. Von ihren Kindern verlangen sie Respekt und Achtung. Ein Heiratsversprechen, das der Vater für den Sohn gibt, bindet alle Parteien. Diese Komplikation zu lösen, das mochte für den Mann damals ein schier unmögliches Unterfangen bedeuten. Heute ist das unter Umständen einfacher, da wendet sich der Mann mit seinem Herzenswunsch an die Mutter, die dann beim Patriarchen ihr gewichtiges Wort für die Verbindung einlegt. Das geschieht immer häufiger mit Erfolg.« Jasmin sieht ihn nachdenklich an, während in Rebeccas Augen die emanzipierte Lebenseinstellung aufglüht, die eine solche Herangehensweise rundweg ablehnt. Beschwichtigend drückt Levent ihre Finger.

»Lass mich deine Freundin zuerst etwas Wichtiges fragen.« Sie sieht ihn herablassend an, stellt ihren Vorwurf jedoch hinten an. »Liebe Jasmin, du bist vertraut mit meiner Kultur. Du weißt mehr, als viele andere Touristen und du erzähltest uns von einem Familienverband, welcher eure Liebe blockierte. Möchtest du nicht endlich dein Geheimnis lüften und uns seinen Namen verraten?« Die Angesprochene schnappt überrascht nach Luft, doch Levent stellt eine weitere Frage, noch bevor ein Wort über ihre Lippen dringt.

»Oder, soll ich ihn für dich aussprechen?«

»Du?«, tönt es verwundert von der Beifahrerseite. »Wieso glaubst ausgerechnet du, ihr Geheimnis zu kennen? Welche Spuren konntest du denn aus den abgehackten Erklärungen herauslesen? Außerdem stammt der betroffene Mann nicht aus Kumköy!«, trumpft sie mit ihrem Wissensvorsprung auf. Levent ignoriert ihren Zwischenruf und behält stattdessen Jasmins Reaktion im Auge. Anstatt Verblüffung leuchtet ihm dort Dankbarkeit entgegen.

»Du weißt, wer er ist? Bitte, sprich.« Ein hoffnungstragendes Lächeln lässt ihr Gesicht erstrahlen. Sein kurzes Zögern beschert ihm einen ungeduldigen Stoß von der Seite.

»Ich halt das nicht mehr aus. Zwei Geheimniskrämer in einem Auto, das ist ja nicht zum Aushalten.« Schwungvoll plumpst Rebecca in ihren Sitz zurück und wirft die Haare genervt zur Seite. Von ihrer Verärgerung unbeeindruckt schüttelt Levent den Kopf, dabei leuchten seine Augen diabolisch. Er bittet sie um Geduld, da sie in zehn Minuten bereits ihren Zielpunkt erreichen. Mit dem Zeigefinger hebt er Rebeccas Kinn an und weist mit der anderen Hand auf das Schild 'Ayvalık' hinter der Windschutzscheibe.

»Wenn ich meine Vermutung preisgebe, möchte ich euch beiden ins Gesicht schauen. Es ist nämlich absolut kurios, aber den Namen des gesuchten Traumprinzen, den kennt jeder in Kumköy.« Damit startet er den Anlasser und rollt die abschüssige Straße talwärts. In Jasmins Kopf spult ein Film ab und die Bilder jagen im Zeitraffertempo vorbei, bis die Bildabfolge ins Stocken gerät. Sie zeigt ihr eine Momentaufnahme von sich selbst, mit ihrem mollig verpackten Baby im Arm. Ein Zeitdokument, kurz nachdem sie den Entschluss fasste, die Entscheidung selbst zu suchen. War ihr das glückliche Wiedersehen mit Cem und Kenan vergönnt? Sie überlegt, welch ein Glücksfall es wäre, wenn ausgerechnet ihr Chauffeur den Gesuchten persönlich kennt. Sie spürt die Wärme des Medaillons auf ihrer Haut, wie seit jenem Tag, da sie es umlegte. Sie fühlt jede noch so kleine Schwingung, als würde es zu ihr sprechen.

»Wow.« Rebeccas Begeisterungsruf lässt sie aufhorchen.

»Schaut doch. Lauter winzige Inseln. Als hätte ein Maler Farbkleckse in ein azurblaues Aquarium getupft.« Die bewundernden Ausrufe gelten den Aussichten auf Ayvalık, bis Levent den Wagen in die griechisch anmutende Hafenstadt hinein lenkt. Zärtlich drückt er die Hand der Beifahrerin und parkt Minuten später an der belebten Hafenstraße. Jasmin hingegen vergleicht das rege Treiben im weitläufigen Naturhafen zwischen Rückschau und Gegenwart. Hellblau und weiß gestrichene Fischerboote dümpeln im Rhythmus der Wellen. Fischer verkaufen ihren Fang wie damals direkt aus dem Boot heraus. Plötzlich beginnt ihr Herz zu rasen. Erschrocken drückt sie ihre Hand gegen die Brust. Ein Kribbeln steigt in ihr empor als würden Schmetterlinge im Bauch tanzen. Dieses eigenartige Gefühl taucht seit ihrer Ankunft in unregelmäßigen Zeitintervallen auf. Zuerst in der Hotelanlage, später auf ihrer Joggingrunde. Bei der Suche nach dem alten Fischerhaus führte es sie von der ersten Wahrnehmung bis zum Gedenkstein zwischen den Felsen. Beim Besuch von Levents Verwandten in den Bergen bemerkte sie es ebenfalls. Jetzt scheint ihre Vorahnung endgültig zu bestätigen, dass eine Verbindung mit Kenan über das Medaillon existiert. Sie fühlt seine allgegenwärtige Nähe, eine fast greifbare Gefühlsregung. Der Fahrer öffnet ihnen die Türen, dann hakt er die Frauen unter. Zusammen schlendern sie an der Hafenpromenade entlang zu einem Teehaus. Tee, Cappuccino, Sesamkringel, Kuchen oder Torten, die Auswahl bietet für jeden das Richtige. Bis der Kellner die Bestellung serviert, zappelt Rebecca unruhig in ihrem Korbstuhl herum und wirft Levent einen herausfordernden Blick zu. Da dieser keine Wirkung zeigt, peilt sie ihn mit einem verlockenden Blick an. Jasmin beobachtet ihre Gesichter. Obwohl er scheinbar gelassen einen Schluck Kaffee trinkt, ist offenkundig, wie schwer es ihm fällt, sich dem Charme der Freundin zu widersetzen. Er will sie nicht länger auf die Folter spannen. Um Rebecca jedoch zu reizen, beginnt er träge damit, dass er den Namen des Gesuchten, bereits in der Nacht vor dem Aufbruch mit der Witwe verband. Er erklärt ihnen, dass da noch zu viele Fragen offenblieben, doch die Fragmente, die Jasmin unterwegs preisgab, rundete die vage Ahnung sukzessive ab. Vor allem die Orte, an denen sie sich in ihre geheimen Ecken des inneren Ichs zurückzog, verstärkten seinen Eindruck und er verflocht jedes Details mit dem nächsten.

»Ich schätze diesen Mann übrigens sehr.«

»Mach vorwärts!«, platzt Rebecca ihm überreizt ins Wort.

»Wie heißt er denn nun.« Beruhigend hält er seinen Zeigefinger vor die Lippen, bevor er unbeeindruckt weiterspricht.

»Entspann dich. Jasmin sollte es vor Spannung kaum aushalten. Aber schau sie dir an. Sie ist die Ruhe selbst.« Nach einer weiteren Pause sieht er sie mit listigem Augenaufschlag an. Rebecca blitzt ihn nur wütend an, verschränkt die Arme und rümpft die Nase. Levent konzentriert sich auf die Hauptperson. Er inspiziert die Dunkelhaarige, die erstaunlich entspannt in ihrem Sessel lehnt. Geduldig wartet sie auf seine Enthüllung, weshalb er nun den direkten Augenkontakt mit ihr sucht.

»Er heißt Kenan, nicht wahr?« Das schillernde Leuchten in ihrer Iris gibt ihm eine eindeutige Antwort, obwohl sie tonlose Versuche startet und schließlich nickt. In ihrem Kopf überschlägt sich die Vorstellung, wie einfach es nun ist, Kenan zu finden. Ihr Schmuckanhänger vibriert. In ihrer Aufregung übersieht sie, dass der Vorname gewiss kein Einzelfall ist. Doch für sie existiert nur der Eine. Derjenige, den ihr Herz sucht. Levents Stimme klingt eindringlich, als wiederhole er den Satz nicht zum ersten Mal. In ihrer Atemlosigkeit erreichen sie seine Worte nur verzögert.

»Du warst ihm bereits verdammt nahe.« Er wartet einen Moment, bis sie ihre Aufmerksamkeit auf ihn fokussiert hat. »Der Eigentümer eures Urlaubshotels heißt Kenan und er betreibt das Resort mit der Familie, äußerst erfolgreich übrigens«. In Jasmins Gesicht fällt alles zusammen. Fassungslos stammelt sie: »Der Besitzer des Hotels? Er?« Ihre Stimme verliert mit jeder Silbe mehr den Ton. Das Nicken ihres Gegenübers beendet den sanften Schlag der Schmetterlingsflügel. Jäh verlangsamt ihr Blut den Rhythmus und eine eisige Faust quetscht ihre Lungen. Sie spürt, wie sie fällt ... und fällt, bis Levents Arme zupacken, bevor sie vollends aus dem Sessel kippt. Rebecca springt bestürzt auf und tätschelt ihre Wangen. Der Doktor tränkt ein Taschentuch mit dem Wasser, das auf dem Tisch steht. Behutsam benetzt er ihr Gesicht. Sie kommt wieder zu sich, doch es dauert noch eine Weile, bis sich die Herzfrequenz beruhigt. Tonlos haucht sie.

»Schade, Levent. Du täuschst dich, obwohl der Vorname stimmt. Mein Kenan aber gehörte zur einfachen Bevölkerungsschicht. In jenen Tagen lebte er bei der Schwester seiner Mutter am Meer, um den Fischfang für deren erkrankten Mann fortzuführen. Er kommt aus den Bergen ...«

»... aus dem Bergland oberhalb von Kumluça«, vollendet er ihren Satz. Er rückt ihr den Korbsessel zurecht und schiebt sie in den Sitz zurück. Ihre Lethargie verfliegt und die bekannten Flügelfalter, tanzen einen nicht enden wollenden Samba. Jasmin krallt ihre Hände um Levents Arme, denn ihre Gedanken überschlagen sich. Ihr Gesicht glüht erwartungsvoll.

»Meinst du denselben Kenan, dessen Nachname Kara lautet und der aus dem Bergdorf Karaağac stammt?« Er nickt und sein unbefangenes Lachen umhüllt sie wie ein Seidenkokon, der sie umschlingt und in schwindelnde Höhen trägt. Kaum auf die Erde zurückgekehrt, fällt es ihr wie Schuppen von den Augen.

»Ich werd verrückt. Kenans kleine Schwester Daphne begegnete ich in der Wellnessabteilung des Hotels. Jetzt weiß ich, warum sie mir so vertraut vorkam. Obwohl sie damals noch ein Kind war.« Jasmin küsst Levents Hände.

»Ich danke dir«, murmelt sie und begreift, weshalb sie in Kumköy ständig ihren Aufruhr bekämpfen musste. Überall fühlte sie seine Aura. Dabei glaubte sie, dass Erinnerungen diese Geister heraufbeschworen. Sie denkt daran, wie sie am Abend vor ihrer Abreise an seiner Villa läutete und sich zu Tode erschreckt hätte, wäre er unerwartet vor ihr gestanden.

»Es ist wie es ist. Kenan und ich durften uns nicht zu früh begegnen. Ich muss zuerst mein eigenes Leben ordnen und Achims Hinterlassenschaft klären.« Sie murmelt die Worte, die wie Glücksperlen heraus blubbern. Jasmin stemmt sich aus dem Sessel, stellt sich hinter Levent und Rebecca und umarmt die beiden.

»Meinen Enkel traf ich bereits«, seufzt sie glücklich. Da schnellt Rebecca herum.

»Deinen Enkel? Ja spinnst du jetzt komplett«, stolpert es von ihren Lippen. Bevor sie ihre brennende Frage loswird, verschließt ihr der Mann an der Seite die vorwitzige Schnute mit einem kurzen Kuss. Levent begleicht die Rechnung und wendet sich auf dem Weg zum Auto leise an Rebecca.

»Deine Freundin wird dir in den kommenden Stunden all ihre Geheimnisse anvertrauen. Sie muss die Information, wie sie Kenan findet, erst selbst verkraften. Eine solche ereignisreiche Zeit erzählt niemand in Minuten. Sei geduldig mit ihr.« Vor dem Wagen drückt er beruhigend Jasmins Hand.

»Die Suche nach Kenan bleibt dir in diesem Fall erspart. Du weißt jetzt, wo du ihn sicher findest. Allerdings«, fügt er hinzu, »ist er derzeit unterwegs und telefonisch nicht erreichbar.«

»Lass es dabei. Wie gesagt, ich muss zuerst mein Leben ordnen. Bring mich jetzt bitte zu Kassandra.« Sie fahren nach Sarımsaklı, eine Kleinstadt einige Kilometer außerhalb von Ayvalık. In Achims Abschiedsbrief stand Kassandras Adresse. Traumhafte Ausblicke auf die beschauliche Inselwelt vor der Küste begleiten ihre Fahrt. Levent stoppt vor einem Strandhotel, wo sie zwei Zimmer für eine Nacht buchen. Rebecca bricht mit ihrem Doktor auf, um im Meer zu schwimmen und ihn ein wenig anzustacheln. Zumindest äußert sie sich Jasmin gegenüber so. Die Freundin bittet sie um Rücksicht und wünscht ihr mit hochgezogenen Augenbrauen einen schönen Tag.

Alleingelassen versucht sie, die Neuigkeiten zu verdauen, und stellt sich unter die Dusche. Ihr Duschgel hinterlässt einen blumigen Duft. Sie öffnet die Tür, um die Dampfschwaden aus dem winzigen Badezimmer hinauszulassen. Sie föhnt den beschlagenen Spiegel, dann trocknet sie ihre Haare und betrachtet sich eingehend im Spiegelbild. Ihr entgeht keine Unebenheit. Fältchen graben sich neben die Augen, an den Mundwinkeln entdeckt sie einen ersten Ansatz vom Damenbart. Ihre Wimpern sind lang, dicht und schwarz, wie damals. Der gezupfte Schwung ihrer Augenbrauen betont die Ausdrucksstärke ihrer Augen. Mit Gel bringt sie ihre Kurzhaarfrisur in Form. Im Wesentlichen ist sie mit ihrem Aussehen zufrieden. Mit diesen positiven Überlegungen schlüpft in eine Sommerhose zum sonnengelben Polo-Shirt und schnürt ihre Sportschuhe. Jasmin betupft ihre Lippen mit blassem Lipgloss, nimmt die Handtasche und macht sich auf den Weg, um Stavros Tante aufzusuchen. Nervös verlässt sie das Hotel. Der Portier erklärt ihr, wie sie zur *Sarımsaklı çaddesi* kommt. Bald steht sie vor den hellen Mauern mit der Nummer 27, die das Anwesen umschließen. Sie atmet tief ein, um dem erwartungsvollen Gefühl, entgegenzuwirken. Die Gartentür ist offen und sie betritt das Grundstück, weil sie keinen Klingelknopf findet. Am Aufgang zur Veranda entdeckt sie einen Glockenstrang, zieht daran und aus dem Inneren des Hauses erklingt ein melodisches Läuten. Eine weißhaarige Dame mit tief eingegrabenen Runzeln im Gesicht tritt auf die Terrasse. Ihr sympathisches Lächeln löst ein erkennendes Strahlen ab.

»Katharina Jasmin Wendlinger, nicht wahr? Achims Ehefrau, wenn meine alten Augen mich nicht täuschen«, heißt sie die Besucherin willkommen und streckt ihr die Arme entgegen.

»Monatelang habe ich auf dich gewartet.« Die Greisin drückt Jasmin an sich.

»Ja. Die bin ich, Frau Karipidis«, bedankt sie sich überrascht für den warmherzigen Empfang.

»Karipidis« wehrt sie ab. »Alle nennen mich Kassandra, weißt du das nicht mehr?« Sie ergreift die kühlen Hände ihrer Besucherin und sieht sie an. »Es ist ewig her, seit unserer letzten Begegnung im Sommer 1976 und es ist jede Menge passiert seither.« Die klein gewachsene Frau nimmt Jasmins Hand. Über ihren Köpfen baumeln Flaschenkürbisse zwischen dem dichten Blattwerk roter Weintrauben. Sie bittet ihren Gast, sich in den bunt gepolsterten Korbsessel zu setzen.

»Es gibt so viel, das ich dir sagen muss«, plaudert sie drauf los. Ein blutjunges Mädchen tritt aus dem Haus und fragt nach den Wünschen der Greisin. Die stellt ihrer Besucherin die Großnichte Elena vor, die ihr zweimal in der Woche im Haushalt hilft.

»Bring uns Eistee und von den Keksen, die du heute Morgen gebacken hast«, bittet sie die etwa Fünfzehnjährige. Dann sehen sich die beiden Frauen lange an, bis es aus Jasmin herausbricht.

»Kassandra, ich komme mit einem Anliegen zu dir.« Sie zieht den zerknitterten Brief aus ihrer Handtasche. »Von Stavros weißt du vermutlich, dass Achim im Frühjahr vor den Inseln verunglückte«. Eine einzelne Träne rinnt über ihre Wange, die sie nicht wegwischt. Die alte Frau nickt und greift nach ihrer Hand.

»Ja, mein Kind. Natürlich erfuhr ich von dem tragischen Unfall. Ich mochte deinen Mann, denn er ersetzte mir oft den vor Jahren verlorenen Sohn. Es tut mir sehr leid.« Sie macht eine kurze Pause und erklärt, dass Achim sie jeden Herbst besuchte und er sich manchmal beklagte, weil seine Frau ihn nie begleiten wollte. Ein sanfter Vorwurf lag in ihrer heiseren Stimme, als sie ihr Achims zuletzt oft melancholische Stimmung schilderte. Ganz anders sei das in den Anfangsjahren ihrer Ehe gewesen, da strahlte Glück aus seinen Augen, wenn er Bilder von der Hochzeit, von Ausflügen oder Fotos von Marina zeigte.

»Dich Jasmin, liebte dein Mann aus vollem Herzen. Aber er hat Fehler gemacht, nicht wahr? Mit jedem Jahr erschien er mir verzweifelter, weil du ihn nicht lieben wolltest. Um seine Mundwinkel entstanden tiefe Falten der Verbitterung. Gelegentlich redete er sich den Kummer von der Seele, aber helfen vermochte ich ihm nicht.« Verwundert studiert die Besucherin ihre Gastgeberin. Dass ausgerechnet ihr in privaten Dingen eher verschlossener Achim mit einer Fremden über ihr schwieriges Verhältnis sprach, überrascht sie. Auch diese Besuche erwähnte er ihr gegenüber nie und so verwirrt sie die Vertrautheit einerseits, andererseits ergibt sich hieraus eine

Chance, Antworten auf Fragen zu erhalten, die sie ihrem Ehemann nicht mehr stellen kann. Kassandra bemerkt Jasmins sinnieren nicht.

»Nun bist du doch noch gekommen, um sein Vermächtnis abzuholen.« Die Besucherin erklärt ihr Fernbleiben und erwähnt auch das Schriftstück, das ihr Mann bei einem Notar für sie hinterlegte. Sie findet es bemerkenswert, wie leicht es ihr fällt, mit der alten Frau über private Angelegenheiten und ihre Schuldgefühle zu reden. Ihr Leben sprudelt nur so über ihre Lippen. Sie entwickelt ein beinahe kindliches Vertrauen und erzählt ihr sogar von Kenan und ihrem gemeinsamen Sohn, von ihrem Glück, dem Kummer und der Ausweglosigkeit. Schuldbewusst senkt sie schließlich den Kopf, doch dann stellt sie Kassandra die unbeantworteten Fragen.

»Ich konnte Achims Zuneigung einfach nicht erwidern. Ich wollte es zulassen, denn ich sah die Qual in seinen Augen. Er türmte mir die Schuld an seinem Unglück auf die Schultern, unterschwellig, nie offen. Warum wollte er die Ehe nicht beenden? Aus welchem Grund klammerte er sich an mich? Und weshalb, in Gottes Namen trennte er mich von den Menschen, die mein Herz vermisste?« Ihre Gastgeberin kann ihr die Fragen nicht beantworten. Längst sind ihre Teegläser leer und die Tränenspuren auf Jasmins Gesicht trocknen. Der Abend wirft bereits lange Schatten in den Garten.

»Es ist gleich dunkel, meine Begleiter werden mich inzwischen vermissen. Ich danke dir für dein Zuhören. Erlaubst du, dass ich Achims Schatulle mitnehme? Vielleicht finde ich darin Antworten.« Ihr Gegenüber zögert, knetet die Hände, bis sie diese in ihren Schoß legt und mit zitternden Fingern nach der Hand der Jüngeren greift. Schuldbewusst sieht sie ihre Besucherin an.

»Du kommst zu spät. Ich besitze sie nicht mehr. Es erschien mir unwahrscheinlich, dass du den Weg zu mir noch findest.«

»Du hast die Schatulle weggeworfen?« Jasmin schiebt Kassandras Hand erschüttert weg, springt in die Höhe, dass ihr Sessel fast fällt und die Gläser auf dem Tisch klirren. Fassungslos hastet sie die Treppenstufen hinunter, um in der beginnenden Nacht zu entkommen.

»Kind! So warte doch,« ruft sie ihr hinterher. Weil sie nicht anhält, schreit Kassandra Kenans Namen: Wie angewurzelt bleibt Jasmin stehen.

»Was ist mit Kenan?«

»Dein Kenan besuchte mich, gestern. Bevor du zornig verschwindest, musst du erfahren, wo du ihn findest.«

»Gestern? Er war gestern bei dir? Warum sagst du mir das erst jetzt? Weißt du, wo er wohnt?« Kassandra lehnt sich an ein Gartentor und erzählt Jasmin, dass er inzwischen unterwegs sei, um geschäftliche Dinge zu erledigen, und danach heimfahren wollte.« Jasmin stiert auf ihre Finger.

»Hör zu! Ein Jahr nach deinem Semester auf Lesbos, suchte dich ein Einheimischer im Hafen von Ayvalık. Er begegnete Achim, und er kam jeden Herbst wieder, um Briefe zu überbringen. Stavros erzählte mir das eines Tages, ohne zu wissen, dass dein Achim diese hinterher oft total aufgelöst in einem Kästchen deponierte, das er bei mir verwahrte.«

Jasmin ist sprachlos und in ihr kehrt eine Erinnerung zurück. Sie drückte ihrem Gatten am Flughafen einen Teddybären in die Hand, zusammen mit einem Brief für Cem. Sie flehte ihren Ehemann an, dass er um des Kindes Willen Stavros mit ihrer Botschaft nach Karaağaç schicken sollte. Eine Antwort brachte er nie mit, auch nicht auf ihre späteren Briefe. Kassandra sieht den fiebrigen Ausdruck in ihren Augen. Sie erklärt, dass Achim ihr vor Kurzem sein Vergehen beichtete. Wenige Tage nach seinem Tod erhielt sie aus einem deutschen Notariat die Nachricht, dass sie die Kassette abholen würde.

»Aber ich kam nicht zu dir.«

»Mach dir keinen Vorwurf, Jasmin. Stavros entdeckte Kenan am Hafen, wie er Fragen über den toten Taucher stellte. Da brachte er ihn zu mir und ich verschaffte ihm die Gewissheit, nach der er suchte.«

»Die Schatulle?«, flüstert Jasmin.

»Ich öffnete mit ihm die Holzkassette. In ihr stapelten sich seine Briefe und Bilder des kleinen Cem. Deine für Cem lagen separat darin. Er saß so verstört vor mir, da gab er mir eine Visitenkarte für dich von einem Hotel. Er saß bereits auf Stavros Motorrad, da wickelte ich eure Korrespondenz für ihn zusammen.« Schuldbewusst senkt Kassandra den Kopf und steckt ihr die Karte vom *Bahçede*-Hotel in Kumköy zu. Jasmins Finger berührt Kassandras schrumpelige Wange.

»Die Briefe sind bei ihm in besten Händen. Ich danke dir,« verabschiedet sie sich. Auf dem Rückweg erinnert sie sich an das urplötzliche Flattern in ihrem Bauch, während sie am Morgen im Hafencafè saßen. Nachdenklich schlendert sie an die Strandpromenade, bis ein merkwürdiges Gefühl sie umgibt. Sie sieht sich um, schaut nach oben und bleibt am Sternenhimmel an der fast vollen Mondsichel hängen. Instinktiv umfasst sie ihr Amulett und schickt einen Kuss über die Handfläche, den sie der Dunkelheit anvertraut.

»Kenan«, wispert sie »ich komme. Fühlst du unsere Verbindung, so wie ich?« Mit verschlossenen Augen versucht sie, die Verbundenheit zu ihrem Liebsten herzustellen, da sendet das Medaillon einen Wärmeschauer auf Jasmins Haut. Gleichzeitig hebt sie die Lider und entdeckt die Sternschnuppe, die in der Atmosphäre verglüht.

Kapitel 22

Hinter Kenan liegt eine unruhige, von Trauer überschattete Nacht. Erst spät fand er ein paar Stunden Schlaf und obwohl er den Ausflug nach Sarımsaklı nicht erwähnt, ahnt Hannah, dass dies der letzte Besuch gewesen ist. Mit den Augen folgt er der Fähre, die nach Lesbos übersetzt. In jenem Schweigemoment spürt sie die endgültige Kapitulation ihres langjährigen Gastes und so legt sie die Arme still um ihn. Bei der vertrauten Geste gelingt es ihm kaum, das Aufsteigen seiner Verzweiflung zu unterdrücken. Entschlossen schiebt er die Gastgeberin zurück, ergreift die Reisetasche und nimmt Abschied von ihr. Er eilt den steilen Weg zum Hafenparkplatz hinunter. *Babaannes* Medaillon erwärmt sich in der Nähe der Anlegestelle rapide. Wenig begeistert missachtet er die Reaktion, bis er die letzte Kehre vor der Hauptstraße erreicht. Hier legt das Amulett eine eigenartige Kälte an den Tag. Es beginnt zu vibrieren, als ob es ihn zur Umkehr auffordert. An einem Seitenstreifen hält er an und steigt aus. Gedankenverloren schwebt sein Blick über das aquamarinblau des Meeres und die vorgelagerten Inseln. Doch aus dem merkwürdigen Temperaturwechsel des Medaillons erschließt sich ihm keine vernünftige Erklärung.

Stattdessen konzentriert er sich auf die anstehenden Geschäftstermine. Wie immer nimmt er die Spätsommerreise zum Anlass für einen Besuch im Hinterland von Ayvalık. Die persönlichen Beziehungen zu den Olivenlieferanten sind für ihn elementar. Heute sind ihm die Termine allerdings lästig, denn die Verpflichtungen fallen ihm schwer. Er unterzeichnet Verträge, ohne die Details wie sonst üblich genauer zu überprüfen. Am frühen Abend nutzt er die erstbeste Gelegenheit, das ausgedehnte Geschäftsessen zu verlassen. Erleichtert chauffiert er den Wagen über dunkle Straßen. Endlich darf er den Schmerz zulassen.

Das Gesicht wirkt ungesund grau, die Wangen sind eingefallen und seine Hände zittern auf dem Lenkrad. Wie das wassergetriebene Mühlrad dreht sich das Nachdenken um das Bündel Briefe, das in der Aktentasche liegt. Die Asphaltstraßen von Izmir schnurren unter den Autoreifen und der größte Teil der Großstadt lieg bereits hinter ihm, da fallen ihm für den Bruchteil einer Sekunde die Augenlider zu. Erschrocken über den Sekundenschlaf lenkt er den Wagen an der nächsten Abfahrt hinaus, rollt die steile Stichstraße zum Meer abwärts und parkt abseits des turbulenten Hafens. Ein millionenfaches Lichtermeer zieht den Hügel hinauf. Er betritt die Terrasse eines Lokals am Ende der Ankerplätze, da hier nur einzelne Gäste Gefallen an der beschaulichen Ruhe finden. Er bestellt Tee und schließt die Lider. Nun konzentriert er sich auf das leise Plätschern, die flüsternden Stimmen von einem Liebespaar und das entfernte Tuckern eines Bootsmotors. Küchendüfte streifen seine Nase, blumige Düfte und der vertraute Geruch des Meeres. Der Kellner stellt den Tee ab. Kenan lächelt gequält, dann schlürft er das Heißgetränk und starrt dabei auf die Wasseroberfläche, weil eine fast vollkommene Rundung des Vollmondes das Spiegelbild ins Hafenbecken wirft. Solange er den Mond im Wasser betrachtet, berührt ihn ein federgleiches Signal, woraufhin er erschauert. Für den Bruchteil einer Sekunde baut sich tief in seinem Inneren eine magische Energie auf. Der am Tag zuvor erlittene Schmerz wird von einer quecksilbrigen Erwartung aufgebrochen und das Medaillon verströmt eine unnachahmliche Lebendigkeit. Es erwärmt sich kontinuierlich, bis es die Brust von Kenan in Brand zu setzen scheint. Sicherheitshalber umklammert er mit der Hand das Amulett.

»*Babaanne*«, murmelt er. »Warum legt sich plötzlich Yasemins Aura um mich? Es fühlt sich an, wie in jenen ersten Tagen. Willst du mir sagen, dass sie doch noch kommt, dass sie auf dem Weg ist?«

»Yasemin«, haucht er voller Sehnsucht. Im selben Augenblick fällt die Lichtquelle einer Sternschnuppe vom Himmel, vermählt sich mit dem Mond im Hafenbecken, aus dem eine kleine Wassersäule emporsteigt. Er fixiert die Stelle und nimmt das Medaillon ab. Mit der Faust presst er das Schmuckstück auf sein Herz.

«*Aşkım*. Ich fühle dich so nah bei mir wie damals. Komm. Komm zu mir. Lass dir Zeit, wenn du sie noch brauchst. Es kommt auf ein paar Tage nicht mehr an.« Sein Innerstes gerät in Schwingungen und mit dem ewig gleichen Lied der Liebe sendet er einen Begrüßungskuss an die Frau seines Herzens übers Meer hinweg. Er verharrt wie ein Standbild auf seinem Platz und horcht in sich hinein, bis ihn der Kellner mit einem entschuldigenden Achselzucken auffordert, zu gehen. Abwesend nickt er und drückt ihm ein großzügiges Trinkgeld in die Hand. Hellwach durch das Erlebnis klemmt er sich hinters Lenkrad, denn jetzt zieht es ihn ins Heimatdorf. Er muss Mutter von der seltsamen Aura des Schmuckstückes berichten und außerdem ist es an der Zeit, am Grab von *babaanne* Zwiesprache zu halten. Auch wenn der magische Moment vorbei ist, hält er daran fest, dass die fallende Sternschnuppe Yasemin Rückkehr angekündigt hat. Er drückt das Gaspedal durch. Verkehrsbefreite Straßen bringen ihn in Rekordzeit nach Karaağac. Geborgen in einem alles umfassenden Glücksgefühl ist er hellwach, denn es verdrängt die vorhergehende bleierne Müdigkeit.

Die Sonne schickt ihr frühes Licht über die Berggipfel, da steuert Kenan das Auto auf den gekiesten Platz vor dem Elternhaus. Noch bevor er aussteigen kann, öffnet die Mutter die

Haustür. Rasch stürzt die zierliche Frau ihrem unerwarteten Besuch entgegen und streckt die Hände nach ihm aus.

»Kenan. Welch eine Überraschung!« Er fängt sie auf und wirbelt sie wie immer im Kreis.

»*Sabahları anne.* Guten Morgen Mama.« Er stellt sie auf den Boden, da mustert sie ihn mit dem wissenden Blick einer Mutter. Sie bemerkt die veränderte Augenfarbe ihres Sohnes, in der sich in dieser Morgenstunde bernsteinfarbene Splitter mit hellem Grau vermengen. Staunen tritt in ihr Gesicht und ein freudestrahlendes Lächeln legt sich um ihrem Mund.

»Sie ist also endlich gekommen. *Ben çok çok mutluyum.* Keiner außer dir ist glücklicher als ich.« Überrascht sieht er sie an.

»Woher weißt du …? Ist Yasemin bereits hier, bei dir?« Die Hoffnung erlischt sogleich.

»*Hayır. Burada değil.* Nein, sie ist nicht hier.« Bekümmert schüttelt sie ihren Kopf. »Du siehst müde aus. Ich mach dir ein Frühstück, dann reden wir. Ruh dich aus.« Obwohl ihr die Fragen unverkennbar auf der Zunge brennen, schiebt sie ihn hinters Haus. Auf Strümpfen betritt er das Podest, setzt sich zwischen Kissen und zieht die Fußsohlen zu sich heran. Mit zurückgelehntem Oberkörper genießt er den vertrauten Ausblick. Nach Sekunden senken sich seine Augenlider und mit einem letzten Gedanken an Yasemin übermannt ihn der Schlaf. Fatma Kara, Kenans Mutter bereitet in der Küche alles vor. Als das Teewasser brodelt, nimmt sie eine Handvoll Teekrümel aus einer Dose und wirft sie in die Metallkanne, die sie mit heißem Wasser aufgießt. Dann richtet sie Oliven, Schafskäse, fein geschnittene Paprikastreifen und Tomatenscheiben auf einem Teller an. Auf einen zweiten platziert sie selbst gemachte Beerenmarmelade, wie eigenen Honig. Sie wickelt das in Zeitungspapier eingeschlagene Hirtenbrot aus, das sie gestern frisch gebacken hat und faltet die hauchdünnen Brotkreise geviertelt in einen Korb. Sie schält Äpfel und Orangen, die sie für ihren Jüngsten in mundgerechte Stücke teilt. Fatma stellt die Kannen mit Teegläsern, Zucker und Besteck auf ein Servierbrett mit hohem Rand. Dann trägt sie es nach draußen, wo Kenan schläft. So leise wie möglich platziert sie das Tablett auf einen niedrigen Tisch und setzt sich still zu ihm. Langsam hebt er die Augenlider. Das Knarren der Holzbohlen unter den Füßen der Mutter weckt ihn aus dem flüchtigen Schlaf. Sie schenkt Schwarztee ein und fordert ihn auf, zuzugreifen.

»Iss *çanım*.« Schweigend trinken sie den kräftigen Tee, solange sie mit Kenan frühstückt. Ihre Augen finden in Kenans Gesicht gravierende Veränderungen. Ihre abgearbeiteten Hände fassen nach seinem Kinn und sie sieht ihn eindringlich an.

»Es ist ein erfreulicher Anblick, den deine Augen mir heute zeigen. Diesen Glanz von ungetrübtem Glück verströmten sie nur ein einziges Mal und das ist lange her. Damals brachtest du das deutsche Mädchen zu mir, da sah ich dieselben Glückssterne darin leuchten, doch ich wollte es nicht sehen. Verzeih deiner unklugen Mutter.« Ihr Finger zieht sanft seine Augenbraue nach. Wenn dieses Glücksgefühl in den Augen ihres Sohnes strahlt, dann muss Yasemin endlich angekommen sein. Nur, warum fragt er ausgerechnet mich, ob sie bei mir ist, überlegt Fatma. Kenan umschließt ihre Hände, als hätte er ihre Gedanken erraten.

»Ja, sie ist da. Ich spüre ihre Aura mit dem Herzen, so wie das auch seinerzeit geschah. Die Steinmauer, mit der ich meine verletzten Gefühle einschloss, stürzte vor wenigen Stunden ein. Seither atme ich frei und der beißende Trennungsschmerz ist fortgeblasen. Ihre Nähe erreicht mich über *babaannes* Medaillon. Eine Sternschnuppe verkündete ihre Ankunft und sie sandte mir eine Nachricht.« Sprachlos schenkt die Mutter Tee nach. Kenan erzählt ihr von der zerstörten Hoffnung, vom Betrug des Professors und den eigenen Hassgefühlen, mit denen er aus Ayvalık floh. Er zögert einen winzigen Moment, dann spricht er vom inneren Zwang, der ihn in Izmir ans Meer zog und wie sich dort das Unglück in Glück verwandelte.

»Sie ist da. *Anne*, sie ist endlich da und sie sucht nach mir.«

»Ich verstehe deine Freude ja, aber, warum soll sie ausgerechnet hierher kommen, an den Ort ihres großen Schmerzes?« Er hebt die Schultern.

»Ich weiß es ja auch nicht. Aber, da du mich so direkt nach ihr gefragt hast ...?«

Die Tage, an denen sie das Lebensglück ihres Sohnes zerstörte, lagen weit in der Vergangenheit. Heute wünscht sie ihrem Kind, das unter dem Verlust jahrelang leiden musste, sehnlichst das erwartete Glück. Dennoch gibt sie Kenan zu bedenken, wie viel Mut Yasemin aufbringen muss, um ein drittes Mal nach Karaağac zu kommen. Da zieht sie einen Briefumschlag unter der Teekanne hervor.

»Am Tag eures größten Schmerzes geschah ein Wunder. Dieser Umschlag ist das letzte Vermächtnis von *babaanne*. Kurz vor ihrem Tod erfuhr ich vom Inhalt und du solltest das Kuvert an dem Tag erhalten, an dem Yasemin zurückkommt.« Kenans Medaillon jagt eine heiße Welle durch seinen Körper. Er will das Kuvert öffnen, da hält Mutter ihn zurück und bittet ihn, die Worte der Großmutter an ihrem Grab zu lesen. Er wundert sich, doch dann schlägt er den ausgetretenen Fußweg ein, der zwischen windgehärteten Schwarzkiefern bergan führt. Die Kraft der Oktobersonne bringt ihn beim steilen Anstieg ins Schwitzen, bis er den Steinbrunnen erreicht, an dem er die Finger ins eisige Bergwasser taucht und sich danach bis zu den Ellenbogen hinauf gründlich wäscht. Den erhitzten Kopf steckt er unter das Wasserrohr und kommentiert prustend die Kälte. Mit den Händen streicht er das nasse Haar zurück, doch sein Blick richtet sich bereits auf die Grabstätten des Vaters und der Großmutter. Bevor er die Gräber besucht, geht er den

Schotterweg bergauf, bis er die Karstlandschaft vor der alten Sommerweide erreicht. Sengende Hitze schlägt ihm entgegen, kaum dass die letzte Baumreihe endet. Die Herbstwiesen zeigen statt Tulpen- und Anemonenblüten scharfkantige Gräser.

Nur am steinernen Rand schimmert das hellviolett einer Kugeldistel. Er schneidet das Sinnbild seiner Liebe und kehrt in den Schatten des Waldes zurück. Vor *babaannes* Grabstelle sinkt er auf die Knie, legt eine Distelblüte nieder und zieht den Umschlag aus der Hosentasche.

Lieber Kenan,
wenn du diese Zeilen liest, ist das Glück zu dir zurückgekommen. Deine Geduld wurde auf eine harte Probe gestellt. In diesem Brief habe ich für dich und Cem festgehalten, was damals geschah. Ich hütete auf der Sommerweide die Schafe und stand an jenem Tag hoch über dem Dorf. Auf den Hirtenstock gestützt, entdeckte ich einen bunten Fleck, der zwischen den Bäumen aufblitzte, verschwand, wieder auftauchte. Jemand war auf dem Weg zur Hochalm. Meine alten Augen sahen nicht mehr klar, aber derjenige hatte es eilig. Minuten später erkannte ich einen Rock. Eine Frau hetzte den Bergweg herauf. Sie hielt ihren Kopf gesenkt, stolperte über Wurzeln, fing sich, richtete sich auf. Je weiter sie sich der Sommerweide näherte, umso deutlicher sah ich das Bild. Deine geliebte Yasemin trug ein Bündel vor der Brust. Plötzlich verließ sie den Weg, sie schlug die Abzweigung zum Berghang ein. Ich eilte ihr hinterher, so rasch es meine alten Beine erlaubten, denn sie lief auf den Abgrund zu. Ob sie die Gefahr erkannte oder instinktiv handelte, das weiß nur Allah. Nach kurzem Zögern betrat sie den Felsen, der weit über die Schlucht hinausragte. Minutenlang verharrte sie auf der Felsspitze. Mein Herz raste, denn ich befürchtete das Schlimmste. Vorsichtig, um sie nicht zu erschrecken, schlich ich zu ihr. Ich dankte dem Allmächtigen, dass sie meine weichen Ledersolen auf dem felsigen Untergrund nicht

wahrnahm. Ich hatte Angst, zu spät kommen und sie schnürte mir die Luft ab, bis ich Yasemins Arm greifen und sie behutsam zurückziehen konnte.

Niemand außer Yasemin selbst wird je sagen können, ob sie den Schritt ins Bodenlose umsetzen wollte, Kenan. Ich war mir nie darüber im Klaren, ob sie den Sprung gewagt hätte. Deine Familie aber, wir trügen die Schuld an ihrem Tod. Einem Tod, bei dem auch Cem sein unschuldiges Leben verloren hätte. Wir verletzten Yasemin mit unserer herzlosen, ja grausamen Abweisung, Wir glaubten uns im Recht. Es war beschlossen und vorbereitet, dass du die kleine Fatma heiratest. Es schien ein guter Ehrenhandel, bis du deine unbekannte Liebste ins Dorf brachtest. Jeder unterschätzte eure untrennbare Verbindung, die dich bereits mit der Deutschen verband. Sie gab eurem Kind den Namen deines Vaters, doch auch das änderte nichts an der Engstirnigkeit, wie du am eigenen Leib zu spüren bekamst.

Dank meiner bizarren Fähigkeit des Sehens, wusste ich, dass du Yasemins Todessprung blind gefolgt wärst. Ich verstand euren Schmerz, weil auch ich einst einem Mann folgen musste, obwohl ich einen Anderen liebte. Durch zwei Medaillons blieb ich ein Leben lang mit ihm verbunden. Diese Erfahrung lehrte auch mich das Leid kennen. Oben in der Hütte bot ich der verzweifelten Yasemin einen Handel an. Dass sie Cem bei uns ließ, dass du für ihn Sorge tragen musstest, das rettete dein Leben, wie du selbst sehr gut weißt. Es war die einzige Hilfe, die ich euch an jenem Tag zu geben vermochte. Mein Blick in die Zukunft, zeigte mir zwar eure Trennung, nicht aber deinen Willen ein Ehrenversprechen umzudrehen. Ich schenkte ihr mein Herzmedaillon, wie ich dir das Gegenstück übergab. Man nennt sie die »Herzen der lila Distel«. Yasemin liebte das Stachelgewächs. Das Zeichen, dass sie die Richtige für dich ist, denn auch du trugst bereits das Bild der blühenden Disteln in dir. Die Schmuckstücke enthalten einen uralten magischen Zauber, der die Träger zeitlebens miteinander

verbindet. Sie sprechen zueinander, aber es ist oft schwierig, eine korrekte Deutung herauszulesen.
Lass dir helfen. Du trägst die Magie längst in dir, niemals sonst hättest du Jahrzehnte auf sie gewartet. Wird das 'Herz der lila Distel' warm auf deiner Haut, ist das Gegenstück meist nicht weit von dir. Wird es eiskalt, entfernst du dich. Es wird dir rechtzeitig ein Zeichen senden, wo du sie findest. Vertraue auf den uralten Zauber Kenan, er wird dich leiten. Ich lege eure Hände ineinander und wünsche euch ein erfülltes glückliches und langes Leben in ewiger Liebe. Die Medaillons sollen in der Familie bleiben. Gebt diese weiter, wenn ihr es als nötig erachtet.
Allah segne euch
babaanne

Entsetzen steht in Kenans Augen. Welch ein Glücksfall bedeutet selbst im Nachhinein ihr damaliges Eingreifen. Er liest den nicht mehr fremden Inhalt noch einmal, langsam und Wort für Wort. Der Schock verliert sich, weil Dankbarkeit über die Hinterlassenschaft an seiner Stelle Platz einnimmt. Flüsternd führt er ein Zwiegespräch mit ihr.

»Welch ein Geschenk, du beste aller Großmütter. Ein Glück, dass du auf der Sommerweide Wache hieltest. Dein Brief wird auch Cem zeigen, dass seine Mutter ihn nicht leichtfertig hier ließ, sondern dass auch sie nur ihr vorbestimmtes Schicksal annahm.« Kenan schaut in den Himmel hinauf und erinnert sich an den Tag, da seine wissende Großmutter ihn mit Cem zu dem Felsen hinaufrennen ließ. Natürlich hatte das schreiende Bündel seine Verzweiflung in die Knie gezwungen. Wäre Yasemin allerdings mit Cem gesprungen, er wäre den beiden bedenkenlos in den Tod gefolgt. Um sie alle davor zu bewahren, traf die alte Frau eine mutige Entscheidung. Yasemin reichte sie einen rettenden Strohhalm und Kenan erhielt als Trost Cem in die Arme gelegt.

»Danke babaanne, für jeden Augenblick deiner vorbehaltlosen Liebe.« Kenan wartet, doch das Amulett schweigt. Sein Blick starrt auf das Wolkengebilde und er sinniert darüber nach, wie sich Großmutters Prophezeiung erfüllt. Yasemins Rückkehr steht bevor. Die lange Wartezeit schürte die Hoffnung und bezwang alle wiederkehrenden Zweifel. Bis in diesen Moment hinein, da er das Medaillon auf ausgestreckten Händen in die Sonne hält. Ein Leuchtkranz erscheint und in seinem Kopf formen sich Worte, die von weither zu kommen scheinen.

»Das Schmuckstück verband euch an jedem Tag eures Lebens, lieber Enkelsohn. Yasemin aber musste ihr 'Herz der lila Distel' erst wieder tragen, damit die Magie zusammenführt, was zusammengehört. Sie ist auf dem Weg.« Verblüfft versucht Kenan, den feierlichen Moment festzuhalten. Er bemüht sich vergebens darum, wenngleich ihm die Worte nur die eigenen Gefühle bestätigen. Yasemins Ankunft und der Temperaturunterschied des Schmuckstücks gehören zusammen. Zweifellos leitet das Gegenstück seine Liebste mit der gleichen Intensität. Er steht auf und fährt mit dem Finger über die Buchstaben, die den Namen der Großmutter auf der Grabstelle benennen.

»Bald werde ich mit Yasemin und Cem zu dir kommen.« Eine zweite Distelblüte findet auf dem Grab des Vater Platz.

»Es ist schade, *baba*, dass du ihre Rückkehr nicht mehr miterleben darfst. Gib uns trotzdem deinen Segen«, bittet er und legt auch hier die Hand auf die Namensgravur, bevor er den schmalen Weg ins Dorf hinabgeht. Er kehrt zu seiner Mutter zurück, die den Faden des unterbrochenen Gesprächs erneut aufnimmt.

»Ich verstand die Tragweite des Tages erst sehr viel später. Heute ist mir bewusst, dass wir dich mit unserer Engstirnigkeit in den Tod geschickt hätten. Ich bin deiner Großmutter dankbar, auch wenn unser Verhältnis durch unterschiedliche Meinungen sich oft schwierig gestaltete. Die Vereinbarung mit

Yasemin, das war eine mutige Entscheidung für eine Frau der damaligen Zeit. Sie stellte sich leidenschaftlich gegen das Gebot des Patriarchen und damit gegen ihren ältesten Sohn. Die Verzweiflung des Mädchens sah sie mit ihrem Herzen. Damit rettete sie Cem für dich und euch beide für uns alle.

Ich musste *babaanne* versprechen, dir den Inhalt des Briefes zu verschweigen. Dein Kummer sollte sich nicht vervielfachen. Selbst sie hielt es an jenem Tag für das Richtige, Yasemin in ihre Heimat zurückzuschicken«. Fatma greift tröstend nach der Hand ihres Sohnes und macht ihm noch einmal klar, dass die Frau freiwillig nie mehr in das Dorf aufsteigen wird. *Babaanne* berichtete ihr von der unmenschlichen Bürde, die Yasemin sich selbst auferlegte, welch bittere Tränen sie vergoss, um ihn der Ehre willen freizugeben und ihr Kind bei ihm zurückzulassen. Bedrückt spricht sie weiter und knetet dabei nervös die Finger.

»Ich kann Yasemin verstehen, wenn sie den Berg meidet. Dabei wünsche ich mir nicht sehnlicher, wie sie als Schwiegertochter in die Arme zu schließen. Ich möchte sie im Namen der lebenden und verstorbenen Familie in der Dorfgemeinschaft willkommen heißen. Es sind so viele Irrtümer geschehen und mein Herz jubelt mit dir, dass der Zeitpunkt endlich gekommen ist, um für euch den Familiensegen zu sprechen.« Bittere vorwurfsvolle Tränen rinnen von ihren Wangen, sodass Kenan die Weinende in die Arme zieht und wiegt.

»Mach dir keine Vorwürfe mehr, *anne*. Das Schicksal nimmt oft ungewöhnliche Wege. Sie wird bald auch zu dir kommen.« Ein grauhaariger Mann in blauer Arbeitskleidung biegt um die Hausecke, streift die Schuhe ab und betritt das Podest.

»Das Motorengeräusch deines Wagens ist unverkennbar, Brüderlein.«

»*Merhaba, ağabey*«, begrüßt Kenan den ältesten Bruder.

»Weint Mama etwa Freudentränen, weil du endlich einmal nach Hause kommst?«, scherzt Kemal und setzt sich. Der Jüngere berichtet in Kurzform von seiner Reise, während die Mutter in die Küche eilt, um weiteren Tee zu kochen. Kemal streicht mit Daumen und Zeigefinger über den leicht angegrauten Schnauzer und auch er teilt die Gefühle der Mutter, dass Yasemin den Weg hierher nicht noch einmal wagen wird. Kenan nickt der Mutter zu und sie gießt ihm frischen Tee ein.

»Ich ahne trotzdem, wo Yasemin mit ihrer Suche beginnen wird.« Kemal zieht die Augenbrauen fragend nach oben und ein hell klingendes Lachen strömt aus der Kehle des Jüngeren.

»Vaters langer Arm reichte nicht überall hin und auch der Macht des älteren Bruders blieb der Ort verborgen. Verliebten eröffnen sich Möglichkeiten, von denen selbst ein *ağabey* nichts weiß«, wirft er Kemal selbstsicher zu. Der schaut ihn verdutzt an, doch weitere Einzelheiten gibt Kenan nicht preis. Nach einiger Zeit küsst er seine Mutter zum Abschied auf die Wange.

»Ich bringe Yasemin bald zu dir. Mach dir keine Sorgen. Sie findet mich«, sagt er ihr mit vor Überzeugungskraft strahlender Mimik. Die Brüder wollen noch Geschäftliches besprechen und schreiten mit ausgreifenden Schritten über den mittlerweile mehrere tausend Quadratmeter umfassenden Gartenbaubetrieb. Der Familiensitz umfasst zahlreiche moderne Gewächshäuser. Die alten Treibhäuser, die ihr Vater einst bewirtschaftete, sind längst verschwunden. Die Bearbeitung des Bodens, das Hochbinden und Zupfen von welkem Blattwerk liegt in der Hand der Frauen. Die Männer kümmern sich um die Funktionalität, die Wasserversorgung, die Heizung und die Ernte. Auch der Transport zur Markthalle von Antalya gehört zu den Aufgaben des Bruders. Dass er selbst den heimatlichen Hof durch den Einkauf für die Hotelküche unterstützen kann, bedeutet für die Dorfgemeinschaft Arbeitsplätze. Kemal öffnet die Tür zu einem Gewächshaus. Dampfende, nach nasser Erde riechende Luft schlägt ihnen entgegen. Die Gurkenpflanzen stehen hoch und Kemal erklärt die neuartige Technik der Bewässerung. Ein Blick ins Nachbarhaus zeigt, dass die Tomaten sich bereits färben. In anderen Glashäusern reifen die Pflanzen für die Winterernte heran. Die Brüder tauschen Gedanken aus und erörtern geschäftliche Zukunftspläne. Kenan streckt die Hand zum Abschied aus, doch Kemal hat die geheimnisvolle Andeutung von vorhin keineswegs vergessen.

»Raus mit der Sprache, du Halunke. Gib endlich den geheimen Ort preis, nur ... falls Yasemin doch hierher kommt.« Kemal drückt den Bruder auf eine Bank. Kenans Mundwinkel reichen bis an die Ohren.

»Natürlich nur für den Fall. Also pass auf. Ich helfe dir auf die Sprünge. Damals verbrachtest du oft mit Freunden die Wochenenden davor«, deutet er an und amüsiert sich über Kemals ratloses Gesicht. »Du durftest ihn nie betreten, aber du träumtest davon, mit einem Segelboot die Welt zu erkunden. Schade, dass Vater ausgerechnet von dir verlangte, Gemüsebauer zu werden.«

»Meinst du etwa den Leuchtturm?« Kemal fasst es nicht.

»Wie brachtest du Fathı dazu, euch hineinzulassen? Kein einziges Mal konnte ich den sturen Bock überreden. Mein Leben hätte ich ihm für eine Nacht im *Gelidonya Fener* angeboten.« Kenan grinst ihn an. »Du warst immer der Perfekte, der Beste und Vaters verlängerter Arm. Du hättest dir wie ich ein verbotenes Mädchen suchen sollen, mit dem du dich vor der Familie verstecken musstest. Weißt du noch, wie du den Ausreißer zurückholen solltest, nachdem Fathı euch pflichtschuldigst meinen Verbleib mitteilte. Er spielte mit dir Karten und er schenkte genug *Rakı* aus, um dich zumindest für ein paar Tage auszuschalten.« Kenan kann seine Belustigung über den fassungslosen Gesichtsausdruck des Bruders nicht zurückhalten und prustet los. Natürlich verzögert sich jetzt der Abschied. Zu viel muss ausgetauscht werden und so sitzen die beiden lange Zeit auf der Bretterbank, um von alten Träumen zu reden.

»Weißt du eigentlich, wie sehr ich dir die Freiheit neidete, weil du den Sommer in Kumköy helfen durftest? Als hätte *baba* geahnt, dass ich nicht mehr in die Berge zurückgekommen wäre. Die weite Welt vor mir, hätte ich auf dem nächsten Schiff angeheuert. Deshalb kommandierte er dich ab. *Inshalla*. Aber *Allah* mischte die Karten und selbst dem allmächtigen Familienoberhaupt blieb der Blick ins Blatt des Schicksals verwehrt. Seine Entscheidung brachte viel Kummer in die Familie.«

»Sprechen wir nicht mehr von gestern. Bist du immer noch unglücklich über Vaters Entschluss, Kemal?« Sie stehen auf und schauen sich an.

»Nein, heute akzeptiere ich meinen Platz. Das Glück kam mit Pinar und den Kindern. Bei uns traf er eine bessere Wahl. Mit ihr plagt mich keine Sehnsucht nach der Ferne mehr.« Er drückt Kenan an sich. »Ich wünsche dir Glück, kleiner Bruder. Mag dein rastloses Warten endlich zu Ende gehen.« Kenan sieht ihm einen Moment lang hinterher, dann dreht er sich um. Die Mutter wartet an der Tür des Hauses auf ihn. Er schließt sie noch einmal in die Arme. Er wendet den Geländewagen im weitläufigen Hof des Heimatdorfes und winkt, bevor er den Wagen auf die schmale Bergstraße lenkt. Eine Zeit lang fährt er auf einer Schotterpiste, bis er die geteerte Hauptstraße erreicht. Bald soll der Betrieb des Bruders an die Trasse angeschlossen werden, zumindest wenn man den Behörden Glauben schenkt, feixte Kemal vorhin.

Kenan war bereits so mit der Abreise beschäftigt, dass ihm die kohledunkel glänzenden Augen seiner Mutter entgangen sind. Er hat nicht bemerkt, dass sie sich auf die Zunge beißen musste, um die inzwischen eingetroffene Neuigkeit nicht zu verraten.

Kapitel 23

Levent und Rebecca kommen Jasmin bereits suchend entgegen, als sie ihnen aus Kassandras Straße entgegenläuft. Allerdings schenkt sie den beiden keine Beachtung und schlägt eine Seitenstraße ein, die an den Strand führt. Händchenhaltend gehen sie ihr nach und beobachten sie, bis eine Sternschuppe vom Himmel fällt. Auch sie folgen ihrem Flug, bis ihr Glanz im Meer erlischt. Jasmin dreht sich danach um. Nun nimmt auch sie ihre Freunde wahr und platzt mit der Neuigkeit heraus.

»Kenan war gestern hier.« Die beiden mustern sie verdutzt und Rebecca taxiert die Miene ihrer Freundin.

»Hier? Wann triffst du dich mit ihm?« Jasmin schüttelt zuerst nur den Kopf, dann fasst sie ihre Wegbegleiterin an den Händen, um mit ihr ausgelassene auf der Uferpromenade herum zu hopsen.

»Nein«, japst sie schließlich und bleibt stehen. »Er besuchte gestern Nachmittag Kassandra und heute Vormittag, da bin ich mir ganz sicher, da muss er sich in der Nähe des Hafens aufgehalten haben, weil da in meinem Bauch die Schmetterlinge tanzten.«

»Der Schmetterlingstanz. Ich glaube eher, dass Levents Eröffnung die Falter in Bewegung brachte.« Sie tippt Jasmin an die Stirn, doch die Überzeugung ihrer Freundin kann sie dadurch nicht bremsen. Sie klärt die beiden über die Neuigkeiten, die sie von Kassandra erfahren hat, auf. Levent versucht ihre Aufregung dämpfen.

»Dein bis dato beschauliches Leben stellt sich in den letzten Stunden ordentlich auf den Kopf. Ich rufe noch einmal bei Kenan an.« Der Anruf bleibt erfolglos, das Mobiltelefon des Gesuchten ist wie zuvor abgeschaltet.

»Kommt, gehen wir essen«, bestimmt Jasmin und sie ist insgeheim froh, dass er unerreichbar ist. Vielmehr will sie ihn selbst überraschen.

Nach einem ausgedehnten Abend legt sich Levent aufs Bett. Er schließt die Augen, um den Tag mit Rebecca Revue passieren zu lassen, die Stunden beim Schwimmen, schnorcheln und Strandlaufen. Es dauert nur wenige Minuten, bis die Stimmungslage ihn wie am Nachmittag durcheinanderwirbelt. Die Frau an seiner Seite vernebelte ihm den Verstand. In ihrem anthrazitfarbenen Bikini erschien sie ihm wie eine griechische Göttin, die ihre Reize darbot. Provokant rekelte sie sich im Liegestuhl, doch er schlug einen burschikosen Umgangston an, um die Provokation zu überspielen. Die herausfordernde Diva reagierte gereizt und stellte ihn auf die Probe. Zusehends fiel es ihm schwerer, ihren Verführungskünsten zu widerstehen, denn der Versuch eines Täuschungsmanövers zerrte an seiner Kraft. Andererseits wollte er dem sinnlichen Teufelchen beweisen, dass er keinesfalls nur auf ein erotisches Urlaubsabenteuer mit ihr aus war. Obwohl er sie erst kurz kannte, wünschte er sich eine ernsthafte Beziehung mit ihr. Wenngleich er noch an der Lösung des Rätsels grübelte, wie es ihm gelingen könnte, die Raubkatze zu zähmen. Gefühle, die er seit dem Tod der Ehefrau nicht mehr fühlte, machten es ihm keineswegs leichter.

»Vergiss es, meine Süße«, wehrte er ihre aufreizende Verführung ab, die ihre Zehen an seinem Bein starteten.

»Spielverderber«, murrte sie und stolzierte beleidigt ins Meer. Nach wenigen Schritten reichte es knapp bis an ihre Pobacken. Sie drehte sie sich um und besprizte ihn mit einer Ladung Meerwasser.

»Jetzt komm schon«, forderte sie ihn heraus. Da er sich jedoch nicht sofort bewegte, streckte sie verärgert die Zunge hervor, tauchte mit einem Sprung in die Fluten und schwamm hinaus. Kaltes Wasser, eine hervorragende Idee, denn eine Abkühlung konnte kaum schaden, zudem würden die Wellenbögen seinen verräterischen Körper verbergen. Allerdings machte ihm Rebecca sogleich einen Strich durch die Rechnung. Sie drehte sich in dem Moment um, da er die verhüllende Wassertiefe erreicht hatte. Ihre königsblauen Augen schlugen ihn in Bann. Zu spät erkannte er ihre Absicht, doch längst führte sie das Kommando. Ihr erotischer Angriff traf ihn mit voller Härte, im wahrsten Sinne des Wortes. Sie schwamm auf ihn zu, langsam und sie fesselte ihn mit ihrem Blick. Da übermannte es ihn und setzte den Verstand schachmatt. Die Meeresnixe kostete die zwiespältige Situation aus. Ihre Hände strichen zärtlich über die Wasseroberfläche und sie näherte sich ihm unaufhaltsam. Eine Welle streifte um ihre Brust, da zog sie das Bikinioberteil an die Grenze der Verhüllung und gewährte ihm einen flüchtigen Einblick. Die Vernunft schlug Alarm, doch er schaffte es nicht mehr, sie auf Abstand zu halten. Ein einziger Schritt nach hinten hätte seine Begierde ihrem Spottgelächter ausgesetzt. Jeder Millimeter, den sie ihm entgegenkam, nahm ihm den Atem. Würde sie es wagen, in der Öffentlichkeit? Für einen Moment umkreiste sie mit den Fingerspitzen seinen Nabel, dann tauchte sie vor ihm unter die Wasseroberfläche und zerrte ein wenig an der Badehose. Wie elektrisiert zog er sie empor und starrte sie an.

»Bitte, nicht hier«, flüsterte er entsetzt und wies zu den anderen Badegästen. Zischend musste er die Luft anhalten, weil ihre Hand ihn erneut berührte.

»Dann komm endlich!«, drängte sie »Schwimm zu dem roten Ankerballon neben dem kleinen Boot dort draußen, wenn du keine Zuschauer willst. Aber beeil dich.«

Er folgte ihr erwartungsvoll und unterwegs belohnte und bestrafte sie ihn mit zarten Fingerspielen. Es gelang ihm nicht mehr, die Gefühle zu unterscheiden, die Fluch und Göttlichkeit zugleich verhießen. Die vernebelte Geisteskraft sank endgültig auf den Meeresgrund und er ließ sie gewähren. Selbst als Rebecca ihm mit einem Tauchgang die Badehose auszog und ihn damit an den Rand eines Taumels katapultierte. Sie warf ihre Eroberung auf die Bootskante, umfasste das Ankerseil der Boje, schob ihren Oberkörper daneben. Da sah er sie zappeln und sie warf ihre Bikinihose ebenfalls zum Boot. Von ihrem Spiel angezogen, schwamm er zu ihr. Bevor er aber abtauchen konnte, griff sie in seine Haare. Rebecca zog ihn an sich, umschloss mit ihren Beinen seine Hüfte und drängte sich dem harten Schaft entgegen. Mit einem kurzen Aufschrei nahm sie ihn in sich auf, trieb ihn in die Enge ihres samtenen Gefängnisses, in dem er ihr leises Zittern bemerkte. Er konnte ihr nichts mehr entgegensetzen, im Gegenteil, er unterwarf sich ihrer reizvollen Versuchung. Schrill klingelt das Telefon neben Levents Ohr und der Traum verfliegt binnen Sekunden. Wie betäubt schüttelt er die erotischen Bilder aus seinem Kopf, bevor er den Telefonhörer abhebt.

»Mehmet hier. Ich hoffe, ich störe nicht oder, habe ich dich geweckt?«

»Nein, nein«, wehrt er mit heiserer Stimme ab. Unmittelbar klingt ein leises Lachen aus dem Hörer.

»Was ist passiert, dass du mitten in der Nacht anrufst. Es ist kurz vor zwei«, murrt er mit einem Blick auf die Armbanduhr.

»Entschuldige, wenn ich deinen Schlaf störte, aber Nachtdienste bieten bisweilen prima Gelegenheiten, um nachzudenken oder nachzuforschen. Nach unserem gestrigen Telefonat suchte ich Marina Wendlinger und ich fand sie, aber jetzt leg dich am Besten gleich hin. Heute Morgen besprach ich mit Francesca das Suchergebnis, um mit ihr das weitere Vorgehen abzustimmen. Plötzlich schrie sie auf, dann lachte sie wie irre. Stell dir vor, Cems Frau arbeitete vor ihrer Heirat in einem Hotel in Rom, zusammen mit der Tochter deiner Begleitung. Was für ein Zufall, nicht?«

»Volltreffer!«, würde ich sagen. Rief Francesca bei ihr an?«
»Das kannst du dir doch denken. Sie nahm ihr Mobiltelefon und tippte die Nummer. Bevor ich irgendetwas sagen konnte, quatschte sie mit der Gesuchten. O weh!« Mehmets Entsetzen über Francescas Spontanhandlung ist unüberhörbar. Er berichtet, wie die temperamentvolle Italienerin zuerst leicht ins Stottern kam, als die Ex-Kollegin sich direkt meldete. Blitzschnell erfand sie eine plausible Ausrede und lockte Marina zu einem Ehemaligentreffen nach Kumköy.
»Ihr italienisches Zünglein treibt die Familie in eine schwierige Situation. Frau Wendlinger ist, wie ich inzwischen definitiv weiß, der fehlende Teil der Familie Kara.«
»Das wundert mich nicht, deshalb rufe ich dich an. Unsere Juniorchefin lud ihre Tochter ins *Bahçede-Resort* ein. Kannst du es kurzfristig einrichten?«, äfft Mehmet sie nach. «Francesca nannte ihr das Hotel, da blieb es auf der anderen Seite der Telefonleitung einen Augenblick still, bevor ich ihr helles Auflachen hörte. Ihre spontane Zusage verband Marina mit einer Bitte. Sie soll ihrer Mutter, die im gleichen Hotel Urlaub macht, nichts von ihrem Kommen sagen.«
»Überraschungsparty«, witzelt Dr. Levent, der das anstehende Chaos bereits vor sich sieht. Er setzt Mehmet auf den neuesten Stand. Die Nachkommen von Kenan und Jasmin kennen ihren gemeinsamen Nenner partout nicht. Marina glaubt, eine frühere Kollegin und ihre Mutter zu treffen, doch von ihrem Halbbruder weiß sie vermutlich ebenso wenig wie umgekehrt und Kenan fährt ein unerreichbares Mobiltelefon spazieren. Ein Haufen Ahnungsloser.
»Weißt du, wann Marina eintrifft?«
»Ja. Morgen kurz vor Mitternacht. Was machen wir jetzt? Kümmerst du dich, bevor hier alles aus dem Ruder läuft?«
»Sprich mit Francesca, damit sie das Chaos nicht weiter vergrößert. Sag ihr, sie soll mit ihrer Kollegin über alte Zeiten

quatschen, anstatt ihr Wissen um die Familienzusammengehörigkeit mit der Ahnungslosen zu teilen. Außerdem soll sie Jasmins Tochter ausrichten, dass ihre Mutter einen mehrtägigen Ausflug unternommen hat. Gute Nacht, Mehmet. Ich melde wieder.«

Kapitel 24

Bevor Jasmin zu Kenan und Cem geht, will sie noch etwas erledigen. Im Morgengrauen flüstert sie zu ihrer tief schlafenden Freundin hin.

»Vergraul den Doktor nicht vollends, du Sturkopf.« Dann hinterlässt sie auf dem Kopfkissen eine Nachricht.

Liebe Rebecca,
macht euch keine Sorgen um mich. Ich nehme das erste Fährschiff nach Lesbos, um an Leylas Grab zu gehen. Ich hoffe, es gelingt mir danach, mit Achim Frieden zu schließen. Genieße den Tag mit Levent. Ich komme mit der Fähre am Nachmittag zurück. Jasmin.

Leise zieht sie die Tür ins Schloss und schmunzelt beim Gedanken daran, wie sich Ihre Freundin über die Notiz aufregen wird. Bis Rebecca allerdings das Kitzeln der Sonne an der Nase fühlt, wird es noch einige Zeit dauern. Bis dahin ist sie längst an Bord, doch ihre innere Anspannung mildert selbst die Distanz zur Bushaltestelle nicht. Mit einem Kleinbus fährt sie zum Hafen, zusammen mit anderen frühaufgestandenen Menschen. Die moderne Fähre trägt sie durch die Passage zwischen den vorgelagerten Inseln, bis sie die Ausfahrt ins freie Meer erreicht. Hier dröhnen die Motoren lauter und das Tragflügelboot hebt sich aus dem Wasser. Jasmin hält ihr Gesicht in den Fahrtwind, bis der Kapitän die Geschwindigkeit verringert und das Boot zum Anleger von Mytilini lenkt. Regungslos betrachtet sie die Freiheitsstatue der Insel, die alle Neuankömmlinge begrüßt. Dabei steigt in ihr ein irreales Gefühl von Heimkehr auf. Kritisch begutachtet ein Zöllner ihren Reisepass, dann knallt er den Tagesstempel in ihr Reisedokument. Sie steckt ihren Pass in die Tasche und spaziert in die pulsierende Hauptstadt hinein. Augenblicklich zieht die Vergangenheit vor ihren

Augen auf, eine ereignisreiche Zeitspanne, die sie auf Lesbos verbrachte, um hier zu forschen. Im Jahr 1977 erlebte sie ein bedeutendes Abenteuer. Auslandsreisende fuhren in der Zeit höchstens mit einem Zelt oder Wohnwagen an die italienische Adria. Eine Reise nach Griechenland mit seinen zahlreichen Inseln im türkisschimmernden Meer, mit unerforschter Kultur und aufregenden Kunstwerken, das gehörte eher zur Seltenheit. Jetzt betrachtet sie den Ort mit den Augen der gereiften Frau und sie sieht hinter modernisierten Fronten die unbarmherzige Zersetzung in Hinterhöfen. Der Glorienschein, der seinerzeit jeden nur annähernd alten Stein bedeckte, verblasst. Jasmin betritt einen Blumenladen, dessen gealtertes Mauerwerk die Hitze draußen hält. In der frischen Kühle legt sie sich die mitgebrachte Jacke über die Schultern. Das in die Jahre gekommene Gewölbe riecht nach Erde, vermischt mit duftenden Aromen. Die untersetzte Verkäuferin mustert die Fremde, dann aber nimmt sie mit einem überraschten Lächeln die griechisch formulierte Bestellung entgegen. Flink bindet sie die ausgewählten Blumen und drapiert sie kunstvoll mit Zweigen. Der Olivenzweig für Leylas Grabstätte schimmert silbern und spielt mit dem Kontrast dunkelroter Rosen. Den zweiten Strauß aus kreideweißen Rosenblüten mit Schilfgräsern bezahlt sie ebenfalls, vereinbart dafür jedoch die Abholung zu einem späteren Zeitpunkt. Sie nimmt sich ein Taxi, mit dem sie zum nördlich von Mytilini gelegenen Friedhof hinaus fährt. Sie entlohnt den Fahrer großzügig und bittet ihn, sie in zwei Stunden wieder abzuholen. Jasmin entnimmt ihrer Tasche ein Seidentuch, das sie sich um ihr Haar windet. Ähnlich einem Trancezustand geht sie an den orthodoxen Grabreihen entlang, um Leylas Grabstätte wiederzufinden.

Zum letzten Mal war sie im Juli 1977 auf diesem Friedhof. Bei ihrer Rückkehr aus dem Krankenhaus in Athen nahm sie, mit dem neugeborenen Baby auf dem Arm, hier von ihrer mütterlichen Freundin Abschied. Wehmütig legt sie das Rosengebinde auf den marmorgefassten, mit hellen Kieselsteinen bedeckten Grabboden und spricht mit gesenktem Kopf das Gebet für die Vertraute. Danach setzt sie sich auf eine Holzbank, um mit Leyla Zwiesprache zu halten. Leise erzählt sie ihr von ihrem Leben mit Achim, von ihrer Tochter und von ihrer Verzweiflung. Sie kämpft mit ihrer aufsteigenden Resignation, doch letztendlich legt sie ihr in alter Verbundenheit das eigene Verfehlen offen. Cem musste ohne Mutter aufwachsen und Marina, sie konnte ihr den verlorenen Sohn kaum ersetzen. Die Schuld gegenüber ihren Kindern belastete sie zeitlebens. Sie offenbart der Altvertrauten erneut ihre nicht enden wollende Liebe zu Cems Vater und dass der Ehebund mit Achim ihre Sehnsucht nie auflöste. Wie sie den Fund der Gedenkstelle in Kumköy erwähnt, schimmert ein Glanz in ihren jadegrünen Augen. Sie erzählt von dem Medaillon, von dem sie glaubt, dass es sie mit Kenan verbindet und von ihrem Glück, das auch er sie nie vergaß.

»Weißt du noch, wie du mir kurz vor dem Geburtstermin einen allerletzten Ratschlag gabst? Ich sollte sein langes Schweigen persönlich mit Kenan klären und ich klammerte mich an deine Worte.« Jasmin wartete auf eine Nachricht, bis die Rückreise nach Deutschland in greifbare Nähe rückte. Sie nahm sich Leylas Rat zu Herzen und trat die Reise mit ihrem kleinen Cem an, um mit ihrem Liebsten zu reden, denn sie musste wissen, wie er zu ihr und seinem Kind stand. Voller Erwartung fuhr sie in einer stundenlangen Nachtfahrt bis nach Kumluça. Die Hoffnung auf das Wiedersehen und das Glück über ihr Kind halfen ihr, den anstrengenden Weg zu meistern. Vergeblich wartet sie auf Leylas zuverlässigen Trost, doch die Erinnerung an die Demütigung schnürt ihr die Kehle zu. Sie schluckt die gallenbittere Kränkung von damals hinunter und ihr Blick irrt zum Horizont. Weit hinter den letzten Grabsteinen blitzt es türkisblau. Sie steht auf, streicht über den sonnenwarmen Marmor von Leylas Grab und hebt ihr tränennasses Gesicht dem sachten Meerwind entgegen.

Die Demütigung von Kenans Familie traf sie hart und Kenan, er war nicht da. In dieser ausweglosen Situation bot ihr seine Großmutter eine ungewöhnliche Lösung. Innerlich zerrissen und dankbar, trennte sie sich von Cem, in der Hoffnung, dass Kenan sie zurückholen würde.

»Weißt du Leyla, sie war dir so ähnlich. Dabei besaß sie weder deine Eleganz, noch glich sie dir im Erscheinungsbild. Aber mein kümmerliches Türkisch, sowie ihre innigen Umarmungen genügten, um ihr mein Kind anzuvertrauen. Ach Leyla, warum warst du nicht da, als ich dich am notwendigsten brauchte?« Erschrocken von ihrer scharfen Zurechtweisung verstummt sie. Sie schiebt ihre linke Handfläche neben das verwitterte Bild der Vertrauten und entschuldigt sich. Sie büßte für ihre Feigheit bitter, denn die naive Wunschvorstellung, dass Kenan die Mutter seines Kindes kaum im Stich lässt, die gab sie beim Abflug aus Antalya auf.

Sie erinnert sich an Leylas Lebensmotto. 'Wege, die du nicht gehst, holst du nie mehr zurück'. Jetzt da sie die Weisheit leise ausspricht, wird ihr klar, dass sie und nur sie, die Entscheidung traf. Für Glück gab es nun einmal keine Garantie. Sie erzählt Leyla, dass der wahnsinnige Schmerz des Verlustes zu ihrer unseligen Zweckehe mit dem Professor führte. Achims Antrag bedeutete Geborgenheit und sie war überzeugt davon, dass freundschaftliche Empfindung ausreichen würde. Eine Mutter, die ihr Kind im Stich ließ, verdient keine tiefen Gefühle. Das redete sie sich ein, wenn sie Achim das eheliche Recht gewährte. Mit Marinas Geburt schien sein Glück perfekt. Obwohl Jasmin ihre Tochter liebte, konnte Marina die Leere in ihrem Herzen ebenso wenig auffüllen, wie liebevolle Zuneigung ihres Ehemannes. Inzwischen ist sie überzeugt davon, dass Enttäuschung ihn in den Tod trieb. Trotzdem fällt es ihr nicht leicht, seinen Betrug an ihr, Kenan und Cem zu entschuldigen.

Sie bittet Leyla, ihn an ihrer Stelle um Verzeihung zu bitten, dass sie ihn mit ihrem Eheversprechen zu einem liebelosen Leben verdammte. Leise knirschen ihre Sohlen auf dem Weg, da pflückt sie an der Friedhofsmauer ein Gänseblümchen und entblättert es. Tränen benetzen ihre Wangen, da prüft sie die Zeit auf der Armbanduhr.

»Schick mir ein Zeichen seiner Versöhnung, damit ich unbelastet mein Glück suchen darf. Bitte«, fleht sie in den Himmel. Dann eilt sie zum Friedhofstor hinaus, wo ihr Taxifahrer ungeduldig mit den Fingern einen *Sirtaki* aufs Autodach klopft. Mürrisch streicht er den borstigen Schnauzbart, bis das erneute Extratrinkgeld ihm schließlich ein gutmütiges Lächeln entlockt. Pfeifend chauffiert er den Wagen nach Mytilini, wo er sie wunschgemäß am archäologischen Museum absetzt. Jasmin späht durch einen Mauerspalt in den Garten, in dem sie mit Leyla meist ihre Mittagspause verbrachte. Dann steigt sie die Stufen empor, bezahlt den geforderten Eintritt und schlendert durch gekalkte Räume, die einen lichtdurchfluteten Eindruck vermitteln. Sie findet jede Veränderung aber auch einiges Bekanntes, vor allem bei den Dokumentationen, die sie damals selbst erstellte. Viele Ausgrabungsgegenstände stammten aus Achims herbstlichen Ausgrabungen. Mit Stolz betrachtet sie sein großartiges Werk, bis ihr Blick auf der Augenschale des Malers Exekias hängenbleibt. Das Original des um 550 v. Chr. erschaffenen Exponates, bestaunte sie Jahre zuvor in München.

»Dionysos fährt über das Meer«, murmelt sie, noch bevor sie das hölzerne Beschriftungsschild liest. 'Gestiftet von Professor Dr. Achim Wendlinger für seine Frau Katharina Jasmin. Wie Schuppen fällt es ihr von den Augen, dass sie vor der im Mai angekündigten Überraschung steht. Das Kunstwerk erinnert sie an eine fröhliche Kurzreise, die sie zusammen in der bayerischen Hauptstadt verbrachten. Damals bestaunte sie dieses Exponat. Ihr Ehemann hatte für sie die Nachbildung ihres Lieblingsstückes in Auftrag gegeben.

»Vergib mir, Achim«. Zurückgedrängte Tränen trüben die smaragdgrüne Iris und ein enges Band umschlingt ihren Brustkorb. Vor Schmerz will sie ihre Lider schließen, doch zuvor umfließt die fortgeschrittene Morgensonne das Objekt mit einem Strahlenkranz. Jasmin reißt die Augen wieder auf und sieht gerade noch, wie sich die Andeutung verflüchtigt. Atemlos sinkt sie auf einen Holzklotz und lässt ihr Leben an sich vorbeiziehen. Erneut aufbrechende Schuldgefühle stoppt der Lichtkranz, der ein weiteres Mal um die Schale tanzt, um in der nächsten Sekunde zu verblassen. Sprachlos betrachtet sie das Kunstobjekt, bis ein Gong zum Zeichen der Mittagsruhe ertönt. Sie steht mit einem letzten Rückblick auf die Nachbildung auf.

»Danke, Achim. Auch dir Leyla« ‚flüstert sie. Nach einem kurzen Spaziergang erreicht sie den Hafen. Sie schlendert durch die Gassen, bis sie in einer Taverne, mit Sicht auf die Hafeneinfahrt Platz nimmt. Der Kellner serviert ihr zum Fischgericht ein Glas Weißwein, doch sie stochert lustlos in ihrem Essen herum, bis sie den Teller beiseiteschiebt. Die Hitze wird von den Sonnenschirmen auf der Terrasse kaum zurückgehalten, da betrachtet sie geistesabwesend die flirrende Wasseroberfläche. Ein Tauchboot kehrt in den Hafen zurück. Zuerst runzelt sie die Stirn, dann schaut sie noch einmal genauer hin. Schließlich legt sie das Geld für die Zeche auf den Tisch und hastet zum Anlegeplatz.

»Stavros!« Der Mann auf dem Boot reagiert sofort und sucht nach der Ruferin. Jasmin hebt die Hand, da entdeckt auch er sie. Sein Gesicht leuchtet auf.

»Jasmin. Katharina Jasmin Wendlinger, ich fasse es nicht.« Sie nickt und er setzt augenblicklich zum Sprung über die Reling an und poltert auf die Bretter des Bootssteges. Er eilt zu ihr, umfasst sie an der Hüfte und wirbelt sie um die eigene Achse.

»Was machst du denn auf Lesbos? Wann bist du angekommen?« Die Fragen sprudeln aus ihm heraus, dann aber stellt er sie auf die Planken zurück und betrachtet sie ernsthaft. »Mein Beileid Jasmin. Es tut mir so leid, dieses Unglück mit Achim.« Dann zeigt er auf eine Hafentaverne mit blauen Holzstühlen, an der sie etwas trinken können. Im Gastgarten schiebt er ihr den Stuhl zurecht.

»Stavros.« Entschlossen fasst sie nach seiner Hand, kaum dass der Kellner mit der Bestellung sich entfernt. »Welch ein wunderbarer Zufall, dass ich dich noch antreffe. Ich kam mit der Fähre von Ayvalık und mir bleibt nicht mehr viel Zeit bis zum Ablegen. Freunde erwarten mich.« Sie muss ihm diese Frage stellen, die ihr niemand sonst beantworten kann.

»Achim war ein erfahrener Taucher. War es ein Unglück?« Ihr Gegenüber zieht an seiner Zigarette und bläst einige Rauchkringel in die Luft.

«Er kam immer öfters enttäuscht hier an. Er erwartete, dass du ihn begleitest.« Stavros weicht einer direkten Antwort aus, doch da sie ihn nur abwartend ansieht, fährt er fort.

»Im Mai kam er mit einer Riesenüberraschung für unser Museum hier an. Vor allem aber sollte es eine Überraschung für dich werden. Er ließ bei einem einheimischen Künstler eine besondere Schale anfertigen!«

»Ich sah die Augenschale bereits. Bitte antworte auf meine Frage«, lächelt sie ihren alten Weggefährten aufmunternd an.

»Es fällt mir nicht leicht, das zu beantworten. Normalerweise verbrachte Achim die Herbsttage mit Schülergruppen auf den Ausgrabungsstätten, das kennst du. In diesem Jahr war das anders.« Er teilte Stavros einige Wochen zuvor mit, dass er die Nachbildung zuerst Jasmin und später der Öffentlichkeit präsentieren wolle. Unangemeldet traf er in den ersten Maitagen drei Tage nach Ankunft des Exponates ein. Die Museumsleute verstanden seinen unangemeldeten Besuch nicht, weil er wieder einmal ohne seine Frau ankam, vor allem aber, dass er die zusätzliche Planung des bereits terminierten Festes entschieden absagte. Achim stellte die Schale an den vorgesehenen Platz und keiner konnte ihn daran hindern. Stavros zögert, bevor er sich kerzengerade hinsetzt.

»Am vierten Sonnentag sah er immer noch ungewöhnlich grau im Gesicht aus. Das war auch am Unglücksmorgen nicht anders. Ich bat ihn entschieden, den Tauchgang zu verschieben. Er ließ sich von niemandem aus der Crew abhalten, da tauchte ich gemeinsam mit ihm. Nach wenigen Minuten sank er, viel zu schnell, wenn du mich fragst, doch er ignorierte jedes Warnzeichen. Ich folgte ihm, so rasch es die Vernunft zuließ. Kurz bevor ich ihn erreichte, griff er sich ans Herz. Mit Panik in den Augen schoss er an mir vorbei. Es gelang mir nicht, ihn festzuhalten, um den hastigen Aufstieg zu verhindern.« Stavros senkt den Kopf und Jasmin sieht seine Niedergeschlagenheit. Behutsam legt sie ihre Finger auf Stavros Hand, da atmet er schwer und erzählt ihr von den eingeleiteten Hilfsmaßnahmen. Die Besatzung im Boot zog Achim an Bord. Die anderen Taucher leisteten Erste Hilfe, da jeder auf dem Tauchboot eine entsprechende Ausbildung besaß und auch der Rettungshubschrauber startete unverzüglich. Für Jasmins Ehemann aber kamen die angelaufenen Rettungsmaßnahmen zu spät und er starb in Stavros Armen. Am nächsten Tag brachte das Postschiff einen Brief für ihn, mit dem Absender einer Klinik in Athen. Bei einem Anruf verband man sie mit der Herzabteilung, doch sie erhielten keine Auskunft. Trotzdem war seinen Mitarbeitern klar, dass der Professor ein Spiel auf Leben und Tod gespielt hatte.

»Ich brach sein Herz, Stavros.« Beruhigend streicht er mit den Fingern über Jasmins Handrücken, dann steht der Grieche auf, zieht sie an sich und streichelt ihr Haar.

»Gefühle kann man nicht erzwingen. Das Schicksal verband euer Leben, jetzt trennte es der Tod.«

»Vermutlich hast du recht. Die Schicksalsfügung warf das Tuch der letzten Worte. Vor vielen Jahren sagte mir die weise Leyla, dass jeder den Weg geht, den die Vorsehung für ihn plant. Offenbar galt dies auch für Achim.« Sie löst sich von Stavros und nimmt seine Hände. Es ist Zeit sich zu verabschieden, denn die Fähre legt an.

»Ich danke dir für die Ehrlichkeit.« Sie eilt in den Blumenladen an der Ecke, bevor sie dem alten Freund auf dem Rückweg noch einmal zuwinkt. Fragend sieht er sie an.

»Ich will Achim auf der Überfahrt Lebewohl sagen!« Stavros nickt.

»Verstehe. Ich gebe dem Kapitän die Koordinaten. Dann kann er an der Unfallstelle kurz anhalten.« Zusammen gehen sie an den Kai. Nach wenigen Schritten schlägt er sich die Hand gegen die Stirn.

»Über unserem Wiedersehen vergaß ich beinahe den Türken. Ich begreife seine Suche zwar nicht, aber ich mag den Kerl. Weißt du, wo du Kenan findest?«

»Woher...?« Stavros unterbricht sie. »Geh zu meiner Tante in Sarımsaklı. Sie erklärt dir den Zusammenhang.« Noch bevor Jasmin ihm erklären kann, dass sie bereits bei Kassandra war, eilt er auf die Brücke zum Kapitän, dann springt er von Bord und die Fähre nimmt Kurs auf die türkische Küste. Ihr alter Freund schickt ihr einen Handkuss und sie winkt ihm mit den Blumen, bis er aus ihrem Blickfeld verschwindet. Zehn Minuten später dreht das Boot bei und die Motoren verstummen. Dreimal ertönt das Signalhorn. Ein Matrose vom Oberdeck gibt ihr ein Zeichen und sie überlässt das Blumengebinde dem Meer. Jasmin streckt ihre leeren Hände in den Himmel.

»Finde deinen Frieden, wo auch immer du jetzt bist, Achim. Heute begreife ich, dass du mich ebenso unteilbar liebtest, wie sich meine Liebe niemals teilen ließ. Wünschst du mir Glück?«, murmelt sie mit zitternden Lippen. Die Schiffsmotoren brummen wieder, da ist der Augenblick des Abschieds vorbei. Das Tragflächenboot nimmt Fahrt auf und Jasmin stellt sich regungslos in den Fahrtwind. Das Haar zerzaust und mit der Hand hält sie den aufgebauschten Rock fest. Minuten später drosselt der erfahrene Kapitän die Motoren und steuert das Schiff präzise durch den engen Wasserweg zwischen zahlreichen Inseln auf die türkische Küste zu.

Die verworrenen Knäuel an Ängsten und Selbstvorwürfen lässt sie draußen auf dem Meer und begräbt die Sorgen der letzten Monate in den aquamarinfarbenen Tiefen. Auf ihre Wunden legt sich Balsam, der ihr den inneren Frieden beschert. Im Laufe dieser Fahrt gelingt es ihr endlich, die maßgebenden Puzzleteile zuzuordnen. In ihr regt sich ein noch unvertrautes Lebensgefühl, da zieht Jasmin ihr Handy aus der Tasche und wählt die Telefonnummer ihrer Tochter in Rom.

»*Pronto*. Villa Calabrico. Marina Wendlinger.«

»Ich bin's, Mama. Hallo mein Schatz.«

»Mama! Wie schön, dass du anrufst. Deine Stimme klingt so fröhlich, wie lange nicht mehr.«

»Du kennst doch Tante Rebecca. Mit ihr gibt es keine Traurigkeit. Der Urlaub hier bekommt mir. Sag, magst du dir ein paar Tage freinehmen? Das Hotel ist nicht ausgebucht, sicher erhalten wir noch ein Zimmer für dich. Ich muss dir so vieles erzählen.« Marina wollte ihrer Mutter verheimlichen, dass sie genau dieses plant. Sie erzählt ihr stattdessen, dass es fast unmöglich sei, dies so plötzlich zu verwirklichen.

»Schon in Ordnung, Kind. Es wäre einfach zu schön gewesen. Aber mach keinen Stress. Ich komme zu dir nach Rom, sobald wir zurückfliegen. Allerdings will Tante Rebecca ihren

Urlaub gerne verlängern. Die ist nämlich auf dem besten Weg, sich zu verlieben.« Marina schnappt nach Luft.

»In einen Türken? Da soll sie bloß aufpassen, dass der ihr nicht die Kohle aus der Tasche zieht. Die wollen alle nur das eine. Money, Money, Money. Desaströser wie früher die Italiener, wie man so hört. Gigolo oder Macho. Immer dasselbe. Kann man euch denn nicht alleinlassen!« Jasmin Mundwinkel sinken herab.

»Beruhige dich. Es gibt doch nicht nur Schlitzohren.«

»Ja klar und diese besondere Spezies gabelt dann ausgerechnet meine Lieblingstante auf. Blendwerk sag ich dir. Nichts, was einer Prüfung standhält. Mama. Ich komme. Den Typen nehme ich genau unter die Lupe. Dem vergeht bald das Lachen. Und euch beide, euch verfrachte ich in den nächsten Flieger.«

»Marina, Marina. Wir sind erwachsen, schon vergessen. Aber wenn du diesen Grund für dein Herkommen brauchst, dann soll es mir auch recht sein. Ich glaube allerdings, du irrst dich. Ich schicke dir die Adresse per SMS und ich lade dich natürlich ein. Ich drück dich.« Sie drückt den Beenden-Knopf und gleichzeitig ihre Wirbelsäule ins Lot. Beim Telefonat ist ihr klar geworden, dass ihre Tochter an ihrer Lebensbeichte ordentlich zu knabbern haben wird. Zudem ist das Mädchen ein Hitzkopf und wenn sie auf Rebeccas Flirt bereits so überreagiert, werden ihre noch unbekannten Familienmitglieder kaum auf mehr Zustimmung stoßen. Jasmin umklammert ihr Medaillon mit der Faust und stellt Kenan die Frage, ob er weiß, wie Cem auf seine Schwester reagieren wird und wie auf sie selbst. Ihr wird bang zumute, denn ihr ist klar, dass ihnen noch einige unerfreuliche Auseinandersetzungen bevorstehen.

Kapitel 25

Rebecca und Levent warten bei ihrer Ankunft bereits hinter den Zollgittern. Kaum ist Jasmin durch die Passkontrolle, wird sie von ihrer Freundin umschlungen.

»Abschied genommen?«, wispert sie ihr ins Ohr.

»Ja, es war ein bedeutungsvoller Tag für mich.«

»Es liegt mir fern, euer Geflüster zu stören«, unterbricht ihr Begleiter«, doch wir müssen dringend klären, ob du eine weitere Nacht hierbleiben möchtest. Rebecca denkt allerdings, dass dich nach deinem Ausflug nichts mehr hier hält. Die Taschen liegen bereits im Kofferraum.«

»Das nenn ich Gedankenübertragung. Ich möchte auf dem allerschnellsten Weg nach Kumluça.«

»Nach Kumluça?«, runzelt Levent da die Augenbrauen.

»Hast du Kenan etwa inzwischen erreichen können?« Sein Kopfschütteln bestätigt ihre Vermutung. »Egal. Ich weiß schon, wo ich ihn finde. Können wir gleich losfahren?« Ohne Levents Antwort abzuwarten, hakt Jasmin die Verbündete unter und eilt mit ihr über den Vorplatz der Schiffanlegestelle.

»Typisch Frau«, murmelt er und besorgt in einem kleinen Lebensmittelladen Getränke für die Fahrt. Dann folgt er ihnen.

»Wo bleibst du denn?«, empfängt ihn Rebecca ungeduldig. Er hebt die Augenbrauen und streckt ihr die Wasserflaschen entgegen. Nach wenigen Minuten erreichen sie die Hauptstraße und Levent kann Gas geben. Der Beifahrerin sitzt die Neugier auf der Nasenspitze, sodass Jasmin, die auf dem Weg hierher oft wortkarg und verschlossen schien, bereitwillig Details von ihrem Ausflug ausplaudert. In die Polster zurückgelehnt erzählt sie von der Trauer, die sie an Leylas Grab überwältigte und auch von ihrem anschließenden Museumsbesuch. Die Vision bei der Betrachtung von Achims Überraschung, die löst bei

Rebecca hingegen nur Unverständnis aus. Sie ignoriert die Reaktion, schildert die Begegnung mit Stavros und erntet dafür ihre volle Aufmerksamkeit.

»Schade, dass du ohne mich losgezogen bist. Das scheint ein interessanter Typ gewesen zu sein«, bedauert sie und wirft einen herausfordernden Blick auf Levent. Der legt allerdings nur gleichmütig eine Hand auf ihren Schenkel. Wie seelenruhig Rebecca auf die besitzergreifende Geste reagiert, das fällt Jasmin sofort auf und stellt die Gegenfrage, wie das ungleiche Paar den Tag verbrachte. Augenblicklich färben sich die Wangen der Freundin.

»Wir haben geruht und sind geschwommen, was sonst«, antwortet sie lapidar.

»Aha, schwimmen,« schmunzelt sie auf der Rückbank, weil sie aus Rotbäckchens Verlegenheit und Levents Funkeln in den Augen eindeutige Schlüsse zieht. Ihr Chauffeur fädelt den Wagen souverän durch den chaotischen Verkehr der nächstgelegenen Großstadt und Rebecca begeistert sich an der faszinierenden Kulisse auf den Hängen der ehemals berühmten Stadt Smyrna. Sie wendet ihre Aufmerksamkeit den Segelschiffen auf der Ägäis zu und raunt dem Fahrer etwas ins Ohr. Jasmin hängt ihren sie vorwärtstreibenden Gedanken nach. Ein Blick über Levents Schulter zeigt die maximal tolerierte Geschwindigkeit. Obwohl sich Kilometer um Kilometer aneinanderreiht, scheint es, als kämen sie viel zu langsam voran. Sie bedauert bereits, einer Übernachtung zugestimmt zu haben. Andererseits benötigt ihr Chauffeur für die ausgedehnte Etappe eine Pause, selbst wenn Rebecca ihn streckenweise ablösen wird. Beim Erreichen der Tagesetappe in Fethiye ist die Dunkelheit längst hereingebrochen. Nah am Hafen finden sie ihre Unterkunft. Nach einer Blitzerfrischung bummeln sie über die Promenade. Musik klingt aus romantischen Hafenlokalen und der Duft von Gebratenem steigt in ihre Nasen. Menschentrauben scharen sich um eine Theateraufführung unterm Sternenzelt. Das Trio verweilt nur kurz, um dann mit dem Touristenstrom weiter durch die Nacht geschoben zu werden.

»Ich will mich porträtieren lassen«, wünscht Jasmin. Sie zieht ihre Begleiter an den Stand eines Straßenkünstlers, der Kohleporträts anfertigt. Rebecca hingegen ist unleidig und deutet auf die nächstgelegene Gaststätte, aus der es verheißungsvoll duftet.

»Geht ihr gerne vor. Ich komme nach.« Entschieden nimmt Jasmin auf dem Hocker Platz, den der Fremde ihr hinschiebt. Levent verhandelt einen akzeptablen Preis für sie, bevor er mit Rebecca davongeht. Sie wendet sich dem Hafen zu mit den darin schwankenden Masten. Traumverloren setzt sie ein imaginäres Gedankensegel, dreht das Boot auf Kurs zur lykischen Küste und fährt an ihr entlang, verborgen im Dunkel der Nacht.

»*Evet, çok güzel.* Ja, prima. Bleiben Sie genauso«, weist der Schwarzgelockte sie an und schiebt die Staffelei in Position. Er legt sich verschiedene Kohlestifte in den Schoß und beginnt, mit ihr zu plaudern. Da sein Modell nicht antwortet, wirft der Maler einen erstaunten Blick auf die stumme Fremde. Er studiert ihre aufgewühlten Gesichtszüge, denn diese Mimik fasziniert ihn. Ihre Finger umklammern ein Schmuckstück, doch sie selbst scheint in eine andere Welt abgetaucht zu sein. Er zückt die Zeichenkohle, richtet das Blatt auf der Staffelei aus und zeichnet erste Schattenrisse. Die Konturen verwischt er gelegentlich mit der Fingerkuppe, um die Umrisse weich zu zeichnen. An ihren Haarwurzeln entdeckt er einen schmalen kupferfarbenen Streifen im kastanienbraunen Haar. Jasmin bemerkt die Faszination des Straßenkünstlers nicht, denn vor ihr ist die Wirklichkeit entschwunden. Von ihrem Medaillon steigt die inzwischen bekannte Wärme auf, die sie mit Kenan verbindet. Die Geräuschkulisse verflüchtigt sich. Was bleibt, ist der ebenmäßige Wellengang. In ihrem Gedankenboot gleitet sie an der Küste entlang in Richtung *Gelidonya Kap*. Wirst du am *Kap* auf mich warten, so wie ich es jetzt vor mir sehe? Weißt du, ob Cem mir vergeben wird, oder verachtet er mich, weil ich ihn bei dir zurückließ? Drängende Fragen, die nur er ihr beantworten kann. Jäh reißt das Knarren eines einlaufenden Seglers Jasmin aus ihrem Gedankenmeer. Sie fixiert die Mastspitze, über der in diesem Augenblick eine Sternschnuppe verglüht. Wünsch dir was, summt es in ihr und einen Atemzug lang schweben ihre Wimpern über dem jadeglänzenden Augenpaar. Ihr Sternschnuppenwunsch verschmilzt mit ihrer Intuition, dem Turm der Liebe. Der Straßenmaler skizziert ihre bewegten Gesichtszüge mit weiteren Strichen, zuletzt setzt er mit farbigen Akzenten das Leuchten ihrer Augen auf das Papier. Er beurteilt das Ergebnis kritisch, bevor er die Zeichnung signiert. Da sein Modell spürbar in die Gegenwart zurückgekehrt ist, reicht er ihr das Porträt. Jasmin nimmt das Bildnis entgegen und staunt über ihren verträumten Gesichtsausdruck, den der Künstler einfing. Mit präzisen Konturen erschuf er die Illusion des zuvor gefühlten Glücks, auf ihren Lippen liegt ein sinnlicher Hauch. Da sie selbst lange Zeit zeichnete, schätzt sie das Werk entsprechend. Um eine Stimmung festzuhalten, bedurfte es neben der Beobachtungsgabe auch eines außergewöhnlichen Talentes, etwas, das dieser Maler definitiv besitzt. Er rollt die Zeichnung ein und fixiert sie mit einem Band. Jasmin bedankt sich bei ihm mit einem großzügig bemessenen Lohn.

»Besitzen Sie eine Geschäftskarte?« Er nickt und fischt aus der neben ihm stehenden Tasche eine bunte Karte. Manche Menschen trifft man zweimal im Leben, überlegt sie, ohne zu ahnen, dass ein hauchdünnes Schicksalband eine Verbindung herstellt, noch bevor sie den Namen auf der Visitenkarte entdeckt. Cem. Ihr stockt der Atem, das Blut rauscht durch die Adern und die Hammerschläge ihres Herzens werfen sie aus

der Bahn. Irritiert betrachtet sie den Mann mit seinen nachtschwarzen Augen, da schüttelt sie energisch den Kopf, weil die dunkelgraue Iris ihres Babys vor ihr auftaucht. Aufatmend liest sie weiter. Cem Yildiz, *Mimar Sinan Güzel Sanatlar Üniversitesi*, Kunstakademie in Istanbul.
»Ist alles in Ordnung mit Ihnen?«
»Ja. Ich wollte sie nicht erschrecken, aber einen Moment lang erinnerten sie mich an meinen vermissten Sohn.« Sie gibt ihm die Hand und verabschiedet sich, ohne eine weitere Erklärung abzugeben. Ihre Begleiter trifft sie wie verabredet im gegenüberliegenden Lokal. Leere Platten und Teller zeigen den Appetit, mit dem sie speisten. Levent bestellt für die Dritte im Bunde, da diese aufgeregt wie ein Schulmädchen mit dem Kunstwerk beschäftigt ist.

Am nächsten Tag brechen sie auf Jasmins Wunsch hin frühzeitig auf und so erreichen Sie bereits um neun Uhr das Fischerstädtchen Kaş. Der Muezzin ruft bei ihrer Ankunft lautstark zum Freitagsgebet und vor allem die Männer eilen zum Gebetshaus. An der Bushaltestelle hingegen strömen Touristen aus dem *Dolmuş* um auf der anderen Straßenseite unter gespannten Sonnenschutztüchern im *Basar* zu verschwinden. Schwer bepackt steigen Einheimische die Stufen zum Busbahnhof hinauf, auf dessen Parkplatz Levent einbiegt. Ein Blick in seine unzufriedene Miene zeigt die Verstimmung, weil ihm Jasmin unterwegs, von Rebecca unterstützt, das Versprechen abnahm, dass sie ab hier ihre Reise mit dem Bus fortsetzen wird, allein. Er bugsiert den Wagen in die Parkbucht und überlässt die Damen sich selbst. Er löst am Schalter ein Busticket. Die Frauen zwinkern sich vergnügt zu und packen die Badetaschen um, da die Alleinreisende nur das Allernötigste mitnehmen möchte.

»In einer Stunde fährt dein Bus.« Unbemerkt ist Levent hinter sie getreten. Rebecca tauscht mit Jasmin einen raschen Blick.

»Super, dann bleibt noch Zeit für den Markt«, strahlt sie. Ihr männlicher Begleiter schnauft gelangweilt, zieht eine Grimasse, aber er unterlässt jeden Kommentar. Den beiden steht es in die Gesichter geschrieben, dass ihnen durchaus bewusst ist, dass die Degradierung zum Taschenträger seine Laune nicht im Geringsten besänftigt. Sie haken ihn ein, dann gehen sie die ausgetretenen Stufen zum Marktplatz hinunter. Unter sandfarbenen Planen bieten Händler aus dem Umland Waren an. Es herrscht reger Betrieb und Rebecca stürzt sich an einen der Tische. Levent zieht sie am Ärmel und bremst ihren Übereifer.

«Lass dir nicht anmerken, wenn dir etwas gefällt. Sonst bezahlst du einen zu hohen Preis«, flüstert ihr der Griesgram ins Ohr, dann nimmt er ihre Hand. Sie schmiegt sich an ihn. Erwartungsgemäß lächelt er und übernimmt das Verhandlungsgespräch. Rasch begreift sie, wie der Hase läuft, obwohl sie den türkischen Wasserfall natürlich nicht versteht. Aber die kleinen Geldscheine, die er gegen vorher viel teurere Ware eintauscht, sprechen eine deutliche Sprache. Geschickt dirigiert sie ihn von einem Stand zum anderen, um ihre Garderobe für die dritte Ferienwoche aufzufüllen. Enge Tops, schicke Jacken und ausgefallene Jeans landen in der Tasche, die ihr Begleiter neben ihr herträgt. Jasmin begeistert sich an einem Marktstand für ein langärmliges, tailliert geschnittenes Oberteil mit Rosenmuster. Es ist die ideale Ergänzung zum bereits erstandenen Baumwollrock mit weinroten Rockstufen und handgeklöppelten Spitzen. Am nächsten Stand setzt sie den Verkäufer für ein farblich passendes Kopftuch unter Druck. Levent nickt anerkennend ob ihrer geschickten Kaufverhandlung. Sie klatscht ihn ab, bevor sie sich in einer provisorischen Umkleidekabine umzieht. Rebeccas Mund bleibt vor Staunen offen, weil sie kurz darauf mit einem vergnüglichen »*Merhaba, arkadaşlarım*, hallo meine Freundin«, gegrüßt wird. In Rock, Oberteil und Tuch, das gekonnt ihr Haar umschlingt, sieht Jasmin aus wie eine türkische Frau. Perfekt dazu ist der leichte Bronzeton ihrer Haut. Levent nickt anerkennend, dann gibt er das Signal zum Aufbruch. Am Busbahnhof steigen die ersten Fahrgäste bereits in den wartenden Bus. Am Rückspiegel hängt das unvermeidliche blaue Auge. Rebecca wundert sich noch immer über die Verwandlung der Freundin und drückt sie.

»Du siehst aus wie eine Einheimische. Ich wünsche dir viel Glück. Schreib eine SMS, wenn du ankommst. Und noch eine, wenn du Kenan gefunden hast.« Jasmin nickt, ihre Finger streifen Rebeccas Wange.

»Macht euch keine Sorgen.« Levent verstaut die Einkäufe im Kofferraum und stellt Jasmins minimiertes Gepäck in die Bustür.

«*Kendine çok iyi bak.* Pass gut auf dich auf. Und grüße Kenan. Wir sehen uns bald.« Dankbar für die aufmunternden Worte steigt sie ein und dreht sich lachend zu ihm um.

»Gerne. Euch beiden viel Spaß.« Sie setzt sich auf ihren reservierten Platz und winkt den Zurückgebliebenen. Der Fahrer verriegelt die Türen mit Knopfdruck, dann erklimmt der Bus die steilen Kehren der Bergstraße. Den Reisenden präsentiert sich in diesen kurzen Minuten eine fantastische Aussicht. Jasmin schaut aus dem Fenster, bevor sie einmal mehr in Grübelei verfällt. Vor einer gefühlten Ewigkeit stellte Levent von hier oben seinen Lieblingsort an der Küste vor. Ein liebenswertes Städtchen, wenn sie auch nur einen winzigen Ausschnitt davon sah. In den letzten Tagen passierte Unglaubliches. Wie weit liegt inzwischen die gefürchtete Ankunft in dem Land zurück, in das sie nie zurückkehren wollte. Beim Anflug auf Antalya fiel sie im wahrsten Sinne des Wortes aus den Wolken. Nun fassen ihre Überlegungen die bisherigen Geschehnisse im Zeitraffer zusammen. Einzelheiten der Vergangenheit, die sie während einer langen Autofahrt verarbeitete. Schmerzhafte Eindrücke, die sich im Nachhinein zu einem notwendigen Prozess entwickelten. Damit ist es ihr gelungen, den Neuanfang voranzutreiben. An jenem Tag im Garten bei Kassandra erfuhr sie mehr über Achim und Kenan, wie in den zurückliegenden Jahrzehnten. Ihr endgültiger Abschied auf der Insel Lesbos und die faszinierenden Visionen in Muğla, in Ayvalık und in Fethiye haben ihr geholfen, die Reaktionen des Medaillons einzuordnen. Die Busetappe treibt die Entscheidung weiter voran. Das Schmuckstück tröstet sie mit Wärme auf der Haut, wie seinerzeit die Hand von *babaanne* vor ihrer fatalen Fehlentscheidung. Jeder Kilometer mehr bringt sie zu dem Ort, der zuerst Glück verhieß und zuletzt Kummer und Leid bescherte. Jetzt lässt sie die letzte Erinnerung in vollem Umfang zu, die sie an Leylas Grab noch zum Teil zurückhielt.

***

Juli 1977: Cems Geburt und Leylas Tod lagen nur wenige Tage zurück, da entschied sich Jasmin, Kenan mit seinem Kind zu konfrontieren. Der Nachtbus brachte sie von Ayvalık nach Kumluça. Sie frühstückte am Busbahnhof und kaufte eine Wasserflasche für den Aufstieg nach Karaağac. In ihrer traditionellen Kleidung, das Kind vor den Bauch gewickelt, glich sie einer Einheimischen. Ihr auffälliges kupferfarbenes Haar verdeckte ein schlichtes Kopftuch. Ihre Haut war von der griechischen Sonne auf Lesbos getönt. Über zwei Stunden lagen an diesem heißen Sommertag hinter ihr und sie schnaufte schwer, weil das Gewicht des Babys ungewohnt auf ihre Schultern drückte. An einem Steinbrunnen füllte sie ihre Wasserflasche auf, da bot ihr ein Bauer die Weiterfahrt auf dem Traktor an. Die Schotterpiste schüttelte sie heftig durch, doch Cem schien das Gerumpel nicht zu stören. Er schlief friedlich, geborgen in ihren mütterlichen Armen. Sie betrachtete die Landschaft, die sich jetzt im Sommerkleid präsentierte. Die Luft roch frischer wie in der Ebene. Die Wiesen am Wegrand leuchteten in kräftigem Grün. Ab und an blühte es, als hätte der Allmächtige einen Farbtopf ausgeschüttet. An der Wegkreuzung bei Güzoren unterhalb des Dorfes stieg sie mit wackligen Beinen ab und schulterte ihren Rucksack. Der Traktorfahrer gratulierte zu ihrem Baby, dann ratterte er weiter. Jasmin betrat den Pfad, doch einen Esel zu nehmen, das wagte sie nicht. Nach über einer Stunde erreichte sie Kenans Heimatdorf. Ihr Herz klopfte heftig und ihre Gedanken überschlugen sich. Wie wird er reagieren, wenn sie mit dem Kind einfach zu ihm kommt. Hoffnung und Angst fochten einen ungleichen Kampf, da gab sie sich einen Ruck, lief über die Dorfstraße und klopfte am Haus seiner Eltern. Feindselig herrschte Mutter Fatma sie an.

»Was willst du hier? Kenan ist nicht da.«

»Frau Kara, bitte. Ich muss mit ihm sprechen.« Jasmin schlug das Tuch vor dem Gesicht des Kindes zurück. »Ich komme mit deinem Enkelsohn, ich nannte ihn Cem, nach seinem Großvater.« Fatma starrte sie hilflos an, da tauchte eine weitere Verwandte auf.

»Lass dir nichts vormachen Fatma. Verschwinde, du Hure. Kenan ist bei seiner Braut, da wo er hingehört. Siehst du nicht, wie alle im Backhaus arbeiten. In drei Tagen feiert er Hochzeit«, warf sie ihr hinterher. In Jasmin zerbarst das Glück. Sie rannte bergauf und verschloss ihre Ohren vor weiteren Beschimpfungen, die ihren Weg in die Berge begleiteten. Sie stolperte mehrfach, bis sie in einem Wäldchen kurz innehielt. Sie senkte ihren Kopf, jetzt konnte sie den Tränen freien Lauf lassen, da schluchzte sie zu ihrem vaterlosen Sohn.

»Er hat uns allein gelassen, dich und mich. Meine glückliche Welt liegt in Trümmern, aber das verstehst du noch nicht, kleiner Cem.« Hastig setzte sie ihren Weg fort, mit einer panischen Angst im Herzen. Kenan heiratet die andere. Sie wird ein uneheliches, ein fremdländisches Kind nach Hause mitbringen. Wie reagieren ihre Eltern auf die Schande? Werden sie es ertragen oder sie verstoßen, sie aus dem Haus jagen? Immer höher lief sie den schmalen Hirtenweg bergauf. Kurz vor der oberen Baumgrenze meldete sich das hungrige Kind. Sie wickelte Cem aus dem Tuch und stillte ihn. Das Mündchen saugte an ihrer Brust, es gluckste, wenn es für Sekunden die Quelle verlor. Aus dem winzigen Gesichtchen leuchteten die Augen des Mannes, der ihr Herz verraten hatte. Bevor sie im Weiterhasten die Sommerweide erreichte, nahm sie eine Abzweigung und stand plötzlich auf einem Felsen, der den Blick in eine tiefe Schlucht freigab. Vor ihr gähnte der Abgrund, doch noch zauderte sie vor dem Sprung in den Tod.

»Er will uns nicht, Cem. Niemand will uns. Was soll ich tun? Wo kann ich hin und wovon sollen wir leben? Dein Vater heiratet die Andere. Seine Liebe, eine einzige Lüge. Eine Lüge!«, schrie sie ihren Schmerz hinaus und das Kind begann leise zu greinen. Da näherte sie sich Schritt um Schritt dem Sturz, schleppend, schwerfällig. Die Unruhe des Babys zwang sie, innezuhalten. Das Weinen verstummte, da spürte sie eine Hand auf ihrem Arm. Eine murmelnde Stimme lockte sie von der Tiefe der Schlucht weg und zog sie auf festen Grund.

»Yasemin«, flüsterte es heiser wie aus einer Nebelbank.

»Komm. Komm mit mir.«, hauchte es neben ihrem Ohr und sie ließ sich führen. Ihr Kopf war leer, vom Elend wie betäubt. Sie fürchtete das Gerede in der alpenländischen Heimatstadt und besonders ängstigte sie die Vorstellung, die Eltern zu verlieren. Ihr fehlte Zuspruch für den notwendigen Mut, um Cem nach Deutschland mitzunehmen. Wie ein unüberwindbares Gebirge türmten sich die Schwierigkeiten vor ihr auf. Welche Entscheidung war die Richtige, welche falsch? Sie war zwanzig Jahre alt. Eine Studentin, ohne abgeschlossene Ausbildung. Durfte sie Vater und Mutter dem Hohn der Nachbarschaft aussetzen, weil sie sich ein Balg anhängen ließ, wie man das seinerzeit nannte. Dass dieses Kind einer Liebe entsprang, die ihr wertvoller wie ein Diamant erschien, interessierte doch niemanden.

Kenans Großmutter umarmte sie und übernahm die Führung. Sie brachte sie zum Unterstand auf der Sommerweide, wo sie ihr einen kräftigen Tee eingoss. Sie ermahnte sie, zu trinken. Dabei streckte sie ihre Hände aus und Jasmin legte ihr den Urenkel hinein. Sofort begann sie, ihn zärtlich zu wiegen. Ihre Blicke folgten jeder noch so winzigen Bewegung des Kindes. Sie schaukelte Cem, bis er die Augen öffnete. Treffsicher stellte die Greisin den Zusammenhang her. Jasmin sah das Aufleuchten im Gesicht von *babaanne*, da verlangte sie ihren Sohn mit ausgestreckten Armen zurück. Sie gab ihr den Kleinen und umschlang die beiden, um ihre Kraft auf sie zu übertragen. In einfachen, eindringlichen Worten erklärte sie ihr, dass Kenan die Entscheidung des Familienoberhauptes akzeptieren musste. Dessen Gefühle durften dabei keine Rolle spielen. Jasmin schluchzte über den Schmerz des Verlustes. Zu seiner Unerträglichkeit gesellte sich ihre Verzweiflung, wohin mit dem Kind. *Babaanne* schlug ihr einen Ausweg vor. In ihrem Angebot sah sie ihre Chance, ihre einzige Möglichkeit, um Kenan der Anderen im letzten Augenblick zu entreißen. Wie naiv sie damals dachte.

Sie empfindet in diesem Moment die einstige Hilflosigkeit. Wie einfach haben es die Frauen heute. Niemand regt sich mehr über uneheliche Kinder auf. Jasmin wischt sich das verräterische Wasser aus den Augenwinkeln, da endet ihr Tagtraum in der holprigen Einfahrt von Myra.

Fahrgäste steigen aus, andere nehmen ihre Plätze ein. Noch vierzig Kilometer bis Kumluça. Ein Mädchen setzt sich neben sie, das mit ihrer Mutter und dem Brüderchen auf dem Weg nach Hause ist. Die Kleine mit den langen schwarzen Locken plappert fröhlich drauflos, das lenkt Jasmin ab.

»Wir haben Großvater besucht und bald holt uns *baba* ab«. Wie im Flug verrinnt die Stunde mit dem munteren Gesprudel von Plappermäulchen Gül. Jasmin ist nach wie vor überrascht, wie tief verwurzelt ihre gelernten Sprachkenntnisse sitzen. Dabei pflegte sie diese nur gelegentlich bei einer ehrenamtlichen Tätigkeit. Aber Leylas intensiver Sprachkurs auf Lesbos hinterließ dauerhafte Spuren.

»Ich mag die Obstanlagen, in denen es gleichzeitig blüht und reife Früchte an den Bäumen hängen. Orangenbäume verströmen im Herbst einen besonderen Duft«, erklärt die Mama der Kleinen und deutet nach draußen. Anfangs mustert sie die Fremde neben ihrem Kind skeptisch. Inzwischen wirkt sie völlig gelöst. Sie schnuppern den Blütenduft, der zu den offenen Fenstern hereinweht. Hatice lacht über Jasmins Staunen und erzählt ihr selbstbewusst von ihrem Ehemann, der im Hafen von Finike Schiffsausflüge für Touristen anbietet. Unvermittelt erwärmt sich das Medaillon. Damit inspiriert es ihre Gedanken.

»Nimmt er kurzfristige Fahrten an? Kannst du ihn bitte anrufen, ob er heute noch frei ist.«

»Nicht nötig. *Yasın*s Schiff liegt mit Sicherheit im Hafen, sonst könnte er uns nicht abholen.« Sympathie verbindet die Frauen, die sich wie selbstverständlich duzen.

»Was meinst du, nimmt er für den heutigen Tag noch eine Tour an?« Hatice nickt, doch gleichzeitig verdunkeln sich ihre Augen vor Enttäuschung über den gestohlenen Tag mit der Familie. Jasmin legt die Hand auf ihren Arm und schildert ihr Vorhaben.

»Wenn dein Mann mich nach Karaöz bringt, könntet ihr mitkommen. Es soll euer Schaden nicht sein. Ich werde euch für die Umstände reichlich entschädigen«. Hatices Gesicht beginnt zu leuchten.

»Ich bin glücklich, wenn ich helfen kann. Es spricht nichts dagegen. *Yasın* fährt«, verkündet sie aufgeregt. Ihre Ankunft bemerken sie erst, als Gül umher hüpft und der Bus mit einem Ruck anhält. Die Automatiktüren öffnen sich. Draußen wartet ein kräftiger Mann auf die Ankömmlinge. Freudestrahlend hebt er seine Frau mitsamt ihrem Gepäck heraus und drückt sie liebevoll an sich. Da schiebt sie ihn zurück und zeigt auf ihre Mitfahrerin, die mit den Kindern aussteigt. Gül wirft sich dem Vater an die Brust. Jasmin hält den Kleinen auf dem Arm und streicht ihm abwartend über die weichen Löckchen. Die Tochter auf der Schulter streckt Hatices Ehemann der Fremden die Hand entgegen und stimmt der Vereinbarung zu, den seine geschäftstüchtige Ehefrau bereits getroffen hat. *Yasıns* Ausflugsboot gehört zu den ausgefallenen Objekten eines Mahagonibootes. Der Rumpf ist mit dunkelroter Farbe gegen Salzwasser geschützt, die oberen Zweidrittel naturbelassen lasiert. Über das Fallreep betreten sie das mit Kissen ausgepolsterte Heck des Schiffes. Hatice weist Jasmin den besten Platz zu, bevor sie in der Kombüse Teewasser aufsetzt und ihren bereits träumenden Prinzen in einem der Schlafräume ablegt. Gül folgt ihrer Mutter auf Schritt auf Tritt. Sie stellt Geschirr und Besteck auf ein Tablett, bis die beiden gemeinsam den Tisch decken. Da taucht auch ihr Ehemann mit etlichen Taschen bepackt auf.

»Wir können los!«, kommentiert er und reicht seiner Frau die Einkäufe. *Yasıns* fünfzehnjähriger Neffe lauerte bereits auf das Kommando. Jetzt löst er mit geübten Griffen die Leinen und der Onkel wirft den Motor an. Der Junge springt an den Bug und zieht den Anker hoch, dann verlässt das Schiff den Hafen und geht auf Kurs. Wellen klatschen gegen die Luvseite, sodass der Kapitän das Steuerrad dreht, den Bug ausrichtet, bis das Boot leicht über die Erhebungen gleitet. Er übergibt dem Bootsjungen das Steuer und setzt sich mit Familie und Gast an den Tisch. Sie trinken Tee, schäkern und lachen. Gül beschlagnahmt den Schoß des Papas, der sie zärtlich *çamsu* nennt, Wasser meines Herzens. Er küsst sie auf die Wange oder knabbert an ihr, bis sie lauthals kichert. Jedes Mal allerdings, wenn er seine Ehefrau *aşkım* nennt, stockt Jasmins Herzschlag. Hatice bleibt nicht lange sitzen, sie springt auf, um ein verspätetes Mittagessen vorzubereiten. Das Hilfsangebot ihres Gastes wehrt sie zwar ab, aber Jasmin ignoriert ihre Einwände, setzt sich an den schmalen Tisch in der Kombüse und schnippelt Gemüse. Die Gastgeberin wässert Reis, dann mischt sie Hackfleisch mit Ei und Brot. Die beiden erörtern auf ihre unkomplizierte Art die Beweggründe, die Jasmin nach Karaöz und von dort hinauf zum *Kap Gelidonya* führen. Der schroffe Küstenstreifen um Finike bleibt hinter ihnen zurück. Gül spielt mit ihrem Vater und ihr Lachen ist laut zu hören. Vom Treppenabgang her sehen sie, dass der Bootsjunge bereits den Holzkohlegrill aufs Fallreep stellt. Es dauert nicht lange, da glüht die Grillkohle und er grillt die von Gül hinaufgetragenen *Köfte*, kleine Frikadellen. Das Mädchen deckt den Tisch, dazu gesellen sich weitere Schüsseln mit Reis und Gemüse. Nach dem gemeinsamen Mittagessen klemmt sich der Kapitän hinter das Steuerrad und behält das Meer im Auge. Jasmin wird genötigt auf den Polstern im Heck auszuruhen. Da schweift ihr Blick ab, die Küste wird flacher. Sie müssen bereits auf Höhe von Mavıkent sein, weil sich hier das fruchtbare Delta mit Hunderten von Treibhäusern ausbreitet. Sie findet Gefallen an der Fahrt mit der Familie. In ihr liegt ein tief sitzender Frieden. Die Meeresbrise massiert ihre Haut und der Wellenschlag sorgt für ein sanftes Schaukeln. Für einen Moment schließt sie die Augen.

»Wartest du auf mich Kenan?«

Kapitel 26

Levent und Rebecca verfolgen die Bergfahrt des Busses, bis er nicht mehr zu sehen ist.

»Was treiben wir beide jetzt?« Er reicht der Frau neben sich den Arm und sie feuert ein sinnliches Feuerwerk auf ihn ab. Hitze steigt in ihm auf, doch der Gedanke an eine eiskalte Dusche verschafft ihm, zumindest äußerlich, Normalisierung. Dennoch lässt er zu, dass sie mit ihrem Daumen seinen Handrücken massiert. Er fragt sich, ob es ihr so geht wie ihm. Die Anziehung wächst sukzessiv, sodass er Gefahr läuft, in ihrem Feuer zu verbrennen. Reiß dich am Riemen, alter Junge, appelliert er an die eigene Selbstbeherrschung.

Sie flanieren durch die Straßen und Rebecca findet allerhand Interessantes, da bleibt sie bisweilen stehen und betrachtet die Schaufenster, bis sie in einem Café pausieren. Der Dorfkern von Kaş mit zahlreichen kleinen Läden, lädt zum Weiterbummeln ein. Seit Öffnung der Tauchgebiete vor der Küste florieren ihre Geschäfte. Barbiere sitzen, wie viele andere Händler auch, auf einem Schemel vor der Tür und lauern auf Kundschaft. Hoch über ihnen entdeckt Levents Begleiterin an einer Felsenwand helle Flecken. Er verspricht, ihr ähnliche Grabstätten später aus der Nähe zu zeigen, den Vorschlag jedoch winkt sie ab. Achselzuckend lenkt er sie in eine bergan führende Nebenstraße. Aus den Lokalen duftet es bereits nach Mittagessen, in den Bars treffen sich Urlauber zu einem Getränk. Inzwischen geht es auf die Mittagszeit zu. Hier oben, in der zweiten Reihe liegen einige Restaurants mit Meerblick. Levent steuert auf eine Terrasse mit schlichten Holzmöbeln zu, die klassisch edel eingedeckt sind. Er begrüßt den auf vornehm getrimmten Kellner mit einem freundschaftlichen Handschlag und lässt sich von ihm an einen freien Tisch in der vordersten Front führen. Mit neidvoller Miene betrachtet der die aufsehenerregende Begleitung seines Bekannten und rückt ihr den Stuhl zurecht. Rebeccas Augen hängen wie gebannt am fantastischen Ausblick, sodass sie beinahe Levents leise Frage überhört.

»Bleiben wir heute Nacht hier?« Auf ihren erstaunten Blick hin verrät er, dass seine Tante in Kaş ein Ferienhaus besitzt. Sie stimmt zu, da bestellt er für sie beide einen fruchtigen Weißwein, mit dem sie anstoßen.

»Hhmmm, wie Samt auf der Zunge. Eiskalt wie ein Gebirgsbach und herbsüß wie ungezuckerte Erdbeeren.« Levent nimmt das Lob der Sommelière für seine Weinauswahl mit einem Schmunzeln entgegen und greift nach ihrer Hand.

»Darf ich dir einen besonderen Tag vorschlagen? Einen, den du immer in Erinnerung behalten wirst,« flüstert er und sieht sie abwartend an. Ihre Augen leuchten herausfordernd und er spricht mit rauchiger Stimme, die leicht vibriert weiter.

»Zur Vorspeise einen Salat mit Hummerfleisch.« Sie schickt ihm einen Kussmund zu.

»Zum Hauptgang Red Snapper vom Grill.« Wieder stimmt sie mit einem Handkuss zu.

»Die Auswahl zum Dessert wird schwierig. Zuerst *Baklava* zum Kaffee. Danach könnte ich dir eine extravagante Siesta im Ferienhaus anbieten.« Bei diesem Vorschlag spürt er bereits die Hitze in den Lenden, sodass er das Wagnis vorsichtshalber abfedert. »Eine weitere Möglichkeit, wir erkunden zu Fuß die Umgebung der Stadt.« Rebecca beißt sich auf die Lippen.

»Weder noch, Siesta ist nichts für mich und noch mehr zu Fuß, nicht mit diesen Schuhen.« Levent betrachtet ihr Schuhwerk, nickt und bestellt die verschiedenen Gänge. Kaum eilt der Kellner in die Küche, beugt er sich zu ihr hinüber.

»Wie wäre es mit einer Taxirundfahrt in die *Cukurbağ*.« Bevor sie nachfragen kann, weist er in die Berge hinauf, die hinter ihnen aufragen. »Von dort oben hast du eine traumhafte Aussicht.« Zweifelnd schiebt sie ihren Zeigefinger zwischen Nase und Oberlippe. Da stellt er grinsend fest, dass sie schwer zufriedenzustellen ist. Die Vorspeise wird serviert. Kaum probiert sie den Hummersalat, speit er Idee Nr. 3 aus. »Genügt meiner anspruchsvollen Begleiterin ein Gleitschirmflug?« Dieses unerwartete Ereignis zeigt den gewünschten Erfolg.

«Fliegen mit dem Gleitschirm, das wäre nach meinem Geschmack. Aber hier am Meer? Du tickst ja nicht recht.«

»Ach ja? Dann schau mal in dem Himmel hinauf. Da kommen sie über den Bergkamm angeflogen. Unten am Hafen ist der Landeplatz und daneben das Büro der Flugschule. Willst du heute Nachmittag einen Tandemsprung wagen?«, reizt er sie. »Bist du überhaupt schwindelfrei?« Der letzten Frage folgt ein leichter Tritt gegen sein Schienbein.

»Du bist unmöglich. Natürlich bin ich schwindelfrei.« Sie schiebt sich eine Gabel mit Salat in den Mund, ihre Augen aber folgen den Gleitschirmen. Sie lehnt sich zurück. Träumerisch schließt sie die Lider, da entnimmt sie Levents türkischen Aneinanderreihungen von Wörtern nur eines.

»*Evet.*« Das kennt sie, das heißt ja. Aufgeregt greift sie nach seiner Hand und wartet, bis er das Gespräch beendet.

»Klappt es?« Er wiegt den Kopf, um die Spannung anzustachen, doch dem Flehen in ihren Augen kann er nicht lange widerstehen. Er nickt, da schießt Rebecca aus ihrem Sessel hoch. Mehrere Gäste drehen sich zu ihnen um, auch der Kellner eilt herbei. Dessen ungeachtet wirft sie sich, ohne nur an die Öffentlichkeit zu denken, in Levents Arme. Er steht auf, schiebt sie zurück und rückt ihr den Stuhl wieder zurecht. Der Servicemitarbeiter geht grinsend in Deckung, nachdem er einen entsprechenden Blick von ihm auffängt.

»Benimm dich«, flüstert er Rebecca zu. »Später kannst du dich an meinen Hals werfen, sooft du willst.« Sie sieht ihn bekümmert an und schiebt ihre Hand über den Tisch.

»Entschuldige bitte. Ich vergesse immer, dass Männer hier päpstlicher wie der Papst sind, wenn andere zuschauen.« Vor Aufregung gelingt es ihr kaum mehr, sich auf das Essen zu konzentrieren und so bleiben die Beilagen des Fischgerichtes fast unberührt liegen. Nervös fiebert sie dem Abenteuer entgegen. Sie verzichten auf ein Dessert und Levent begleicht die Rechnung. Sie atmet auf und beachtet beim Bummel Richtung Hafen nicht einmal die Schaufenster, an denen sie vorbeiflanieren. Nur ein Schuhgeschäft visiert sie an, ersteht darin bequeme Slipper, die sie gleich anbehält. Vor dem Flugbüro steht ein überdimensionaler Geländewagen. Weitere Fluggäste mit Partnern und die Piloten begrüßen die Neuankömmlinge, sowie sie auf der Bank des Offroaders Platz nehmen. Nach dem pünktlichen Start erklimmt der Wagen die steile Bergstraße, bis sie eine weitläufige Hochebene mit landwirtschaftlichen Weiden erreichen. Verstohlen rückt Rebecca an Levent heran, denn die Luft wird kühler, ihre Anspannung greifbar. Fürsorglich legt er den Arm um ihre fröstelnden Schultern. Der Schotterweg führt an einsam gelegenen Höfen entlang, dann wird die Straße schwierig. Der Fahrer weicht Felsbrocken und tiefen Löchern aus, bis endlich der Startplatz vor ihnen liegt. Die Tandempiloten steigen in ihre Flugoveralls, ehe sie ihre Mitflieger einkleiden. Die Winde in dieser Höhe sind kalt. Rebeccas Pilot befestigt Gurte an sich und an ihr, die später mit dem Schirm verbunden werden. Er nimmt ihre Hand und führt sie zur Startbahn. Jetzt befestigt er verschiedene Karabiner an den Guten und überprüft den Sitz, den er hinter sie schiebt. Helfer verbinden den Gleitschirm mit dem Geschirr des Flugpiloten, dann folgt eine abschließende Anweisung auf Englisch.

»Go, go, go. Not stop and run in the Air. Ok?« Rebecca nickt.

Ihr Flugkapitän zupft noch einmal an allen Gurten, bevor er die Schnüre des Gleitsegels hochzieht und in den Wind stellt.

»Go!«, schreit er und sie rennen den Abhang hinab. Nach wenigen Metern spürt sie keinen Untergrund mehr und strampelt weisungsgemäß in der Luft, bis er ihr das Signal gibt, sich in den Sitz hineinzuziehen. Sie schweben über dem Bergkamm, da dreht der Pilot den Schirm, damit sie die Startmanöver der anderen Fluggäste beobachten kann. Levent winkt ihr vom Boden aus zu. Sie ruft zu ihm hinunter, dass dies das beste Dessert der Welt sei. Er zuckt die Schultern, weil er sie nicht verstehen kann, da hält sie ihre Daumen nach oben.

Levent nimmt auf der Rückfahrt das Mobiltelefon aus der Tasche. Monoton erklingt das Freizeichen, dann aber meldet sich Mehmet Sinav vom *Bahcede-Resort*.

»Sprich lauter, ich bin mit einem Geländewagen unterwegs. Wann kommt Jasmins Tochter an?«

»Francesca holt sie heute Nacht vom Flughafen. Soweit ist alles in Ordnung. Aber « Levent merkt gleich, dass da etwas nicht stimmt. Sein Gesprächspartner erklärt, dass Kenans Schwiegertochter ihrem Mann vom Besuch der Halbschwester erzählte.

»Du kannst dir denken, wie Cems Reaktion ausfiel. Es ist mir vorgekommen, als zöge ihm jemand den Boden unter den Füßen weg. Derart fassungslos sah ich unseren Juniorchef nie zuvor. Er war kurz vorm Kollabieren. Seither schleicht er durch die Halle, wie ein Raubtier auf Futtersuche. Ehrlich gesagt möchte ich weder in Yasemins noch in Kenans Haut stecken. In diesem Familientreffen steckt Kriegspotenzial.«

»Verflixte Weiber, nie können sie still sein. Sag dem Hitzkopf, sie soll wenigstens Marina die Story nicht ebenfalls brühwarm auftischen. Bedauerlich genug, dass sie Cem damit überrumpelte.«

»Ich versuche es. Aber ohne Garantie.« Levent schnaubt.

»Pass auf, Mehmet. Jasmin ist auf dem Weg zu Kenan. Sie vermutet ihn, richtigerweise, wie ich von seiner Mutter erfuhr, am *Gelidonya Kap*. Uns bleibt also erst einmal noch ein Tag, um die Nachkommen der beiden zu besänftigen.« Dann bittet er den Verbündeten, Cem nach Karaağac zu schicken, mit der Vorgabe, dass die Oma ihn dringend braucht. Francesca soll am Vormittag nach der Ankunft von Marina diese gleichfalls dorthin bringen.

»Aber schärf der Plaudertante ein, dass sie die Klappe hält. Ich komme mit Rebecca ebenfalls kurz vor Mittag dort an.«

»Du willst?«

»Was heißt da wollen? Cems Großmutter muss in seinem Kopf für Klarheit sorgen und Marinas Patentante wird den anderen Part übernehmen. Ich halte mich da fein heraus.«

»Wie du meinst. Viel Spaß mit der Streithahngeneration«, orakelt Mehmet, bevor er auflegt. Levent wartet am Hafen auf die Gleitschirmflieger. Er setzt sich auf eine Bank und sinniert über den Plan, in der weißen Stadt über sich sein Gesundheitszentrum zu eröffnen. Wieder bleibt er bei der Frage stecken, ob Rebecca die geeignete Partnerin dafür ist. Inzwischen ist dies nicht mehr rhetorisch, sondern vielmehr das, was das Herz ersehnt. Aber passt sie zu ihm, für ein Leben und nicht nur für eine wundervolle erotische Zeitspanne? Nach einer Stunde schweben die ersten Gleitschirme über die Stadt herein. Levent stellt die Kamera des Handys ein und drückt in dem Moment ab, in dem Rebecca landet. Kaum berühren die Füße von ihr und dem Piloten den Boden, fällt der Schirm hinter ihnen zusammen. Übermütig strahlt sie ihn an. Dass sie sich hemmungslos in seine Arme stürzt, kann er eben noch verhindern.

»Welch ein fantastisches Erlebnis. Da krieg ich nie genug. Das war das beste Dessert der Welt. Freu dich auf die Belohnung«, schäkert sie mit ihm. Er küsst schnell ihre Wange, dann schiebt er sie von sich.

»Das Geschenk heb ich mir für später auf. Jetzt benimm dich. Mich kennt hier jeder Zweite«, murmelt er und zwinkert ihr zu. Sie schlendern durch das Städtchen, trinken einen Espresso, dann aber drängt Rebecca.
»Genug gebummelt. Jetzt möchte ich das Ferienhaus sehen.« Rebeccas provokativer Blick setzt ihn erneut unter Strom.
»Dann komm. Willst du dich an den Herd stellen oder lässt du dich von mir verwöhnen?«, fragt er zweideutig.
»Türkischer Macho mit Kochkünsten?« Levent kneift sie in den Arm und sie bestimmt nach einem kurzen Aufschrei, dass er dies übernehmen dürfe.
»Dann gehen wir Einkaufen. Ein Sprung ins Wasser könnte übrigens nicht schaden. Es gibt doch einen Pool, oder?«
»Nicht nur das, du kannst auch ins Meer springen.« Gemeinsam nehmen sie den Weg ins Zentrum, wo sie den Fischladen, einen Fleischer, einen Bäcker, den Obsthändler und ein internationales Lebensmittelgeschäft vorfinden. Alles in unmittelbarer Nachbarschaft. Rebecca staunt über die zahlreichen Tüten, die er zum Parkplatz schleppt.
»Erwartest du heute Abend einen Reisebus?«
»Nein. Ich füttere eine gefährliche, stets hungrige Löwin. Wenn ihr das Essen nicht reicht, frisst sie mich am Ende auf.« Ihr perlendes Lachen schallt über den Platz. Wieder einmal steht sie im Mittelpunkt Neugieriger und Levent schlägt ihr vor einzusteigen. Er verstaut die Einkäufe im Kofferraum. Sein nächster Besuch in Kaş könnte sich durchaus zum Spießrutenlauf auswachsen. Den Schlüssel zum Ferienhaus hat er zuvor bei einer befreundeten Familie abgeholt, solange die Begleiterin ihr Dessert am Himmel genoss. Jetzt lenkt er den Wagen auf die *Yarımada*, eine Halbinsel, nur durch ein schmales Straßenstück mit der Stadt verbunden. Rebecca gerät ins Schwärmen. Großzügige Villen schmiegen sich zwischen Hotels an den Hang. Die Wasserseite schützt ein Naturhafen, mit wellen-

losem Wasser. Je weiter allerdings er sich zum offenen Meer ausdehnt, umso üppiger tanzen Schaumkronen auf der Wasseroberfläche. Das himmelblau etlicher Poolanlagen schimmert durch Baumbewuchs und zwischen kalkweiße Gebäude hervor. Levent fährt langsam, denn die Schlaglöcher im Asphalt zwingen ihn dazu und so bleibt Rebecca viel Zeit zum Staunen.

»Gefällt es dir hier?«

»Gefallen? Das ist ein Traum, aus dem ich nie wieder aufwachen möchte, ein wahnsinniges Fleckchen Erde. Wenn die hier eine Hotelmanagerin brauchen, gib mir Bescheid, dann wechsle ich meinen Job. Hier könnte ich es eine Ewigkeit aushalten.«

»Ernsthaft? Keine Langeweile, so weit weg von Partylaune?«

Sie nickt, ohne ihn anzusehen und die erhöhte Atemfrequenz wahrzunehmen. Zu ergriffen ist sie von der Schönheit, die vor ihrem Auge liegt. Er umrundet die Inselspitze und fährt nur wenige hundert Meter später eine Stichstraße zum Meer hinab. Am Ende liegen drei doppelstöckige Villen, in deren Gärten haushohe Bougainvilleas wuchern. Levent steigt aus und schiebt das schmiedeeiserne Gitter zum Grundstück des Hauses mit blauen Fensterläden beiseite, dann parkt er. Er öffnet die Beifahrertür, streckt ihr die Hand entgegen und nimmt ihre Badetasche aus dem Kofferraum. Rebeccas fragenden Blick beantwortet er mit einer ausladenden Bewegung zu einem Pfad. Hinter einer Wegbiegung breitet sich das türkisfarbene Meer vor ihnen aus. Sie müssen über scharfkantiges Gestein, das an ein ehemaliges Korallenriff erinnert, doch am Ende wartet eine betonierte Plattform mit zwei Liegestühlen in der Sonne auf sie. »Können wir hier schwimmen?« Levent nickt und zeigt auf eine Leiter.

»Alles für dich. Dein Prinz macht derweil Küchendienst.«

»Ach komm. Tauch zuerst eine Runde mit mir ab. Bitte. Ich jammere auch nicht, wenn das Essen später auf dem Tisch

steht. Die Löwin geduldet sich. Wie glasklar das Meer hier ist.«
Er erfüllt ihren Wunsch, nachdem er für sich eine Badehose holte. Ausgelassen planschen sie in der Bucht, schwimmen und begutachten die Villen. Dann aber überlässt er Rebecca sich selbst und kehrt zum Haus zurück. Nach einer kurzen Dusche schnippelt er Gemüse, legt Fleisch in einen Gewürzsud und wässert *Bulgur*. Mitten in den Vorbereitungen hält er inne. Kenans Telefonnummer ist immer noch nicht erreichbar. Entschlossen wählt er die Nummer seiner Mutter in Karaağac.

»*Efendim*? Hallo?«

»Grüß dich Fatma, hier spricht Levent. Ist Kenan bei dir?«

»Nein. Es tauchte gestern früh hier auf und fuhr am Nachmittag weiter. Er glaubte, Yasemin bei mir zu finden, aber, das weißt du doch bereits.« Levent hört, wie ihre Stimme für einen Moment bricht. »Mein Sohn ist felsenfest davon überzeugt, dass sie auf dem Weg zu ihm ist. Weißt du, wie schwer es mir fiel, ihm nicht zu sagen, dass sie mit dir kommt.«

»Die Überraschung wird ihn entschädigen, Fatma. Sie fuhr heute mit dem Bus weiter und der müsste kurz nach Mittag Kumluça erreicht haben.« Kenans Mutter keucht.

»Nach Kumluça? Was ist, wenn sie in die Berge herauf kommt? Wenn sie Kenan noch einmal bei uns sucht?«

»Dann bringt Kemal sie nach Karaöz. Kenan wartet sicherlich dort auf sie, oder?«

»Ja, ich denke das auch. Mein Ältester machte heute zumindest so eine Andeutung, dass er mit Fathı bald ein Hühnchen rupfen müsse.«

»Perfekt. Pass auf Fatma. Ich brauche deine Unterstützung für die Nachkommenschaft der beiden. Mehmet teilte mir vorhin mit, dass in Kumköy Stress im Anmarsch sei. Francesca lud Jasmins Tochter ein, die sie aus ihrer Hotelzeit in Rom kennt. Dummerweise erzählte sie Cem das brühwarm und der dreht jetzt durch. Mehmet schickt ihn unter einem Vorwand zu dir. Dein Enkel wird nicht lange überlegen, sondern ohne zu fackeln nach dem Strohhalm greifen, der es ihm ermöglicht, der fremden Halbschwester aus dem Weg zu gehen. Marina, Jasmins Tochter landet spät am Abend, übernachtet in Kumköy und Francesca bringt sie Morgen ebenfalls zu dir. Sicherlich darf auch dein Liebling *Tarık* mitkommen.

»Zu mir! Levent, wie kannst du nur. Was zum Teufel soll ich mit ihnen denn machen?«

»Aber Fatma. Für Cem ist Mehmet inzwischen definitiv eine passende Ausrede eingefallen. Francesca wird mit ihrem Besuch keineswegs vor dem Nachmittag bei euch sein. Bis dahin bin ich mit Marinas Tante längst zur Unterstützung da. Am besten ist es, wenn du allen Beteiligten zusammen von Kenans und Jasmins Liebe erzählst. Die zwei mussten genug Leid ertragen, auf beiden Seiten. Ihre Kinder dürfen dieses lang ersehnte Glück mit ihrer zwar berechtigen, aber kindischen Eifersucht nicht noch einmal entzweien. Wir helfen dir, Rebecca und ich«, lacht Levent.

»Na dein Wort in *Allahs* Ohr«, raunt sie ergeben. »Wann kommst du?«

»Morgen, gegen Mittag..«Er legt auf, da klingelt das Telefon.

»Mehmet. Levent, hier fliegen die Fetzen. Cems Streit mit Francesca war kaum zu überhören. Danach marschierte er mit hochrotem Kopf durch die Halle. Ich nahm ihn zur Seite und erzählte ihm, dass Onkel Kemal dringend einige Papiere unterschrieben haben muss. Du glaubst nicht, in welch einem Tempo er zusammenpackte und davonbrauste.« Der Empfangschef lacht und auch Levent stimmt mit ein.

»Perfekt. Ich telefonierte eben mit Fatma. Sie erwartet ihn bereits. Gib ihr bitte über den Grund, den du dir ausgedacht hast Bescheid. Und schärf Francesca ja ein, dass sie keinen weiteren Unfrieden stiftet. Es reicht, wenn einer durchdreht. Sie soll mit Marina und ihrem Kleinen morgen Nachmittag in Karaağac sein«, trichtert er dem Empfangsboss noch einmal ein. »Wir sind dann auch dort, um Fatma zu unterstützen. So, jetzt muss ich kochen. Ich brauche dringend ein paar Stunden für mich.«

»Und für die Liebe«, setzt Mehmet hinzu und legt, ohne eine Antwort abzuwarten, auf. Levent schaltet das Handy stumm. Jetzt gilt seine Konzentration dem Abendessen und der Erwartung auf den Abend mit Rebecca. Er sieht es vor sich, wie ihre Lippen glänzen, wenn sie sich die Gabel in den Mund schiebt. Wird sie heute Nacht neben ihm schlafen? Wird sie ihm mehr als nur ihren Körper schenken? Mit den abwesenden Gedanken an das Zauberwesen brennt ihm beinahe der *Bulgur* an. Wenig später richtet er den Picknickkorb, schneidet einen Arm voller Blüten und legt sie über die Decke. Zusätzlich klemmt er warme Jacken unter seinen Arm und eilt mit erwartungsvollen Schritten zu ihr an den Strand.

Kapitel 27

Am Ortsausgang von Kumluça biegt Kenan auf den mit Schlaglöchern versehenen Weg Richtung Mavikent ab, wo er einige Kilometer später am Meer entlang rollt. Einsame Strände, durch schmale Kieferwälder getrennt, reihen sich aneinander, bis ihm eine lang gezogene Kurve den Blick auf sein Ziel freigibt. Karaöz. Die winzige Ortschaft ist von hohen Bergen umgeben. Die Ruhe, die der Ort ausstrahlt, wird ihm das Warten erleichtern. Er hält vor einem hellgelb getünchten Haus am Ortsende. Auf einer Bank neben der Haustür sitzt der bald achtzigjährige Fathı Zaroğlu, das graue Haupt mit der landestypischen Gebetskappe bedeckt. Die dunkelblaue Hose, das weiße Hemd und der blaue Pullunder, den er unter einer Anzugjacke trägt, zeigen dem Besucher, dass der Ältere vom Freitagsgebet in der Moschee bereits zurückgekehrt ist. Der Greis nimmt die Zigarette aus dem Mund und blinzelt mit zugekniffenen Augen gegen die schräg stehende Nachmittagssonne. Schwerfällig auf den Stock gestützt erhebt er sich. Kenan steigt aus, da hebt er den Gehstock und zeigt dem lange nicht mehr gesehenen Gast ein von Zahnstummeln geprägtes Lächeln.

»Welch außergewöhnlicher Besuch, Sohn meines Herzens«. Der Jüngere küsst dem alten Mann die Hand und zieht sie dann an seine Stirn.

»Verzeih mir, Fathı. Du weißt doch, dass jede Aufwartung bei dir stets mit Herzleid einhergeht. Heute freue ich mich, dich bei guter Gesundheit anzutreffen. Allerdings trieb mich ein besonderer Grund hierher.«

»Ich weiß. Yasemin kehrt zu dir zurück,« erwidert der Greis mit dem zahnlückenhaften Grinsen. Kenan mustert ihn erstaunt.

»Dein strahlendes Gesicht mein Junge, verrät die Neuigkeit, bevor du sie aussprechen kannst. Mit Yasemins Abreise verschwand damals das Strahlen aus der Tiefe des glücklichen Herzens. Selbst den Stolz auf deinen Sohn Cem zeigtest du in einer anderer Art und Weise. Ich danke *Allah* für die Gnade, dass ich diesen Freudentag noch erleben darf.« Er klopft seinem Besucher auf die Schulter.

»Wo ist sie, die Prinzessin der Herzen. Wo ist Yasemin?« Kenan sieht zu ihm hinunter und zwinkert dem Alten zu.

»Lass uns zu Meyrem gehen. Sie schimpft, wenn ich nicht sofort hineinkomme.« Er ignoriert das Schnauben des Freundes und hakt ihn unter. An der Haustür schlüpfen sie aus den Schuhen, da flüstert er. »Yasemin ist noch nicht da. Aber sie ist auf dem Weg zu mir.« Wenig später sitzt er mit dem Ehepaar auf der Bank vor dem Haus und erzählt von den verirrten Pfaden, die ihr Schicksal in den letzten Jahrzehnten nahm. Glücklich breitet er seine Träume vor den Vertrauten aus. Er spinnt an den Fäden der Visionen und Wünsche für das bevorstehende Wiedersehen ebenso, wie die einer gemeinsamen Zukunft für ihn, für Yasemin, für ihren Sohn Cem und dessen Familie.

»Vermutlich werde ich bald zum zweiten Mal Großvater und Yasemin Großmutter«, scherzt er. «Obwohl Cem die Neuigkeit für sich behalten wollte, verriet das Leuchten in den Augen meiner Schwiegertochter das Geheimnis trotzdem.« Kenans Iris leuchtet in einem Glanz, der tief aus der Seele emporsteigt. Launig überbringt er die Nachrichten aus dem Heimatdorf und sie amüsieren sich über die Drohung seines Bruders. Meyrem steht immer wieder auf, um die Männer zu bewirten. In ihrer Küche kocht sie etliche Male Tee, schenkt die dunkelbraune Flüssigkeit ein und verdünnt sie mit Wasser, noch bevor die Gläser vollends leer sind. Die drei rühren klirrend den Zucker um, Nachbarn setzen sich dazu, lauschen und trollen sich wieder. Kenan teilt das bevorstehende Glück mit den Dorfbewohnern, schließlich kennt im Ort jeder das Schicksal des anderen. Die Zeit scheint endlos, doch den Lauf der Sonne beeinflusst das keineswegs. Bald sinkt sie tiefer ins Meer und der Gast gähnt nicht zum ersten Mal verhalten. Die Aufregung ist inzwischen von ihm gewichen, alle Ereignisse mehrfach besprochen. Die Müdigkeit drückt träge auf seine Lider. Einleitende Lichtreflexionen deuten auf die in absehbarer Zeit einsetzende Dämmerung hin. Kenan will für den Ältern Zigaretten im Dorfladen holen, doch nach wenigen Schritten dreht er sich um.

»Besitzt du das Motorrad noch?« Fathıs Lachfalten werden von der Abendsonne angestrahlt.

»Ich warte längst auf deine Frage. Zu Fuß schaffst du den Weg zum Leuchtturm inzwischen sowieso nicht mehr.« Kenan eilt davon und Meyrem richtet in der Zwischenzeit den Korb mit Lebensmitteln, Kerzen, Zündhölzern und Decken. Ein Botenjunge holt auf Fathıs Wunsch das Motorrad aus der Garage. Kenan staunt bei seiner Rückkehr nicht schlecht. Ohne zu zögern, nimmt er aus der Reisetasche im Wagen einige Sachen heraus, streift sich einen Pullover über und tauscht die Lederschuhe gegen Turnschuhe. Fathı hält ihm einen leicht rostigen Schlüsselbund hin.

»Danke. Für alles.« Seine Stimme klingt heiser, wie er sich von den Eheleuten verabschiedet.

»Die Petroleumlampe steht neben der Tür. Du wirst für Yasemins Ankunft allerdings sauber machen müssen«, grinst der Alte. »Der Turm wird seit Langem nicht mehr genutzt. Nur mein Neffe fährt abends hinaus, um die Funktion der Lampen zu überprüfen. Übernimm du das heute, ich ließ ihn bereits informieren.« Kenan stimmt zu und startet das Motorrad, dessen Lärm jedes weitere Wort übertönt. Er lenkt die MZ-Kanuni auf den zum *Gelidonya Fener* führenden Forstweg, der sich durch einen Kiefernwald windet. Nach einer halben Stunde führt der Weg noch ein Stück bergan bis zu einem kleinen Parkplatz. Von hier aus schaut er nach oben, wo der für ihn allerschönste Leuchtturm über ihm aufragt. Der Turm mit dem roten Ziegeldach heißt ihn in einem atemberaubenden Moment willkommen. Umsichtig kontrolliert Kenan die Leuchtfeuer. Inzwischen tanzt die Sonne ihren letzten Tango auf den Wellen vor dem Kap. Glutrot taucht sie nur wenig später hinter den fünf vorgelagerten Inseln, die man ʼ*beş adalar*ʼ nennt, in ihr Ruhebett. Andächtig betrachtet er das Schauspiel und greift wie von selbst nach seinem Medaillon. Er bündelt alle Sehnsuchtsgedanken, um sie kraftvoll über das Meer zu senden. Ich warte auf dich, *aşkım*. Komm zu mir, meine Liebste. Ich vermisse dich so sehr. *Seni çok özledim, benim aşkım.* Im Lichtschein der Taschenlampe erklimmt er schwer bepackt den steilen Aufstieg. Er steckt den Schlüssel ins Schloss und schiebt die knarrende Tür auf. Abgestandene Luft schlägt ihm entgegen, sodass er das nächste Fenster aufreißt, bevor er die Petroleumlampe entzündet und mit ihr die Turmtreppe hinaufgeht. Er kontrolliert auch hier die Funktion der Lampen, öffnet danach eine Luke und richtet den Blick auf das inzwischen dunkel schimmernde Meer. Stumm verharrt er in den Anblick versunken, den der aufsteigende Mond ihm gewährt. Nach einer Weile geht er die Wendeltreppe hinab und nimmt ein Fladenbrot aus dem Korb. Er setzt sich draußen auf die noch sonnenwarmen Steine und isst. Mit dem Amulett in seiner Hand murmelt er.

»*Babaanne*, wird sie hierher kommen?« Auf eine Antwort wartet er indes vergebens und so rückt er ruhelos Staub und Spinnweben auf den Pelz. Er scheuert um den lange unbenutzten Schlafplatz herum, um die anschwellende Erwartung zu dämpfen. Dabei ist ihm durchaus bewusst, dass noch Tage bis zu Yasemins Eintreffen verstreichen können. Bald ist der

Boden staubfrei, die Matratze frisch bezogen, die Lampen geputzt und die Funktion aller Leuchtanlagen wiederholt bis ins kleinste Detail überprüft. Die Anspannung treibt ihn um, obwohl seine Augen inzwischen vor Übermüdung brennen. Erneut kehrt er zu dem Platz über den Inseln zurück, wo er zuvor bereits Kontakt zur *babaanne* suchte. Den übernächtigten Betrachter umschließt die samtweiche Dunkelheit der Natur und er sieht in unregelmäßigen Abständen hinauf in den Sternenhimmel. Ihre Klarheit spiegelt sich im Meer wieder, doch das Schmuckstück schweigt. Der Mond steht hoch, da senken sich seine Augenlider. Kaum neigt sich der erschöpfte Körper, da richtet er sich wie elektrisiert auf, denn die bekannte Wärme des Medaillons prickelt auf der Brust. Schlagartig hellwach sieht er, wie der Schweif einer Sternschnuppe im Nichts verglüht.

»Endlich. Danke für dein Zeichen, *babaanne*«, flüstert er in den Abendhimmel. Umgeben von tiefer Glückseligkeit zieht er den Duft der Nacht ein. Die frische Brise des Meeres vermischt sich mit der herben Süße aus den umliegenden harzigen Wäldern. Er kehrt zum Leuchtturm zurück und fällt nur Minuten später in einen bleiernen Schlaf. Trotzdem weckt ihn in den frühen Morgenstunden ein vorwitziger Sonnenstrahl. Kenan erhitzt auf dem Gaskocher Teewasser und wählt, die Tasse zwischen den Fingern, erneut den Weg zu den Steinen. Mit dem Ausblick auf die Weite des Meeres träumt er vor sich hin. Er stellt das Trinkgefäß ab, da rutscht ihm das Mobiltelefon aus der Hosentasche, dass er gewohnheitsmäßig eingesteckt haben musste. Um sich die Zeit zu vertreiben, schaltet er das Gerät ein und starrt verwundert auf die zahlreichen Telefonanrufe sowie Kurznachrichten von Levent wie auch von Mehmet. Kenan zögert. Nein, er wird die Nachrichten nicht lesen. Auch will er jetzt mit keinem der beiden telefonieren. Soll Cem sich kümmern, denkt er. Er ist während seiner Abwesenheit der

Stellvertreter für die Belange des Hotels. Ihm steht in diesen Stunden nicht der Sinn danach, Probleme zu wälzen. Mehmets häufige Anrufe lassen ihm letztlich doch keine Ruhe und er schickt ihm eine kurze Message.
Mach dir um mich keine Sorgen. Alles in Ordnung. Bin bald wieder da. Ruf bitte Dr. Levent an, er soll sein Problem mit dir oder Cem besprechen. Kenan.
Dann schaltet er das Mobiltelefon erneut aus und schiebt es in die Hosentasche zurück. Er schlendert den Weg zum Meer hinab und sieht den Segelbooten zu, die um die Inseln gleiten. Da beschleicht ihn eine Vorahnung. Die gefühlsbetonte Zeitspanne der letzten Tage, beinhaltet die ungünstigste Ausgangslage für ein ernsthaftes Vater-Sohn-Gespräch. Dennoch ist ihm bewusst, dass er dem klärenden Zwiegespräch mit Cem nicht mehr lange aus dem Weg gehen kann. Allerdings möchte er ihm dabei in die Augen sehen, um seine Reaktion einzuordnen und um ihn gegebenenfalls in den Arm zunehmen. Einen so schwerwiegenden Wortwechsel will er auf keinen Fall am Telefon führen. Dem Vater fällt die Entscheidung schwer, aber jetzt will er zuerst die zweite Chance wahrnehmen und er will und muss dafür Yasemin in den Vordergrund stellen. Nichts darf dringender sein. Zäh rinnen die Vormittagsstunden durchs Stundenglas. Segelboote gleiten vorbei, Wellen branden im ewiggleichen Rhythmus gegen die Felsen. Unablässig schreitet er den Wanderweg hinauf, der nach Adrasan führt und wieder hinunter bis an den steilen Abhang über dem Meer, an dem die Leuchten für die Schifffahrt angebracht sind. Kenan spielt auf den ausgedehnten Spaziergängen die Unterredung durch, die ihm mit Cem bevorsteht. Es bedrückt ihn, dass das nicht einfach sein wird. Wie wird er reagieren? Kann er seiner Mutter entgegenkommen, oder wird er sie verurteilen, so wie in dem Moment, da er ihm mit dem Zeitungsabschnitt die Wahrscheinlichkeit ihrer Rückkehr eröffnete? Sein erstarrtes

Gesicht leuchtet im Nachdenken vor ihm auf. Plötzlich hetzt er den Hang hinab und wirft das Motorrad an, um Fatıh um Rat zu bitten. Wenig später spielt er mit dem alten Mann *Tavla*, Backgammon, um sich abzulenken. Zunächst schweigt er und verliert eine Partie nach der anderen. Der Alte schmunzelt und tätschelt ihm schließlich die Hand.

»Du fühlst wie damals, mein Junge. Trat Yasemin ins Spiel, setzte dein Verstand aus. Geh beten, aber vergiss nicht, *Allah* für die zweite Chance zu danken.«

»Du hast recht. Ich vergaß die Dankbarkeit für den Allmächtigen.« Er geht ein paar Schritte, dann kehrt er zurück und stützt die Arme auf die Lehne neben dem Alten. Der sieht ihn fragend an.

»Ich sorge mich um Cem. Ich befürchte ... glaubst du, dass er Yasemin verzeihen kann? Sie trifft doch am wenigsten Schuld daran, wie alles gekommen ist. Allerdings vermute ich, dass sein sehnsüchtiges Herz sich irgendwann verschloss, weil er wie ich glaubte, dass sie unsere Briefe nie beantwortete. Ich kann sein Unverständnis verstehen, Cem war ein Baby, aber dennoch ihr Kind, das sie zurückließ. Trotzdem möchte ich seinetwegen auf ein Zusammenleben mit Yasemin nicht verzichten, zu lange wartete ich auf ihre Rückkehr.« Fatıh schüttelt das greise Haupt.

«Die Situation ist schwierig, für euch alle. Versuche im Gebet die Antwort auf die Fragen zu finden, denn das Schicksal wählte die Wege, die ihr bisher gehen musstet und jetzt schickt es dir deine Gefährtin zurück. Vertraue dem Allmächtigen.«

Kenan senkt ratlos den Kopf, dann richtet er sich auf und geht ins Gotteshaus hinüber. Er zieht an der Moschee die Schuhe aus, wäscht Füße und Arme, dann tritt er durch das Portal. Kühle umfängt ihn. Die weichen Teppichfasern unter sich kniet er nieder, verbeugt sich und redet mit *Allah*, wie Fatıh es ihm riet. Es dauert lange, bis er sich wieder aufrichtet, doch der Lösung für sein Problem ist er nicht nähergekommen. Dennoch spürt er Erleichterung und Trost. Höchstwahrscheinlich behält der kundige Alte recht, immer ist das Leben irgendwie weitergegangen. Nach dem Verlassen des Gotteshauses hält er einen Schwatz mit den Dorfbewohnern, die am Brunnen sitzen. Danach bringt er Fathı die gewünschten Zigaretten und schaltet auf Anweisung des Vertrauten sein Handy ein, bevor er zum Kap zurückkehrt, damit er ihn gegebenenfalls erreichen kann. Die Räder des Zweirads surren über den Schotterweg, da er die Strecke zum Leuchtturm gemächlich zurücklegt. Die Andacht nahm ihm die Rastlosigkeit, die Ungeduld, sowie ein wenig von der Sorge um Cem.

Es ist bereits Nachmittag, da entdeckt Kenan in der Ferne ein Boot, das Kurs auf die Bucht von Karaöz einschlägt. Zeitgleich beginnt das Amulett auf seiner Haut zu glühen. Hastig läuft er bergwärts. Fluchend sucht er das Fernglas des ehemaligen Leuchtturmwärters. Atemlos hetzt er die Treppen vom Obergeschoss hinunter und kehrt an den Aussichtsplatz zurück. Wieder sucht er das Meer nach dem Ausflugsboot ab, nimmt es ins Visier und stellt fest, dass die erblindeten Linsen Details nur undeutlich erkennen lassen. Dennoch lässt er die Vorgänge nicht aus den Augen. Der Bootsführer hilft einer Frau in ein mitgeführtes Kleinboot. Sie trägt einen dunkelroten Rock und ihr Haar wird von einem gleichfarbigen Kopftuch bedeckt, doch ihr Gesicht bleibt unscharf. Trotzdem richtet er das Glas auf die Person, die einer weiteren weiblichen Mitreisenden, die ein Kind auf dem Arm hält, winkt. Die Hitze des Medaillons steigt an, weshalb er die Vorkommnisse beobachtet, bis das Beiboot endgültig zwischen vorgelagerten Felsbrocken verschwindet. Er kennt die dahinterliegende Bucht, die das Boot jetzt vermutlich ansteuert. Die Hanglage unterhalb des Turmes verschafft ihm einen großflächigen Überblick, die Anlegestelle jedoch bleibt im Dickicht der Schwarzkieferkronen verborgen.

Bist du diese Fremde, Yasemin? Kenans Herzschlag rast. Er senkt das Fernglas und hangelt sich über den Abhang. Dabei krallt er die Fingernägel in die Rinde eines alten Baumes, der schräg aus der Erde ragt. Da rutscht ihm das unscharfe Glas davon und jagt bergab. Die Glut des Schmuckstückes zwingt ihn, sich gegen den Stamm zu stemmen, es mit der Hand festzuhalten und die Lider zu schließen.

Warme Sonnenstrahlen umgeben ihn und ein rötlicher Schimmer des Sonnenlichts durchdringt die verschlossenen Augenlider. Unvermittelt verwandelt das Licht sich in türkisfarbenes Glitzern und die weinrot gekleidete Fremde steckt ihre Schuhe in eine Tasche. Dann hebt sie ihren Rock an und der Bootsführer hält ihre Hand, bis sie aus dem Boot geklettert ist. In der Bucht zwischen Karaöz und dem *Gelidonya Kap* hüpft sie über Felsbrocken ans flache Ufer. Dort schlüpft sie in Turnschuhe und klettert über seitlich angelegte Wegsteine, die zu einer Waldarbeiterhütte hinaufführen. Vom obersten Punkt aus winkt sie dem zurückkehrenden Kapitän und verharrt eine Weile regungslos. Gebannt erfasst Kenan die schlanke Silhouette, die jetzt wie durch einen leistungsfähigen Zoom näher rückt. Sie steht mit dem Rücken zu ihm und verknotet das verrutschte Kopftuch im Nacken. Das kleine Boot umrundet den Ausgang der Bucht. Nun schreitet die Fremde den Uferweg voran, bis abgestürzte Felsenbrocken ihr den Weg versperren. Sie sieht sich um und hebt den Kopf, dabei scheint sie ihm direkt ins Gesicht zu sehen. Diese jadegrünen unvergessenen Augenlichter treffen ihn wie ein Blitzschlag. Er macht einen Schritt vorwärts und rutscht beinahe ab. Kenan krallt die Fingernägel tiefer in die Rinde und sucht verzweifelt Halt, denn er will jetzt die Augen nicht öffnen, um ihr Bild nicht zu verlieren.

»Yasemin«, brüllt er über den Hang hinaus. »Yasemin.« Obwohl sie den Aufschrei auf die Entfernung unmöglich hören konnte, greift sie in dem Moment an ihr Medaillon und ein Lächeln zieht in ihr Gesicht. Sein Herz jubiliert. Gleichzeitig entfesselt das Hämmern in der Brust den schlagenden Rhythmus türkischer Volksmusik. Behäbig nur weicht der Ansturm der Gefühle, bis er sich zum sanften Wattebausch entwickelt, der ihn im Glück wiegt. Es kostet ihn Mühe, die Augenlider zu öffnen, obwohl die Fantasiebilder nur wenige Sekunden angedauert haben mochten. Jetzt kann er kaum nachvollziehen, wie lange er in Wirklichkeit schräg über dem Abgrund hing. Kenan stemmt die Füße gegen den Stamm, hangelt nach oben und reißt sich die Finger wund, bis er endlich wieder auf festem Boden steht. Beschwingt nimmt er den Rückweg zum Leuchtturm. In spätestens einer Stunde wird seine Liebste ihn ebenfalls erreichen. Noch dreitausendsechshundert Sekunden bis zu ihrer Ankunft. Es reizt ihn, ihr entgegenlaufen, aber er möchte ihr die Zeit lassen, die sie vermutlich braucht um sich auf ein Wiedersehen mit dem *Gelidonya Fener* einzustellen. Sie kann ja kaum davon ausgehen, dass er sie bereits erwartet. Nervös überprüft er die Vorbereitungen. Meyrem verschnürte für ihn am Vormittag weitere Delikatessen. Sehnsüchtig fällt sein Blick auf den Stapel Briefe, den er aus Ayvalık mitbrachte. Ungelesen liegen sie auf der Fensterbank, doch aller Neugierde zum Trotz rührt er sie nicht an, um sie gemeinsam mit ihr zu lesen. Stattdessen arrangiert er gefüllte Weinblätter auf eine Platte zu *Köfte*, Zucciniplätzchen und gebratenem Gemüse. Den fertigen Teller stellt er zurück in den Kühlschrank zu den Schüsselchen mit Auberginen- und Tomatenmus. Seine zuckersüße Leibspeise *Baklava*, kombiniert er mit Melonenstücken. Dann zerrt er einen fadenscheinigen Teppich auf die Plattform vor dem Turm. Damit deckt er die nackten Holzplanken ab, holt verschlissene Kissen aus dem Obergeschoss und breitet ein Leinentuch darauf aus. Die Lebensmittel belässt er in der Kühle, wie auch das Geschirr. Er stellt Kerzen bereit und eine warme Decke zum Schutz für den Abend. Da summt Kenans Telefon in der Hosentasche. Er brummt ungehalten und flucht vor sich hin, denn es ist jetzt keineswegs der rechte Augenblick, um gestört zu werden. Doch es ist Cem.

»Cem, was gibst?«,

»*Baba*, wo bist du? Ich muss mit dir reden. Sofort. Bist du in *Karaağaç*?«, brüllt Cem aufgebracht.

»Nein, bin ich nicht. Wo fährst du hin, du sitzt doch im Auto. Und lass das Gebrüll. Ich bin nicht schwerhörig«, fährt er ihn an.

»Entschuldige, *baba*. Ich bin auf der Höhe von Olympos.«

»Dann fahr zu Großmutter. Sie wird dir alles erklären. Yasemin wird gleich bei mir sein.«

»*Baba*. Diese Yasemin, wie du meine Mutter nennst, sie will nur dein Geld. Sie verwirrt dich. Sei endlich vernünftig.«

»Cem! Was soll der Blödsinn. Beruhige dich.«

»Ich denke überhaupt nicht dran. Ich bin so wütend. Stell dir nur vor, Yasemin quartierte sich mit ihrer Begleitung Anfang der Woche in unserem Hotel ein. Ihre Freundin ist Hotelmanagerin in Berlin. Das haben die sich fein ausgedacht. Unverbindlich alles auszuspionieren. Womöglich schmieden die Geier ein Komplott mit den Russen, die sämtliche Hotelbetriebe aufkaufen, die ihnen in die Finger geraten.«

»Cem was soll denn der Unsinn.«

»Es kommt noch dicker. Jetzt reist auch noch ihre Tochter an, übrigens ebenfalls aus der Hotelbranche. Das stinkt zum Himmel, *baba*. Die Frau bringt dir nur Unglück«, stößt er bitter hervor.

»Cem. Sei vernünftig, bitte.«

»Es ist die Wahrheit. Selbst meine Francesca ist in die Sache involviert. Sie will mir eine Halbschwester aufschwatzen. Was soll ich mit ihr? Ich brauche Mutters Familie nicht. Ich habe eine. Zumindest glaubte ich das bis gestern.«

»Cem, jetzt mach keinen Unsinn. Fahr hinunter nach Karaöz zu Fatıh. Ich bin gleich da. Einen solchen Quatsch diskutiere ich mit dir nicht am Telefon«, beendet Kenan das Gespräch. Verdammt aber auch, warum ausgerechnet in dieser Stunde? Was geht in dem Jungen vor? Seufzend öffnet er die Verschnürung der Briefe, die auf der Fensterbank liegen und entnimmt den obersten, den seine Mutter ihrem Kind vor vielen Jahren schrieb.

Dann kritzelt er ein paar Zeilen für Yasemin auf ein Blatt Papier, klemmt es an die Tür des Leuchtturms und deponiert davor den Strauß mit lila Disteln, den er am Vormittag für sie schnitt.

28. Kapitel

Hatices Mann setzt Jasmin oberhalb der Bucht von Melanippe ab und sie verabschiedet sich von ihm mit dem Versprechen, seine Familie bald zu besuchen. Mit hochgehaltenem Rock klettert sie aus dem Boot und steigt auf einen Felsen. Von hier aus hüpft sie über weitere Steine bis an den Strand. Dort schlüpft aus den Flip-Flops, hängt sie an ihren in Kaş gekauften Rucksack und zieht ihre Turnschuhe an. Dann winkt sie *Yasın*.

»Danke für die Tour und kommt gut heim!«, schreit Jasmin gegen die Motorengeräusche an. Sie schaut ihm eine Weile nach, bis sie sich umdreht und den Uferweg entlang geht. An den teils schroffen Felsen behindert sie ihr langer Rock. Sie steckt den Saum in den Bund, um mehr Beinfreiheit zu haben. Der Felsenweg führt steil bergan, Schweißtropfen glänzen auf ihrer Stirn, plötzlich endet der der Weg. Der Knoten des Kopftuches rutscht, doch sie benötigt beide Hände, um die vor ihr liegende Kletterpartie zu bewältigen. Tief saugt sie den harzigen Duft von Zedern und Schwarzkiefern ein. Völlig außer Atem erreicht sie die Kante des Hangs, die auf einem Waldweg führt. Von ihrem Standpunkt aus sieht sie nochmals zum Schiff hinüber, bevor es endgültig aus ihrem Sichtfeld entschwindet. Den herzlichen Abschied von den lieb gewonnenen Freunden wird sie ihnen nicht vergessen und findet Gefallen daran, die Familie demnächst wiederzusehen. Jasmin schüttelt ihr Haar auf, dann knotet sie ihr Tuch im Nacken erneut. Im Umdrehen gleitet ihr Blick suchend durch die Bäume, weil ihr Medaillon für einen Moment einen Temperaturwechsel auslöst. Gleichzeitig drängen ihre Gedanken zu Kenan und zu Cem. Bald sehe ich euch wieder und ich geh nie mehr fort, schwört sie sich. Der von Kiefernadeln bedeckte Weg liegt im

Schatten und die drückende Nachmittagshitze erreicht nur zögernd den Waldboden. Trotzdem nimmt Jasmin einen kräftigen Schluck aus der Wasserflasche, die Hatice ihr mitgab, zieht ihre langärmlige Bluse aus und bindet sie um die Hüfte, um gelassen ihrem Ziel entgegen zu wandern. Wie lange werde ich bis hinauf brauchen, überlegt sie, sowie sie auf die Schotterpiste stößt, die zum *Gelidonya Kap* führt. Beschwingt schreitet sie voran und entdeckt nach einer Viertelstunde eine Abzweigung. Der unbekannte Anstieg ist mit einem Wegweiser markiert und weist eindeutig zum *Fener*, also dem Leuchtturm, sodass dies der direkte Weg sein muss. Über Baumwurzeln und Felsgestein steigt Jasmin steil bergauf. Ihre Lunge rasselt von der ungewohnten Anstrengung. Sie legt eine Pause ein, da hört sie weit unter sich das Knattern eines Motorrads. Nach der Verschnaufpause wandert sie den Weg weiter hinauf, bis er sich übergangslos weitet, die Bäume werden spärlicher. Eine Lichtung ermöglicht ihr hier einen ersten Blick auf den Leuchtturm. Nach so vielen Jahren ist sie vollkommen in diesem Anblick gefangen. Es dauert einige Zeit, bis sie weitergeht. Langsam weichen selbst die Gräser zurück, bis ein zwar flacher, jedoch steiniger Weg sie zum *Gelidonya Fener* leitet. Kalkweiß schimmert der Turm durch einen uralten Olivenbaum. Der Verputz ist an manchen Stellen bereits brüchig, die Fenster aber spiegeln sich im Sonnenschein. Jasmin begrüßt die vertraute Erscheinung wie einen Freund aus zurückliegenden Jahren. Da sieht sie hinunter zum Meer und betrachtet die fünf Inseln im sanften Lichtschein des Nachmittags. Wie ein Postkartenmotiv breitet sich die naturbelassene Welt vor ihr aus, in der eine nicht alltägliche Ruhe sie umfließt. Sie betrachtet den imposanten Olivenbaum, darunter die verwitterte Plattform, auf der sie damals karge Mahlzeiten mit Kenan verzehrte. Heute ist auf dem Holzgestell ein Teppich ausgebreitet und auch bunte Polster laden zu einer

Rast ein. Wird der Leuchtturm mittlerweile bewohnt, oder man nutzt man ihn als Verpflegungsstation für Wanderer? Der Wegweiser nach Adrasan zeigt ihr, wo der Weg hinter dem Gebäude weitergeht. Er ist mit acht Stunden Gehzeit gekennzeichnet. Jasmin geht zunächst die Stufen bis zur Eingangstür des Turmes hinab. Dort versetzt ein Strauß mit lila Disteln ihren Herzschlag schlagartig in eine höhere Frequenz und in ihren Augen schimmert ein besonderer Glanz. An der Tür klemmt eine Nachricht, für sie.

Meine Yasemin, benim aşkım. Ich wartete hier auf deine Ankunft um dir einen Empfang zu bereiten, mein Herz, wie er dir gebührt. Meine Arme wollen dich für immer festhalten. Womöglich verpassen wir uns nur um eine kurze Zeitspanne, da du über den Wanderweg heraufkommen wirst. Ich fahre noch einmal ins Dorf. Ich muss es tun, verzeih mir. Cem ist auf dem Weg nach Karaöz und er ist völlig durcheinander. Ich hoffe, es gelingt mir, ihn zu beruhigen. Geh nicht weg, Liebste. Warte. Ich komme so bald wie möglich zurück. Der Schlüssel liegt unter den Blumen. Mein Herz schlug all die Jahre nur für dich. Dein Kenan

Überrascht liest sie seine eindringliche Bitte. Woher wusste er, dass sie zuerst hierher geht? Ursprünglich sollte der Besuch am Leuchtturm, dem Nest ihrer Liebe ihr helfen, sich mit der Vergangenheit endgültig auszusöhnen und die Weichen für eine glücklichere Zukunft zu stellen. Sie wollte die Nummer wählen, die Levent ihr in Kaş zugeschoben hatte oder sie wäre zu Fathı und Meyrem nach Karaöz gegangen, um sie zu fragen, ob es für ihre Liebe eine zweite Chance gibt. Jetzt ist er bereits vor ihr angekommen.

In der Ferne dröhnen die Motoren eines Flugzeugs. Automatisch legt sie ihren Kopf in den Nacken, beschattet die Augen und folgt gedankenverloren dem Kondensstreifen am Himmel. Schließlich hebt sie den Strauß auf und drückt die Disteln vorsichtig an ihre Brust. Weil sie zu wenig aufpasst, bleibt ein kleiner Dorn in ihrem Daumen stecken. Sie zieht ihn heraus und leckt den winzigen Blutstropfen ab, dann steckt sie den Schlüssel ins Türschloss. Quietschend öffnet sich die Tür. Alles ist blitzsauber, keineswegs so, wie in Jasmins Erinnerung. Ein prickelndes Lachen springt über ihre Lippen. Vermutlich langweilte Kenan sich und brachte deshalb den Raum auf Vordermann. Der Grund für seine Abwesenheit beunruhigt sie. Obwohl sie nicht im Traum damit rechnete, ihn heute hier anzutreffen, wirft seine Sorge um Cem einen Schatten auf die Überraschung. Die Nachricht klingt absolut nicht nach einer Bagatelle. Eher dringlich, überaus dringend. Was ist passiert? Jasmin sieht sich um und starrt schließlich auf eine Anhäufung mit Briefen, die lose auf dem Fensterbrett liegen. Vor ihr liegt der Inhalt aus Kassandras Kassette. So viele Umschläge sind an sie gerichtet. An Yasemin und an *anne*, die Mama. Ihr Herz strauchelt an der Erstlingsschrift ihres Sohnes, die immer erwachsener und selbstbewusster wird. Wahllos zieht sie zwei Nachrichten von Cem aus dem Stapel, die alle mit einer Jahreszahl versehen sind. Einer aus einem frühen Lebensjahr, mit kindlichen Zeichen auf dem Briefumschlag sowie einen vom letzten Jahr, beschriftet mit steiler Handschrift. Sie schenkt sich eine Tasse Tee ein, der in einer Kanne bereitsteht. Damit schlendert sie über massive Felsen Richtung Meer und findet bald den Platz, an dem sie einst mit Kenan im Sternenlicht saß. Hier träumten sie von einer glücklichen Zukunft, ohne zu ahnen, wie dicht der endgültige Abschied bereits vor ihnen lag. Sie studiert die Wasserfläche, die von vereinzelten Segelbooten geteilt wird, die hinter einer Insel verschwinden und bei der nächsten wieder auftauchen. Die Sonne sinkt bereits, da zieht sie Cems Briefe aus der Tasche. Zuerst öffnet sie den mit Herzchen bemalten Umschlag.

Hallo Mama, vielen Dank für den Teddy. Er ist immer bei mir. Wann schreibst du mir? Ich warte ungeduldig auf dich.
Tausend Küsse von deinem Cem

Jasmin lächelt über die ungelenken Herzen und Sonnen, die ein älteres Kind für ihn auf das Kuvert gemalt haben muss. Auch die geschriebenen Zeilen stammten zu dem Zeitpunkt keineswegs von ihrem zweijährigen Sohn. Nur der Lippenabdruck am Rand, der könnte von Cems Kleinkinderlippen stammen. Sie küsst den Abdruck. Welche Freude hätte dieses kindliche Schreiben in ihr mutloses Leben gebracht. Wie sehr fürchtete Achim, sie zu verlieren, dass er die Briefe bei Kassandra deponierte. Sie überlegt lange, ob sie den zweiten Brief öffnen soll. Ratlos dreht sie das Kuvert zwischen den Fingern, das die Nachricht des erwachsenen Sohnes enthält. Was denkt er über sie? Schließlich zieht sie das Schreiben doch heraus und liest.

Hallo Fremde,

Bei dieser Anrede weicht die Farbe aus ihrem Gesicht. Sie schluckt trocken und das Herz tut ihr weh, noch bevor sie mit Tränen in den Augen weiterliest.

Wie sehr bereue ich jeden Brief, in dem ich dich anne nannte. Du weißt nicht, wie das ist, wenn ein Kind sich nach seiner Mutter sehnt. In unzähligen Nächten habe ich von dir geträumt, von deinen zärtlichen Armen, die mich trösten. Nein, woher sollst du das wissen. Inzwischen ist mir längst klar geworden, dass ich jahrelang einem Phantom nachgejagt bin. Jetzt brauche ich dich nicht mehr. Verstehst du, nie mehr. Ich verzichte liebend gern. Vaters Herz allerdings, das hast du für immer gebrochen. Du hast ihn unfähig gemacht, eine Andere zu lieben. Mit niemandem durfte er glücklich werden. Jahrzehnte verschenkte er an die sinnlose Hoffnung auf deine Rückkehr. Aber sei ehrlich, auf wen wartet er? Auf den herzlosesten Menschen der Welt. Auf einen Eisklotz.

Kein Quäntchen dieser endlosen Zuneigung bist du wert. Dennoch bin ich dir dankbar dafür, dass du mich bei ihm zurückgelassen hast. Deine Schandtat ermöglichte mir eine friedliche Kindheit in einer großherzigen Familie, die sich liebevoll um das verlassene Kind kümmerte. Was bist du nur für eine Frau? Wie konntest du dein Baby verschenken, es zurücklassen und dann vergessen. Ich war dir in all den Jahren bedeutungslos. Inzwischen bin ich selbst Vater und gerade deshalb kann ich deine Beweggründe weniger denn je verstehen. Niemand könnte mich zu einer solch sündigen Tat verleiten, kein Kummer, kein Schmerz. Egal wie .....

Jasmin fällt die Teetasse aus der Hand. Tränen laufen über ihre Wangen, weil sie erkennt, wie tief die Verletzung in Cem sitzt. Aus seiner kindlichen Liebe ist Hass entstanden und er schleudert ihr diesen Abscheu mit jeder Zeile entgegen. Sie begreift in diesem Augenblick, dass ihr Sohn ihr die Entscheidung niemals vergeben wird. Sie kann ihrem Kind die Angst nie mehr verständlich machen, nicht ihr eigenes Leid schildern, das sie ein Leben lang in sich trug. Cem wird ihr nach Stand der Dinge eine Verzeihung verweigern. Jasmin schiebt die Zeit, die sie mit der Suche verbrachte und ihre Hoffnung nach der unentschuldbaren Belastung beiseite. Schuld türmt sie sich erneut vor ihr auf, doch dieses Mal trifft es sie noch härter wie zuvor. Aus Cems Vorwurf gibt es kein Entkommen. Die lichten Tage fallen von ihr ab, weil die Verfehlungen der Vergangenheit ihr Herz mit der schonungslosen Erkenntnis der Endgültigkeit fesseln. Taubheit überdeckt die frohe Erwartung. In ihren Ohren dröhnt die erbärmliche Melodie der Verurteilung. Was Minuten vorher noch leicht vor Jasmin lag, bricht schlagartig zusammen. Verzweifelt versucht sie, ihre Tränen zurückzudrängen. Vergebens. Und so stolpert sie schluchzend zum Leuchtturm hinauf. Es ist sinnlos dazubleiben und auf Kenan zu warten. Zu spät begann sie ihre Suche nach dem Liebsten und vor allem nach Cem. Sie besitzt kein Recht, eine

Kluft zwischen die beiden zu treiben. Sie darf keine weiteren Wunden in ihre verletzten Herzen reißen.

Ihr Entschluss steht fest. Sorgsam legt sie die Briefe auf den Stapel zurück. Sie schaut auf ihre zitternden Hände, die sie sich stolpernd blutig riss. Dann zieht sie die Tür zu, verriegelt das Schloss und platziert den Schlüssel unter dem Strauß lila Disteln, so wie sie ihn vorfand. Nach einem prüfenden Rundblick tilgt sie die Fußspuren ihrer Anwesenheit mit einem abgebrochenen Ast. Kenan darf sein Glück nicht über Cems stellen, sowenig wie sie selbst das tun darf. Die Entscheidung reißt ihr das Herz entzwei. Der Weg Richtung Karaöz ist ihr versperrt, denn dort könnte sie ihm in die Arme laufen. Ihr bleibt nur ein Ausweg. Der Bergrücken hinter dem Leuchtturm, der Weitwanderweg hinüber nach Adrasan.

Kapitel 29

Auf der Bank vor dem Haus stützt sich Fathı auf den Stock. Seine alten Augen beobachten ein Ausflugsschiff, dass vor der weitläufigen Bucht von Karaöz Anker setzt. Ein Beiboot wird zu Wasser gelassen, da ruft er das Nachbarkind, das auf der Straße spielt.

»Ilhan! Hol deinen Bruder. Er soll das Motorrad mitbringen.« Er weist den Fahrer an, zum Strand von Melanippe hinauszufahren. Der Motorradfahrer erreicht das Ziel, da verlässt das Boot bereits wieder die Bucht. Er hupt dem Schiffsführer und winkt ihn zurück.

»Hast du eine Frau hierher gebracht?« Yasın steht die Überraschung ins Gesicht geschrieben.

»Warum willst du das wissen?«

»Fathı, unser Dorfältester, schickt mich.«

»Dann sag ihm, sie geht zum *Kap Gelidonya*. Und keine Sorge, sie ist nicht fremd,« lacht er, setzt sich ans Heck und greift nach dem Steuerknüppel des Außenbordmotors.

»Heißt sie Yasemin?« Nun sieht Yasın noch einmal auf.

»Sie heißt Jasmin. Wird sie denn erwartet?« Der Motorradfahrer nickt und bedankt sich für die Auskunft. Er dreht am Gas und braust davon. Nach seiner Rückkehr glänzt es in Fathıs Augen und er geht zu Meyrem.

»*Aşkım*, komm setz dich zu mir. Yasemin ist da.« Er streichelt ihre runzelige Hand und sie sieht ihn strahlend an.

»Weil ich mich damals weigern wollte, das weinende Mädchen mit zurückzunehmen, hast du mir die Ohren ordentlich lang gezogen. Du hast vom ersten Augenblick an erkannt, wo Kenas Glück liegt.« Die Greisin schaut auf ihre verschlungenen Handrücken, dann in sein Antlitz.

»Die Liebe geht oft seltsame Wege. Meist sind sie undurchschaubar, doch gelegentlich braucht sie Helfer. Mutige Menschen wie dich, damit die Pfade sich nie vollständig trennen.« Er zieht die runzligen Finger an seine Lippen und in Meyrems Augen leuchtet die Innigkeit der Reife. Sie hängen ihren Gedanken nach, die Hände vertrauensvoll ineinander verschränkt, da schreckt ein bekanntes Motorengeräusch sie auf.

»Das ist doch meine alte *Kanuni*?« Kaum spricht er die Worte aus, taucht das Motorrad bereits auf. Kenan hebelt es auf den Standfuß und steigt ab.

»Ist Cem schon da?«, schreit er über das letzte Aufheulen des Motors.

»Cem? Nein. Wieso? Aber was machst du überhaupt hier? Hast du jetzt nichts Besseres zu tun. Yasemin ist da.«

»Ich weiß«, flucht Kenan. »Cem macht Ärger und ist am Telefon total ausgeflippt. Ich muss mit ihm reden.« Grimmig schaut er auf seine Uhr und zieht das Mobiltelefon aus der Jackentasche. Bevor er eine Nummer wählen kann, stoppt ihn Fathı.

»Hat dir der Wind das Hirn rausgepustet? Jahrelang übst du dich in Geduld und ist sie endlich da, rennst du dem Protest deines erwachsenen Sohnes hinterher. Soll sie dir noch einmal davonlaufen? Idiot! Mach, dass du zum Leuchtturm kommst. Sonst trete ich dir höchstpersönlich in den Hintern. Vor morgen früh will ich von euch beiden keinen sehen. Cems eifersüchtiges Geschrei überlass getrost mir.« Kenan will das Telefon einstecken, da reißt der Alte es ihm aus den Fingern.

»Das bleibt hier. Verschwinde. Du und Yasemin braucht dieses neumodische Zeug heute auf keinen Fall mehr.« Die aufgerüttelten Vatergefühle lassen sich nicht leicht beiseiteschieben. Dennoch, warum soll ausgerechnet Yasemin auf ihn warten? Cem ist mit dem ungerechten Gezeter bei Fathı in allerbesten Händen. Er grinst, weil er an den Rüffel denkt, der dem Sohn den Kopf zurechtsetzen wird. Befreit und seiner größten Sorge vorerst enthoben, prescht er über die Schotterpiste zurück. Er braucht kaum mehr als eine halbe Stunde, da hastet er den Hang zum Leuchtturm hinauf. Auf dem Aussichtsplatz liegt eine zerbrochene Teetasse. Besorgt betrachtet er die Scherben, denn er erkennt das Muster. Mit einem unguten Gefühl hebt er die Teile auf und sieht sich um. Wellen schlagen an die Felsen und gelegentlich hört er der Ruf einer Bergelster. Er eilt bergauf. Ließ Yasemin die Tasse fallen? Enttäuschung zeichnet sich auf seinem Gesicht ab, da niemand auf dem Podest sitzt. Auch vor dem Leuchtturm ist alles genauso, wie er es vor etwas mehr als einer Stunde verließ. Er nimmt den Zettel von der Tür, hebt den Schlüssel auf und öffnet. Wie von Geisterhand bewegt, fällt der Packen Briefe vom Fenstersims zu Boden. Kenan bückt sich, weil ein Briefumschlag eine frische Blutspur aufweist. Er befürchtet das Schlimmste und zieht den Briefbogen aus dem Kuvert.

Hallo Fremde,... liest er und am Ende des Papiers das dick unterstrichene *... ich hasse dich. Cem*

Kenans Lippen pressen sich zu einem schmalen Strich zusammen, denn die Befürchtungen, die ihn zu Beginn der Herbstreise begleiteten, werden nun zum Ernstfall. Er konnte nicht ahnen, dass Cem seine Wut bereits im letzten Jahr in einem Schriftstück an die Mutter festhielt. Jetzt erst begreift er das Erschrecken des Sohnes in vollem Umfang. Schließlich ist mit dem Zeitungsartikel die Wahrscheinlichkeit ihrer Rückkehr in greifbare Nähe gerückt. Warum musste Yasemin ausgerechnet diesen widerwärtigen Brief lesen? Doch es liegt auf der Hand, dass der Blutfleck auf dem Kuvert von ihr stammt, denn der Fundort der geborstenen Teetasse auf ihrem gemeinsamen Lieblingsfelsen passt ebenfalls dazu. Sie verschloss den Leuchtturm und legte den Schlüssel unter die Blumen zurück. Kaum denkt er den Gedanken zu Ende, da wird sein Gesicht urplötzlich aschfahl und erhöhte Herzschläge jagen das Blut durch die Adern. Keuchend erkennt er, weshalb sie die Spuren ihrer Anwesenheit verwischen wollte.

»Aşkım!« Der Schrei nach ihr löst sich tief in Kenans Brust.

»Aşkım. Yasemin, wo bist du?« Doch nur das herbstliche Rascheln der Laubbäume unterbricht die beklemmende Stille. Panik überfällt ihn und er fragt sich verzweifelt, wo er mit der Suche nach ihr beginnen soll. Nach einem Griff in die leere Hosentasche flucht er, weil Fathı ihm sein Mobiltelefon abnahm.

»Verdammt und wie soll ich euch jetzt verständigen?« Kenan zwingt sich zur Ruhe, um über die Möglichkeiten nachdenken. Er muss sich klar darüber werden, welchen Weg Yasemin eingeschlagen hat und steigt eilig hinter dem Leuchtturm den Wanderweg bergwärts. Salbeibüschel sprießen in kargen Felsnischen, starres Sommergras und vereinzelt Disteln. Der Boden ist zu trocken, um Fußabdrücke auszumachen, er sieht nur eine Eidechse, die in ihr Versteck zurück huscht. Die erhöhte Position verschafft ihm trotzdem einen geeigneten Überblick. Vor der Küste gleiten zwei Segelboote dahin. Es ist eher unwahrscheinlich, dass sie ... Plötzlich rollen neben ihm Steine den Hang herunter. Ruckartig dreht er sich um, denn über sich hört er Schritte auf dem Waldweg. Hastig stürmt er hinauf und prallt hinter einer Macchiahecke mit einem langhaarigen Mann zusammen und kommt ins Straucheln. Der Fremde flucht auf Schweizerdeutsch und hält ihn am Arm fest.

»Hoppla, heh, heh. Ja haben wir heute Eiligtag?«

»Danke«, stammelt Kenan, dann aber fixiert er den Rucksacktouristen, kaum dass er das Wort 'Eiligtag'« begriffen hat.

»Ist dir eine Frau entgegengekommen?«

»Klar, eine Eilige wie du und eine total Übergeschnappte, wenn du mich fragst. Will die um diese Uhrzeit auf Teufel komm raus hinüber nach Adrasan. Ich hab ihr gesagt, dass sie das heute unmöglich schaffen kann, schon gar nicht mit

Turnschuhen.« Er winkt ärgerlich ab. »Aber so supergescheite Weiber lassen sich ja nichts sagen.«

»Trug sie einen weinroten Rock?« Beim Schweizer zieht ein amüsiertes Grinsen ins Gesicht.

»Gehört sie etwa zu dir? Oha! Dann solltest du dich sputen. Ich traf dein Herzchen vor dem Abstieg zum Flussbett. Beeil dich, wenn du sie zurückholen willst, bevor die Nacht sie verschluckt.« Kenan schaut grimmig, weil er so abwertend über Yasemin redet, aber er enthält sich eines Kommentars und fragt ihn stattdessen.

»Leihst du mir deine Ausrüstung?« Verblüfft sieht der Langmähnige ihn an.

»Du spinnst ja genauso.« Da streckt er dem Fremden die Hand entgegen.

»Ich bin Kenan Kara und die Frau, die du getroffen hast, sie bedeutet alles für mich. Ich muss sie finden, bevor ihr etwas geschieht. Der Schweizer schüttelt noch einmal den Kopf.

»Ich bitte dich. Nimm den Schlüssel von meinem Motorrad als Pfand. Es steht auf dem Fahrweg unterhalb vom Leuchtturm. Wenn du kannst, fahr damit nach Karaöz und geh zu Fathı. Er wohnt im gelben Haus direkt am Ortseingang. Richte ihm aus, dass ich Yasemin folge. Wie heißt du denn?»

»Ich bin der Martin Reuser. Ich komme aus Zürich.»

»Bitte Martin. Jemand muss Fathı verständigen oder, hast du ein Telefon dabei.« Er schüttelt den Kopf.

»Nein. Im Urlaub will ich meine Ruhe haben vor diesen lästigen Monstern.«

»Du bekommst die Ausrüstung so bald als möglich zurück und es soll dein Schaden nicht sein.« Da seufzt der Angesprochene und nimmt den nass geschwitzten Rucksack herunter. Er zeigt auf die Seitentaschen. Links klemmt eine fast volle Wasserflasche, auf der rechten Seite eine Lampe.

»Die Taschenlampe wirst du dringend brauchen. Viel Glück, du Verrückter!«

Er nimmt den Motorradschlüssel und hilft Kenan das Gepäck zu schultern, bevor er sich dem Leuchtturm zuwendet. Kenan trägt das ungewohnte Gewicht des Rucksackes, doch er bewegt sich gleichmäßig bergauf. Vor dem Gipfel des *Markiz Tepe* weist ein einsamer Wegweiser auf die Abzweigung. Beim darauffolgenden steilen Abstieg ins ausgetrocknete Flusstal versucht er, Yasemins Vorsprung zu verkürzen. Er stemmt seine Sportschuhe ächzend ins Geröll, bis er endlich am Tiefpunkt angelangt ist. Hier hetzt er an Mauerresten von längst verfallenen Hütten entlang. Dann muss er den Spurt beenden, weil er mehrfach im Geröllfeld stolpert. So rasch wie machbar eilt er an Steinmännchen vorüber, die im unwegsamen Gelände die Richtung weisen. Von Zeit zu Zeit bleibt er schwer atmend stehen.

»Yasemin!«, ruft er nach ihr, doch seine Rufe verhallen ohne Antwort. Schweißgebadet hastet er das restliche Stück aus dem Flussbett hinaus, doch schon im angrenzenden Kiefernwald muss er das Tempo drosseln. Wieder geht der Weg steil bergan und der Rucksack drückt ungewohnt. Trotzdem ignoriert er die Anstrengung, wie auch das Pfeifen der Lungen. Bald erreicht er den hoch gelegenen Sattel auf einer roten Felsspitze. Die Dämmerung schreitet bedenklich rasch voran. Markante Punkte in der Landschaft lassen sich nur noch schemenhaft erkennen. Keine halbe Stunde später zieht er die Taschenlampe aus der Seitentasche, um damit den nächsten Anstieg hinauf zu leuchten. Um ihn herum reduziert sich alles auf die Stille der einsetzenden Nacht. Vor wenigen Minuten veranstaltete eine Vogelschar auf der Suche zu den Schlafplätzen ihr lautstarkes Abendkonzert. Er stillt seinen Durst mit einem Schluck Wasser. Kenan macht sich heftige Vorwürfe, weil er Yasemin sich selbst überließ, als Cem anrief. Er zögert, dann sieht er über den Abhang in die Dunkelheit hinaus. Plötzlich raschelt es hinter ihm und da steht bereits sein Sohn neben ihm.

»*Baba*, hörst du meine Rufe denn nicht?« Der Jüngere schnappt atemlos nach Luft. Der Vater verneint, weil seine Konzentration in der letzten Zeit ausschließlich Yasemin und ihrem Wohlbefinden galt.
»Wo kommst du jetzt her?«
»Ich traf ... den Fremden, der sich an ... Fathıs Motorrad zu schaffen machte. Er erzählte ... von eurem Tausch und dass .... dass du einer Frau hinterherläufst.« Durstig greift er nach der Wasserflasche, die Kenan ihm hinhält.
»Yasemin lief davon, bevor ich den Leuchtturm wieder erreichte. Heute weiß ich, dass der Ehemann deiner Mutter ihr nicht ein einziges Schreiben von uns brachte. Ich erhielt die ungelesene Post in Ayvalık. Doch Yasemin fand den Stapel auf der Fensterbank im Turm. Sie las deinen letzten hasserfüllten Brief und glaubt jetzt offenbar, dass wir sie nicht mehr haben wollen, sie nicht mehr brauchen. In diesem unwegsamen Gelände und in der Dunkelheit, ist sie in Lebensgefahr.« Kenan sieht seinen Sohn an. In dessen Augen spiegelt sich Zerknirschung und Reue.
»Es tut mir leid, *baba*. Ich wollte dir, wollte euch keine Schwierigkeiten machen. Ich hätte besser auf Francescas meist untrügliches Gefühl vertrauen sollen, anstatt dich zu belästigen. Der alte Fathı fing mich im Dorfrand ab. Lass das Grinsen. Ich erinnere mich nicht, ob du mir jemals derart den Kopf gewaschen hast. Ich bin echt froh, dass er überhaupt noch auf meinen Schultern sitzt.« In Cems Augen blitzt der Schalk. Sein Vater kann sich ein schadenfrohes Lachen kaum verkneifen, denn er kennt Fathıs Standpauken aus eigener Erfahrung.
»Welch ein Glück, dass er da noch keine Ahnung von Mutters Flucht nach Adrasan hatte. Ich will lieber nicht dran denken, was er mit mir anstellt, wenn ihr etwas geschieht. Er bläute mir ein, dass ich mich aus eurer Vorbestimmung heraushalten muss.« Schweigend umarmt Kenan Cem. »Der alte Mann

kennt das Schicksal von dir und *anne* besser als ich. Wenn euer Leben so unzertrennlich miteinander verbunden ist, *baba*, dann will ich deinem Glück nicht im Wege stehen. Ich will dich nicht verlieren.« Cem sieht seinen Vater unglücklich an, doch bevor der sich äußert, fährt er fort. »Wie soll ich mich ihr gegenüber verhalten? Sie ist mir doch so fremd. Den letzten Brief, den ich ihr schrieb, verfasste ich im Zorn. Er sollte sie verwunden, das ist wahr. Ich wollte sie verletzen, wie sie mich und dich jedes Jahr verletzte. Ich wollte damit einen Schlusspunkt setzen.« Verlegen wischt er sich über die Augen und berichtet seinem Vater, dass Francesca ihn einen Idioten schalt, als ich ihr davon erzählte. Wenn es nach ihr ging, müsse er ihm *annes* Liebe aus reinem Herzen gönnen und er müsse die Mutter ja nicht verehren wie der Vater, aber ihr respektvoll gegenübertreten. Cems Adamsapfel zittert im Schein der Taschenlampe.

»Ich war fast schon bereit, ihr zu glauben. Da unterrichtete sie mich, dass zu alledem eine Halbschwester im Spiel ist, die aus dem Hotelfach kommt. Genauso, wie Mutters Freundin. Da ...« Kenan legt ihm den Finger auf den Mund,

»... hast du total überreagiert. Niemand wird dir etwas wegnehmen. Weder mich, deinen Vater, noch das *Bahçede-Resort*. Die Befürchtungen um das Hotel sind völlig abwegig und unbegründet. Wie kommst du nur auf so eine Idee? Ich bedaure sehr, dass wir dieses Gespräch nicht bereits vor der Herbstreise führten. Außerdem, vielleicht will Yasemin gar nicht bei mir bleiben.« Die beiden klammern sich aneinander fest. Cem schluckt schwer und auch Kenan kämpft um Haltung, bis er sich räuspert.

»Was das Erbe betrifft, mein Junge, ist das Hotel längst auf dich geschrieben. Daran ändert weder die Heimkehr deiner Mutter noch das Vorhandensein einer Schwester etwas. Es gehört dir. Mich interessiert inzwischen nur das kleine Glück mit Yasemin und wenn das Schicksal es will, eine gemeinsame

Zukunft mit ihr. Wir haben so viel nachzu.« Ein Aufschrei über ihren Köpfen unterbricht Kenan.

»Yasemin!«, brüllt Kenan in die Dunkelheit und richtet den Lichtstrahl der Taschenlampe dorthin, wo den Schrei herkam. »Wo steckst du? Melde dich.« Die beiden Männer hören nur ein leises Wimmern. Sofort rast der Aufgescheuchte den Weg aufwärts, bis er über eine Tasche stolpert. Er rappelt sich auf, doch noch bevor er sich zwischen das Gestrüpp zwängen kann, hält Cem ihn zurück.

»Bleib, wo du bist *baba* und leuchte mir. Ich hole sie für dich herauf.« Cem quetscht sich fluchend durch dorniges Unterholz, bis er die Frau, die seine Mutter ist, auf einem Ast über dem Abgrund hängen sieht. Sie krallt sich mit den Fingern in die Rinde und er hört ihr verängstigtes Schluchzen. Ihm bleibt fast das Herz stehen.

»*Baba*, wir brauchen mehr Licht«, ruft er nach oben. »Komm ein Stück runter, aber pass auf, hier ist überall loses Gestein.«. Anschließend rutscht er vorsichtig weiter an die Verunglückte heran. Er tastet mit den Füßen, bis er festen Halt auf einem vorstehenden Felsen findet. Yasemins Gesicht liegt auf dem Stamm und ihr Sohn legt seine Fingerspitzen auf ihre Hand. Er spricht leise mit ihr, streichelt sie, um ihr die Angst zu nehmen. Da hebt sie ihr Kinn an, mustert ihn zuerst teilnahmslos, bis die grauen Augen ihres Retters sie ansehen. Urplötzlich kehrt Leben in sie zurück.

»Cem, du bist Cem nicht wahr. Verzeih mir, wenn du kannst, mein Kind!«, schluchzt sie und legt den Kopf erschöpft in seine Handfläche. Ihre Lippen küssen den Handballen, der ihrem Mund am nächsten liegt.

»*Anne*! Du musst mithelfen, damit ich dich da herunterziehen kann. Versuche dich aufzurichten. Ich helfe dir. Wir schaffen das. *Baba* wartet oben auf dich.« Yasemin sieht noch einmal in die Augen ihres Sohnes.

»Lass mich, wo ich bin. Ich will mich nicht zwischen euch stellen,« stöhnt sie. »Ich habe dich nie vergessen und dich immer geliebt Cem. Das Schicksal verhinderte, dass wir uns unter glücklicheren Umständen wiedersehen durften. Hilf deinem Vater, mich zu vergessen.«

»*Anne*, ich ... ich war wütend, als ich den Brief schrieb. Aber ich hasse dich nicht. Ich liebe dich, weil du in vielen Träumen zu mir kamst.« Cem Augen füllen sich mit Tränen. Sprachlos sieht sie ihren Jungen an, denn sie glaubt zu fantasieren.

»Und jetzt komm«, drängt er die eigenen Emotionen zurück.

»Wir sind eine Familie und wir brauchen dich mehr denn je«. Jasmin sieht ihren Sohn verwundert an, bis ein Leuchten über ihr Gesicht zieht.

»Ich probiere es, aber ich glaube, mein Bein.«

»Stütz dich auf mich.« Cem dreht sich ihr zu, soweit es der Felsen auf dem er steht, zulässt.

»*Baba*, wir brauchen mehr Licht.« Im Schein der näherkommenden Taschenlampe sieht er einen zweiten Felsvorsprung. Er setzt den Fuß darauf und schiebt sich näher an seine Mutter heran.

»Jetzt!« Mit Cems Hilfe richtet sie sich vorsichtig auf, damit der Stamm nicht im letzten Augenblick ins Leere abrutscht. Er fasst nach ihrem verletzten Bein und legt es auf die andere Seite des Astes. Sie stöhnt vor Schmerz auf, doch bevor sie zurücksinkt, greift von oben eine dritte Hand nach ihr.

»*Aşkım*! Kenans Silberlichter leuchten über ihr auf. Langsam, fast wie in Trance steht sie schließlich neben Cem. Er stützt sie beim Gehen und bringt sie zu seinem Vater hinauf, der sie glücklich in die Arme schließt. Sie schauen sich an, wortlos. Worte sind in diesem langersehnten Augenblick nicht notwendig. Sie beginnt zu zittern, weil die Anstrengung, aufrecht zu stehen sie zusehends entkräftet. Sie wehrt die Männer ab und so kriecht sie auf allen vieren über das lose Geröll hoch, gesichert von den beiden, die eine Schicksalsfügung ihr in der größten Not sandte. Ihre Schmerzen, vor allem im Fußgelenk verdrängt sie bis an die Grenze des Erträglichen. Torniges Gestrüpp zerkratzt ihre Hände, ihr Beine, bis sie endlich den Weg erreichen. Kenan schiebt die Erschöpfte zu einem Felsblock und weist Cem an.

»Hol den Rucksack. Wir brauchen die Erste-Hilfe-Box.« Er sieht seinem Sohn nach, wie er im Licht der zweiten Lampe verschwindet. Dann wendet er sich Yasemin zu und streichelt ihr das fremdartig kurze Haar..

»*Aşkım*«, flüstert er.« Du kannst vor dem Schicksal nicht weglaufen. Das Band unserer Liebe wurde nie getrennt. Was machst du nur für Sachen?« Bevor sie antwortet, ist Cem zurück. Er öffnet die Box und entnimmt ihr Verbandszeug und Wundsalbe.

»Der Wanderer besitzt eine perfekte Ausstattung. Ein ausgezeichneter Tausch, *baba*.«

»*Anne,*« wendet er sich an Yasemin», darf ich dein Fußgelenk mit der Sportsalbe einreiben? Ist es nur eine Verstauchung, sollte das kühlen. Darüber lege ich dir einen Stützverband an. «Jasmin sieht ihn glücklich an, weil er sie wie selbstverständlich *anne* nennt. Auf den Lippen ihres Sohnes liegt ein Lächeln. Sie atmet erleichtert auf, weil der Hass, der sie nach dem Lesen des Briefes so betroffen gemacht hat, in seinen Zügen nicht erkennbar ist.

»Ja mein Kind. Mach das. Allerdings, weiß ich nicht, wie und ob ich den Weg zurückgehen kann.« Cem reicht ihr, kaum dass der Verband angelegt ist, eine Salbe für die Kratzwunden. Sie trägt diese auf Hände, Arme, Waden und Schenkel auf. Die Männer drehen sich solange rücksichtsvoll um. In den ersten Stunden ihres Wiedersehens wird nur wenig gesprochen, die zärtlichen Gesten und die Augenkontakte sprechen eine eigene Sprache. Alle drei sind mit sich und mit ihren Gedanken beschäftigt. Sie spüren dem ungewohnten Gefühl nach, eine

Familie zu sein, eine untrennbare Einheit. Die Verletzte kann selbst nach einer längeren Verschnaufpause kaum auftreten. Die Männer entscheiden, sie zurückzutragen. Abwechselnd schultern sie den Rucksack, an dem ihr Gepäck festgezurrt ist. Yasemin tragen sie auf dem Rücken über den beschwerlichen Weg zurück. Zeitweise setzen sie ihre Last ab, um zu trinken. Danach verlagern sie die Gewichte bis zur Folgepause. Endlich am Geröllfeld angekommen, überlegen sie, wie sie dieses am besten bewältigen, da hören sie Stimmen. Licht blitzt vor ihnen auf. Auf der gegenüberliegenden Seite steht der Schweizer Tourist Martin, zusammen mit weiteren Männern aus Karaöz. Im Lichtkegel ihrer Lampen versucht Yasemin, gestützt von Kenan und Cem das Steinfeld zu bezwingen. Im Handumdrehen sind Helfer zur Stelle, die das Gepäck umverteilen. Dann spannen sie einen Tragesitz zwischen zwei ausgeruhte Schultern, um die Verletzte bis zum Leuchtturm zu tragen. Dort wir Jasmin auf dem Holzplateau abgesetzt. Die Träger gönnen sich eine kurze Verschnaufpause.

»Kenan«, flüstert sie. »Bitte, ich möchte jetzt nicht ins Dorf. Ich brauche keinen Arzt, der Fuß ist bestimmt nur verstaucht. Lass uns heute Nacht hierbleiben.« Zuerst schüttelt er den Kopf, dann aber erfüllt er ihre Bitte und gibt Cem ein Zeichen. Er zieht ihn auf die Seite.

»Ich bleibe mit deiner Mutter hier. Fahr du mit den anderen hinunter und dann nach *Karaağaç*. Bring morgen früh Großmutter und deine Tante Pinar nach Karaöz, damit sie Meyrem helfen können, auf dem Dorfplatz ein Fest auszurichten. Onkel Kemal soll Fleisch, Obst und Gemüse auf einen Lastwagen verladen und, sag ihm, er soll ja nicht geizig sein. Lade alle Bewohner unseres Dorfes ein und die von Karaöz natürlich auch. Ruf Francesca an. Sie soll deine Halbschwester Marina mitbringen und Tarık«, lacht er. Cem sieht seinen aufgekratzten Vater an und nickt.

»Zu Befehl, *baba*. Ich gebe Dr. Levent gleichfalls Bescheid, der mit *annes* Freundin unterwegs ist, damit sie sich keine Sorgen machen. Mehmet verständige ich ebenfalls, ist doch dein ältester Freund.« Kenan dankt ihm und wendet sich an die Männer.

»Herzlichen Dank für eure Hilfe. Wir werden morgen den glücklichen Ausgang zusammen feiern.« Martin schultert seinen Rucksack, klopft ihm auf die Schulter und hängt Kenan den Schlüssel des Motorrads an den Finger.

»Für die Rückfahrt. Du wirst deine Frau wohl kaum ins Dorf tragen wollen«, grinst er. »Ich wünsche euch viel Glück.« Kenan lädt auch ihn für den kommenden Tag ein, doch er winkt ab. Cem schüttelt den Kopf.

»Das kannst du meinen Eltern nicht antun. Du bleibst.«

Die Nacht im Leuchtturm nutzen Kenan und Yasemin um die Jahrzehnte an sich vorbeifliegen zu lassen. Sie teilen ihre Sorgen und besprechen die Zukunft, welche ihnen niemand mehr streitig machen kann. Mit jedem Kuss fliegen Glückssterne bis in den Himmel hinauf. Es sind Momente der reinen Glückseligkeit. Wie sich ihre Körper zum ersten Mal nach so langer Zeit vereinen, erwärmen sich auch die Medaillons. In der Nacht noch lesen sie die Briefe, die Kenan aus Ayvalık mitbrachte und er steht vor der Aufgabe, Yasemins unendliche Tränen zu trocknen.

Am Morgen nehmen sie ihr Frühstück auf den Holzplanken unter dem Olivenbaum ein. Noch immer verschlägt es ihnen die Sprache, wenn Gefühle sie überwältigen. Es gibt so viel zu erzählen, zu planen, Dinge beim Namen zu nennen.

Während die beiden am Leuchtturm ihre Zukunft besprechen, kommt Dr. Levent wie versprochen mit Rebecca ins Bergdorf. Marina, die ihren Lebenspartner aus Italien zur Unterstützung mitbrachte, wird von ihrer früheren Arbeitskollegin Francesca behutsam über die Familientragödie in Kenntnis gesetzt. Von ihrer Patentante erfährt sie noch einige weitere Details. Es ist für Jasmins Tochter nicht einfach, zu verstehen, dass der geliebte Vater das Glück ihrer Mutter so heimtückisch zerstörte. Giovanni spricht seiner Liebsten Mut zu und bestärkt sie mit breitem Grinsen darin, sich in die internationale Familie einzufügen, bevor er vor ihr niederkniet und ihr einen spontanen Heiratsantrag macht. Ein glücklicher Moment, der Marina in dieser Situation hilft, ihre Vorbehalte leichter beiseitezuschieben. Cem gratuliert den beiden als erster und zieht die Halbschwester, ohne zu zögern, in die Arme. Er heißt sie und ihren Verlobten stellvertretend für Kenan in der Großfamilie willkommen.

Rebecca begegnete, wie einst ihre Freundin Jasmin in der Türkei der Liebe. Sie und Levent schmieden seit der vergangenen Nacht ebenfalls gemeinsame Zukunftspläne.

Die Zeit bis zum Spätnachmittag vergeht wie im Flug. Kenan stützt Yasemin, bis sie über das Felsplateau den Parkplatz des Motorrades erreichen. Sie sitzt hinten auf, dann fahren sie miteinander wie vor endlosen Jahren den Weg nach Karaöz zurück. Das Knattern verstummt vor dem Haus ihrer Helfer. Mit ineinander verschränkten Händen nähern sie sich, verwundert über die Stille. Plötzlich werden auf dem Dorfplatz Freudenrufe angestimmt. Familie und Verwandte, Freunde und Dorfbewohner aus Karaöz und *Karaağaç* sind versammelt. Sie lassen das glückliche Paar hoch leben. Glückwünsche fliegen ihnen entgegen und ein beeindruckendes Festessen wird aufgetischt.

Francesca und Cem nehmen Marina und Giovanni in ihre Mitte. Flankiert werden sie von Fathı und Meyrem, Mutter Fatma, seinen Geschwistern und Mehmet, dem alten Freund. Mutter Fatma tritt zuerst auf die beiden zu. Sie sieht Yasemin an und streichelt ihr Gesicht.

»Verzeih mir, liebe Tochter«, sagt sie mit Tränen in den Augen. »Verzeih uns allen, den noch Lebenden und den bereits Verstorbenen für das, was wir dir angetan haben. Ich wünsche euch im Namen von Cems Vater und seiner Großmutter ein glückliches, ein harmonisches und zufriedenes Leben.« Bevor die Familie vor Rührung zu schluchzen beginnt, drängt sich der kleine Tarık, Kenans und Yasemins Enkelkind in den Vordergrund. Mit einem Strauß lila Disteln, die Cem am Nachmittag für ihn schnitt und zum Schutz vor den Stacheln in ein Baumwolltuch wickelte, marschiert der Zweijährige auf seine Großeltern zu.

»*Dede*, b*abaanne*«, quietscht er fröhlich und reicht Yasemin den Blütenstrauß. Tränen stehen dabei nicht nur dem glücklichen Paar, sondern auch allen anderen in den Augen. Die Medaillons der lila Distel aber senden einen spürbaren letzten Gruß, bevor sie verstummen. Dieses Liebespaar benötigt keine Hilfe mehr. *Kismet*, ihr Schicksal liegt klar gezeichnet vor ihnen.

Die Schmuckstücke bleiben, wie von der Großmutter gewünscht, im Besitz der Familie und werden mit dem Wissen darum an die kommenden Generationen vererbt.

ENDE

Danksagung

Ich möchte meinem Ehemann Roland von Herzen danken. Wäre er nicht mit derselben Freude wie ich durch die Türkei gereist, wäre dieser Roman wohl nie entstanden. Zuhause musste er eine Eselsgeduld aufbringen, wenn ich mich hinter dem Laptop verkroch und stundenlang in Jasmins und Kenans Welt abtauchte. Viele Erlebnisse teilte ich mit meiner Urlaubsfreundin Sonja. Mit ihr war ich an der türkischen Riviera und erlebten teils abenteuerliche Begegnungen, stets auf der Suche nach Themen, die den Roman vorantrieben. Wir fanden den kleinen Bach und die Steinbrücke. Auf einer 'Fahrt über die Dörfer' eroberten wir die Herzen der Menschen, weil die Technikbegeisterte eine Waschmaschine reparierte. Daraus folgte die Einladung zu Hochzeit der Tochter, doch leider durchkreuzte der Heimflug den Termin. Schade, aber unvergessen bleiben die gewaltigen Stapel an bereits gebackenem Fladenbrot. Solche Eindrücke und viele, viele mehr verwandelten sich zu Inspirationsquellen.

Danke auch allen türkischen Bekannten, die mir während der Reisen bereitwillig zeigten oder erklärten, wie sie leben.

Bedanken darf ich mich bei meinen unermüdlichen Testleserinnen, für ihre aufmunternden aber auch kritischen Beurteilungen, für zahlreiche Anregungen und für den Mut, mit mir darüber zu diskutieren. Unserer Tochter Patricia Schmidt ein Lob für das gelungene Coverdesign.

Ohne euch alle wäre 'Herz der lila Distel' nie nicht das geworden, was es ist. Eine wertvolle Erinnerung an die im Herbst blühenden Kugeldisteln, welche die Idee zu diesem Buch ins Leben rief.

DANKE

Anhang

Übersetzung türkischer Worte

affedersiniz	Entschuldigung
aşkım	Mein Schatz, mein Liebling
anladım mısın	Verstehst du?
anne /annem	Mutter/meine Mutter
Allah	Gott
afiyet olsun	guten Appetit
ağabey	großer Bruder
arkadaşlarım	mein/e Freund/in
baba	Papa
baban mı	dein Vater?
babaanne	Großmutter (väterlicherseits)
bahçede	Garten
benim professör	mein Professor
benim hayatım	Du bist mein Leben
benim aşkım	mein Schatz
bey	Herr
bazar	Markt
Baklava	süßes Backwerk
bir şey değil	Keine Ursache
bekle	warte
Börek	Teigröllchen gefüllt
burada değil.	nicht da, nicht hier
ben çok mutluyum	Ich bin sehr glücklich.
Bulgur	Weizengrütze (Couscous)
beş adalar	fünf Inseln
bugün geçe, canım	Heute Nacht, mein Schatz
buyurun	Bitteschön
Cansu	Mädchenname, oder Wasser meines Herzens (Liebkosung)

çok güzel	sehr schön
canım	mein Schatz
caddesi	Straße
çay	Tee
dede	Opa
dolmuş	kleiner Bus
eşek	Esel
evet	Ja
efendim	Hallo, ja bitte (am Telefon)
günaydın	Guten Morgen
görüşürüz	Tschüß
gel	komm
gel aşkım	komm, mein Schatz
gösterişçi	Angeber
güle, güle	auf Wiedersehen
güzel	schön
hayatım	mein Leben
hanım	Frau
hamam	Badehaus
hayır	nein
hoşgeldiniz	herzlich willkommen
hoşbulduk	Antwort auf Willkommensgruß
iyi akşamlar	guten Abend
iyi geceler	gute Nacht
inschallah	so Gott will!
iç	trink
kismet	Schicksal
kelebek	Schmetterling
kizim	mein Mädchen
kendine çok iyi bak	Pass auf dich auf
Kanuni	Motorrad-Typ
lütfen	Bitte
maşhallha	um Himmels willen

merhaba	*Hallo*
mezzeler	*Vorspeisen*
mücver	*Zucchini-Plätzchen*
nazar	*blaues Auge (Schutz vor dem bösen Blick)*
nargile	*Wasserpfeife*
Rakı	*türkischer Schnaps aus getrockneten Rosinen mit Anisgeschmack*
salvar	*weite Hose, die meist unter Röcken getragen wird*
Sarımsaklı Caddesi	*Straßenname*
simit	*Backwerk - Kringel mit Sesam*
sabahları	*Morgen*
seni çok seviyorum	*Ich liebe dich.*
seni çok özledim	*Ich vermisse dich.*
teşekkür ederim	*Dankeschön*
tamam	*OK, in Ordnung*
Tavla	*Backgammon (Brettspiel)*
Yarımada	*Halbinsel*

Über die Autorin

Helga R. Müller wurde 1955 in Österreich geboren. Seit ihrer Kindheit lebt sie nahe der Zeppelinstadt Friedrichshafen. Das Leben der verheirateten Industriekauffrau ist im Familienverbund verwurzelt und wird von ihrer unermüdlichen Neugier auf Neues bestimmt. Die Faszination der Bücherwelt prägte sie schon früh. 2003 begann sie intensiv zu schreiben. Bei der Literarischen Vereinigung Signatur e.V. trifft sie seither andere Schreibende, mit denen ein reger Austausch und Lesungen stattfinden.

Herz der lila Distel ist ihr erster Roman.

Weiter Informationen unter: www.helgamueller.jimdo.de